Patricia Nell Warren wurde 1936 in Helena, Montana, geboren und wuchs auf einer großen Ranch nördlich von Deer Lodge auf. Bereits mit zehn Jahren fing sie an zu schreiben und erhielt dann später als Studentin den Atlantic Monthly College Fiction Award. Durch ihre Heirat mit einem emigrierten Dichter aus der Ukraine lernte sie Ukrainisch und veröffentlichte Lyrik in dieser Sprache. 1971 erschien ihr erster Roman »The Last Centennial« unter dem Pseudonym Kilina. Als Lektorin bei *Reader's Digest* und als Athletin – sie war viele Jahre Langstreckenläuferin – engagierte sie sich für die Gleichberechtigung der Frauen. Auch ihr Interesse für die Situation der Homosexuellen in der amerikanischen Gesellschaft schlug sich in ihren Büchern nieder, vor allem in »Der Langstreckenläufer«. Heute widmet sich Patricia Nell Warren ganz der Schriftstellerei und veröffentlicht Artikel in verschiedenen Zeitschriften.

Deutsche Erstausgabe 1987

Titel der Originalausgabe »The Front Runner«

Umschlaggestaltung Adolf Bachmann
Satz Compusatz, München
Druck und Bindung Ebner Ulm
Printed in Germany 5 4 3 2 1
ISBN 3-426-01449-1

Patricia Nell Warren: Der Langstreckenläufer

Roman

Aus dem Amerikanischen von Gabi Burkhardt

Knaur®

Gewidmet allen Sportlern,
die für Menschenrechte im Sport gekämpft haben,
und dem jungen schwulen Läufer,
den ich auf einer Party traf und der mich auf die
Idee brachte, dieses Buch zu schreiben.

P.N.W.

1

Ich weiß noch genau, wann alles anfing. Es war am 10. Dezember 1974. An diesem Tag kam Billy Sive zu mir und bat mich, sein Trainer zu werden.

Am Abend zuvor hatte ein heftiger Schneesturm ganz New York in eine Winterlandschaft verwandelt. Gegen acht Uhr morgens frühstückte ich wie gewöhnlich im Speisesaal des Colleges. Danach ging ich, fröhlich pfeifend, zum Sportgebäude hinüber. Die Sonne kam schon heraus, und der Schnee rund um den Campus blendete mich. Ich ging an Studenten vorüber, die Schnee schippten.

»Hallo«, begrüßte ich sie und lächelte. Ich hatte noch keine Ahnung, wie sich mein Leben in Kürze verändern würde.

»Hallo, Mr. Brown«, riefen sie und lächelten zurück.

Als ich zu meinem Büro kam, erwartete mich vor der verschlossenen Tür bereits Joseph A. Prescott, der Präsident und Gründer des Prescott-Colleges. Er trug eine Schaffelljacke, seine Aktenmappe war wie immer vollgestopft mit Papieren, und er hielt zwei Tassen in der Hand, eine mit dampfendem Kaffee, die andere mit heißem Tee.

Wenn Joe so früh am Morgen zu mir kam, dann hatte das meistens etwas zu bedeuten.

»Hier bringe ich dir was zum Aufwärmen«, sagte er und reichte mir den Tee.

Wir gingen in mein Büro. Joe zog seine Jacke aus. Seine schlanke Gestalt steckte in einem braunen Anzug. Er ließ sich in den schäbigen Eichensessel neben dem Schreibtisch fallen. Ich setzte mich im Anorak hinter meinem Schreibtisch auf den knarrenden Drehstuhl. Der Schreibtisch war zwar aufgeräumt, aber völlig überladen mit Arbeiten von Studenten, Eintrittskarten für Wettkämpfe und Berichten über Leichtathletik. An der rauhen Betonwand hing das Schwarze Brett mit den Stundenplänen. Außerdem waren da noch einige eingerahmte Fotos, die mich in Marineuniform vor zwanzig Jahren oder als Meilenläufer für Villanova zeigten, auf denen aber auch andere Läufer zu sehen waren, die ich früher einmal trainiert hatte. Ein großes Regal war vollgestopft mit Büchern über Sport.

»Was gibt es, Joe ?« fragte ich und nippte an meinem Tee.

Joe zündete sich eine Zigarette an und sah mich verwegen an.

»Harlan«, sagte er, »du hast doch sicher von den drei jungen Burschen gehört, die vom Oregon-Team gesperrt worden sind.«

Ich nickte. Die Sportpresse war voll davon. Heute wurden oft junge Männer aus ihren Schulmannschaften ausgeschlossen. Die Jugendrevolte hatte inzwischen auch die Leichtathletik erreicht, und strenge Trainer lagen sich nun ständig mit ihren Läufern in den Haaren wegen Unpünktlichkeit, langen Haaren, Sex, Drogen usw. Ich hatte selbst schon solchen Ärger gehabt. Aber die Universität von Oregon, die als das Mekka der amerikanischen Leichtathletik galt, hatte jetzt drei ihrer besten höhersemestrigen Läufer rausgeschmissen. Und das war eine andere Sache. »Aus disziplinarischen Gründen«, hatte Cheftrainer Gus Lindquist erklärt. Aber er war nicht deutlicher geworden. Alle hatten sich über Lindquists »göttlichen Zorn« gewundert.

»Was weißt du über die Jungs?« fragte mich Joe.

»Nicht viel, Joe«, antwortete ich. »Ich habe sie noch nicht laufen sehen.«

Joes Augen funkelten boshaft. »Angenommen, ich würde dir erzählen, daß sie hierherkommen.«

Langsam stellte ich meine Tasse Tee hin. Ich traute meinen Ohren nicht. Einen Moment lang konnte ich nicht sprechen. Ich hatte solche Spitzenläufer nicht mehr trainiert, seit ich vor sechs Jahren meinen Job als Trainer in Pennsylvania verlor. Hier hatte ich nur einen kleinen Haufen von Jugendlichen. Die Spitzenläufer würden es hier nicht aushalten. Sie wollten alle für Oregon, Villanova oder die UCLA laufen.

»Gut«, sagte ich schließlich, »aber ich bin mir nicht sicher, ob ich mir Lindquists Probleme aufladen sollte.«

»Die Jungs behaupten, sie seien unfair behandelt worden. Niemand habe bisher ihre Version der Geschichte hören wollen. Sie möchten gern mit dir darüber reden. Aber die Entscheidung liegt bei dir.«

»Soll das etwa heißen, sie sind *hier*?«

Joe hatte inzwischen Probleme mit seiner Zigarettenasche: Er suchte automatisch einen Aschenbecher, aber als er keinen fand, kippte er die Asche in seine Handfläche und schüttete sie schließlich in den leeren Papierkorb.

»Mitten im Schneesturm standen sie gestern abend plötzlich bei mir vor der Tür«, sagte Joe, »und Marian hat sie aufgenommen. Sie sind den ganzen Weg von Oregon hierher getrampt und waren halb verhungert.«

Ich war ganz verwirrt. Sie mußten sehr verzweifelt gewesen sein. Ich stellte mir vor, wie die drei halberfroren an einer Landstraße irgendwo in Dakota standen, die Daumen nach oben, mit einem Schild, auf das sie **New York** gemalt hatten.

»Aber warum sind sie hierhergekommen? Ich meine, es gibt doch so viele großartige Teams mit toleranten Trainern, die sie aufnehmen würden.«

»Aber du bist am Prescott-College!«

»Aber ich war jahrelang weg vom Fenster. Diese Jungs wissen doch gar nicht, wer ich bin.«

»Ich bin sicher, daß sie dir alles erzählen«, meinte Joe und stand auf.

»In Ordnung«, sagte ich, »ich habe um neun und um zehn Unterricht, aber zwischen elf und Mittag habe ich frei. Schick sie doch einfach um elf zu mir.«
Nachdem Joe gegangen war, saß ich noch eine Weile still da, bevor ich um neun zum Training ging. Seit ich Pennsylvania verlassen hatte, war es mein Traum, solche Läufer in meiner kleinen Mannschaft zu haben. Die Erinnerung überwältigte mich.

In dem Moment, als ich die drei aus Oregon das erste Mal sah, überkam mich ein seltsames Unbehagen. Sie lümmelten in meinem Büro auf den Sesseln herum. Ich hatte die Tür geschlossen und draußen ein Schild angebracht: KONFERENZ. BITTE NICHT STÖREN. Sie starrten mich schweigend an. Ich starrte zurück. Ich kannte ihre Gesichter von Fotos, die ich in verschiedenen Magazinen wie *Track & Field News, Runner's World* und *Sports Illustrated* gesehen hatte.
Sie kamen mir vor wie drei umherziehende Rockmusiker, die in Memphis eine Pleite erlebt hatten. Ihre Augen lagen tief in den Höhlen, und ihre Gesichter waren unrasiert. In einem Anflug von Nostalgie mußte ich an die 50er-Jahre zurückdenken, als jeder Läufer noch einen Bürstenhaarschnitt trug und glattrasiert war. Natürlich bestehe ich heute auch nicht mehr auf einem Bürstenhaarschnitt.
Der absolute Star von den dreien war Vince Matti, und er sah auch am besten aus. Er war zweiundzwanzig und kam aus Los Angeles. Er war groß und schlank, wie ein Meilenläufer eben sein soll. Er hatte gewelltes, pechschwarzes Haar, das ihm bis auf den Kragen fiel, freche braune Augen und eine kleine Narbe unter dem rechten Auge. Er trug verwaschene Jeans, eine zerissene Fliegerjacke und Bergstiefel. Er lief eine Meile in der Zeit von 3 Minuten und 52,19 Sekunden. Das war die drittschnellste Zeit in der amerikanischen Sportge-

schichte. Wenn seine Beine nicht so anfällig für Verletzungen gewesen wären, hätte er die Strecke in der halben Zeit zurücklegen können. Ich wußte, daß er in einem Wettlauf kräftig von seinen Ellbogen Gebrauch machte und sehr hitzköpfig war.

Mein Blick wanderte weiter zu Jacques LaFont. Er war einundzwanzig und kam aus Canton/Illinois. Er hatte zwar nicht das Format von Vince, aber er war auch ein sehr guter Läufer. In den Leichtathletikmagazinen wurde behauptet, er sei verrückt, aufsässig, übersensibel und reizbar. Er war etwas muskulöser als Vince. Er hatte volles, krauses, kastanienbraunes Haar und einen Bart. Er trug ein kariertes Stirnband und eine Motorradjacke. Seine strahlend blauen Augen hatten einen teils lebhaften und teils besorgten Ausdruck.

Schließlich ruhte mein Blick auf Billy Sive. Er war zweiundzwanzig und kam aus San Francisco. Er war einer dieser bemerkenswerten Langstreckenläufer von der California Highschool. Als er nach Oregon kam, lief er die 10 000 Meter in einer Zeit von 28 Minuten und 49 Sekunden, aber jetzt sah es so aus, als ob er sich nicht mehr steigern könnte. Ich wunderte mich, weshalb er nicht fortgesetzt hatte, was so vielversprechend begonnen hatte. Vielleicht hatte er sich völlig verausgabt.

Billy hatte es sich in dem Eichensessel bequem gemacht, in dem zuvor Joe gesessen hatte. Er sah mich gelassen durch seine goldumrandeten Brillengläser an. Hinter dieser Brille verbargen sich die wundervollsten Augen, die ich je bei einem Mann gesehen hatte. Sie waren graublau. Was sie so anziehend machte, war ihr stolzer, seltsam aufrichtiger Ausdruck.

Die Art und Weise, wie Vince Matti seinen Kaugummi kaute, machte mich nervös.

Ich deutete auf den Papierkorb. »Wirf ihn da hinein!« befahl ich.

Vince zögerte. Doch dann fiel ihm wohl ein, daß es im Moment nur darauf ankam, in meine Mannschaft aufgenommen zu werden, und er gehorchte.
Mein Blick fiel wieder auf Billy Sive.
Er saß da und sah durch mich hindurch. Er trug eine ausgeblichene, zerissene, blau abgefütterte Jacke im Mao-Look. Seine braunen Lederhosen mußten einmal sehr teuer gewesen sein, doch nun waren sie ausgebeult und abgewetzt. Trotzdem brachten sie seine langen Rennpferd-Beine immer noch sehr gut zur Geltung. Ich schätzte seinen schlanken Körper auf etwa 1,80 Meter und auf ein Gewicht von ungefähr 138 Pfund. Er trug abgetragene Turnschuhe. Ich mußte plötzlich daran denken, daß er mit solchen Schuhen bei dieser Kälte an der Landstraße gestanden hatte.
»Gut«, sagte ich, »Lindquist hat euch also ›aus disziplinarischen Gründen‹ gefeuert. Was soll ich jetzt mit euch anfangen? Wenn ihr über mich Bescheid wißt, dann wißt ihr auch, daß ich genauso autoritär bin wie Lindquist.«
»Ja, sicher, in der Presse stand disziplinarisch«, sagte Sive. Obwohl er eher ein ruhiger Typ war, schien er ihr Sprecher zu sein. »Lindquist hatte Angst, vor der Presse die Wahrheit zu sagen.«
»So?« sagte ich.
»Deshalb werden wir Ihnen jetzt die Wahrheit sagen«, erklärte Sive. »Danach können Sie uns entweder unsere Trainingsanzüge überreichen oder uns hochgehen lassen.«
»Okay«, sagte ich, »raus mit der Sprache.«
Die beiden anderen blickten ein wenig verlegen zu Boden. Aber Sives außergewöhnliche blaugraue Augen sahen mich unablässig an. Ich hatte das unbestimmte Gefühl, daß die Jungs alles von mir wußten. (Wie sich herausstellte, hatte mich mein Gefühl nicht getrogen.) Sein Gesicht, dachte ich bei mir, trägt die typischen Züge der jungen Generation

Amerikas. Es war sehr hübsch, fein geschnitten, mit hohen Wangenknochen, einer hohen Stirn, einer stumpfen Nase und einem schönen Mund. Der Wust seiner hellbraunen Locken sah aus, als ob er bei stürmischem Wetter draußen spazierengegangen wäre.

»Wir sind schwul«, sagte er zu mir.

Ich fühlte mich, als ob mir jemand eine 35-Pfund-Ladung Blei verpaßt hätte. Nach einer Weile brach bei mir am ganzen Körper prickelnder Angstschweiß aus.

Draußen ging gerade meine Mädchenmannschaft des ersten Semesters zum Training. Der Flur hallte wider vom Kichern, Kreischen und Lachen der Mädchen, als sie vorbeigingen.

Sive sprach noch immer. Er deutete auf Vince und Jaques.

»Lindquist hat die beiden eines Abends erwischt, als sie im Umkleideraum herumalberten. Beide waren scharf, und Vince zog Jacques den Gürtel aus der Hose. Und der alte Lindquist hat das mitgekriegt. Sie wurden ihm gegenüber frech und erzählten was von einer Homosexuellenbewegung an der Universität von Oregon und noch anderen Blödsinn.«

Jetzt redeten alle wild durcheinander. »Lindquist war fuchsteufelswild, Mann«, sagte Vince. »Er setzte Jacques so lange zu, bis er Billys Namen ausspuckte. Und weil Lindquist ein hundertprozentiger Faschist ist, waren wir unsere Stipendien los.«

Jacques ahmte nun mit schwedischem Akzent eine von Lindquists Schimpfkanonaden nach. Bei passenderer Gelegenheit hätte ich das sicherlich sehr komisch gefunden.

»Ihr seid Feinde des Sports. Schert euch zum Teufel. In meinem Team gibt's kein Sodom und Gomorrha.«

Billy und Vince lachten und würgten, bis ihnen die Tränen kamen. Wahrscheinlich waren sie jetzt ein bißchen hysterisch vor lauter Müdigkeit und wegen des psychischen Drucks, der auf ihnen lastete.

Ich saß nur da und starrte sie an, ernst und unfähig, ein Wort zu sagen.
Endlich hatten sie sich wieder beruhigt und schauten mich erwartungsvoll an.
»Warum hat er euch eigentlich nicht auffliegen lassen?« fragte ich schließlich. »Homosexualität ist doch in Oregon strafbar, oder?«
»Es sollte nicht bekannt werden, daß er drei Schwule in seiner Mannschaft hatte«, erwiderte Billy. »Sie wisen ja, wie das ist. Die Leute wären neugierig geworden. Ich glaube, er hatte die Hosen gestrichen voll vor lauter Angst, was die Presse schreiben würde.«
»Soll das heißen, daß niemand außer euch und Lindquist etwas davon wußte?« fragte ich.
»Nein«, sagte Vince ganz offen, »aber er jammerte oft genug hinter verschlossenen Türen, daß einige von der Mannschaft und in der Verwaltung Bescheid wüßten. Na schön, so was spricht sich schnell herum.«
Ich starrte schweigend auf meinen Schreibtisch. Ich zitterte ein wenig.
Billy fing erneut an zu reden, langsam und leise. »Wir wollen die Schule zu Ende machen. Wir haben uns gedacht, daß wir überall dasselbe Theater erleben würden. Deshalb sind wir gleich hierhergekommen.« Ich bemerkte, daß er mich prüfend ansah.
»Wir haben das Recht zu laufen«, sagte er. »Wir haben niemanden belästigt. Es steht nichts darüber in den Richtlinien der AAU oder der NCAA, mit wem man ins Bett gehen darf.«
Ich sah ihm wieder in die Augen und versuchte, mich zu beherrschen. Als ehemaliger Marineleutnant hätte ich mich eigentlich besser in der Gewalt haben müssen. Aber ich hatte einfach nicht mit so etwas gerechnet. Ich war naiv genug zu

glauben, daß nach vier Jahren Abgeschiedenheit an diesem kleinen College dieses Thema vom Tisch wäre und ich ein normales Leben führen könnte. Aber gleich drei von der Sorte! Drei schwule Machos. Ich hätte es gleich an Billys Lederhosen merken müssen. Ich war beinahe wütend darüber, daß sie in mein friedliches Exil eingedrungen waren.

Ich unternahm einen letzten Versuch, eine feste Haltung zu zeigen. »Warum glaubt ihr, daß ausgerechnet ich euch verstehe und jetzt keinen Vortrag über Moral halten werde?«

»Mein Vater sagte, Sie würden uns verstehen«, antwortete Billy.

»Wer ist dein Vater?«

»John Sive.«

Ich schüttelte den Kopf. »Tut mir leid, der Name sagt mir nichts.«

»Er ist ein schwuler, zielstrebiger Rechtsanwalt«, erklärte Billy ohne Umschweife. »Er beschäftigt sich gerade mit dem Fall des Obersten Bundesgerichts – es geht um die Gesetze über widernatürliche Unzucht. Wir erzählten ihm, was passiert ist, und daß wir in keine Mannschaft mehr aufgenommen würden. Da meinte er, wir sollten es bei Harlan Brown in Prescott versuchen.«

Billy ging völlig undiplomatisch vor. Er trieb mich regelrecht in die Enge. Ich sollte bald merken, daß er immer so war. Für ihn zählte nur die erbarmungslose Wahrheit, weil das für ihn die einzige Möglichkeit war zu überleben.

»Wir könnten verstehen, wenn Sie uns nicht haben wollen«, meinte Jacques etwas hilflos.

Ich wußte nicht, was ich sagen sollte. Es war keine leichte Entscheidung. Ich wußte, daß es nicht nur sie und mich betraf, sondern auch die Schule und – vielleicht – die Leichtathletik selbst. Wenn ich die Jungs in die Mannschaft aufnahm, würden wir sicher ins Gerede kommen.

Um etwas Zeit zu gewinnen, sagte ich: »Wißt ihr was? Ich werde euch jetzt zuerst den Campus zeigen. Prescott ist nämlich nicht wie die meisten anderen Schulen. Ihr solltet wissen, was euch erwartet.«

Zu viert gingen wir über den Campus.

Die Gehwege waren inzwischen geräumt. Der Schnee schmolz bereits und fiel überall von den Bäumen. Studenten in Polojacken, mexikanischen Pullovern, Schaffelljacken oder alten Parkas liefen mit ihren Collegemappen kreuz und quer über den Campus.

»Prescott ist ein Experiment«, erklärte ich ihnen. »Vor ungefähr zehn Jahren stellte Joe Prescott fest, daß Amerika und das ganze amerikanische Erziehungswesen drauf und dran waren, vor die Hunde zu gehen. Er war davon überzeugt, daß wir mehr Menschlichkeit bräuchten, um besser überleben zu können, und ein einfacheres, praktischeres Erziehungssystem. So übertrug er die Leitung seiner Computer-Software-Gesellschaft dem Aufsichtsrat, und von dem erzielten Gewinn baute er diese Schule auf. Das hier ist alles sein Werk.«

»Er ist wohl so etwas wie ein hundertprozentiger Liberaler, was?« fragte Jacques.

Wir gingen weiter. Ich zeigte ihnen alles. »Es gibt hier keine regelmäßigen Kurse. Jeder Student kann sein Interessengebiet selbst auswählen und die entsprechenden Kurse belegen. Wenn jemand z.B. Zimmermann werden will, haben wir dafür eine verdammt gute Berufsschule. Oder wenn sich jemand mit Politik oder Umweltschutz beschäftigen möchte, dann kann er das hier tun. An jeder Fakultät gibt es einen Studienberater, der darauf achtet, daß die belegten Kurse auch besucht werden, und am Ende bewertet, ob der Student sie bestanden hat oder nicht.«

»Hört sich ganz einfach an«, meinte Vince vergnügt.

»Ist es aber nicht«, entgegnete ich. »Das dachte ich auch, als ich hierherkam. Nein, meine Herren. Studenten ohne Selbstdisziplin haben überhaupt keine Chance.«
Die ganze Zeit bemühte ich mich, sie nicht zu sehr anzustarren. Drei Klasseläufer. Und noch dazu schön. Vor allem Billy Sive.
Ich zeigte ihnen, was das Prescott-College an sportlichen Einrichtungen zu bieten hatte.
»Joe ist ein großer Fitneßfan«, erklärte ich. »Er meint, daß auch der Körper des Amerikaners vor die Hunde gehen wird. Ich bin zufällig mit ihm einer Meinung. Körperliche Ertüchtigung ist hier der einzige Pflichtkurs. Wir haben ein umfangreiches Fitneßprogramm. Alles Aerobic. Kein Tischtennis oder Golf. Nur behinderte Studenten sind davon befreit.«
Wir gingen den Weg entlang zur Aschenbahn. Unser warmer Atem stieg in die kalte, klare Luft.
»Neben dem Fitneßprogramm haben wir noch ein paar Wettkampfsportarten wie Schwimmen, Hockey oder Radfahren. Aber hauptsächlich Leichtathletik.«
Wir schauten hinüber zur Viertelmeilen-Aschenbahn. Sie lag auf einem großen, freien Feld, das von Wald umgeben war. Der kleine Schneepflug unserer Schule hatte schon fast die ganze Aschenbahn geräumt, nur die Zuschauerbänke entlang der Bahn blieben mit Schnee bedeckt. Etwa fünfundzwanzig Mädchen meiner Mannschaft liefen sich auf der Bahn warm.
»Ich habe die Leichtathletik an dieser Schule groß herausgebracht«, sagte ich. Mit Wehmut dachte ich an die vier glücklichen Jahre, die ich hier verbracht hatte, und daß diese drei Jungs jetzt vielleicht alles zunichte machen würden. »Wir können uns hier genauso für Leichtathletik begeistern wie ihr in Oregon, nur auf niedrigerem Niveau. Studenten und Lehrer haben hier viel über Leichtathletik gelernt. Sie laufen oder joggen, und sie gehen zu Wettkämpfen. Im letzten Jahr

habe ich sogar diese Mädchenmannschaft aufgestellt.« Ich deutete auf die Mädchen. »Die Mädchen haben mich dazu aufgefordert. Sie erzählten mir eine Menge über Gleichberechtigung der Frauen im Sport, und dann tat ich es eben.« Die Jungs lachten.

»Frauen sind nun mal so«, meinte Billy.

»Wir gehören hier natürlich nicht zu den ganz großen Teams. Wir vergeben keine Sportstipendien. Aber selbst wenn wir es täten, könnte ich nicht einfach Stars wie euch verpflichten, weil ihr alle für Oregon laufen wollt. Wir sind mehr auf Fitneß und Unterhaltung ausgerichtet. Wir nehmen an lokalen Wettkämpfen teil, schneiden dabei ganz gut ab, und das genügt.«

»Sie wollen damit sagen, daß hier alles ganz anders wird, wenn Sie uns aufnehmen, nicht wahr?« sagte Vince.

»Ja«, antwortete ich, »aber das ist kein Problem. Wie ihr seht, fehlt es nicht an Möglichkeiten oder Geld. Wir haben noch keine Hallenbahn, aber wir werden im Frühjahr mit dem Bau beginnen. Außerdem werden wir eine künstliche Bahn anlegen. Die alten Aschenbahnen sind nicht so fest wie diese neuen synthetischen Bahnen.«

Alle drei schauten gierig zu der Bahn hinüber. Anscheinend hatten sie schon mehrere Tage nicht mehr trainiert, und nun machten sich Entzugserscheinungen bemerkbar. Vince hatte seinen Arm um Jacques' Schulter gelegt. Sie benahmen sich in meiner Gegenwart ganz ungezwungen – was hatte Billys Vater ihnen über mich erzählt?

Billy hielt es nicht länger aus. Er lief davon und drehte eine Runde auf der Bahn. In der Kurve überholte er den tuckernden Schneepflug. Er lief an den Mädchen vorbei wie ein Vollblutpferd an einer Horde Ponies. Er lief mit weit ausholenden Schritten, in perfekter Körperhaltung. Ein paar Mädchen drehten sich nach ihm um, aber er beachtete sie nicht.

Vielleicht war es der Anblick seiner einsamen, anmutigen Gestalt inmitten der Mädchen, mit der verschneiten Landschaft im Hintergrund, der mich in meinem Entschluß bestärkte. Sie glichen drei jungen Vögeln, die aus der Vogelschar ausgestoßen worden waren. Vor vier Jahren hatte Joe Prescott mich, einen schon etwas älteren, vom Sturm getriebenen Vogel, aufgenommen. Es wäre eine Sünde, wenn ich jetzt nicht ebenso christlich handeln würde wie er.
Billy lief aus der Kurve heraus und kam, leicht atmend und grinsend, zu uns zurück.
»Bist du soweit?« fragte ich, und zum ersten Mal lächelte ich auch.
»Ja«, sagte er.
»In Ordnung, ihr seid drin«, sagte ich. »Schreibt euch ein und laßt euch eure Zimmer zeigen. Ihr werdet wahrscheinlich ein Semester verlieren, aber wir kriegen das schon hin. Meldet euch nachher wieder bei mir, dann gebe ich euch eure Sachen.«
Sie waren glücklich, und Vince gab Billy einen Klaps auf den Rücken.
»Wir sind Ihnen wirklich sehr dankbar, Harlan«, sagte Billy.
»Mr. Brown, bitte«, sagte ich.
Sie machten lange Gesichter. Billy sah mich merkwürdig an.
»Okay, Mr. Brown«, sagte er.

2

Ein Leben lang hat mich dieser Sport wie ein Gespenst verfolgt.

Ich wurde am 14. August 1935 in Philadelphia geboren. Mein Vater war ein begeisterter Leichtathletikfan, und von klein auf wurde ich zu Wettkämpfen mitgenommen. Er hielt mich immer hoch, damit ich über die Köpfe der Menschen hinweg sehen konnte, wie die Männer in ihren Trikots und Shorts vorbeiflitzten. »Da schau hin, mein Junge, was das für Männer sind«, sagte er immer zu mir.

Mein Vater Michael Brown war ein großer, stattlicher Mann, halb Engländer, halb Schotte. Er besaß eine kleine Druckerei in Philadelphia. Von 1941 bis 1945 war er als Marineinfanterist im Pazifik stationiert und erlebte die Eroberung von Guadalcanal mit. Als er wieder nach Hause kam, humpelte er und trug das Verwundetenabzeichen.

Obwohl er ein strenger Mann war, konnte er auch warmherzig und lustig sein, und ich bewunderte ihn. Zu meiner Mutter hatte ich kein sehr enges Verhältnis – sie war eine typische Irin, gläubig und pflichtbewußt, aber etwas kühl und immer nervös. Meine Eltern waren beide streng protestantisch, und dementsprechend war meine Erziehung. Nicht rauchen, nicht trinken, nicht tanzen, jeden Sonntag in die Kirche, Treue zur Fahne.

Und natürlich Laufen. Für meinen Vater war das Laufen fast ein Bestandteil seiner Religion. »Läufer«, pflegte er immer zu sagen, »das sind richtige Männer. Baseball ist was für Babys, und Football ist ein hirnloses Geschäft. Aber Laufen erfordert mehr Anstrengung und Disziplin als jeder andere Sport.«

Es ist die Ironie des Schicksals, daß ausgerechnet mein guter, anständiger Vater mir beibrachte, auf dem Altar der Männlichkeit zu opfern. Wollte man dem gängigen Klischee folgen, dann hätte ich eigentlich einen Schlappschwanz zum Vater und eine strenge, herrschsüchtige Mutter haben müssen und wäre mit einem völlig gestörten Verhältnis zu Mädchen aufgewachsen. Aber das war überhaupt nicht der Fall. Im Gegensatz zu seinen seltsamen puritanischen Ansichten in manchen anderen Dingen hatte mein Vater nichts gegen Mädchen einzuwenden. Er meinte, das gehöre bei einem Mann eben dazu. Schon in der Grundschule stellte ich fest, daß ich eine starke sexuelle Veranlagung hatte.
Als ich an die Fairview High School kam, hatte ich nur einen Wunsch: Ich wollte in die berühmte Leichtathletikmannschaft aufgenommen werden. Ich war kein guter Student. Aber ich bemühte mich, einer zu werden, denn wenn ich schlechte Beurteilungen bekam, hätte mein Vater geschimpft und mich gefragt, was ich eigentlich für sein sauer verdientes Geld tat.
Mir gefiel es, mich im Wettkampf mit anderen Jungs zu messen. Aber das Laufen war an sich schon von großem Nutzen – wegen der Disziplin und der Freude an der Bewegung. Durch das Laufen unterschied ich mich körperlich von den anderen Jungs, die keinen Leistungssport betrieben (vor allem von den fetten, verhätschelten, die ich verachtete). Sehr bald schon betrachtete ich mich selbst und alle anderen Läufer als etwas ganz Besonderes.
Im Sommer verbrachten wir die Ferien immer in den Pocono-Bergen. Meine Mutter hatte Asthma und war der Meinung, daß die Stadtluft ihr schade, und mein Vater angelte gern. Wir hatten ein kleines Häuschen, das etwas außerhalb lag. Mein Vater verbrachte immer die Wochenenden mit uns. Die Woche über war ich mit meiner Mutter allein dort und vermißte

ihn sehr. So freundete ich mich mit ein paar anderen Jungs an und trieb mich den ganzen Tag mit ihnen herum.

Im Sommer vor meinem letzten Schuljahr an der Highschool lernte ich Chris Shelbourne kennen. Seine Familie hatte ein Sommerhäuschen ganz in unserer Nähe gekauft. Er war blond und blauäugig, sehr ruhig, schlank und sonnengebräunt. Es stellte sich heraus, daß er auch ein Läufer war. Wir waren hoch erfreut, als wir entdeckten, daß wir eine gemeinsame Leidenschaft hatten, und wir wurden schnell gute Freunde.

In der Tat wurden meine Gefühle für ihn so stark, daß es mich heute wundert, warum ich sie damals nicht richtig verstand. Vielleicht lag es daran, daß ich von diesen Dingen so wenig wußte. Mein Vater hatte mir nur das erzählt, was ich seiner Meinung nach über Mädchen wissen mußte. Aber er hatte mir nie gesagt, daß es solche Gefühle auch zwischen Männern gab. Soviel ich wußte, gab es keine Bezeichnung für das, was ich fühlte. Aber instinktiv erkannte ich, daß ich diese Gefühle verbergen mußte, sogar vor Chris und auch vor mir selbst.

Wahrscheinlich war Chris genauso verwirrt wie ich. Er nutzte fieberhaft jede Gelegenheit, um mit mir zusammenzusein, aber er sprach nie über seine Gefühle.

Jede Stunde ohne Chris war verlorene Zeit. Wir gingen zusammen zum Fischen, unternahmen Wanderungen oder lagen einfach in der Sonne und redeten über Leichtathletik. Wir träumten davon, große Rennläufer zu werden und an der Olympiade teilzunehmen.

Jeden Tag liefen wir zusammen acht oder zehn Meilen auf einsamen Pfaden durch den Wald. Wir sprangen über kleine Bäche und streiften durch Lorbeerbüsche. Kurz nachdem wir uns begegnet waren, stand der Lorbeer in voller Blüte, und die Sträucher waren übersät mit duftenden rosa und weißen Blüten. Wir kletterten auf Hügel und rutschten diese wieder

hinunter, wir fühlten uns so frei und unbeschwert wie zwei junge Hirsche. Wir waren wahnsinnig glücklich. Das Laufen und die Gefühle, die mich bewegten, wenn Chris bei mir war, gehörten untrennbar zusammen.
Tief im Wald lag ein kleiner, einsamer, klarer See. Dort zogen wir uns immer aus und gingen schwimmen. Ich hatte in den Umkleideräumen unserer Schule schon Hunderte von nackten Jungs gesehen. Aber als ich meinen geliebten Freund so vor mir sah, schlugen meine Gefühle in sexuelle Begierde um. Verzweifelt und unter Qualen unterdrückte ich dieses Gefühl immer wieder und versuchte, so zu tun, als ob nichts wäre. Chris ging es offenbar genauso.
So vergeudeten wir den Sommer des Jahres 1952.
Am Ende unseres letzten gemeinsamen Laufs, als wir schon nahe am Waldrand, aber noch außer Sichtweite unserer Häuser waren, hielt Chris plötzlich an und sagte: »Ich möchte dir hier Lebewohl sagen.«
Er umarmte mich. Aber die Angst war so stark wie unser Gefühl, und so blieb es bei einer unbeholfenen Umarmung, bei der sich unsere verschwitzten Körper leicht streiften. Er berührte mit seinen Lippen meine Wange nahe bei meinem Mund, und nach kurzem Zögern tat ich dasselbe. Wir versprachen, uns zu schreiben, und daß wir uns im nächsten Sommer wiedersehen würden.
Am nächsten Tag reiste er mit seiner Familie nach New Jersey ab. Ich lief an diesem Tag allein durch den Wald. Ich hätte am liebsten losgeheult, aber mein Vater hatte mir beigebracht, daß ein richtiger Mann niemals weint.
Ich habe Chris nie geschrieben, weil mir entweder der Mut dazu fehlte oder weil ich nicht die passenden Worte fand, um meine Gefühle zu Papier zu bringen. Er schrieb mir auch nicht. Ein Jahr später erfuhren wir, daß die Shelbournes ihr Häuschen verkauft hatten. Ich sah Chris nie wieder.

Während meines letzten Jahres auf der Highschool hatte ich zwei oder drei flüchtige Mädchenbekanntschaften, aber das Gefühl, das Chris in mir geweckt hatte, suchte ich dabei vergebens. Ein Problem war, daß wir unterschiedliche Auffassungen von Sex hatten. In diesem Jahr gewann ich den Meilenlauf bei den Wettkämpfen in Pennsylvania. Mein Vater war ungeheuer stolz auf mich. Er rahmte die Zeitungsausschnitte ein und ließ sie so lange an der Wand unseres Wohnzimmers hängen, bis sie vergilbt waren.
Nachdem ich 1953 die Schule beendet hatte, wußte ich nicht so recht, was ich machen sollte. Eigentlich wollte ich gleich aufs College gehen und laufen, aber der Koreakrieg war in vollem Gang, und ich brannte darauf, mir ein paar asiatische Skalps an den Gürtel zu hängen. Also ging ich zur Marine. Aber als ich die Grundausbildung gerade hinter mir hatte, wurde der Waffenstillstand geschlossen.
Das war eine große Enttäuschung für mich, aber ich blieb trotzdem bei der Marine. Ich wurde zum Leutnant befördert, kam in das Leichtathletikteam der Marine und konnte an so vielen Wettkämpfen teilnehmen, wie es mein Dienst erlaubte. Ich trainierte hart, und meine persönliche Bestzeit über eine Meile lag bei 4 Minuten und 4,3 Sekunden, für damalige Verhältnisse eine sehr gute Zeit – Roger Bannister lief 1954 zum ersten Mal unter vier Minuten. Ich hoffte, 1956 in die Olympiamannschaft aufgenommen zu werden.
Aber als Anfang 1956 meine vierjährige Dienstzeit vorüber war, hatte mein Vater geschäftliche Schwierigkeiten. Anstatt zu trainieren, mußte ich ihm aus der Patsche helfen und einen Job als Korrektor bei einer Zeitung annehmen. Nun saß ich verbittert in einem lauten Zimmer irgendwo in der Stadt und mußte die Ergebnisse der olympischen Ausscheidungskämpfe Korrektur lesen.
Im Herbst bekam ich am Villanova-College ein Sportstipen-

dium. Auf journalistischem Gebiet war ich fit, aber meine Kondition war gleich Null. Nachts mußte ich immer noch nebenher arbeiten, und darunter litt das Training. Als ich in die Collegemannschaft aufgenommen wurde, lief ich nicht annähernd so gut wie während meiner Zeit bei der Marine.

Aber was noch schlimmer war, 1959, in meinem letzten Jahr auf dem College, ging ich mit einem Mädchen namens Mary Ellen Bache. Ich war zu der Zeit immer noch auf der Suche nach dem Gefühl, das ich für Chris gehabt hatte. Ich brachte es irgendwie fertig, daß sie schwanger wurde. Natürlich war es meine Pflicht, sie zu heiraten, und das tat ich dann auch. Unsere Familien waren darüber nicht gerade glücklich. Das war kein guter Start für eine Ehe.

1960 verließ ich das College. In diesem Jahr war wieder eine Olympiade, und ich mußte endlich den Tatsachen ins Auge sehen. Ich hatte jetzt die Verantwortung für zwei Familien; da war kein Platz mehr für den Amateursport.

Aber ich konnte ja mit dem Sport verbunden bleiben, wenn ich mir einen Beruf suchte, der irgendwie mit ihm zu tun hatte. Ich hatte noch nicht die Abschlußprüfung, um als Sportlehrer arbeiten zu können; deshalb ging ich zur Zeitung. Tagsüber arbeitete ich für den *Philadelphia Eagle* als Sportjournalist, abends ging ich zur Schule. Ich stand morgens früh auf und lief ein paar Meilen. So schaffte ich es, einigermaßen in Form zu bleiben.

Der Job war aufregend und wurde recht gut bezahlt. Ich konnte alle großen Sportveranstaltungen besuchen. Das lenkte mich von meiner unbefriedigenden Ehe mit Mary Ellen ab. Ich freundete mich mit den Spitzenläufern an und nahm Anteil an ihren Siegen und Niederlagen. Ich war der klassische »Sohlenschnüffler«.

Erst jetzt gestand ich mir allmählich ein, wie gefährlich tief meine Gefühle gingen. Bei der Marine hatten mir Disziplin und harte Arbeit geholfen, sie zu unterdrücken, aber nun stiegen sie wieder in mir auf. Mit der Ausrede, daß wir nicht miteinander auskämen, brach ich die Beziehung zu Mary Ellen ab und ging, wenn ich unterwegs war, zu Prostituierten oder gabelte mir ein Flittchen auf.

Jedesmal, wenn ich zu einer Sportveranstaltung ging, klopfte mir vor Aufregung das Herz bis zum Hals. Ob draußen unter freiem Himmel oder drinnen in der stickigen Halle, ich verschlang diese gutaussehenden jungen Männer geradezu mit meinen Blicken. Ihre Beine holten weit aus, ihre Muskeln und Sehnen waren bis zum äußersten angespannt, und ihre Körper glänzten vor Schweiß. Hin und wieder gefiel mir einer von den Läufern so gut, daß in mir dasselbe schmerzliche Verlangen hochkam, das ich bei Chris verspürt hatte.

Bald befriedigte mich jedoch mein Job als Reporter nicht mehr, weil ich nicht wirklich in den Sport integriert war. 1961 hörte ich zufällig, daß an der St. Anthony High School in Philadelphia ein Posten als Trainer frei war. Ich bewarb mich und bekam den Job. Er wurde zwar schlecht bezahlt, aber er eröffnete mir neue Möglichkeiten. Im ersten Jahr stellte ich eine großartige kleine Mannschaft auf, die bei den Wettkämpfen von Pennsylvania viel Beachtung fand.

Der Haken war, daß ich keine Studenten von der Highschool mochte. Sie waren schlimmer als ein Sack Flöhe. Im darauffolgenden Jahr bot mir mein heißgeliebtes Villanova-College einen Posten als Co-Trainer an, und ich war überglücklich. Es war angenehmer, mit College-Studenten zu arbeiten, weil sie ein entwickelteres Selbstbewußtsein hatten.

Um ehrlich zu sein, ich fühlte mich unter ihnen sehr wohl. 1962, in meinem ersten Jahr als Trainer am Villanova-College, gestand ich mir endlich ein, daß es für meine Veranlagung einen Namen gab: Homosexualität.

Es ist schwer in Worte zu fassen, wie sehr ich darunter litt.

Aufgrund meiner Erziehung sah ich mich selbst im allerschlechtesten Licht. Läufer sind richtige Männer, hatte mein Vater gesagt. In der Armee hieß es, ein Marineoffizier sei ein richtiger Mann. Ein Trainer ist auch ein richtiger Mann. Um Himmels willen! Sogar Reporter waren richtige Männer. Aber die Reporter, die ich kannte, waren schlampig und hurten herum.

Was mich am meisten erstaunte, war die Tatsache, daß ich an mir selbst nichts von dem Gehabe feststellen konnte, das die Gesellschaft als unverwechselbares Merkmal aller Homosexuellen hinstellte. Ich dachte damals, daß ich alles über »Homos« wüßte. »Homos« gab es unter Ballettänzern, Dekorateuren und Schauspielern. Sie waren weibisch, hübsch, wedelten mit den Händen, wackelten mit dem Hintern und sprachen mit hoher, atemloser Stimme.

Tag für Tag war ich im Umkleideraum mit diesen schönen, nackten Körpern zusammen, und stets waren sie zum Greifen nah.

Diese Villanova-Läufer benahmen sich oft wie ungezähmte Pferde. Vermutlich war es bloß ein Spaß unter Männern, wenn sie sich unter der Dusche gegenseitig an den Schwanz faßten. Aber ab und zu hatte ich das Gefühl, daß doch mehr dahintersteckte. Man kann bei einer Sportart, die sich so auf den Körper konzentriert, nicht einen Haufen junger, fröhlicher Männer, die alle gewisse Bedürfnisse haben, zusammenbringen, sie die Verehrung des Körpers lehren, sie nackt in einen Umkleideraum sperren und dann erwarten, daß nicht zufällig ein paar Gefühle wachgerufen werden.

Verglichen mit anderen Sportlern haben Läufer die beste Kondition und sind schamlos körperbewußt. Sie sind regelrecht in ihren Körper verliebt. Sie achten genau darauf, wie er auf das Training reagiert, oder ob er überhaupt eine Reaktion zeigt. Läufer sind, genau wie ältere Damen, ganz versessen darauf, über ihre Verletzungen und Krankheiten, über Darmtätigkeit und Mineralmangel zu reden. Sie befassen sich intensiver mit der Physiologie des Menschen als Sexualforscher. Läufer schwören sogar, daß sie bessere Liebhaber seien als andere Männer, weil sie stärkere Hüftmuskeln haben. Sie sind physiologisch dem Laufen so verfallen, daß sie schon beim geringsten Entzug wie Drogensüchtige an den Wänden hochgehen würden. Die Zusammensetzung ihrer Hormone steht in einem engen Verhältnis zu den Energien, die sie brauchen: männliche Hormone für die Kraft und weibliche für die Ausdauer.

Der Körper eines Mannes sieht nur dann gut aus, wenn er durchtrainiert und muskulös ist. Tatsache ist, daß es im Sport ebenso viele Homosexuelle gibt wie überall in der amerikanischen Gesellschaft – möglicherweise sogar mehr. Dennoch wird weiterhin so getan, als ob der Sport ein mit bunten Fähnchen geschmücktes Heiligtum des normal veranlagten amerikanischen Mannes wäre. Zuweilen hat jemand den Mut, die Wahrheit zu sagen, so wie Jim Bouton in seinem Buch *Ball Four*, aber er wird sehr schnell als Gegner des Sports niedergebrüllt. Homosexualität ist ein dunkler Punkt im amerikanischen Sport.

So war ich also in den Umkleideräumen des Villanova-College umgeben von all diesen gutaussehenden Männerkörpern.

Hin und wieder traf ich einen Jungen, der, wie mir schien, nichts dagegen gehabt hätte, etwas mit mir anzufangen. Ich wußte, daß auf dem College zwei Läufer ein Verhältnis hatten, weil ich sie einmal miteinander erwischte – so wie Gus Lindquist Vince und Jacques erwischt hatte. Ich hätte sie mit der Drohung, sie beim Cheftrainer zu verpfeifen, dazu zwingen können, mit mir ins Bett zu gehen. Aber ich ließ es bei einem Vortrag über Sitte und Moral bewenden.

Unglücklicherweise hatte ich die beiden damit so eingeschüchtert, daß sie aus der Mannschaft austraten.
Ich hätte sie berühren können – aber ich tat es nicht.
Religion, Disziplin, militärische Erfahrung, Erziehung und nackte Angst gaben mir die Kraft dazu. Jeden Tag betete ich zu Gott, daß er mir die Kraft schenken möge, die Finger von meinen Jungs zu lassen. Ich spürte, daß es meine verdammte Pflicht war, sie nicht mit meiner, wie ich damals meinte, unnatürlichen Veranlagung zu belästigen. Und mir fiel ein, daß ich meinen Gefühlen nicht nachgeben konnte, ohne zu riskieren, daß ich entdeckt wurde.
Es half, wenn ich so tat, als ob ich noch bei der Marine wäre. Ich machte ein stoisches Gesicht, ich war streng, hatte kurzgeschnittenes Haar, kleidete mich konservativ und schnauzte meine Sportler an, als ob sie Rekruten auf Parris Island wären. Auch das Laufen half mir. Genauer gesagt, je mehr ich vom Laufen erschöpft war, desto besser konnte ich meine Qualen und Sehnsüchte vergessen. In diesem Jahr am Villanova-College fing ich wieder an, ernsthaft zu trainieren. Nicht um an Wettkämpfen teilzunehmen (das konnte ich sowieso nicht mehr, seit ich Lehrer war), sondern um zu überleben. Jeden Morgen stand ich besonders früh auf, lief in schnellem Tempo ungefähr zehn Meilen, und wenn ich Zeit hatte, testete ich sogar auf der Bahn meine Schnelligkeit.
Ich war neugierig, wie mein Vater über Homosexualität dachte. Er hatte immer noch seinen Laden in Philadelphia, und seine Hände waren schwarz vor Tinte. Aber er sah jetzt immer etwas zerknirscht aus, und seine Arthritis plagte ihn. Eines Tages erwähnte ich ganz beiläufig, daß ich am Villanova-College einen »Homo« gesehen hätte.
Er wollte am liebsten nicht wahrhaben, daß solche Menschen überhaupt existierten. Aber schließlich sagte er: »Ja, Harlan, es gibt ein paar. Ein paar wenige. Gott sei Dank, denn das

sind kranke, verkorkste Menschen. Der Herr wird sie im ewigen Feuer schmoren lassen.«

Krank? War ich wirklich krank? Ich wußte nur eins: Vielleicht war ich jetzt noch nicht krank, aber ich würde es in Kürze sein, wenn es mir nicht gelang, diese Gefühle zu verdrängen.

Im Jahr 1963, noch während meiner Zeit am Villanova-College, drang ich in einen verborgenen Winkel der amerikanischen Gesellschaft vor, wo, wie ich gehört hatte, diese Bedürfnisse bekannt waren. Und ich erfuhr noch ein paar andere Dinge. Das richtige Wort für meine Veranlagung war nicht »Homo«, sondern »schwul«. Und die korrekte Bezeichnung für einen wie mich, der sich nach außen hin wie ein normaler Mann verhielt, sich aber sexuell zu seinesgleichen hingezogen fühlte, lautete »schwuler Macho«.

Ich überlegte mir, daß ich es wenigstens einmal versuchen müßte. Vielleicht gefiel es mir gar nicht, und ich wollte doch lieber mit Frauen zusammen sein.

Es gab in Philadelphia Bars für Schwule, aber ich konnte es nicht riskieren, dorthin zu gehen, weil es nicht weit genug von zu Hause weg war. Also fuhr ich hin und wieder an Wochenenden, wenn keine Wettkämpfe waren, oder in den Sommerferien nach New York.

Dort lief ich dann in der verrücktesten Verkleidung herum, die man sich vorstellen kann – Hippieklamotten, Sonnenbrille und Lockenperücke –, und fing an, mit klopfendem Herzen das Schwulenviertel zu erkunden.

An diesem ersten Wochenende klapperte ich die Bars und Pornoläden ab. Ein paar Burschen versuchten, mich anzumachen, aber ich war noch nicht soweit. Ich saß nur da, trank eine Cola nach der anderen und wunderte mich über die vielen jungen Männer, die hier herumlungerten. Ein paar, hatte mein Vater gesagt.

Obwohl ich, was Sexfilme und obszöne Fotos betraf, kein unbeschriebenes Blatt war, war ich doch überwältigt von dieser reinen Männerpornographie. Nachdem ich mir das erste Mal einige Filme angeschaut hatte, war ich wie betrunken. Der Anblick zweier Männer, die sich liebten, war so unbeschreiblich schön.

Ich kaufte unter der Hand ein Buch mit ausgezeichneten Farbfotos, auf denen zwei Läufer, beide um die zwanzig, abgebildet waren. Ich sah auf den ersten Blick, daß es sich um durchtrainierte Sportler handelte. Ich fragte mich, wer die beiden waren und warum sie sich so fotografieren ließen. Wußte die AAU, daß sie ihren Status als Amateure aufs Spiel setzten? Daß sie in ihren Trikots Unzucht trieben, um aus ihrem Sport Profit zu schlagen?

Die Fotos zeigten die beiden, wie sie zusammen durch den Wald liefen. Dann hielten sie auf einmal an, fielen einander um den Hals und zogen sich aus. Bild für Bild wälzten sie sich hingebungsvoll auf dem Waldboden, und ihre makellosen schlanken Körper glänzten vor Schweiß. Ich mußte plötzlich an Chris denken. Was war ich doch für ein Idiot und Feigling gewesen.

Bevor ich an diesem Sonntagnachmittag New York verließ, vernichtete ich den Fotoband wie ein Spion sein Notizbuch. Ich warf ihn in einen Abfalleimer. Aber ich hatte diese Bilder von nun an immer vor Augen.

Mehrere Wochen vergingen, bis ich wieder nach New York fuhr. An diesem zweiten Wochenende tat ich, was alle taten. Ich streifte durch Bars und Straßen rund um den Sheridan Square und suchte ein »Abenteuer«, in der Hoffnung, keinem Bullen in die Arme zu laufen, der nur darauf aus war, einen Schwulen zu schnappen.

Natürlich konnte man ganz einfach jemanden »kaufen«. Man fragte nur: »Wieviel?« und bekam zur Antwort: »18 cm, 25

Dollar«, oder was auch immer. Aber für das erste Mal wollte ich keinen Strichjungen. So lief ich das halbe Wochenende herum, bis ich fast taub war vom Lärm der Musicboxen in den Bars, wo ich Gesichter und Körper stundenlang angestarrt hatte. Ich war auf der Suche nach einem bestimmten Gesicht, das in meiner Phantasie existierte und eine starke erotische Reaktion in mir auslöste.
Gegen 13 Uhr an diesem Sonntagmittag war ich nahe dran aufzugeben. Ich ging ins berüchtigte Loews-Sheridan-Kino, einem Treffpunkt für Schwule. Einige Dutzend Männer waren da. Zwei Pärchen hielten sich eng umschlungen, die anderen saßen allein herum. Einer von ihnen hatte struppiges, hellblondes Haar, das im Licht der Leinwand beinahe silbern schimmerte.
Ich ging langsam und nervös den Gang zwischen den Sitzreihen hinunter, um ihn mir aus der Nähe anzusehen. Er saß mit etwas hängenden Schultern und gespreizten Beinen da, trug eine rote Lederjacke und enge gestreifte Hosen, die unten herum sehr weit geschnitten waren. Für einen Hippie war er ein bißchen zu gut gekleidet, aber er war offensichtlich auch kein Beamtentyp. (Ich spreche hier übrigens als ehemaliger Marineleutnant.) Er war jünger als ich, vielleicht einundzwanzig oder zweiundzwanzig, sehr schlank und ernst. Das ständig wechselnde Licht der Leinwand erhellte in dem verräucherten Dunkel sein edles Profil.
Ich zögerte erst einen Augenblick, weil ich dachte, er könnte ein Polizeibeamter in Zivil sein. Aber dann gab ich mir einen Ruck. Ich ging durch die Reihe, an den Sitzen entlang, und setzte mich neben ihn. Mein Herz pochte, als ob ich eine Meile gelaufen wäre. Ich tat ganz desinteressiert und starrte geradeaus auf die Leinwand. Aber aus dem Augenwinkel konnte ich sehen, wie er seinen Kopf zu mir hin drehte. Musterte er mich nur, oder würde er mich im nächsten

Moment verhaften? Wenn ich ihm nicht gefiel, dann mußte ich weitersuchen.
Was dann geschah, habe ich nach all den Jahren noch immer nicht vergessen.
Er rückte näher, und unsere Knie berührten sich. Ich drehte meinen Kopf etwas zur Seite. Er hatte lange schlanke Beine. Man konnte durch die enge dünne Hose erkennen, wie muskulös sie waren. Ein Läufer? Wer weiß? Jedenfalls sah er sehr athletisch aus. Die offene Jacke ließ seine schmalen Hüften und den kräftigen Schritt erkennen. Sein Penis zeichnete sich unter dem linken Hosenbein ab. Seine Hände lagen auf den Armlehnen. Sogar sie waren anziehend, schmal und kräftig, mit schlanken Fingern.
Ich erwiderte den Druck seines Knies und legte dann zitternd meine Hand auf seinen Oberschenkel. Seine Kraft und Wärme durchzuckten meine Finger wie ein elektrischer Schlag. Er legte seine Hand ganz sacht auf meine. Diese Zärtlichkeit hatte ich nicht erwartet. Ich drehte meine Hand um, so daß sich unsere feuchten, heißen Handflächen berührten, und unsere Finger waren miteinander verschlungen.
Wir saßen händchenhaltend da. Endlich wagte ich, ihm ins Gesicht zu sehen. Er schaute mich ernst an, mit diesem herausfordernden, betörenden Blick, mit dem ein Schwuler in sexueller Erregung seinesgleichen zu fesseln versteht. Er war kein Spitzel. Seine sexuelle Veranlagung stand ihm im Gesicht geschrieben. Seine Augen schienen zu sagen: Ich kann deine Träume wahr machen.
Mit der freien Hand faßte er in seine Jackentasche und zog ein glänzendes Metallding heraus, das aussah wie ein Lippenstift, und hielt es mir hin. Jetzt kam also die Zeremonie mit dem Amylnitrit. Ich entspannte mich ein wenig. Ich versuchte, mich so fachmännisch wie nur möglich zu verhalten und hielt den Inhalator an ein Nasenloch, wie ich es schon bei anderen

gesehen hatte. Ich atmete langsam und tief durch und war gespannt, welche Wirkung es haben würde. Nach einer Weile durchströmte meinen Körper ein brennendes, herrliches Gefühl, das in meinen Genitalien zusammenfloß.
Keiner von uns sagte etwas. Er streichelte meinen Oberschenkel. Ich gab ihm das Amylnitrit zurück, und er inhalierte selbst. Auf der Leinwand umschlang und küßte sich zum Klang zarter Geigen ein junges heterosexuelles Liebespaar. Aber der Mann neben mir blieb ganz gelassen und zog mich in seinen Bann.
Seine Hand war inzwischen zu seinem Hosenschlitz hinabgeglitten, und er fing an, ihn langsam aufzuknöpfen. Er schob seine Hüften tiefer in den Sitz, und er sah aus, als ob er sich in einem Trancezustand befände. Seine Augen waren halb geschlossen, sein Mund leicht geöffnet, und ein paar Haarsträhnen klebten an seiner feuchten Wange. Ich erschrak etwas, als ich merkte, daß er ohne Vorspiel gleich zur Sache kam.
Aber nach einem weiteren Zug aus dem Inhalator legte ich meine Hand auf die Ausbuchtung an seinem Hosenbein und rieb sie sanft. Er streichelte meine Hand und preßte sie dagegen, während er seine Hose weiter aufknöpfte. Er trug keine Unterwäsche, und in seinem offenen Hosenschlitz sah ich seinen flachen Unterleib, die bronzefarbenen Schamhaare und die Hüftknochen, die sich leicht unter der Haut bewegten.
Mein ganzer Körper vibrierte vor Erregung – mit keiner Frau hatte ich bisher so ein Gefühl erlebt. Ich legte meine Hand auf seinen Unterleib und spürte, wie sich seine Muskeln bewegten. Ich ließ meinen Arm um seine Schultern gleiten. Gespannt und ängstlich beobachtete ich, wie er sich ein wenig vom Sitz erhob und seine Hose bis zu den Knien hinunterschob. Sein langer dunkelrosa Penis richtete sich zwischen seinen gespreizten Beinen auf, dieses Ding, das mir die

Gesellschaft strengstens verbot und das ich am meisten begehrte. Ich hatte mein Gesicht in seinem heißen Nacken vergraben und ließ meine Hand an seinen nackten Schenkeln auf und ab gleiten, während er sanft an meinem Hosenschlitz rieb und ihn schließlich aufmachte.

Endlich fand ich den Mut, seinen Schwanz anzufassen. Er hob seine Hüften und preßte sie gegen meine Hand. Er stöhnte – ein kaum hörbarer Laut, der aus seinem Becken zu kommen schien – und ließ seine Hand an meiner nackten Hüfte hinabgleiten. Bis zu diesem Moment hatte ich nicht gewußt, wie viele Nervenfasern es unter dieser empfindlichen Haut gab. Ich schloß meine Augen, öffnete den Mund und war bereit, all meine aufgestaute Leidenschaft und Zärtlichkeit diesem fremden Mann zu geben, wenn er mir dafür seine gab.

Ungefähr eine halbe Stunde später fand ich mich in dem schmutzigen kleinen Waschraum im Kellergeschoß des Kinos wieder und wusch mich. Ich zitterte am ganzen Leib. Als ich wieder die Treppe hinaufging, warf ich einen Blick in das Kino. Er lag immer noch mit zurückhängendem Kopf und offenem Hemd in seinem Sitz, wie ich ihn verlassen hatte. Vermutlich hing ihm auch noch die Hose um seine Knöchel. Im Schein der Leinwand glitzerten ein paar Spritzer meines Spermas auf seinem Gesicht.

Ich verließ fluchtartig das Kino. Ich mußte mich erst wieder an das helle Tageslicht gewöhnen. Ich ging, immer noch zitternd, die Straße hinunter und ließ mich auf die nächste Bank sinken. Das Zittern wollte einfach nicht aufhören, und meine Haut brannte unter der Kleidung. Ich hatte mir vorgestellt, daß ich beim ersten intimen Zusammensein mit einem Mann eine gewisse Erregung verspüren würde. Aber ich hatte nicht erwartet, daß ich hinterher so vollkommen und doch angenehm ermattet sein würde. Zum ersten Mal in meinem

Leben hatte es jemand fertiggebracht, daß ich die Kontrolle über mich verlor – und das stumm, ohne ein Wort zu sagen. Ich hatte geglaubt, daß sich die sinnliche Wahrnehmung des Mannes auf die Leistengegend konzentriere. Aber ich spürte immer noch seine Hände und seinen Mund auf meinem Körper, wie er meinen Hals berührte, die Brustwarzen, meine Hüften, mein Gesäß – jedes Fleckchen Haut, das er im Sitzen erreichen konnte.

Ich schaute einen Moment nach dem Eingang des Kinos. Er kam nicht heraus. Ich wollte schon zurückgehen, um ihn nach seinem Namen und seiner Adresse zu fragen, aber ich traute mich nicht. Ich wollte wie ein Spion keine Spuren hinterlassen. Ich würde ihn nicht wiedersehen. Aber ich wußte genau, daß ich ihn nie vergessen würde, solange ich lebte.

Schließlich stand ich auf und ging wankend zur U-Bahn-Station zwischen Sheridan Square und Christopher Street. Dort beschloß ich, wieder umzukehren und den nächsten Bus in Richtung Süden zu nehmen.

Ich saß regungslos in meinem Sitz, während der Bus an Parkanlagen vorbeiratterte, und fühlte mich immer noch völlig zerschlagen. Ich trug wieder meine Alltagsklamotten, nur die Sonnenbrille hatte ich noch auf. Irgendwie freute ich mich jedoch, weil ich endlich das kennengelernt hatte, wonach ich mich schon so lange sehnte. Überrascht stellte ich fest, daß ich mich nicht im geringsten schuldig oder schmutzig fühlte. Ich war jetzt ganz sicher, daß ich nicht krank war. Möglicherweise konnte man sich als Schwuler doch ganz wohl fühlen – so lange es einem gelang, seine Veranlagung vor dem Rest der Welt geheimzuhalten.

Wieder zurück am Villanova-College, inmitten der kalten Realität von Bandagen und Stoppuhren, schwand meine Hochstimmung allmählich. Wenn es schon mit jemandem, den man irgendwo aufgegabelt hatte, so schön sein konnte, wie herrlich mußte es dann erst mit einem Mann sein, den man liebte. Doch meine sexuellen Gefühle sagten mir, daß ich nur einen Sportler lieben konnte. Und das war unmöglich.

Ich fuhr noch ein paar Mal heimlich nach New York, und es wurde mir klar, daß ich damals im Loews-Sheridan-Kino verdammtes Glück gehabt hatte. Auch in den Jahren danach fand ich keinen, mit dem Sex so befriedigend war wie mit dem Jungen in der roten Lederjacke. Vielleicht hatte es auch nur an dem Amylnitrit gelegen, oder weil es das erste Mal war.

Ich verabscheute kreischende Weiber und Transvestiten. Alles, was mich im geringsten an Frauen erinnerte, war reizlos für mich. Mich interessierten nur sportlich aussehende Burschen um die zwanzig. Und davon gab es eine ganze Menge. Es ist der Traum eines jeden Mannes, wie ein Sportler auszusehen, und für Homosexuelle gilt das erst recht. Für einen Schwulen ist es geradezu lebensnotwendig, einen athletischen Körper zu haben.

Das Traurige war, daß nur wenige meiner Bettgenossen richtige Sportler waren. Man sieht auf den ersten Blick, wenn jemand hart trainiert hat: an der Statur und an den starken Adern. Die meisten meiner Liebhaber waren schlank, aber kraftlos – alles Fassade, wie mein grobes »Feldwebelbetragen« am College. Keiner dieser Softies entsprach meinem Wunschbild von einem Meilenläufer des Villanova-College oder ähnelte Chris. Ich brachte es immer schnell hinter mich. Peng, bumm, ich bezahlte, wenn es Strichjungs waren, war zwanzig Minuten später wieder unten auf der Straße und nahm den nächsten Bus. Ich lernte schnell, meine Zärtlichkeit nicht an sie zu verschwenden. Oft wünschte ich mir, dem Jungen in der roten Lederjacke in die Arme zu laufen. Aber wir sahen uns nie wieder.

Zuweilen kam es vor, daß *mir* ein Mann Geld anbot. Eine

Hand legte sich auf meinen Arm, und eine Stimme fragte: »Wieviel?« Immerhin war ich ein richtiger Sportler. Ich war erst achtundzwanzig, sah aber jünger aus und wog kein Gramm mehr als zu meiner Zeit als Meilenläufer. Außerdem ließ ich das Herz so mancher Frau höher schlagen. »Darling, wie göttlich du aussiehst.« Aber die Vorstellung, meinen Körper zu verkaufen, gefiel mir nicht.

Manchmal fragten mich meine namenlosen Liebhaber, wie ich mich fit halten würde. Sie hatten gleich erkannt, daß ich Sportler war. Ich log sie an, behauptete, daß ich Ruderer oder Radrennfahrer sei. Ich erzählte einfach alles, nur nicht die Wahrheit: daß ich Co-Trainer eines der bekanntesten Leichtathletikteams Amerikas war. Ich hatte so entsetzliche Angst davor, erkannt zu werden, daß ich nicht einmal im Bett meine Sonnenbrille abnahm. Wenn wir mit unserer Mannschaft an einem Wettkampf teilnahmen, achtete ich darauf, daß keine Fotos von mir gemacht wurden, weil ich fürchtete, jemand, der in irgendeinem Treppenhaus meinen Schwanz bearbeitet hatte, könnte die *Track & Field News* lesen. Das waren gefährliche Wochenenden. Ich kam mir immer vor wie ein Spion, der hinter dem »Eisernen Vorhang« eine nervenaufreibende Mission zu erfüllen hatte. Ein falscher Schritt, und ich war ein toter Mann. Von den Schwulen hatte ich nichts zu befürchten, obwohl mir einmal ein Strichjunge meine Brieftasche klaute. Ich hatte Angst vor den Heterosexuellen, die Jagd auf Schwule machten. Faschistische Hitzköpfe streiften manchmal durch die Straßen des Viertels und verprügelten zum Spaß wehrlose Homosexuelle. Zweimal stellte ich einen neuen Weltrekord auf, als ich durch die Hintertür einer Schwulen-Bar verschwand, während ein Rudel Polizisten zur Vordertür hereinkam. Bei anderer Gelegenheit sprang ich einfach durch das geschlossene Badezimmerfenster, das zum Hinterausgang führte. Ich verletzte mich an Glassplittern und mußte in der Ambulanz des Krankenhauses am Handgelenk genäht werden. Überall gab es Spitzel, die in Parks und öffentlichen Toiletten lauerten. Und das Gefängnis drohte einem, wenn man bei der Art von Liebe erwischt wurde, die einem etwas bedeutete.

Es dauerte nicht lange, bis auch ich ebenso bestürzt und wütend war wie die anderen Schwulen. Wir waren wie gehetzte Tiere. Wir lebten, wie früher die Christen in den Katakomben, in den Untergrund gedrängt, wo wir die winzige Flamme unseres sexuellen Bekenntnisses hüteten. Welcher gerechte Herrscher würde ein Edikt erlassen, das uns erlaubte, ans Tageslicht zu kommen? Was hatten wir Böses getan? Mörder und Diebe fügten anderen Menschen Leid zu, aber wir schadeten niemandem, außer vielleicht – durch unsere Verwirrung und unsere Schuldgefühle – uns selbst.

Ich konnte mich erst entspannen, als ich wieder im Bus nach Pennsylvania saß. Ich stellte mir vor, wie ich vom Villanova-College in mein gemütliches Vorstadthäuschen heimkam. Die Situation erschien mir irgendwie unwirklich.

Ich sah in Gedanken alles genau vor mir. Mit einer Cola in der Hand sitze ich vor dem Fernseher, neben mir meine zwei kleinen Söhne (der kleine Mark war zwei Jahre nach Kevin auf die Welt gekommen). Vor Vergnügen wälzen sie sich auf dem Wohnzimmerteppich, und mir spukt der Körper irgendeines Fremden im Kopf herum. In der Küche läuft die Geschirrspülmaschine, während ich immer noch bei dem Gedanken zittere, daß ich gerade einer Schar Polizisten entkommen war.

»Daddy, Kevin hat mir mein Flugzeug weggenommen«, schreit Mark und kommt weinend zu mir gelaufen.

»Kevin«, sage ich streng, »gib sofort das Flugzeug zurück.« Und in Gedanken sehe ich einen aufgerichteten Penis. Milchiger Samen ergießt sich über eine schlanke Männerhand, die ihn umschließt.

»Hattest du eine schöne Zeit mit deinen Kumpels von der Zeitung«, fragt meine Frau mit einem sarkastischen Unterton.
»Oh ja, wir haben uns köstlich amüsiert«, antworte ich. »Dinner bei Mama Leone und eine Varietéshow in der Stadt.«
»Du bist widerlich«, sagt sie. »Mit *mir* gehst du nie aus.«
»Wer will schon mit so einer mürrischen Ziege wie dir ausgehen«, antworte ich. »Wenn du unbedingt ausgehen willst, dann such dir doch einen anderen.«
Es war paradox, aber ich sorgte dafür, daß sie im Komfort lebte, um meine Veranlagung zu verbergen. Meine beiden Jungs wuchsen heran, und ich merkte, daß meine Furcht, entdeckt zu werden, um so stärker wurde, je mehr ich die beiden liebte. Eines Tages würden sie es herausfinden. Das wäre ein schwerer Schlag für sie.
Nachdem ich zwei Jahre lang am Villanova-College war, bot mir die Universität von Iowa den Posten des Cheftrainers an, aber ich lehnte ab. Da draußen, inmitten von Kornfeldern, gab es keinen Treffpunkt für Schwule, zu dem ich flüchten könnte.
Ein Jahr später zahlte sich mein Warten aus. Die Penn State Universität bot mir einen Vertrag als Cheftrainer an. Das war eine Riesenchance für einen Einunddreißigjährigen, und 30 000 Dollar im Jahr waren mehr Geld, als ich jemals zuvor verdient hatte. Die Mannschaft war unter meinem Vorgänger in ihrer Leistung abgefallen, denn er war zu sanft und nachgiebig gewesen. Die Verwaltung und die ehemaligen Studenten erwarteten von mir, daß ich die Sache in den Griff bekam. Und das tat ich. Ich war der »Mr. Parris Island« der Leichtathletik. Mein militärischer Drill war bei den Langstreckenläufern gefürchtet. Ich war zu jener Zeit der strengste Trainer von ganz Amerika.
Meine Jungs haßten mich nur deshalb nicht, weil ich mir bei

ihnen den nötigen Respekt verschafft hatte. Ich war kein Trainer von der Sorte, die mit kugelrundem Bauch und einer dicken Zigarre herumlaufen und ihre Jungs fünfzehnmal eine Viertelmeile in jeweils dreiundsechzig Sekunden laufen lassen, während sie ihre vier Bierchen trinken. Ich lief gemeinsam mit meinen Jungs, und sie wußten genau, daß ich mich nicht weniger anstrengte als sie. Sie wußten auch, daß mir der Sport sehr viel bedeutete, und daß mir keineswegs gleichgültig war, was aus ihnen wurde. Ich wollte, daß sie meinen Anforderungen gerecht wurden. Sie sollten ihr Ziel erreichen und dabei sich selbst kennenlernen. Ich wäre für sie durchs Feuer gegangen, und alle, die in meinem Team die ersten paar Wochen überstanden hatten, würden für mich dasselbe tun.

Das Musical »Hair« machte Furore. Inzwischen war die Aquarius-Generation an die Universität gekommen, und es gab Streit mit den Jungs wegen Sex, Alkohol, langen Haaren usw. Der »Wassermann« regierte. Na, ich war jedenfalls »Löwe« und hatte mit diesem Unsinn nichts zu tun. Ich ging aus jeder Schlacht als Sieger hervor. Ich war unerbittlich, was die kurzen Haare und die »Keuschheit« betraf. Wenn sich ein Junge nicht fügen wollte, wurde er gefeuert.

Natürlich war mir klar, daß ich ein gemeiner Heuchler war. Ich hielt sie von ihren Freundinnen fern, weil ich sie ganz für mich haben wollte. Sie mußten sich ihre Haare schneiden lassen, und ich fuhr nach New York und strich mit meinen Fingern durch die struppige Mähne eines 25-Dollar-Strichjungen.

Ungefähr 1968 machten mir schließlich der Druck, unter dem ich als Trainer einer so bekannten Mannschaft stand, und die Angst, entdeckt zu werden, immer mehr zu schaffen. Ich hatte nicht mehr viel Zeit, um nach New York zu fahren. In diesem Jahr gewann mein Team alle College-Wettkämpfe, und ich war beinahe reif für die Zwangsjacke.

1968 – genauer gesagt im März 1968 – zerstörte eine Atombombe meine heile Welt.
Im Frühjahr begann ein gewisser Denny Falks – er war neunzehn, Student im zweiten Jahr und Halbmeilenläufer – mit mir zu flirten. Ich weiß kein anderes Wort für sein Verhalten. Er verbarg seine Wünsche keineswegs, aber er zeigte sie nur offen, wenn er sicher sein konnte, daß wir allein waren. Von allen Läufern, die ich bis dahin kennengelernt hatte, war Denny der einzige, der erraten hatte, was in mir vorging.
Er kam ständig zu mir ins Büro, um mit mir über irgendwelche Probleme zu sprechen. Es schien, als ob Denny mehr Schwierigkeiten mit der Familie und mehr Schmerzen und psychische Probleme wegen des Sports hatte als sonst einer im Team.
Noch nie hatte sich mir einer meiner Läufer in dieser Weise genähert, und Dennys Verhalten jagte mir einen ungeheuren Schrecken ein.
Aus Notwehr war ich mit ihm besonders streng. Aber er durchschaute mich. Einmal täuschte er während des Trainings eine Verletzung in der Leistengegend vor, um diesen Körperteil im Umkleideraum vor mir entblößen zu können. Ich merkte, daß er simulierte, und überließ ihn dem Arzt.
Denny war sehr attraktiv. Er hätte am Sheridan Square Aufsehen erregt, selbst wenn ich ihn gezwungen hätte, seine langen blonden Haare abschneiden zu lassen. Ich schikanierte ihn weiter, ließ ihn bis zur Erschöpfung laufen und versuchte, seinen Willen zu brechen. Damals mußte ich morgens um 4.30 Uhr aufstehen und fünfzehn Meilen laufen, um ihn zu vergessen.
Zwei Monate lang versuchte Denny mit allen Mitteln, mich herumzukriegen. Aber als alle seine Verführungskünste fehlschlugen, tat er, was viele aus verletztem Stolz tun: Er rächte sich.

Fröhlich und ungezwungen berichtete er ein paar seiner Teamkameraden: »Hey, wißt ihr was, ich glaube, unser Trainer ist schwul.«
»Im Ernst?« sagten sie ziemlich überrascht.
»Ja«, erwiderte Denny unbekümmert. »Er hat versucht, mit mir anzubändeln, als ich in seinem Büro war.«
Das Gerücht verbreitete sich wie ein Lauffeuer, und es dauerte nicht lange, bis es auch dem Dekan Marvin Federman zu Ohren kam. Federman bestellte mich zu sich und erzählte mir von dem Gerücht.
Ich war wie gelähmt.
Federman war unfreundlich und schroff. »Der Junge behauptet, Sie hätten an ihm sexuelles Interesse gezeigt.«
Ich war entsetzt und verwirrt, aber es gelang mir, äußerlich ruhig zu bleiben. »Das ist nicht wahr.«
»Dieses Gerücht ist auch ein paar Herren aus der Verwaltung und einigen ehemaligen Studenten zu Ohren gekommen«, sagte Federman. »Ich stehe ziemlich unter Druck. Wir können uns einen Skandal nicht leisten. Ich bin sicher, Sie verstehen das.«
»Aber das ist lächerlich«, sagte ich.
»Sind Sie bereit, seine Behauptungen gerichtlich anzufechten?« fragte Federman.
Wie sollte ich mich wehren? Ich hatte Angst, daß sie die Wahrheit über mich herausfinden würden. Ich schwieg.
»Das beste wäre, Sie würden von Ihrem Posten zurücktreten. Ich habe bemerkt, daß Sie in letzter Zeit müde und abgespannt aussahen. Sie können ja sagen, aus gesundheitlichen Gründen.«
Dieses Gerücht und das kurze, frostige Gespräch mit dem Dekan setzten meiner Trainerkarriere an der Penn State Universität ein Ende. Noch am selben Tag reichte ich meine Kündigung ein.

Als ich zum letzten Mal mein Büro verließ, sah ich den schönen Denny gerade aus dem Gebäude kommen und pfeifend zum Training gehen.
Das Gerücht machte weiter die Runde und vergiftete mein Leben. Schließlich erfuhr auch meine Frau von der Sache. Sie hatte schon lange einen Grund gesucht, um sich von mir scheiden zu lassen. Nun hatte sie einen. Sie spielte die Betrogene, wir wurden geschieden, sie bekam das Haus und die Kinder, und ich mußte im Jahr 12 000 Dollar Unterhalt zahlen. Außerdem erzählte sie alles meiner Mutter und der ganzen Familie. Sie wollten daraufhin nichts mehr mit mir zu tun haben. Wenigstens mußte ich es nicht auch noch ertragen, daß mein Vaters mich verachtete – er war ein Jahr zuvor gestorben.
In der Sportpresse gab es nur eine Schlagzeile: TRAINER DES LEICHTATHLETIKTEAMS DER PENN STATE UNIVERSITÄT ERKLÄRT AUS GESUNDHEITLICHEN GRÜNDEN SEINEN RÜCKTRITT. In einem Interview hatte ich gesagt, daß ich daran dächte, wieder zur Zeitung zu gehen. Die Bemerkung wurde überall zitiert.
Das Gerücht verbreitete sich allmählich in der gesamten Sportwelt und geriet dann in Vergessenheit. Einige Leute meinten, sie würden es einfach nicht glauben. »Schließlich war er verheiratet und benahm sich so männlich.« Aber gewisse Zweifel blieben doch.
Niedergeschlagen und zugleich zornig, ging ich nach New York und mietete mir ein kleines Apartment im Schwulen-Ghetto. Meine Ersparnisse gingen für die Rechtsanwaltskosten und die erste Unterhaltszahlung drauf, und dann mußte ich irgendwie Geld auftreiben oder wegen Nichterfüllung einer Unterhaltsverpflichtung ins Gefängnis. »Wenn du nur einmal den Scheck vergißt«, hatte meine Frau gedroht, »lasse ich dich einsperren.«

Bruce Cayton, ein alter Kumpel von der *New York Post*, bot mir an, mir bei der Suche nach einem Zeitungsjob zu helfen. Aber ich war überängstlich und fest davon überzeugt, daß inzwischen alle Welt das Gerücht kennen und daß ich abgelehnt würde, weil ich homosexuell war. Außerdem wollte ich im Moment nicht schon wieder ein Teil einer großen Institution sein, in der man mir nachspionieren und mich unter Druck setzen konnte. Das beste war wohl, wenn ich mich selbständig machte. Ich stünde nicht mehr in der Öffentlichkeit und könnte mich im Schwulenmilieu bewegen, wann immer ich Lust hatte.

Deshalb lehnte ich das Angebot von Bruce dankend ab und dachte über meine Möglichkeiten nach. Es gab nicht viel, womit man schnell Geld verdienen konnte. Ich versuchte es als freier Journalist, aber es war sehr schwer, auf dem freien Markt Fuß zu fassen. Ich gab Anzeigen auf, in denen ich mich als freischaffender Korrektor und Redakteur anbot, aber dieser Job wurde erbärmlich bezahlt – vier oder fünf Dollar in der Stunde, denn sogar in dieser Sparte hatte sich die Lage durch die Rezession verschärft. Als Trainer hatte ich Erfahrung im Massieren, und so versuchte ich es als staatlich geprüfter Masseur. Ich hatte meine Annonce bei der *Village Voice* und anderen Zeitungen aufgegeben: »Massagen von Chris, Sportmasseur.« (Ich wollte meinen richtigen Namen nicht angeben.) Aber in New York gab es genügend Masseure, die rund um die Uhr unterwegs waren, um Damen mittleren Alters, die unter Schlafstörungen litten, zu massieren. Das Geschäft lief schleppend.

Also versuchte ich es als Modell. Meine Anzeige lautete: »Stattlicher Ex-Marineleutnant, sportliche Figur, 155 Pfund, Taille 63 cm, Brustumfang 107 cm.« Ich bekam ein paar Anrufe, aber ich verdiente insgesamt nicht mehr als 200 Dollar die Woche, und genauso viel mußte ich meiner Exfrau schicken.

Es vergingen einige Wochen, bis ich zu einem Entschluß kam.
Eines Abends traf ich in einer Bar einen gutaussehenden Schwulen namens Steve Goodnight. Er war ein ernsthafter Schriftsteller, doch er mußte pornographische Bücher schreiben, um sich über Wasser zu halten. Steve und ich wurden Freunde, nicht mehr. Durch ihn lernte ich mehrere andere Schwule kennen, die mich in ihren kleinen Kreis aufnahmen. Diesen Leuten offenbarte ich meine wahre Identität, und ich merkte, daß ich durch meine Entlassung zu einer Art Märtyrer oder zu einer Berühmtheit geworden war.
In diesem Kreis traf ich eines Abends einen wohlhabenden und lüsternen Schwulen, der mit mir ins Bett gehen wollte. Weil ich gerade Geld brauchte, sagte ich: »Das kostet Sie 200 Dollar.«
So wurde ich ein Strichjunge.
Ich war sehr teuer und sehr exklusiv. Ich war keiner von denen, die es für 25 Dollar in irgendeinem Hotelzimmer trieben oder sich auf der Straße feilboten. Das war zu riskant. Bei mir lief nichts ohne telefonische Vereinbarung. Ich verlangte normalerweise 200 bis 250 Dollar, manchmal sogar mehr. Ich war aber auch jeden Penny wert, und schon bald hatte ich mehr zu tun, als ich bewältigen konnte. Aber ich mußte mich nicht anstrengen. Es reichte aus, wenn ich zweimal pro Woche 200 Dollar verdiente, um den Scheidungsrichter zufriedenzustellen und meinen Lebensunterhalt zu bestreiten.
Angeblich ist die Karriere eines Strichjungen mit dreißig vorbei, wenn er allmählich zu altern beginnt. Ich fing erst mit vierunddreißig an und hatte den Eindruck, daß für einen Mann in meinem Alter zwar eine geringere, dafür aber seriösere Nachfrage bestand. Meine Kunden wollten keine faden

Jünglinge. Sie bevorzugten eine herbe, strenge und reife männliche Schönheit. Manchmal wollten sie ausgepeitscht werden. Ich bin im Grunde kein Sadist, aber wenn ich in Fahrt war, dann konnte ich für 200 Dollar sehr gut mit der Peitsche umgehen. Der Verdienst war Reingewinn, denn ich arbeitete nicht für einen Zuhälter.
Mein Gewerbe erinnerte mich ständig daran, daß ich noch lebendig war und daß mich die Normalen nicht wie einen Wurm zertreten konnten. Ich fühlte mich, als ob ich auf dem Iwo Jima Vulkan die Flagge hißte, wenn ich sagte: »20 cm.« Ich war zum ersten Mal stolz darauf, schwul zu sein.
Es war jetzt für einen Schwulen gefährlicher denn je, auf die Straße zu gehen, denn die Bullen lauerten an allen Ecken. Am 28. Juni 1969, kurz nachdem ich in New York angekommen war, begann die Polizei mit ihren berüchtigten Razzien in den Schwulenkneipen. Den »Stonewall« nahmen sie sich als erste vor. In den folgenden zwölf Monaten wurden mehr als zwanzig Lokale, die meisten davon in der Barrow Street, von der Polizei gestürmt und geschlossen. Es war ein Wendepunkt in der Geschichte der Homosexualität, und irgendwie war es auch ein Wendepunkt in meinem Leben.
In der Nacht, als sie den »Stonewall« hochgehen ließen, war ich ganz in der Nähe. Irgend jemand rief meinen Kunden an und erzählte ihm, was draußen vorging. Wir sprangen aus dem Bett und liefen hin, weil wir es einfach nicht glauben konnten.
Die Straße war voller Bullen, und überall blinkte das rote Licht der Streifenwagen. Aber noch verblüffender war, daß Hunderte von Schwulen auf der Straße waren und sich mit den Bullen herumprügelten. Jahrelang waren sie davongelaufen, ließen sich in die Enge treiben, quälen und einsperren, weil sie dachten, das sei ihr Schicksal. Aber in dieser Nacht spürten sie tief in ihrem Innern, daß damit Schluß sein mußte.

Die verachteten »Puderquasten-Bubis« warfen jetzt mit Steinen und Flaschen. Sie kämpften mit bloßen Händen gegen die New Yorker Obrigkeit. Und sie hielten den Gummiknüppeln stand, die auf sie niederprasselten.
Ich beobachtete das alles mit wachsender Wut und Sorge. Ich trank nicht, aber diese Lokale waren ringsum die einzigen öffentlichen Plätze, wo sich Schwule frei und ungezwungen bewegen konnten. Kein Heterosexueller konnte verstehen, wie wichtig diese Kneipen für uns waren. Ich hatte bisher immer an Gesetz und Ordnung geglaubt und war auf der Seite der Polizei gewesen. Aber nun waren diese Bullen hinter mir her. Ihretwegen mußte ich in ständiger Angst leben. Sie ritten uns mit ihren großen Pferden einfach nieder und stießen uns in Handschellen in einen Kastenwagen.
Und da geschah etwas Erstaunliches. Ich hatte einen Stein in meiner Hand und schleuderte ihn mit der Treffsicherheit eines Marinesoldaten, der eine Handgranate wirft. Ich, Harlan Brown, der Stolz der Marine, warf einen Stein gegen die Bullen. Ich traf einen von ihnen. Ich dachte keinen Augenblick daran, daß ich dafür im Gefängnis landen konnte. Ich wurde gegen eine Hauswand gedrückt, und zwei große, kräftige Polizisten schlugen auf mich ein. Als ich am Boden lag, wurde ich getreten, und ein Bulle ritt mit seinem Pferd über mich weg.
In dem Durcheinander gelang es mir schließlich zu entkommen. Ich blutete und war übel zugerichtet. Drei Rippen und mein Nasenbein waren gebrochen, und auf meinem Körper waren mehrere Hufabdrücke.
In dieser Nacht hatte es in unseren Köpfen »Klick« gemacht. Eine militante Schwulenbewegung war entstanden. Von nun an kämpften sie gegen jeden, der sich ihnen in den Weg stellte, pochten auf die Menschenrechte und forderten eine humane Gesetzgebung. Ich war eigentlich nicht bereit, bei radikalen

Aktivitäten mitzumachen. Aber mir war klargeworden, daß ich einer Nation angehörte, in der die Normalbürger nicht dulden wollten, daß wir für unsere Rechte kämpften.
Ich ging weiterhin meinem Gewerbe nach. Ich hätte mir diese Erniedrigung ersparen können, wenn ich wirklich gewollt hätte. Aller Wahrscheinlichkeit nach hätte ich eine anständige Arbeit gefunden, oder ich hätte eben wie ein aufrechter Mann hungern müssen.
Aber ehrlich gesagt, es war keine Erniedrigung für mich. Höchstens die Tatsache, daß ich jetzt käuflich war. Aber schließlich verdiente ich meinen Lebensunterhalt wie jeder andere auch. Ich hatte die protestantische Arbeitsethik noch nie so deutlich vor Augen gehabt wie jetzt. In diesem Gewerbe konnte ich weit mehr verdienen als an der Penn State Universität. Meine Exfrau bekam pünktlich alle vierzehn Tage ihren Scheck, und ich zahlte sogar meine Einkommensteuer bis auf den letzten Cent. Die meisten Prostituierten tun das nicht, aber ich wollte keinen Ärger mit dem Finanzamt bekommen. Wegen meiner Unterhaltsverpflichtungen waren meine Einnahmen aktenkundig, und ich war immer noch so patriotisch zu glauben, daß es meine Pflicht sei, Steuern zu zahlen.
In meiner Angst und Sorge beschäftigte ich mich immer intensiver mit meiner Homosexualität und versuchte, ihr völlig auf den Grund zu gehen. In dieser Zeit machte es mir Spaß, im typischen Macho-Aufzug herumzustolzieren. Aber manchmal, wenn ich mich zufällig in einem Spiegel sah, in diesem schwarzen Lederdreß, verziert mit goldenen Knöpfen und Ketten, mit einem Ring um den Schwanz und mit einer langen Peitsche in der Hand, mit der ich wie wild auf die vor Erregung Zitternden einschlug, dann meinte ich eine innere Stimme zu hören. Sie schrie laut: »Das bin nicht ich. Ich bin ein friedlicher Mensch.« Und dann sehnte ich mich

nach der schlichten Erotik, die ich damals mit dem Jungen in der roten Lederjacke erlebt hatte.

Einer von den bekannten Schwulen, den ich durch Steve Goodnight kennenlernte, war der Filmemacher Gil Harkness. Er ist den meisten Amerikanern kein Begriff, aber für die Schwulen ist er ein zweiter Ingmar Bergmann oder John Ford. Er drehte einen der ersten Filme über Homosexuelle, *The Double Cross*, der nicht ins Genre der Pornofilme gehörte, wie sie in Nachtvorstellungen gezeigt wurden. Wenn Sie sich jemals diesen sadistisch-masochistischen Klassiker anschauen sollten (in den normalen Kinos wird er sogar noch manchmal gezeigt), dann achten Sie bitte auf den römischen Offizier, der den attraktiven Jesus auspeitscht. Das bin ich. Mein Inkognito wurde durch einen blanken Helm gewahrt, und im Nachspann tauchte ich nur unter einem Pseudonym auf.

Wie in diesem Gewerbe üblich, lernte ich schnell, mir nur in meiner Freizeit Gefühle zu gestatten. Es gab einige Männer – zwei in meinem Alter, der Rest war jünger –, die ich sehr gern mochte. Mit ihnen erlebte ich zum ersten Mal die sanfte und leidenschaftliche Seite meiner Sexualität. Aber ich lebte weiterhin allein und verliebte mich nie richtig. In Wirklichkeit hielt ich mich immer zurück, weil ich auf etwas Besseres wartete. Keiner war so wie Chris.

Ich lief acht Meilen am Tag rund um den Washington Square oder hinunter zum Battery Park und blieb dadurch in Form. Manchmal lief ich am Nachmittag, wenn ich in der Nacht zuvor meinem Gewerbe nachgegangen war. Ich kam mir in meinem grauen Trainingsanzug sehr verlassen vor, wenn ich an Studenten, Drogensüchtigen, Hippies und Pennern vorbeilief, die am Washington Square herumlungerten. Oft sah ich zu der Statue George Washingtons auf dem Triumphbogen hinauf und dachte: »Du Bastard. Wenn du wüßtest, wohin Pflicht, Ehrgefühl und Vaterlandsliebe manche Menschen bringen.«

Manchmal genehmigte ich mir auch eine Fahrt mit der U-Bahn zum Central Park, wo Bäume und Sträucher den Wald in New York ersetzen mußten. Oder ich lief zum Van Cortlandt Park in der Bronx, wo auf steilen und steinigen Pfaden häufig Geländeläufe veranstaltet werden. Hier wimmelte es von Läufern. Ich ging selten dorthin – ich kam mir dort irgendwie verloren vor. Ich sehnte mich so sehr nach der Freiheit und Ungezwungenheit jenes Sommers in den Pocono-Bergen.

In diesen zwei Jahren in Manhattan klammerte ich mich an die letzten Reste meiner Religion. Es war unerhört, Schwule wegen sexueller Praktiken vom Gottesdienst auszuschließen, die sich nur geringfügig von denen unterschieden, die von der Gesellschaft im heiligen Bund der Ehe gebilligt wurden. Überall in der Stadt schossen kleine Kirchen für Schwule aus dem Boden, hier mit einem evangelischen und dort mit einem katholischen Pfarrer, der genug Mut hatte, sich um uns zu kümmern.

Jeden Sonntag ging ich in die kleine Kirche der Geliebten Jünger in der Vierzehnten Straße und betete voll Verzweiflung. Ich bat Gott nicht darum, mich in einen Heterosexuellen zu verwandeln, sondern darum, daß er mir die Fähigkeit schenken möge, mich selbst zu erkennen und mich zu akzeptieren. Ich hatte erkannt, daß Homosexualität nicht nur eine Frage des Sex, sondern auch ein Gemütszustand ist. Die Gesellschaft behauptete zwar, daß ich krank sei, aber ich war jetzt davon überzeugt, daß ich durch natürliche Veranlagung homosexuell geworden war. Ich betete, daß ich einem Menschen begegnen möge, den ich lieben könnte, und daß ich mich nicht mehr verkaufen müßte, um meinen Unterhalt zu verdienen. Das Johannesevangelium war in gewisser Weise ein Trost, denn dort hieß es: »Es war aber einer unter seinen Jüngern, welchen Jesus liebhatte, der lag bei Tische an der Brust Jesu.« Ich konnte mir nicht vorstellen, daß Jesus mit Schwulen weniger Erbarmen haben sollte als mit Dieben und Verrätern.

Ich dachte viel über Haß und Intoleranz nach, unter denen man als Homosexueller leiden mußte. Ich hatte auf der Sonnenseite Amerikas, auf dem mit Sternen übersäten Gipfel des Glücks, gelebt. Ich war selbst intolerant gewesen, obwohl ich es damals anders bezeichnete, z. B. »klardenkend«, »rechtschaffen«, »anständig«. Ich war der Meinung, daß diese Eigenschaften Amerika groß gemacht hätten. Zum ersten Mal in meinem Leben hatte ich diesen Tugenden den Rücken gekehrt, und sie hatten sich wie Säure über meinen Körper ergossen.

Manchmal überlegte ich, ob diese eigentümliche Abscheu des Amerikaners vor der Homosexualität darauf zurückzuführen war, daß er so tief in seiner Geschichte verwurzelt ist. In der Schule erzog man uns im Geiste der viktorianischen Moral. In der frühen Geschichte unseres Landes waren die Männer oft auf sich allein gestellt, außerhalb der Reichweite der Zivilisation. Es waren starke junge Männer. Sie hatten dieselben Bedürfnisse und Sehnsüchte wie meine Sportler, die in den Duschräumen herumalberten. Forscher, Kundschafter, Jäger und Trapper, Skalpjäger, Cowboys, Goldsucher und Pioniere. Diese Männer ließen ihre Frauen Hunderte von Meilen zurück oder hatten überhaupt keine Familie.

Sie kamen mit einer puritanischen Gesinnung in den Wilden Westen, aber ihre sexuellen Bedürfnisse zwangen sie, die puritanische Moral zu vergessen und homosexuell zu werden. Keiner weiß, wie viele Männerbeziehungen es in der Wildnis Kentuckys, in der weiten Prärie oder in den ausgetrockneten Canyons gab.

Diese Männer erschlossen Columbia. Sie waren die Herren der Meere, doch ein kurzer Blick auf ihre Lebensbedingungen zeigt, daß viele von ihnen schwul gewesen sein müssen. Wenn ich mir diese jungen Machos in ihren Leder-, Cordsamt- oder Khakihosen ansehe, dann glaube ich manchmal, daß wir es heute trotz allem leichter haben. Es gab noch keine Schwulen-Viertel – man fand nirgendwo einen Unterschlupf. Wenn man damals erwischt wurde, waren die Strafen weitaus härter als heute.

Aus Angst und Hilflosigkeit leugneten die Männer ihre Gefühle, unterdrückten sie und gaben ihrer Veranlagung andere Namen. (Anstatt zu sagen »Ich bin schwul«, hieß es »Ich habe einen Partner«.) Wenn sie in die Stadt kamen, gingen sie ins Bordell. Wenn möglich, holten sie ihre folgsamen, parfümierten Ehefrauen so schnell es ging über die Grenze. Und wir verleugnen unsere Gefühle bis heute.

Ich will diese Vorfälle in New York nicht zu sehr dramatisieren, aber sie haben meine Einstellung gegenüber der amerikanischen Gesellschaft vollkommen verändert. Durch Steve Goodnight erkannte ich, wie unerfahren ich im Grunde war, und ich las viel. Zum ersten Mal in meinem Leben las ich mit Begeisterung etwas anderes als die *Track & Field News.*

Vor allem begann ich Gewalt abzulehnen. Ich selbst war nur aus Wut gewalttätig geworden. Ich fragte mich, warum ich damals nach Korea gehen und Menschen töten wollte. Ich fing sogar an, über den Vietnamkrieg nachzudenken.

Am meisten bedrückte mich jedoch, daß ich nichts mehr mit der Leichtathletik zu tun hatte. Als im Madison Square Garden die großen Sportveranstaltungen stattfanden, wäre ich zu gerne hingegangen, aber ich tat es nicht. Durch Sportmagazine und ein paar Leute, die ich hin und wieder traf, blieb ich mit der Leichtathletik in Verbindung. Bruce Cayton von der *Post* lud mich manchmal zum Essen ein. Und dann

war da noch Aldo Franconi, ein Trainer von Long Island und örtlicher AAU-Funktionär, ein überzeugter Liberaler.
Die Leute außerhalb des Viertels hielten mich für einen recht guten Masseur, der ab und zu in Modejournalen für Männer annoncierte. Bruce und Aldo hatten zwar einen Verdacht, aber sie sprachen nicht darüber.
Ich heulte nicht. Männer durften nicht weinen.
Wenn Joe Prescott nicht eines Tages vorbeigekommen wäre und mir angeboten hätte, an sein College zu gehen, säße ich wahrscheinlich immer noch in meinem Apartment in Manhattan. Früher oder später hätte ich mich aus Wut über die fatale Situation der Schwulen – ohne es zu wollen, aber unweigerlich – der militanten Schwulenbewegung angeschlossen. Möglicherweise wäre ich im Gefängnis gelandet. Wer weiß? In den vergangenen Jahren kamen viele gottesfürchtige Männer in den Knast. Ich denke da nur an die Berrigans.
Als Joe mit mir Kontakt aufnahm, war das – so dachte ich zumindest – Gottes Antwort auf meine Gebete.
Joe war dabei, das Prescott-College aufzubauen. Sein Cheftrainer war gegangen. Er wollte einen hochqualifizierten Ersatz haben, aber es gelang ihm nicht, einen solchen Mann von einer der großen Universitäten wegzuholen. Er hatte sich an meinen Fall erinnert. Joe liebte es, Leuten wieder auf die Beine zu helfen. Als alter Yankee ging er sowohl mit Menschen als auch mit Geld sehr sparsam um. »Spare in der Zeit, dann hast du in der Not«, sagte er immer. Er hatte ausgezeichnete Lehrer an seinem College, die alle irgendwann einmal von der Gesellschaft ausgestoßen worden waren: ehemalige Alkoholiker, Zuchthäusler, Drogensüchtige und kriegsversehrte Vietnamveteranen.
Von Bruce Cayton erfuhr er, wo ich mich aufhielt, und besuchte mich.

Ich werde diesen Abend nie vergessen. Wir saßen in meinem kleinen Apartment in der Neunten Straße im Westend. Joe unterbreitete mir seinen Vorschlag. Ich war noch unentschlossen, aber Joe redete und redete.
Ich saß nur da und schaute mir diesen großen, freundlichen alten Geizhals an. Sein volles Haar war schon grau, und er trug einen viel zu weiten grauen Anzug. Er trank einen Whisky pur und ich ein Glas Milch.
Ich stellte mir vor, wie es sein würde, wenn ich in den Umkleideräumen wieder mit nackten Sportlern in Berührung käme, und was das für Qualen für mich bedeuten würde. Ich war jetzt ein hartgesottener Schwuler, der gewohnt war, seinem Trieb freien Lauf zu lassen. Es war durchaus möglich, daß ich beim Anblick eines wirklich attraktiven Läufers die Kontrolle über mich verlieren würde.
»Wissen Sie«, sagte ich, »ich möchte Ihnen gegenüber aufrichtig sein. Es gibt da etwas, das Sie früher oder später selbst herausfinden würden. Ich mußte meinen Job an der Penn State Universität aufgeben, weil das Gerücht umging, ich sei homosexuell.«
»Ja, als ich versuchte, Sie aufzuspüren, hörte ich davon«, sagte Joe.
»Der Junge hat sich an *mich* herangemacht. Ich habe ihn nicht angerührt. Ich interessierte mich nicht für ihn, und deshalb hat er aus purer Bosheit dieses Gerücht verbreitet.«
Joe machte ein nachdenkliches Gesicht.
»Draußen weiß niemand etwas Genaues«, sagte ich mit leicht zitternder Stimme. »Aber wenn es jemals herauskommen sollte, dann könnte das Ihre Schule in eine peinliche Lage bringen. Und was würden Ihre ehemaligen Studenten sagen, und die Eltern ...«
»Die meisten meiner ehemaligen Studenten sind unter dreißig«, sagte Joe, »und niemand setzt mich unter Druck.«

Er sah immer noch nachdenklich vor sich hin.
»Gut«, sagte er, »unter meinen Lehrern sind schon ein paar Schwule. Ich hatte nie Probleme mit ihnen. Sie bekommen den Job unter einer Bedingung: Wenn Sie mit einem Studenten oder einem Lehrer ein Verhältnis anfangen, dann ist das Ihre Sache – solange er nicht minderjährig ist. Ich will keinen Ärger mit dem Gesetz. Ansonsten geht es weder mich, noch die Schule oder die Gesellschaft etwas an, was Sie tun. Und offen gesagt, niemand auf dem Campus würde sich darum kümmern. ›Leben und leben lassen‹, das ist meine Devise.«
Mittlerweile war ich schon so eingeschüchtert und mißtrauisch, daß ich so viel christliche Nächstenliebe kaum fassen konnte.
»Ich bin ein strenger Lehrer«, sagte ich. »Ich gehöre nicht zu diesen toleranten, liberalen Duckmäusern.« (Das sagte ausgerechnet ich, der ich nach und nach meine konservative Haltung aufgab.)
Joe sah mich nachdenklich an. »Ich habe mit einigen Jungs gesprochen, die in Ihrem Team an der Penn State Universität waren. Einer von denen sagte ganz offen, wie man über Sie dachte. Er sagte: ›Harlan Brown war ein richtiger Scheißkerl, aber die Läufer, die in seinem Team versagt hatten, gingen mit dem Bewußtsein weg, daß es ihre eigene Schuld war. Sie konnten ihm wegen seiner Strenge keinen Vorwurf machen.‹«
Joe kippte den Rest von seinem Scotch hinunter.
»Ein Vierjahresvertrag, Harlan. 20 000 Dollar am Anfang. Kost und Logis auf dem Campus; damit sparen Sie die Lebenshaltungskosten. Denken Sie darüber nach und geben Sie mir im Laufe der nächsten Woche Bescheid.«
Ich trank meine Milch aus. »Ich brauche nicht darüber nachzudenken«, sagte ich. »Ich nehme an.«
Am Prescott-College fand ich – zum ersten Mal seit meiner Kindheit – wieder ein Zuhause. Joes Frau Marian war genau-

so freundlich wie ihr Mann. Von ihnen lernte ich, was Humanität und Liberalität wirklich bedeuteten – und zwar realistisch und wirklichkeitsnah. Während der ersten paar Monate, in denen ich meine Wunden leckte und mich erholte, hatten beide viel Geduld mit mir.

Das Prescott-College war wie eine große Familie. Es war, wenn man so will, eine Art Kommune, und sie funktionierte. Lehrer und Studenten lebten zusammen. Niemand wurde bevorzugt. Die Studenten pflegten den Campus, arbeiteten in der Verwaltung und schippten sogar Schnee. Joe war fast nie in seinem nußbaumgetäfelten Büro im Hauptgebäude (seinem früheren Wohnhaus) anzutreffen, außer wenn er dort wirklich etwas zu erledigen hatte. Meistens war er draußen auf dem Campus, mit dem Notizblock in der Hand, dachte nach, hörte zu oder unterhielt sich. Oder er reiste herum, um neue Anregungen zu bekommen und Menschen kennenzulernen.

Am Prescott-College versuchte niemand, die Moralvorstellungen der Studenten oder Lehrer zu ändern oder gar umzukrempeln. Man konnte sein Leben gestalten, wie man wollte. In den Wohnheimen wohnten Männer und Frauen zusammen. Es gab ein paar Schwule auf dem Campus. Vier oder fünf Studenten hatten sich zu einer kleinen Gruppe zusammengeschlossen. Unter ihnen befanden sich auch die beiden Lehrer, die Joe erwähnt hatte. Sie wohnten zusammen. Es gab mittlerweile sowohl unter den Lehrern als auch unter den Studenten die sonderbarsten heterosexuellen Exzentriker, so daß ihnen niemand mehr besondere Beachtung schenkte.

Prescott war kein Phantasiegebilde. Die Gebäude waren streng zweckbetont und die Ausstattung schlicht und funktional. Joe wollte etwas aufbauen, das tatsächlich funktionierte, keinen prächtigen Schaukasten, der voller Probleme steckte und hohe Unkosten verursachte. Deshalb war das

Prescott-College eine der wenigen Privatschulen in den USA, die keine finanziellen Probleme hatten und deren Studentenzahlen ständig stiegen. Als ich dorthin kam, waren tausendfünfhundert Studenten eingeschrieben, ungefähr so viele wie am Oberlin-College.

Ich als ehemaliger Marineoffizier fühlte mich am Prescott-College auch deshalb so wohl, weil ich meine Meinung in mancher Hinsicht geändert hatte. Ich hatte meinem eisernen Konservatismus den Todesstoß versetzt. Ich konnte nicht länger andere Menschen oder mich selbst mit denselben Maßstäben beurteilen wie früher. Ich war immer noch sehr patriotisch und glaubte an die Sendung Amerikas. Aber mein Patriotismus wurde überschattet von der tiefen Sorge wegen der menschlichen Unzulänglichkeiten in meinem Land, und ich überlegte, wie man diese Schwächen überwinden könnte. Ich war jetzt nachsichtiger mit meinen Sportlern.

Ich erwartete zwar noch ebensoviel Einsatz und Verantwortungsbewußtsein von ihnen, aber ich stritt mich mit ihnen nicht mehr wegen ihrer Haare. Ich hatte eingesehen, daß Reibereien wegen langer Haare reine Zeit- und Energieverschwendung waren. Schließlich liefen die Jungs mit ihren Beinen und nicht mit den Haaren.

Ich führte auch keine langen Debatten mehr über sexuelle Enthaltsamkeit. Ich hatte am eigenen Leib erfahren, daß es zu nervösen Spannungen kommen konnte, wenn ein Sportler seine sexuelle Energie in sich aufstaute. Außerdem ist Sex ein natürliches Schlafmittel. Wenn einer meiner Jungs vor einem Wettkampf nervös war, dann verordnete ich ihm ein heißes Bad, etwas Warmes zu trinken und eine zärtliche halbe Stunde mit seiner Freundin. Danach würde er schlafen wie ein Baby.

Ich ließ jetzt sogar mit mir reden, wenn es um das Thema »Bier« ging. Wie sollte man einem Jungen beibringen, daß er kein Bier anrühren durfte, wenn er immer wieder hörte, daß auch Weltklassesportler Bier tranken? »Frank Shorter hat am Abend vor seinem Sieg im Marathon in München auch Bier getrunken«, hatten sie mir erklärt. Was sollte man darauf antworten? Und außerdem glich Bier *nach* einem langen schweren Lauf den Salzverlust im Körper aus.

Es gab aber auch Dinge, bei denen ich stur blieb, weil ich genau wußte, daß sie schädlich waren, Liberalität hin oder her. Dazu gehörten Rauchen, Drogen und starke alkoholische Getränke. Aber alles in allem war ich nicht mehr derselbe wie früher. Trainer Brown war plötzlich menschlich geworden.

Der Campus lag inmitten eines dreieinhalb Hektar großen Gebiets mit bewaldeten Hügeln und Seen. Das alles gehörte Joe. Es war für den Laufsport ausgezeichnet geeignet. Ich legte eine Strecke von fünfundzwanzig Meilen an und lief auf diesen Wegen genauso viel wie meine Teams. Hier mußte ich oft an den wunderbaren Sommer in den Pocono-Bergen denken.

In diesen vier glücklichen Jahren am Prescott-College ließ sogar mein starkes sexuelles Verlangen nach. »Ich werde alt«, dachte ich, »und vielleicht ist es ganz gut so.« Ich hatte viel zu tun, beschäftigte mich nicht nur mit mir selbst und hatte kaum noch Zeit für sinnlose Phantasien. Niemand außer den Prescotts wußte, daß ich schwul war. Ich hatte keinerlei sexuelle Kontakte mit den Schwulen auf dem Campus und blieb gegenüber meinen Schülern bei meinem Grundsatz »Hände weg«. Wenn ich es nicht mehr aushielt, fuhr ich die sechzig Meilen nach New York und gabelte mir jemanden auf.

Ein paar von den Eltern murrten, aber im großen und ganzen wurde um meine Anwesenheit am College nicht viel Aufhebens gemacht. Keiner außerhalb des harten Kerns der Schwulenszene wußte über mich Bescheid. Niemand ahnte etwas

von meinem ehemaligen Gewerbe, außer meinen ehemaligen Kunden, aber die würden wohl kaum darüber reden. Ich hatte mich eben einfach für ein paar Jahre verkrochen.
Als Billy Sive nach Prescott kam, war ich gerade neununddreißig, und ich dachte schon, daß mein sehnlichster Wunsch nie in Erfüllung gehen würde. Aber ich hatte mich geirrt.
In diesen ersten Wintertagen verspürte ich ein solch heftiges Verlangen, wie ich es nie zuvor erlebt hatte. Billy war nicht nur äußerlich sehr attraktiv, sondern auch menschlich sehr anziehend. Einerseits war ich der einsame reife Mann, andererseits jedoch war ich wie ein Jüngling, der sich vor Sehnsucht verzehrte. Zum ersten Mal war ich richtig verliebt.
Und ich wußte, daß ich es nicht wagen würde, ihn anzufassen.

3

Die Ankunft der drei gefeierten Läufer auf unserem Campus verursachte allerhand Wirbel unter den sportbegeisterten Jungs und sorgte in der Collegezeitung *The Daily Mantra* für Schlagzeilen. Ich amüsierte mich köstlich, als ich zufällig hörte, wie ein radikaler Student, zu dessen Ideologie solche Gefühle eigentlich nicht paßten, sagte: »Jetzt werden wir's Manhattan und Villanova aber zeigen.«

Mein Team war sehr gespannt auf die drei aus Oregon. Für meine Läufer war die Teilnahme an der NCAA-Meisterschaft im Geländelauf im Van Cortlandt Park in der Bronx bisher das größte sportliche Ereignis gewesen. Sie waren von oben bis unten mit Dreck bespritzt, den die Läufer aus Manhattan, vom Penn State College und von Villanova mit ihren Schuhen hochgeschleudert hatten, und belegten in der Mannschaftswertung den siebten Platz.

Die Jungs sahen es mit gemischten Gefühlen, daß sie plötzlich einen Star wie Vince Matti in ihrem Team hatten. Zuerst einmal waren sie sehr stolz darauf. »Jetzt werden wir alle schlagen.« Aber dann fürchteten sie, daß man den Rest der Mannschaft einfach ignorieren würde.

Am nächsten Morgen standen die männlichen Studenten des ersten Semesters in Trainingsanzügen zusammen an der Aschenbahn und beobachteten die drei Jungs aus Oregon beim Training. Der Schnee schmolz rasch, und die Aschenbahn war völlig frei und dampfte. Die Sonne wärmte bereits, und das Thermometer war auf etwa 10 Grad Celsius angestiegen.

Die drei aus Oregon sausten vorbei, daß die nasse Aschenbahn unter ihren Spikes knirschte, und meine Jungs sahen mit offenem Mund zu. Dann schauten sie mich an.

»Junge, Junge«, rief einer von ihnen.

»Los, bewegt euch und trainiert«, sagte ich. »Vielleicht werdet ihr auch bald so laufen.«

»Ja Sir, Mr. Brown«, riefen sie spöttisch. Aber sie hatten den Wink verstanden und fingen an, sich warm zu laufen.

Ich stand in der warmen Sonne, schob die Kapuze meines Parkas zurück, nahm meine Stoppuhr heraus und beobachtete die drei ehemaligen Oregon-Läufer, wie sie die Bahn entlangrasten. Sie hatten ihre brandneuen Prescott-Trainingsanzüge auf die Zuschauerbänke geworfen und liefen nur in ihren kurzen Trikots. Sie wechselten sich in der Führung ab. Sie rannten Schulter an Schulter, und ihre Haare wehten im Wind. Sie liefen eine gute Zeit.

Jetzt kamen sie aus der Kurve auf mich zu, und ich hörte wieder das Knirschen ihrer Spikes. Mit ihren langen Beinen flogen sie dahin wie Windhunde. Nun konnte ich über dem Geräusch ihrer Spikes auch hören, wie sie atmeten. Dann schossen sie an mir vorbei. Einen Augenblick lang vergaß ich solche praktischen Dinge wie die Sauerstoffaufnahme der Lunge und die Bildung von Milchsäure in den Muskeln und sah in ihnen nur Sinnbilder des Sports.

Eine gespannte Zufriedenheit erfüllte mich, warm und unstet wie die Wintersonne. Auf dieser Aschenbahn, im warmen Sonnenschein, waren die verborgenen Schönheiten aus meinem Unterbewußtsein wieder aufgetaucht.

Die drei waren eine Runde gelaufen und hatten die Distanz von einer Viertelmeile zurückgelegt. Jetzt verlangsamten sie ihr Tempo. Sie legten eine Ruhepause ein, um ihren Puls wieder zu normalisieren. Ich sah auf die Uhr. Schon nach dreißig Sekunden waren sie wieder fit. Das war typisch für Lindquists Hochleistungstraining.

An diesem ersten Vormittag gab ich mich damit zufrieden, sie zu beobachten und ihnen beim Training zuzusehen. Sie hatten unterschiedliche Techniken. Vince Matti raste kraftvoll dahin, und Jacques LaFont kämpfte sich mit angespannten Muskeln vorwärts. Billy schob sich locker und mühelos nach vorn.

Nachdem sie mehrere Viertelmeilen gelaufen waren, hörten Vince und Jacques mit dem Training auf und liefen noch ein paar Runden ganz gemächlich um den Platz. Aber Billy machte allein weiter. Er lief unbeirrt seine Viertelmeilen in jeweils sechzig Sekunden und gönnte sich dazwischen nur dreißig Sekunden Pause. Ich war beeindruckt. Anscheinend war er ganz versessen aufs Laufen. Wenn man vier mal sechzig Sekunden zusammenrechnet, dann ergibt das eine Zeit von vier Minuten für eine Meile.

Ich saß neben seinem achtlos hingeworfenen Trainingsanzug, stoppte seine Zeiten mit meiner Harper Split und notierte sie. Er lief fünfzehnmal eine Viertelmeile und hielt dabei sein Tempo so präzise ein, daß er nicht mehr als eine Viertel- oder eine halbe Sekunde von der vorgegebenen Zeit abwich. Er nahm überhaupt keine Notiz von mir. Seinem geistesabwesenden Gesichtsausdruck nach zu urteilen, glaube ich nicht, daß er meine Anwesenheit bemerkt hatte.

Am meisten beeindruckte mich die Leichtigkeit, mit der er lief. Wie in Zeitlupe schwebte er mit weit ausholenden Schritten dahin. Es sah beinahe gespenstisch aus. Sein Schritt war leicht und sacht – jetzt, wo er allein war, hörte ich kaum, daß seine Schuhe die Aschenbahn berührten, als er an mir vorbeilief. Er hatte die schönste Figur, die ich je gesehen hatte – und er verschwendete kein bißchen Kraft. So stellten sich die Leute vom Sport den idealen Läufer vor.

Endlich hörte er auf. Während ich mit den anderen Jungs trainierte, lief er noch eine Weile, um wieder auf normale

Touren zu kommen. Doch selbst dabei alberte er nicht mit den anderen herum.
Dann kam er langsam zu mir herüber. Er lächelte ein wenig und sah jetzt ziemlich müde aus. Ich sagte nichts, sondern warf ihm nur sein Handtuch zu und tat so, als ob ich mir seine Zeiten auf meinem Notizblock genau ansehen würde.
Nein, er war kein Geist. Er war beunruhigend real. Er roch nach nassen Haaren und verschwitzter Kleidung. Die Tatsache, daß er wirklich da war, traf mich wie ein Schlag. Und er sah heute noch attraktiver aus als gestern.
Bei Tageslicht sah man, daß sein Gesicht und seine Arme leicht gesprenkelt waren wie ein Vogelei. Seine helle Haut hatte zuviel Sonne abbekommen. Schon der Anblick seiner Haut weckte in mir ein zärtliches, schmerzliches Gefühl. Ich hätte ihn gerne gestreichelt, aber ich wußte genau, daß ich es nie tun würde. Die Brille verlieh seinem Gesicht einen gewissen Charme – er sah damit so sexy aus wie ein attraktiver junger Professor.
Ich sah heimlich von meinem Notizblock auf und beobachtete ihn, wie er sich mit dem Handtuch den Schweiß abtrocknete. Dabei bemerkte ich, daß er auf seiner rechten Schulter eine Tätowierung hatte. Das überraschte mich. Es sah aus wie ein Sternzeichen – eine nackte Frau mit einem Lorbeerkranz auf dem Kopf.
»Was ist das für eine Tätowierung«, fragte ich.
»Das ist eine Jungfrau«, sagte er und grinste. Er deutete auf die beiden anderen, die wieder auf der Aschenbahn liefen. »Sie haben auch Tätowierungen. Vince ist Skorpion und Jacques Krebs.«
»Ihr seid wohl gute Freunde, was?« Ich hatte ein flaues Gefühl im Magen. Bestimmt schlief er mit einem von ihnen oder sogar mit allen beiden.
»Ja, das sind wir«, sagte er. »Sie sind Löwe, stimmt's? Das habe ich gleich gesehen.«

»Astrologie ist doch Unsinn«, sagte ich und schaute wieder auf meinen Notizblock.
Er zuckte nur mit den Schultern, stellte einen Fuß auf die Bank und rieb sich mit dem Handtuch zwischen den Beinen ab. Das machte mich ungeheuer an, und ich wandte mich ab, um nach dem übrigen Team zu sehen. Ich suchte angestrengt nach jemandem, den ich anschreien konnte. Einer hielt beim Laufen seine Arme zu hoch, und ich brüllte: »Nimm deine Arme runter!«
Billys Körper zog mich an. Ich versuchte mich zu erinnern, ob ich jemals bei einer Frau so empfunden hatte. Vielleicht bei ein oder zwei Freundinnen auf dem College, vielleicht auch bei Mary Ellen. Der menschliche Körper übt auch auf einen Schwulen eine erotische Anziehungskraft aus, aber nur ein männlicher Körper. Ich wollte Billy nicht nur wegen seiner prallgefüllten Shorts haben. Schon die kleinsten Dinge zogen mich an. Seine nassen, vom Wind zerzausten Locken, die feuchten Bartstoppeln, die er immer noch nicht wegrasiert hatte. Seine Schultern und Beine, die in der Sonne glänzten. Seine dunklen Brustwarzen und der Bauchnabel, die man unter dem durchgeschwitzten Hemd sehen konnte. Die Art, wie seine verwaschenen blauen Shorts an der Seite bis zur Hüfte geschlitzt waren (die Hersteller tun das, damit man mehr Beinfreiheit hat, aber es sieht auch sehr sexy aus). Seine makellosen muskulösen Beine mit starken hervortretenden Venen waren für mich ebenso reizvoll wie Raquel Welchs Beine für einen Heterosexuellen. Billys leichte, mit Nägeln beschlagene Laufschuhe waren schicksalsträchtiger als Aschenputtels Schuhe.
Als ich mich wieder zu ihm umdrehte, verriet mein Gesicht nichts von dem plötzlichen Gefühlsausbruch. Ich hatte ihn erfolgreich unterdrückt. Und dann bemerkte ich etwas, das mich den Sex vergessen ließ. Er hatte in seinen wunderschö-

nen Beinen ein leichtes Muskelzucken. Er sah jetzt wirklich sehr müde aus.
»Hast du Probleme mit Muskelkrämpfen«, fragte ich.
»Manchmal.« Er bückte sich, ohne mich anzusehen.
»Nachts?«
»Ja, manchmal auch nachts.«
»Du mußt immer genügend Calcium und Magnesium zu dir nehmen«, sagte ich. Was ich da sah, gefiel mir immer weniger. Dieser wunderbare Körper war der völligen Erschöpfung nahe. »Und du hattest sicher eine Menge Verletzungen.«
»Überlastungsbrüche«, sagte er. »Einen im Schienbein und einen im Mittelfußknochen. Ich trinke viel Milch, aber anscheinend habe ich einfach zerbrechliche Knochen.« Er stand jetzt kerzengerade da, zitterte und sah mich herausfordernd an.
»Zieh deinen Trainingsanzug an«, befahl ich.
»Ja, gut«, sagte er und zog ihn an.
»Was halten Sie denn von meinem Trainingsprogramm?« sagte er. »Ich habe das gemacht, was Lindquist mir vorgeschrieben hat. Aber anscheinend haben wir etwas falsch gemacht.«
»Warum?«
»Weil ich einfach nicht besser werde. Ich habe intensiv trainiert, aber ohne Erfolg. Die besten Ergebnisse bringe ich beim 5000- und beim 10 000-Meter-Lauf. Ich weiß genau, daß ich die 10 000 Meter unter achtundzwanzig Minuten laufen kann. Aber ich schaffe es einfach nicht.«
Ich schaute ihn nachdenklich an. Meine Gefühle waren vergessen. Sein Ehrgeiz kam zum Vorschein. Er hatte sich viel vorgenommen, wenn er 10 000 Meter unter achtundzwanzig Minuten laufen wollte. Das bedeutete, eine Meile unter vier Minuten zu laufen, und das hatten bisher kaum fünfzehn Läufer geschafft.

»Gut, wir werden dein Trainingsprogramm sorgfältig durchgehen«, sagte ich leise.
»Das ist ein Grund, warum ich hierhergekommen bin. Ich weiß, daß ich einen guten Trainer brauche. Vielleicht hätte ich es allein geschafft, mich selbst zu trainieren. Ich hätte es beinahe versucht. Dann hätte ich den Sport am College aufgeben und an öffentlichen Veranstaltungen teilnehmen können. Aber ich weiß noch zu wenig über das Training, um es richtig zu machen. Vielleicht verstehen Sie mich.«
Er öffnete den Reißverschluß seiner Trainingsjacke und putzte mit der Jacke seine beschlagenen Brillengläser. Für einen Moment sah er mich ohne Brille mit seinen geheimnisvollen blauen Augen an, und ich bemerkte seine dichten kastanienbraunen Wimpern.
»Ich muß immer an die Olympiade denken«, sagte er.
Ich hatte meine Zweifel. Vince und Jacques hatten gute Chancen, aber Billy wollte ich nicht zuviel Hoffnung machen.
»Ich will in Montreal die 5000 und die 10 000 Meter in der Hälfte der Zeit laufen«, sagte er.
5000 und 10 000 Meter sind die klassischen Langstrecken auf der Aschenbahn und entsprechen etwa einer Strecke von drei und sechs Meilen.
»Da hast du dir viel vorgenommen«, sagte ich. »Du müßtest bis zum Frühjahr die 10 000 Meter unter 28 Minuten laufen und die 5000 Meter unter 13:35. Um zu gewinnen, müßtest du wahrscheinlich die 10 000 Meter zwischen 27:30 und 27:35 laufen, und die 5000 Meter in 13:10 oder 13:15. Du hast auf internationaler Ebene noch keine Erfahrung, deshalb müßten wir zuvor ein- oder zweimal hier herauskommen. Steve Prefontaine hat den 5000-Meter-Lauf in München nur deshalb verloren, weil er nicht wußte, wie stark die Jungs aus Europa sind.«

Ich sparte mir die Bemerkung, daß die Amerikaner erst zweimal in der Geschichte des Sports bei der Olympiade über 5000 und 10 000 Meter gesiegt hatten und daß die amerikanischen Langstreckenläufer in diesen beiden Disziplinen erst neuerdings eine ernstzunehmende Konkurrenz für die Europäer wurden. Billy wußte das.

»Ich habe Angst, daß ich für die Olympiade noch zu jung bin«, meinte Billy.

»Das Alter spielt keine Rolle. Es kommt nur darauf an, was du kannst.«

»Okay«, sagte Billy grinsend. »Ich nehm' Sie beim Wort.«

»Geh jetzt unter die Dusche«, sagte ich. »Ich möchte, daß ihr drei heute abend zu mir nach Hause kommt. Punkt sieben. Wir machen jeden Montag und Donnerstag bei mir eine Teambesprechung. Da werden dann Filme vom Training gezeigt, Kenntnisse erweitert und einfach geredet.«

»Okay, *Mr.* Brown«, sagte er.

»Kein Sarkasmus, bitte«, schnauzte ich ihn an. »Ich meine, was ich sage.«

Er sah mich merkwürdig an. »Klar, Mr. Brown«, sagte er leise und ging davon.

An diesem Abend füllte sich mein Haus um sieben Uhr nach und nach mit Läufern.

Ich wohnte in dem Haus, das früher dem Gärtner gehört hatte. Es war ein nettes, verwinkeltes, mit Stuck verziertes Häuschen mit einer von Glyzinien umrankten Veranda auf der Vorderseite. An der Südseite standen mehrere große Fichten und Kiefern neben den Gewächshäusern. (In den Gewächshäusern war früher Joes berühmte Orchideensammlung untergebracht gewesen – jetzt zog er dort eine Menge exotische Pflanzen und machte ökologische Experimente.) Vom Fenster auf der Vorderseite konnte ich die Aschenbahn

und die Zuschauertribüne sehen. Joe Prescott mußte geahnt haben, daß dieses Häuschen und dieser Blick Balsam für meine verwundete Seele waren.
Die Läufer brachten Schmutz von der Aschenbahn mit. Das große Wohnzimmer hatte an drei Seiten Fenster. Die roten Chintzvorhänge waren jetzt zugezogen. Das Feuer in dem aus Steinen gemauerten Kamin warf ein angenehmes Licht auf den dunklen alten Holzfußboden und den schäbigen afghanischen Kaminvorleger. Ich hatte die Ohrensessel, das Sofa und den Couchtisch hier im Kaufhaus erstanden.
Die Einrichtung entsprach genau meinen Vorstellungen. Kein Luxus, damit sich die Jungs ganz unbefangen bewegen konnten. Und vor allem leicht sauberzumachen, denn meine Exfrau schröpfte mich immer noch, und ich konnte mir deshalb keine Putzfrau leisten. An den holzgetäfelten Wänden hingen Fotos von Läufern und ein paar alte Sportposter, die mit Fliegendreck beschmutzt waren.
Rechts und links vom Kamin waren Türen. Die eine auf der rechten Seite führte in die kleine, helle Küche, in der altmodische Schränke standen, die schon so oft gestrichen worden waren, daß man die Schranktüren kaum noch zumachen konnte. Ich kochte ganz selten und aß meistens mit den Studenten im Speisesaal des Colleges.
Die Tür links führte in das getäfelte Schlafzimmer. Das scheußliche viktorianische Bett aus Nußbaumholz und die Kommode stammten aus einer Sammlung der Heilsarmee. Von den großen Fenstern aus sah man die Fichten, aber jetzt waren die Vorhänge zugezogen. Neben dem Bett führte eine knarrende Tür in ein eiskaltes, altmodisch gekacheltes Badezimmer mit einer verrosteten Dusche und einer wackligen alten Toilette.
Vier Läufer vom Gelände-Team waren schon da. Ich beauftragte zwei von ihnen, mehr Holz von dem mit einer Plane

zugedeckten Stapel hinter dem Haus zu holen. Die beiden anderen mußten in der Küche Karotten schneiden.
Die drei aus Oregon kamen um fünf nach sieben, um so ihre Unabhängigkeit zu demonstrieren. Sie zogen ihre Jacken aus und schauten sich um.
»Karotten«, sagte Vince angewidert. Er lehnte lässig am Eingang zur Küche.
»Hier auf dem Campus gibt es kein Junk Food«, sagte ich. »Keine Kartoffelchips, keine Hot Dogs, keine Hamburger und so 'n Zeug. Läufer sind, was sie essen.«
Jacques kam in die Küche und begann mit äußerster Akribie Karotten zu schneiden. Sein Hauptfach war Biologie, und wahrscheinlich hatte er seine Geschicklichkeit beim Präparieren im Labor erworben.
Bald waren alle da. Joe Prescott kam auch und setzte sich in einen Ohrensessel (ich hatte ihn für den Sport begeistert, und nun kam er so oft es ging zu unseren Treffen). Nach anfänglicher Zurückhaltung unterhielt man sich angeregt, und mein Team merkte, daß die drei Neuen menschliche Wesen waren. Ich zeigte ihnen einen Film von der letzten nationalen Meisterschaft im Geländelauf. Wir diskutierten, und alle aßen Karotten, knackten Nüsse und tranken Tee.
Es war ein netter Abend, und als alle gegen halb neun aufbrechen wollten, bat ich Joe und die drei aus Oregon, noch zu bleiben.
Nun saßen wir zu fünft vor dem Kamin, Joe und ich in den Ohrensesseln und die drei Jungs auf dem Kaminvorleger. Es gab ein paar Dinge, die mich bedrückten.
»Ihr wißt«, sagte ich, »daß ich euch in einem schwachen Moment in meine Mannschaft aufgenommen habe. Ich bereue es nicht. Aber je öfter ich an die Zukunft denke, desto mehr wird mir bewußt, was für Ärger es geben wird.«
Keiner sagte etwas.

»Vor allen Dingen müssen wir es so lange wie möglich geheimhalten, daß ihr schwul seid. Ich will nicht, daß ihr euch den Schwulen auf dem Campus anschließt. Früher oder später werden Gerüchte kursieren. Wir müssen damit fertig werden. Aber vorläufig sollten wir uns soviel Ruhe gönnen wie möglich. Einverstanden?«

Sie nickten.

»Da ist noch ein Problem. Wenn das Gerücht erst einmal in Umlauf ist, dann werden sich die Leute an mich und die Sache an der Penn State Universität erinnern. Hat Billys Vater euch davon erzählt?«

»Ja, die ganze Story«, erklärte Vince.

»Okay«, sagte ich. »Ich habe den Jungen nicht angerührt. Aber die Leute wurden eben mißtrauisch. John Sive hat euch eingeweiht. Mein Geheimnis kennen nur sehr wenige. Hier auf dem Campus wissen z.B. nur Joe und seine Frau, daß ich schwul bin. Nicht einmal die anderen Homosexuellen hier wissen es. Darum werde ich auch euer Geheimnis für mich behalten, so wie ihr meins für euch behalten sollt. Abgemacht?«

Sie nickten. »Abgemacht«, sagte Vince leise.

»Aber wenn das erst an die große Glocke gehängt wird, dann werde ich aller Wahrscheinlichkeit nach auch mit hineingezogen. Das wäre grauenvoll. Und außerdem wäre es ziemlich sicher das Ende meiner Karriere.«

Sie hatten mich sehr genau verstanden. Joe zündete sich eine Zigarette an. Auch er hatte verstanden.

»Und das ist nur die menschliche Seite des Problems«, sagte ich. »Da ist auch noch die sportliche Seite. Ihr wißt schließlich alle, daß es im Sport eine Menge Konservativer gibt. Denen sind Läufer und Trainer zuwider, die sich nicht anpassen. Dabei spielt das *Wie* und *Warum* keine Rolle. Der kleinste Fehltritt, und zack, man ist draußen.«

Die Jungs schauten mir direkt ins Gesicht, als ich sie der Reihe nach ansah. Sie wußten, wovon ich sprach, aber ich wußte mehr darüber als sie.

Im Amateursport hat die Bürokratie eine beinahe mittelalterliche Macht über die Athleten. Mit »Bürokratie« meine ich die verschiedenen Organisationen, die den U. S.-Sport beherrschen. Meine drei Jungs waren zur Zeit der Kontrolle der Nationalen College-Sportvereinigung (NCAA) unterworfen. Sobald sie die Abschlußprüfung gemacht hatten, würde die Kontrollfunktion auf die Amateursportunion (AAU) übergehen. Die AAU richtet die meisten Wettkämpfe aus, die nicht von Collegemannschaften bestritten werden. Es gibt noch andere, kleinere Organisationen, aber die AAU ist die größte und überwacht auch den Zugang zu internationalen Wettbewerben. Schließlich gibt es noch das aus dreihundert Mitgliedern bestehende Olympische Komitee der USA, das alle vier Jahre mit der AAU bei der Auswahl und Vorbereitung der amerikanischen Olympiamannschaft zusammenarbeitet. Mit diesen drei mächtigen Organisationen würden wir kämpfen müssen.

Die Bürokraten zögerten nicht, ihre Macht zu gebrauchen, wenn sie merkten, daß ein Sportler oder Trainer aus der Reihe tanzte. Das beste Beispiel dafür ist die Art und Weise, mit der die AAU Jesse Owens behandelte, nachdem er bei der Olympiade 1936 vier Goldmedaillen für die USA gewonnen hatte. Die AAU wollte bei Wettkämpfen, die nach der Olympiade in Europa stattfanden, mit Owens herumrenommieren, aber er wollte nach Hause zu Frau und Kindern – er hatte einfach zuviel trainiert und war erschöpft. Die AAU reagierte auf diesen menschlich verständlichen Wunsch mit der Bestrafung des großartigen Sportlers. Sein Amateurstatus wurde aufgehoben, und damit war er von allen weiteren Wettkämpfen ausgeschlossen.

Heute, vierzig Jahre nach dem Fall Owens, ist die Macht der Bürokraten noch immer ungebrochen. In den letzten Jahren haben sich die Amateursportler endlich gegen die Bürokraten gewehrt, und es wird viel von den »Rechten der Sportler« geredet. Die Athleten haben erkannt, daß es zu viele Funktionäre gibt, die sich mehr für die Kontrolle und Bestrafung der Sportler interessieren als für deren Wohlergehen und menschliche Bedürfnisse. Die Sportler fordern von den Funktionären, daß sie ihre Standpunkte überdenken und die alten, einengenden Bestimmungen lockern sollen.

Als ehemaliger Läufer und Neuling unter Liberalen stand ich auf der Seite der Athleten. Es gibt natürlich in allen drei Organisationen auch einige anständige Leute, die sehr viel Zeit und Energie für den Sport opfern und die Athleten bei ihrem Kampf um mehr Rechte unterstützen. Aber die Zahl der fanatischen und/oder senilen Männer und Frauen, die einen gefährlichen Machtblock bilden, ist immer noch sehr groß. Sie vertreten wie zu Owens' Zeiten die Meinung, daß Sportler wie Aufziehpuppen Rekordzeiten laufen und keine frechen Antworten geben sollten, und deshalb bekämpfen sie die liberale Bewegung unter den Athleten mit allen Mitteln.

»Beispielsweise«, sagte ich, »gab es Theater wegen Marty Liquori, weil er auf Partys ging und Bier trank. Und dabei spielte es keine Rolle, daß er jederzeit einen Jim Ryun schlagen konnte. Man war bereit, Martys Bestleistungen einfach zu ignorieren, nur weil er den altmodischen Vorstellungen von einem Läufer nicht entsprach.«

Die drei Jungs nickten.

»Und wie steht's um die persönliche Moral der Sportler und um die Vorstellungen dieser alten Männer von einem liederlichen Lebenswandel?« fuhr ich fort. »Was war denn, als diese beiden Burschen von den New York Yankees einfach ihre Frauen tauschten?«

Wir lachten alle ein wenig grimmig.

»Also«, sagte ich, »und nun haben wir einen schwulen Trainer mit drei schwulen Läufern. Auf unseren Stirnen werden wie ein Kainsmal die Worte *schwul ist schön* geschrieben stehen. Und den konservativen Elementen im Sport wird das gar nicht gefallen.«

Sie schwiegen wieder. Joe rauchte eine Zigarette und starrte ins Feuer. Joe und ich hatten schon einmal über dieses Thema gesprochen, und ich wußte, daß er keine Angst hatte.

Mein Irish Setter Jim kam schwanzwedelnd ins Zimmer, legte sich den drei Jungs zu Füßen und leckte Vince die Hand.

»Ich glaube auch, daß sie es möglichst vermeiden werden, über Homosexualität im Sport zu reden«, sagte ich. »Sie haben zuviel Angst davor. Sie werden versuchen, uns mit der Sportordnung fertigzumachen. Wenn ihr einen zusätzlichen Nagel an eure Schuhe macht und sie erwischen euch, dann werdet ihr disqualifiziert, egal ob ihr schwul seid oder nicht, kapiert?«

Sie nickten. Ich gab jedem eine Kopie des AAU-Handbuchs.

»Wenn ihr es schon mal gelesen habt, dann lest es eben noch mal. Am besten, ihr lernt es auswendig. Ein paar Regeln sind okay und einige sind dumm, aber damit werden sie uns packen, wenn sie können.«

Sie nahmen die Bücher, ohne zu widersprechen, und blätterten darin herum.

Ich redete jetzt ganz offen und fuchtelte dabei in der Luft herum. »Wir werden uns die ganze Zeit vorbildlich verhalten. Wir werden ihnen keinen *zusätzlichen* Anlaß zur Kritik geben. Wie damals, Vince, als du disqualifiziert wurdest, weil du dich warm gelaufen hast, während die Nationalhym-

ne gespielt wurde. Natürlich ist es Blödsinn, daß ein Sportler während der Hymne herumstehen und frieren soll, aber mit solchen Sachen können sie dir an den Karren fahren. Also keine unnötigen Provokationen.«
»In Ordnung«, sagte Vince leise.
»Ich dulde auch keine Aufputschmittel, oder daß ihr nebenher Schmiergelder von irgendwelchen Reklamefritzen annehmt. Wenn einer von euch dringend Geld braucht, dann soll er zu mir kommen. Wir werden schon Geld auftreiben. Ich möchte, daß ihr in diesem Punkt eine reine Weste behaltet, damit man euch nichts anhängen kann.« Ich hielt einen Moment inne. »Hat einer von euch schon einmal Geld genommen?«
»Mir wurde schon Geld angeboten. Ich habe es aber nicht genommen«, sagte Jacques. »Ich brauchte keins, also warum hätte ich es nehmen sollen?«
»Mir hat bisher niemand Geld angeboten«, sagte Billy. »Trotzdem würde ich ...«
»Und du, Vince?« sagte ich.
Er zuckte die Achseln. »Ich habe es genommen. Immer.«
Ich seufzte. »Das ist schlecht.«
»Alle haben es genommen«, erwiderte er.
»Ich weiß«, sagte ich. »Aber Tatsache ist, daß sie zwar mal ein Auge zudrücken, wenn einer ihrer Favoriten Geld annimmt. Wenn du auf der schwarzen Liste stehst, entdecken sie vielleicht ganz plötzlich, daß du es genommen hast, und peng...«
»Ich schätze, das wäre mein Tod«, meinte Vince mürrisch.
»Wir müssen einfach optimistisch sein«, sagte ich. »Auf jeden Fall müssen wir von jetzt an auf alles gefaßt sein. Wir müssen ihre Tricks im voraus durchschauen und versuchen, sie abzublocken. Denn mindestens einer von euch wird wahrscheinlich nach Montreal fahren, und ich will nicht, daß ihr aus der

Olympiamannschaft ausgeschlossen werdet, nur weil wir taktische Fehler gemacht haben. Ein paar Leute vom Sport und einige Bürger unseres Landes werden nicht gerade erfreut sein, wenn einer von euch für die USA an den Start gehen wird. Sie werden das als Beleidigung unserer nationalen Männlichkeit ansehen. Ich glaube, diesen Leuten wäre jedes Mittel recht, um euch Jungs daran zu hindern, nach Montreal zu kommen.«

Sie sahen mich mit ernsten Gesichtern an.

»Wir haben keine Ahnung von den politischen Intrigen im Sport«, meinte Billy. »Wir machen bestimmt alles falsch.«

»Überlaßt das mir«, sagte ich. Ich lächelte ein wenig. »Dafür bin ich da. Ihr braucht euch nur um das Laufen zu kümmern. Und wenn ich die Intrigen durchschaue, dann tut ihr, was ich euch sage. Das ist alles.«

»Wir könnten vielleicht vor Gericht gehen, bevor es soweit ist«, meinte Billy.

»Könnten wir«, sagte ich. »Vielleicht hätte uns dein Vater geholfen.«

»Scheiße«, sagte Vince. »Ich hätte die AAU zu gern vor Gericht gesehen.«

»Das wäre nicht komisch«, sagte ich. »Bis wir die Sache hinter uns haben, werden wir uns mehr als einmal wünschen, daß wir nie geboren wären.«

»Aber das ist es wert«, sagte Billy leise.

»Ja«, erwiderte ich, »das ist es.«

Als sie gehen wollten, deutete ich auf die schmutzige Küche und sagte: »Einer von euch bleibt da zum Saubermachen.« Ich hoffte, Billy würde sich freiwillig melden, und zu meiner Freude tat er es auch.

Gleich darauf waren wir allein, räumten eifrig Nußschalen und die übriggebliebenen Karotten weg und spülten die Teetassen. Ich fühlte mich wohl, und mir gelang es, meine

Gefühle unter Kontrolle zu halten. Ich wollte unbedingt mehr über Billy erfahren und sagte deshalb: »Erzähl mir von deinem Vater.«
»Er wird mich an Weihnachten besuchen«, sagte Billy. »Dann werden Sie ihn kennenlernen. Mein Dad ist ein prima Kerl.«
Ich wusch die Tassen in dem altmodischen Emailspülbecken, und Billy trocknete sie mit einem Geschirrtuch ab.
»Dein Vater ist also schwul.«
»Meine Mutter verließ ihn, als ich ungefähr neun Monate alt war. Sie hat mich einfach im Stich gelassen. Danach heiratete er einen Schwulen, und die beiden haben mich großgezogen.«
»Wie hat es dein Vater geschafft, als Anwalt Karriere zu machen und gleichzeitig in aller Öffentlichkeit mit einem Schwulen zusammenzuleben?« fragte ich.
»Na ja«, meinte Billy, »mein Vater mag Transvestiten. Keiner seiner Geschäftskollegen wäre auf die Idee gekommen, daß Frances ein Mann ist. Er sah aus wie Marilyn Monroe und hatte herrliches hellblondes Haar. Wenn sich mein Vater mit Gästen unterhielt, schwebte Frances herbei und fragte: ›Noch einen Cocktail, Darling?‹ Er war wirklich sagenhaft.«
»War er ein Zwitter?« wollte ich wissen.
Billy schüttelte den Kopf. »Nein, er war ein Mann. Ich weiß das, weil ich einmal ins Badezimmer gestolpert bin, als er in der Wanne lag. Er schrie vor lauter Schamhaftigkeit. Von da ab war für mich klar, daß alle Mütter einen Schwanz hatten.« Er lächelte ein wenig, während er weiter die Tassen abtrocknete. »Sie können sich vorstellen, was das für ein Schock war, als ich die Wahrheit herausfand. Ich war in der siebten Klasse, und eines Tages zeigten die Jungs ein paar schmutzige Bilder herum. Ich sah zum ersten Mal eine Möse. Sie sah ganz rot und feucht aus, wie eine offene Wunde.«
Er stellte die Tassen vorsichtig in den Schrank. »Es war für

mich ein richtiger Alptraum, als ich die Welt der Heterosexuellen kennenlernte. Verstehen Sie, was ich meine?«
»Also gehörst du bereits zur zweiten Schwulengeneration«, sagte ich leise.
»Frances und mein Vater trennten sich, als ich zwölf war«, sagte Billy traurig. »Danach hatte er eine Menge Liebhaber, aber nichts Festes.«
»Du hast also von klein auf alles gewußt?«
»Von wegen«, sagte Billy. »Erst auf der Highschool wurde mir richtig bewußt, daß ich in einer anderen Welt lebte als meine Mitschüler. Ich bin im Schwulen-Ghetto von San Francisco aufgewachsen. Sonst hatte ich keine Ahnung.«
Ich war gewohnt, meine Veranlagung sorgfältig zu verbergen, und die Offenheit dieses Jungen faszinierte mich. Ich sollte bald erfahren, daß Billy niemals freiwillig ungefragt über intime Dinge sprach. Aber wenn man ihm ganz offen eine Frage stellte, dann bekam man sofort eine klare sachliche Antwort, egal, wie persönlich sie sein mochte.
Als wir die Küche saubergemacht hatten, gingen wir wieder zum Kamin hinüber, und ich warf noch ein Holzscheit ins Feuer. Billy setzte sich auf den Kaminvorleger, und sofort kam der Setter und rollte sich wohlig neben ihm zusammen. Ich machte es mir in dem Ohrensessel bequem.
»Hat dich dein Vater eigentlich mit der Schwulenszene vertraut gemacht?« fragte ich.
»Nicht gleich«, antwortete Billy. »Als ich noch kleiner war, achtete er sehr genau darauf, daß ich nicht zu viel mitbekam. Später ließ er mich dann nach und nach alles selbst herausfinden. Sie wissen ja, wie es andere Eltern machen.«
»Die Heterosexuellen würden das ›Gehirnwäsche‹ nennen«, sagte ich.
»Vielleicht«, sagte er. »Andererseits machen sie es doch bei ihren Kindern genauso. Ich hätte mich auch normal entwik-

keln können, denn mein Vater hat mich zu nichts gedrängt. Ich bin freiwillig so geworden.«
Ich war neugierig, wie weit ich mein Frage- und Antwortspiel noch treiben konnte.
»Die anderen könnten über die Beziehung zwischen dir und deinem Vater alle möglichen Vermutungen angestellt haben«, meinte ich.
Billy schüttelte den Kopf und lächelte. »Überhaupt nicht. Mein Vater hat sich darüber immer Gedanken gemacht. Er wollte, daß unser Verhältnis so normal wie möglich sein sollte. Er hat in meiner Gegenwart nie mit Männern herumgeschäkert. Er und Frances waren sehr diskret. Er wußte, daß es nötig war, wenn ich nur unter Männern aufwuchs.«
Ich schüttelte ungläubig den Kopf. John Sive mußte eine Art schwuler Dr. Spock sein (dieser trat in den 50er und 60er Jahren für eine liberalere Erziehung in den USA ein). »Wann hattest du deinen ersten Freund«, fragte ich.
»Als ich fünfzehn war.« Billy starrte ins Feuer und streichelte den Hund. »Das war eine traurige Geschichte. Ich war glücklich mit ihm, aber er nicht mit mir. Ricky war verkorkst. Er akzeptierte sich selbst nicht. Wir trennten uns. Später erfuhr ich, daß er wegen Drogenhandel vom College geflogen und zu zwanzig Jahren Knast verurteilt worden war. Im Knast wurde er von einer Bande vergewaltigt und beging Selbstmord.«
Einen Augenblick lang stellte ich mir vor, wie Billy von fünf oder sechs Macho-Sträflingen vergewaltigt wurde.
»Ist dir so was schon mal passiert?«
Er schüttelte den Kopf. »Ich bin nur ein paar Mal von Heterosexuellen verprügelt worden.«
»Ich nehme an, daß du von Drogen die Finger läßt«, sagte ich.
»Stimmt«, antwortete er, »ich habe noch nie Dope geraucht. In der Beziehung ist mein Vater sehr streng. Ich nehme nicht

mal die netten kleinen Pillen. Ich hatte immer Angst, daß es sich bei einem Rennen oder so nachteilig auswirken könnte.«
»Wer kam nach Ricky?«
»Noch drei andere. Das war alles nichts. Vielleicht hatte ich einfach kein Glück. Mein Vater sagte immer: ›Ich wollte immer, daß du ein ganz normaler Junge wirst. Was ist los mit dir?‹«
Er starrte immer noch ins Feuer, aber er hatte aufgehört, den Hund zu streicheln. Er sah traurig und irgendwie älter aus. In diesem Moment hatte ich zum erstenmal den Eindruck, daß er sich einsam fühlte. Er war erst zweiundzwanzig, und zwei Mütter und vier Liebhaber hatten bereits vor ihm kapituliert.
»Hast du dich in der Schule offen dazu bekannt, daß du schwul bist?« wollte ich wissen.
»Nein«, antwortete er. »Ich habe den Mund gehalten. Ich hatte keine Schuldgefühle oder so was. Aber, wissen Sie, das Verhalten der anderen stieß mich ab, je mehr ich darüber erfuhr. Ich bin wahrscheinlich nicht sehr mutig. Wenn ich Sorgen hatte, konnte ich immer zu meinem Vater kommen und mit ihm darüber reden. Als ich nach Oregon kam, war ich ziemlich ängstlich. Aber als Lindquist dann alles entdeckte, dachte ich: Zum Teufel, jetzt wirst du es ihnen zeigen.«
Das war ein unerwartetes Geständnis. Plötzlich hatte ich einen Kloß im Hals. Wir saßen eine Weile da und lauschten auf das leise Knistern im Kamin. Es war schon spät, aber ich wollte noch nicht, daß er ging. Deshalb fragte ich weiter.
»Hast du schon mal mit einem Mädchen geschlafen?«
Er schüttelte den Kopf und lachte.
»Magst du keine Mädchen?«
Er lachte wieder. »Warum sollte ich sie nicht mögen? Sie interessieren mich eben nicht. Ich meine, sie sind mir natürlich nicht völlig gleichgültig. Wenn ich ein Mädchen nett finde, dann können wir schon Freunde werden. Es gab da ein

Mädchen in Oregon, Janet Huss. Wir waren befreundet. Viele Leute meinten, es sei etwas Ernstes. Manchmal dachte ich, ich müßte ihr sagen, daß ich schwul bin, aber ich tat es nicht. Aber dann erfuhr sie es, als mich Lindquist aus dem Team warf.« Er hielt einen Moment inne und starrte ins Feuer. »Sie war sehr gemein zu mir. Ich sagte ihr, daß ihre eigene Gemeinheit sie häßlich machen würde, aber sie glaubte mir nicht.«

»Ja, nun weißt du es«, sagte ich. »Männer geben und Frauen nehmen.«

Er sah mich fragend an und schwieg. Ich spürte, daß auch er mehr über mich wissen wollte. Ich hatte es bisher immer für das Klügste gehalten, mit meinen Sportlern nicht über mein Privatleben zu sprechen, und ich war nicht bereit, ihm Fragen zu beantworten.

»Na gut«, sagte ich. »Es ist halb zehn, und du solltest zum Wohnheim zurückgehen. Mit wem wohnst du zusammen?«

Wir standen beide auf.

»Ich wollte ein Zimmer für mich haben. Vince und Jacques wohnen zusammen.«

»Wie steht ihr eigentlich zueinander? Ich will nicht ins Fettnäpfchen treten.«

Billy nahm seine schäbige Mao-Jacke vom Sessel.

»Vince und Jacques sind ein Paar. Ich bin solo.«

»Verrate mir noch eines«, sagte ich. »Ich kann mir euch drei einfach nicht in einer Mannschaft vorstellen. Einen vielleicht, aber *drei* ...«

Billy lachte und zog seine Jacke an. »Warum nicht? Es ist eine große Mannschaft, sechzig Jungs. Und ein großes College.«

»Und wie seid ihr drei ausgerechnet dort gelandet?«

»Oh, wir haben uns irgendwie gefunden. Ich traf Vince während meines letzten Schuljahres an der Highschool. Wir

haben beide am Golden West Invitational teilgenommen. Mann, das war ein Rennen.
Er saß mir direkt im Nacken, und dann versuchte er, mich zu überholen. Zu meinem Glück war es nicht seine gewohnte Strecke. Ich ging ein paar Zentimeter vor ihm durchs Ziel. Nach dem Lauf redeten wir noch und wurden gleich Freunde.«
»Wart ihr ein Liebespaar?«
»Nein«, antwortete Billy und lehnte sich gegen die Tür. Er sagte das so, als ob ich ihn gefragt hätte, ob sie die ganze Zeit ein Paar gewesen wären. »Nein, wir sind nur gute Freunde. In diesem Sommer waren wir ganz wild darauf, zusammen zu laufen. Wir gingen zu jedem öffentlichen Rennen und hatten zusammen eine tolle Zeit. Wir wollten unbedingt in dasselbe Collegeteam. Oregon hat uns beide genommen, und das war's.«
»Dann habt ihr Jacques also am College kennengelernt.«
»Genau. Jacques war damals noch heterosexuell, aber er zweifelte an sich selbst. Dann sah er Vince. Es war Liebe auf den ersten Blick. Armer Jacques, es war wirklich schlimm für ihn. Wir haben ihm beide geholfen. Jacques betet Vince an, aber er ist wegen der ganzen Sache furchtbar nervös. Ich werde nie vergessen, wie er geheult hat, als Lindquist mit ihm fertig war. Vince und ich hätten Lindquist deshalb am liebsten umgebracht.«
»Ich habe bemerkt, daß Vince Jacques beschützen will.«
»Ja. Viele kennen Vince gar nicht so. Sie denken, er sei ein Paradiesvogel und sehr launenhaft. Aber er ähnelt eher einer Glucke.«
Billy lehnte an der Tür und sah in diesem Moment so erfahren und attraktiv aus, daß die alte Angst wieder in mir hochkam.
»Okay«, sagte ich. Ich wollte, daß meine Stimme aufrichtig

klang. »Wenn einer von euch mal etwas auf dem Herzen hat, dann soll er einfach zu mir in mein Büro kommen.«
Billy öffnete die Tür, und die kalte Nachtluft drang ins Zimmer. »Das machen wir bestimmt, Mr. Brown. Sie sind in Ordnung. Vielen Dank.«
Er ging hinaus in den Schnee und schloß die Tür hinter sich.
Ich war allein.

4

Auch in der Sportwelt verursachte die Aufnahme der drei Jungs in mein Team ziemlichen Wirbel. Das ist immer der Fall, wenn Läufer ihres Kalibers die Mannschaft wechseln. Aber normalerweise suchen sich solche Läufer dann ein gleichwertiges oder besseres Team oder College aus.

»Prescott?« fragte sich jeder. »Wo ist denn das?«

Sofort schlichen ein paar Reporter um den Campus herum. Die drei Jungs waren schlagfertig und behaupteten, daß sie nach Prescott gegangen seien, weil ihnen meine Trainingsmethoden gefallen würden, und daß sie genug hätten von der Unpersönlichkeit der großen Universitäten.

Nach einiger Zeit konnte ich meine drei neuen Teammitglieder besser einschätzen.

Soweit ich es beurteilen konnte, war Jacques' größtes Problem seine Nervosität. Er war drauf und dran, einer von den Läufern zu werden, die ihre Karriere mit einem Regal voller Trophäen und einem blutenden Magengeschwür beenden. Nicht nur die Tatsache, daß er schwul war, machte ihn nervös, sondern auch der Wettkampf. Vor jedem Rennen litt er Höllenqualen, hatte Schüttelfrost und mußte sich übergeben.

Er vertiefte sich ganz in sein Studium und verbrachte viele Stunden im Labor. Sein Hauptinteresse galt der Ornithologie. Er spielte auch Alt-Blockflöte und war Mitglied des kleinen Orchesters auf dem Campus. Er freundete sich mit ein paar Leuten an und konnte endlos mit ihnen herumalbern, aber die meiste Zeit war er mit mir und dem Team zusammen.

Vinces größtes Problem waren seine schwachen Beine. Lindquists Trainingsmethoden, die den Läufern immer ein Höchstmaß an Leistung abverlangten, hatten ihn fertiggemacht. Ich sah mir seine Sehnenentzündung an, und der Gedanke quälte mich, daß sie mit ein wenig gesundem Menschenverstand hätte vermieden werden können. Obwohl ich auch ein »Schleifer« bin, glaube ich, daß es so etwas wie eine Grenze der Belastbarkeit gibt, über die der Organismus eines Sportlers nicht hinauskann. Ich hatte ein neu entwickeltes Medikament bekommen, Dimethyl Sulfoxid, das den Schmerz lindern und die Entzündung zum Abklingen bringen sollte, und das gab ich ihm.

Ich hatte viel über Vince gehört, doch bei mir war er sehr fügsam. Wenn ich ihm sagte, was er meiner Meinung nach tun sollte, dann tat er es, und ich kontrollierte sein Training alle zwei Tage. Er war wie Jacques ein fleißiger Student und trainierte regelmäßig. Außerdem liebte er in sexueller Hinsicht die Abwechslung – obwohl er viel zu tun hatte, wollte er jeden umlegen, der ihm gefiel, sogar Mädchen. Jacques nahm das gelassen hin.

Vince war noch keine Woche in Prescott, da versuchte er, mich herumzukriegen. »Wie wär's, Mr. Brown?«

Wenn das Denny Falks vor sechs Jahren gesagt hätte, wäre ich aus dem Fenster gesprungen. Doch jetzt ließ es mich kalt.

»Hör zu, du kleiner Nymphomane«, sagte ich. »Du bist ein sehr attraktiver Junge. Aber ich habe mir geschworen, mit keinem meiner Läufer ins Bett zu gehen, und daran halte ich mich. Das ist die einzige Möglichkeit, den Job zu behalten und meinen Lebensunterhalt zu verdienen. Verstanden?«

»Scheiße«, sagte er enttäuscht. »Ich wollte so gern herausfinden, wie Sie wirklich sind. Wir haben so viele Stories über Sie gehört.«

»Was für Stories?« sagte ich.

»John Sive hat uns erzählt, daß Sie einer der schärfsten Hengste in New York waren.«

»Erzähle auch den anderen, was ich dir gerade gesagt habe, damit sie nicht auf dumme Gedanken kommen«, sagte ich streng.

Billy Sive hatte drei Probleme. Schon bald raufte ich mir seinetwegen die Haare.

Das erste und größte Problem war, daß er immer übertrieb. Ich hatte nie zuvor mit einem Läufer zu tun gehabt, der stärker motiviert war oder härter trainierte als Billy, aber er hatte keinen Funken Verstand. Mir war klar, daß er sich zu Tode laufen würde, wenn ich ihn nicht fest an die Kandare nahm.

Das zweite Problem war, daß er an der Spitze eines Feldes lief.

Es gibt zwei Arten von Läufern: Kicker, die im Feld laufen, und Frontrunner, die das Feld anführen. Vince und Jacques waren Kicker. Sie hielten sich im Hintergrund und ließen die anderen das Tempo angeben. Das spart Kraft für den Endspurt in die vorderste Reihe. Aber ein Frontrunner setzt sich gleich an die Spitze und versucht, seine Führungsposition zu halten und den Rest des Feldes hinter sich zu lassen. Wenn er das Rennen zu langsam angeht oder einen taktischen Fehler macht, wird er von den Kickern überrannt. Schon viele Frontrunner haben einen Weltrekord an einen Kicker verloren.

Später verglichen die Sportmagazine Billy immer mit dem großartigen australischen Frontrunner Ron Clarke. Als ehemaligen Sportjournalisten ärgerten mich diese voreiligen Vergleiche. Wenn ich Billy mit jemandem vergleichen möchte, dann mit Emiel Puttemans.

Billy und Ron Clarke unterschieden sich in zwei Dingen.

Clarke war ein Frontrunner aus Prinzip. Er meinte, daß es unmoralisch sei, hinten herumzutrödeln. Billy war ein Frontrunner, weil er in Panik geriet, wenn er im Feld laufen mußte. »Ich habe immer das Gefühl, als ob ich von all den Ellbogen und Füßen erdrückt würde«, sagte er zu mir. »Ich muß vor mir freie Bahn haben und ungehindert laufen können.« Für ihn wurde ein Rennen in der Regel zu einem animalischen Kampf um die Führung. Aber ihm fehlte es noch an Kraft, Schnelligkeit, Taktik und dem starken Finish, um die besten Kicker auszuschalten. Es würde meine Aufgabe sein, ihm das alles beizubringen.

Außerdem war Clarke ein nervöser Bursche, der nicht für den Wettkampf geeignet war und der jedesmal vor einem Rennen ausflippte. Billy hatte diese Probleme nicht. Er war bei einem großen Wettlauf vollkommen ruhig, und er war ein verbissener Wettkämpfer. Er würde laufen, bis er tot umfiel, um an der Spitze zu bleiben. Er hatte ein starkes Bedürfnis, zu zeigen, wer er war, und zu beweisen, daß er als Mann und Mensch etwas taugte, was auf der Aschenbahn sehr deutlich zum Vorschein kam.

Billys drittes Problem war seine Sturheit. In der ersten Zeit hatte ich mit ihm eine Auseinandersetzung nach der anderen. Er wußte genau, daß er meine Anleitung brauchte, aber aus bestimmten Gründen, die ich bald erfahren sollte, glaubte er, mich demütigen zu müssen.

Das erstemal stritten wir um die Meilen, die er zurückgelegt hatte. Es war paradox: Billy kam zu mir in der Hoffnung, ich würde ihm sagen, was er falsch machte. Aber wenn ich etwas sagte, hörte er einfach nicht zu.

In Oregon wollte er sich selbst unbedingt etwas beweisen und hielt sich streng daran, zweihundert Meilen in der Woche zu laufen. Lindquist legte großen Wert auf ein umfangreiches Training und bestärkte ihn noch darin. Ich fragte mich, ob Billy sich vielleicht nur deshalb nicht gesteigert hatte, weil er einfach überlastet war. Die Sache mit den Krämpfen und

Überlastungsbrüchen war der beste Beweis. Seinem Körper fehlte Calcium, aber auch Magnesiummangel kann Krämpfe verursachen. Magnesium reguliert die Bewegungsimpulse der Muskeln, und wenn man lange Strecken läuft, wird dem Organismus dieser Stoff entzogen. Außerdem glaube ich, daß Billy einfach nicht in der Lage war, eine so große Strecke zurückzulegen, ohne durch die Ansammlung von Milchsäure in seinen Muskeln den Magnesiummangel noch zu verstärken. Jedenfalls war ich der Meinung, daß die Einnahme von »Magnesium Plus« das Problem mit den Krämpfen nicht lösen würde. Was die Überlastungsbrüche betraf, waren seine Knochen einfach einer zu großen Belastung ausgesetzt.

Also mußte er kürzere Strecken laufen und sich auf Schnelligkeits- und Krafttraining konzentrieren. Puttemans war ein hervorragender Läufer, obwohl er nur ungefähr hundert Meilen in der Woche lief. Aber Billy wollte nicht auf mich hören. Er regte sich auf und jammerte: »Ich weiß genau, daß ich nicht hart genug trainiere.« Zu seiner großen Überraschung ging es ihm dann Anfang des Jahres gar nicht gut, er bekam eine Grippe und hatte einen Überlastungsbruch im rechten Schienbein. Er mußte einen Monat lang einen Gipsverband tragen und wurde fast verrückt, weil er nicht trainieren konnte.

Ich war wütend und schimpfte: »Du willst doch unbedingt nach Montreal. Aber das wirst du nicht mehr erleben, wenn du so weitermachst.«

Diese Vorstellung erschreckte ihn. Aber die Gründe für den Streit gingen tiefer. Er würde sich davonschleichen und heimlich trainieren wie ein Zehnjähriger, der heimlich hinter der Scheune eine Zigarette raucht.

Ein anderer Streitpunkt war die Ernährung, und diesen Kampf verlor ich.

Ich glaubte fest an mageres, saftiges Fleisch. Ich fand heraus, daß Billy Vegetarier war, und war völlig perplex. Er sagte, er sei Buddhist und könne kein Fleisch von toten Tieren essen. Ich war sehr ärgerlich darüber. Ein paar meiner Läufer waren unterernährt, weil sie den Fimmel mit makrobiotischer Ernährung hatten. Billy erklärte beharrlich, daß er nichts mit makrobiotischer Ernährung im Sinn habe. Er schlug zwei Fliegen mit einer Klappe, als er eine seltsame vegetarische Ernährungsweise übernahm, die in den letzten Jahren von einigen europäischen Langstreckenläufern getestet worden war. Billy lebte von Sauermilch, Joghurt, Früchten, rohem Gemüse, Vollkornmüsli, Nüssen und Kartoffeln. Er bereitete sich seine Mahlzeiten in der Kochnische seines Zimmers selbst zu, und er war – was das Kochen von Kartoffeln anging –, ein recht guter Koch.

Schließlich akzeptierte ich seine Marotte, als ich vom Wissenschaftsministerium die Analyse seiner Kost bekam. Man teilte mir mit, daß seine Kost eine Menge hochwertiger Proteine, Kohlenhydrate, Kalium usw. enthielt, was für die Leistung im Training unerläßlich war. Und weil ich ihn nicht von seiner religiösen Einstellung abbringen konnte, ließ ich ihn in Ruhe. Ich weiß nicht genau, inwieweit die Ernährung für seinen späteren Erfolg eine Rolle spielte. Aber er hielt dadurch ungefähr fünf Prozent Körperfett, und das trug zu seiner Schnelligkeit bei. Im Wettkampf gibt es ein sogenanntes Kraft-Gewicht-Verhältnis, und die meisten Läufer behaupten, daß sie mehr leisten, wenn sie weniger Fett mit sich herumtragen. Knochen und Fett sind überflüssiges Gewicht beim Laufen. Billy hatte leichte Knochen und kein Fett auf den Rippen; deshalb war sein Körperbau ideal für den Langstreckenlauf.

Glücklicherweise verbot Billys Religion den Alkohol. So mußte ich mir wenigstens darüber keine Sorgen machen.

Außerhalb des Trainingsgeländes war Billy merkwürdig ziellos.
Er studierte angeblich Politikwissenschaft. Die drei Jungs besaßen jetzt zwar keine Studiennachweise von ihrem ersten Semester in Oregon, aber sie hatten sich bereit erklärt, am Prescott-College ein umfangreiches Einzelreferat zu übernehmen. Wenn sie ihre Aufgabe zur Zufriedenheit der Fakultät erfüllten, dann konnten sie planmäßig ihre Prüfung machen. Billy suchte sich ein grandioses Thema aus: eine Abhandlung über die Auswirkungen der Bürgerrechtsgesetzgebung auf den amerikanischen Alltag. Aber er arbeitete nur stoßweise daran – außer als er das Bein im Gips hatte. Während dieser Zeit arbeitete er wie ein Wilder. Als ich seine Unterlagen bekam, sah ich die Beurteilungen seiner Lehrer aus den vergangenen Schuljahren: »Billy ist ein intelligenter Schüler, aber er strengt sich nicht an.«
Billy beschäftigte sich, wie gesagt, mit dem Buddhismus und auch mit Yoga. In dieser Beziehung war er wie viele andere Studenten. Aber er ging ganz anders an die Sache heran. Billy war kein Mystiker, weder im Sport, noch im Leben. Er war ein kühler Pragmatiker. Er versuchte einfach, nach den Grundvorstellungen des Buddhismus zu leben, andere Lebewesen zu respektieren und Mitleid mit ihnen zu haben. Aber er interessierte sich nicht für die höheren Regionen geistiger Erleuchtung.
Weil ich fast nichts über den Buddhismus wußte, konnte ich nicht beurteilen, ob er wirklich Buddhist war. Aber eines war sicher: Durch die Transzendentale Meditation lernte er in hohem Maße Konzentration, Entspannung und Selbstkontrolle und setzte diese Fähigkeiten ganz bewußt beim Laufen ein. Wenn er wollte, konnte er in einem Raum arbeiten, in dem sechs andere Studenten lautstark politische Diskussionen führten.

Vor dem Training oder einem Wettkampf zog er sich in sich selbst zurück, und seine Meditationsübung dauerte so lange, bis er unter der Dusche stand. Beim Laufen geriet er in einen Trancezustand und dachte nur an die Bewegungen seines Körpers, den Rhythmus, das Atmen und das Tempo. Er stürzte vorwärts und durchbrach die Schranken von Anstrengung und Schmerz mit einem gelassenen Ausdruck im verschwitzten Gesicht. Seine ausdruckslose Miene gab häufig Anlaß zu der Vermutung, er sei gedopt.

Einmal ging ich mit ihm aus purer Neugier ans Bingham-Institut für Sportwissenschaft nach New York. Man hatte dort bereits mit anderen Sportlern, die Anhänger der Transzendentalen Meditation waren, Versuche angestellt. Billy mußte auf dem Laufband bis zur Erschöpfung laufen, und man fand heraus, daß bei ihm im Trancezustand mehr Milchsäure abgebaut wurde und der Blutstrom zu den Muskeln stärker zunahm als bei den Sportlern, die zuvor getestet worden waren.

Man sagte, Billy sei das klassische Beispiel eines Tieres. »Tier« ist die abfällige Bezeichnung für einen Sportler, der keinen Schmerz kennt. Das entsprach der Wahrheit. Ich glaube nicht, daß er Schmerz empfand. Und falls doch, dann war Schmerz für ihn so selbstverständlich wie Essen und Atmen. Im Vergleich dazu war Vince Matti ein Kenner des Schmerzes und kostete ihn voll aus. Jacques hatte Mühe, mit Schmerzen fertig zu werden – sie waren Teil seiner Nervosität.

Die Sportjournalisten fingen an, ihn Billy Sive, »das Tier«, zu nennen. Ich hatte nichts daran auszusetzen, wenn dieser Beiname seine Chancen erhöhte, nach Montreal zu kommen. Immer wenn ich ihn beobachtete, lief es mir eiskalt den Rücken hinunter. Ich dachte mir: Wenn du ihn dazu bringst, daß er richtig trainiert, und er ohne Verletzungen bleibt, dann könnte wirklich etwas aus ihm werden.

Ich zog ihn manchmal ein bißchen auf: »Bist du da draußen eigentlich im Nirwana?«
»Oh nein, Mr. Brown«, sagte er. Er lachte nicht über meine Scherze. Er hatte nicht viel Sinn für Humor. »Ich bin ein sehr pragmatischer Buddhist. Ich brauche nur das richtige Dharma, um gut zu laufen.«
Soviel ich wußte, bedeutete Dharma für den Buddhisten die richtige Art zu leben und innerlich ausgeglichen zu sein. Wenn man sich in der Gewalt hatte und friedfertig war, hatte man ein gutes Dharma. Aber wenn man von Ängsten und Sehnsüchten geplagt wurde, hatte man ein schlechtes Dharma. Die Idee war, den Geist von allen Begierden zu befreien und nur noch Platz zu lassen für inneren Frieden und Mitgefühl mit anderen Lebewesen. Anscheinend hatte ich ein sehr schlechtes Dharma – mein Verlangen nach Billy wurde jeden Tag stärker.
Billy war sofort sehr beliebt bei Studenten und Lehrern. Er entwaffnete jeden mit seiner erfrischenden Offenheit. Wo er auch auftauchte, liefen ihm Jungen und Mädchen hinterher. Er war der schwule Rattenfänger.
Bald war die Hälfte der Mädchen auf dem Campus bis über beide Ohren in ihn verliebt. Einige von ihnen gingen immer zur Aschenbahn und beobachteten ihn beim Training. Er war freundlich und ging mit ihnen auf dem Campus ins Kino oder sogar zum Tanzen. Aber es war ihnen ein Rätsel, weshalb er sich nicht mit einer von ihnen verabredete und mit ihr ins Bett ging.
»Billy, du bist eine alte Jungfer«, sagten sie.
Er schüttelte nur den Kopf und lächelte.
Vince und Billy tanzten gern, aber Jacques nicht. Im Clubhaus, das von Studenten und Lehrern gemeinsam betrieben wurde, gab es eine Diskothek, und sie gingen oft am Abend dorthin. Als ich jung war, dachte ich, Rockmusik sei sünd-

haft und unamerikanisch, obwohl Elvis Presley schon berühmt war, als ich am Villanova-College war. Aber in den letzten Jahren hatte ich die Rockmusik toleriert, weil ich sie mit New York, den Schwulenkneipen, Prescott, innerer Ruhe und nun auch mit Billy in Verbindung brachte. Manchmal ging ich abends am Clubhaus vorbei in der Hoffnung, ihn dort in Aktion zu sehen.

Eines Abends, kurz vor Weihnachten, kam ich nach einer Fakultätssitzung am Clubhaus vorbei und sah ihn durchs Fenster. Ich blieb vor der Tür stehen.

Drinnen herrschte ein großes Gedränge, und offensichtlich ging da etwas Ungewöhnliches vor sich. Ein hämmernder Rhythmus erfüllte den Raum, und ein farbiger Sänger schrie und kreischte. Auf den Tischen saßen dichtgedrängt Studenten und Lehrer, aßen Hamburger aus dem Reformhaus und tranken Vitaminsaft. Die meisten standen hinten an der Wand, und es kamen immer noch mehr und reckten die Hälse.

Vince, Billy und zwei Mädchen waren mitten auf der Tanzfläche. Die beiden Mädchen führten eine ziemlich unbändige, heterosexuelle Version des »Flop« auf. Die anderen Paare hörten auf zu tanzen und sahen zu. Vince und Billy tanzten den »Schwulen-Boogie«. Und sie tanzten so, wie ich es bisher nur in Filmen oder auf Parties in New York gesehen hatte.

Ein Schwuler, der ein guter Tänzer ist, kann sogar den Foxtrott in ein hemmungsloses Ritual männlicher Sexualität verwandeln. Billy und Vince tanzten den Boogie sechs Schritte von ihren Partnerinnen entfernt und hatten die anderen um sich herum vergessen. Sie tanzten wie Schwarze. Sie waren ganz locker und cool, stampften mit den Füßen auf den Boden und schnippten mit den Fingern. Ihre Schultern und Körper bewegten sich kaum. Der ganze Ausdruck lag in den Bewegungen der Hüfte und des Hinterteils, dem Kreisen des Bauches und der Beine.

Vince merkte, daß sie Zuschauer hatten, und produzierte sich ein bißchen. Aber Billy war zurückhaltender, in sich gekehrt, als ob er mit dem Geliebten seiner Fantasie tanzen würde, den jeder Schwule in Gedanken vor sich sieht.

Ich beobachtete sie durch die Tür und war einfach sprachlos. Zum ersten Mal wurde mir klar, wie tief Billys Sexualität und sein Verlustempfinden gingen. Er tanzte sich hier vor meinen Augen alles von der Seele.

Ich wollte es aus der Nähe sehen. Ich ging hinein, steuerte auf ein Fakultätsmitglied zu, das an einem Tisch saß, und erfand irgend etwas Wichtiges, das ich ihm sagen mußte. Dann sah ich Jacques in der ersten Tischreihe und kämpfte mich zu ihm durch.

Jacques sah ganz fasziniert zu und himmelte Vince an. Als ich seinen Arm berührte, sprang er auf.

»Ich wollte nur sagen, daß ich morgen wahrscheinlich etwas später zum Training komme«, sagte ich, weil mir nichts Besseres einfiel. »Wenn ihr vor mir da seid, dann wartet nicht auf mich.«

»Alles klar, Mr. Brown.« Jacques ließ kein Auge von Vince. Er zog mich auf einen leeren Stuhl. Über der Lehne hing Billys Jacke. »Sehen Sie sich nur diese Burschen an, Mr. Brown. Sie sind unmöglich.«

Ich saß jetzt direkt an der Tanzfläche. Die Jungs waren ungefähr zwölf Schritte von mir entfernt. »Ich finde, das sollten sie besser bleibenlassen«, sagte ich.

»Oh, ich denke, das ist okay. Sehen Sie sich doch die anderen an. Die halten das für eine ganz geile heterosexuelle Nummer. Außerdem tanzen die beiden mit Mädchen ...«

Ich schaute mich um. Die Studenten hatten so etwas anscheinend noch nie gesehen. Ein paar fingen an, im Rhythmus zu klatschen, und bald klatschte und trampelte der ganze Saal. Ich konnte keinen klaren Gedanken mehr fassen.

Ich wurde ein wenig nervös. Gelegentlich hatte ich schon gesehen, daß ein Tänzer bei dieser Show die Hosen herunterließ, geschickt seinen Schwanz herumwirbelte und schließlich phantastische Zuckungen vollführte. Ich hoffte inständig, daß die beiden das nicht tun würden, vor allem nicht Billy. Aber wenn sie es taten, waren sie morgen raus aus dem Team.

Der Rhythmus hatte die beiden jetzt völlig in seinen Bann gezogen. Die Studenten feuerten sie zusätzlich an.

»Los, Billy!«

»Mach Dampf, Vince!«

»Hey, Vince, macht ihr das oben in Oregon so?«

»Nee«, meinte Vince. »Unten in Kalifornien.«

»Wieviel, Vince?« rief jemand.

»Zwanzig Zentimeter!«

Ich verzog keine Miene, aber innerlich erschrak ich.

Die Studenten heulten wie ein Rudel Wölfe.

»Los, zeig her!«

»Hol ihn raus!«

»Macht mich nicht an«, rief Vince.

In diesem Moment entdeckte mich Billy. Die Schamröte stieg ihm ins Gesicht. Er sah mir an, daß ich ihren Auftritt mißbilligte. Sofort verschwand das geile Gehabe des Schwulen aus seinen Bewegungen, und er tanzte einen normalen Boogie.

Dann versuchte ich, Vince auf mich aufmerksam zu machen, aber seine Bewegungen nahmen ihn vollkommen gefangen. Die Studenten schrien und johlten aus Leibeskräften. Plötzlich legte Vince die Hände auf seine Hüften und ließ sie langsam zu seinen Schenkeln hinabgleiten. Die Zuschauer grinsten sich an und stießen sich in die Seite.

Vince ließ seine Hände ein paar Mal auf und ab gleiten, und dann machte er den Metallknopf an seiner Jeans auf. Alle johlten und hüpften herum. Vince war jetzt richtig in Fahrt, er schnalzte mit den Fingern, schlug um sich und schüttelte wie wild seine Haare. Ganz langsam machte er seinen Hosenschlitz auf. Die Jeans rutschte ein wenig über seine Hüften hinunter, und unter dem Saum seines T-Shirts wurde ein Stück nackte Haut sichtbar. Seine Sehnen und Muskeln arbeiteten wie die einer Bauchtänzerin.

Ich warf einen kurzen Blick auf Jacques, der jetzt auch langsam nervös wurde.

»Angenommen, er tut es«, sagte Jacques leise. »Ich meine, sind Sie schon mal in einem Rockkonzert gewesen? Die Musiker werden manchmal aufgefordert, sich auszuziehen, und sie tun es ...«

»Billy!« riefen sie jetzt flehentlich.

Billy schüttelte den Kopf und tanzte mechanisch weiter.

Der Reißverschluß von Vinces Hose war jetzt weit genug offen, so daß man einige schwarze Schamhaare sehen konnte. Gerade als es so aussah, als ob seine Hose herunterfallen würde, grinste er, zog sie hoch und machte den Hosenschlitz wieder zu. Der ganze Saal heulte vor Enttäuschung.

Nun war Billy an der Reihe. »Los, Billy. Wieviel hast du?«

Plötzlich mußte Billy lachen. »Zehntausend Meter«, sagte er.

Alle stöhnten. »Scheißläufer«, sagte jemand hinter mir. »Die sind so verdammt zielstrebig.«

Sie baten und bettelten, aber Billy blieb fest. Deshalb besserte sich meine Meinung über ihn wieder.

Die Schallplatte ging zu Ende, die Band spielte ihre letzten gellenden Akkorde, und der Drummer hämmerte auf das Schlagzeug. Vince hörte auf zu tanzen, hängte sich an seine Partnerin und lachte benommen. Sie hatte nicht begriffen, daß sie bei einem typischen Schwulenspiel mitgemacht hatte. Billy ließ seine Partnerin stehen, zögerte, als er sah, daß

seine Jacke hinter mir auf der Stuhllehne hing, und kam dann schließlich langsam herüber.
»Wissen Sie«, sagte Jacques, »ich glaube, wenn Vince erst mal loslegt, dann ist er so ziemlich zu allem fähig.«
Ich warf Billy einen vernichtenden Blick zu.
Er zog seine Jacke hinter mir von der Stuhllehne und murmelte: »Tut mir leid, Mr. Brown. Ich weiß nicht, was in mich gefahren ist.«
Sein Gesicht war immer noch seltsam gerötet. Er packte seine Bücher zusammen und ging. Ich hätte ihn am liebsten begleitet, aber ich tat es nicht.
Eine andere Schallplatte mit langsamer, gefühlvoller Musik wurde aufgelegt, und die Tanzfläche füllte sich mit Paaren, die sich engumschlungen im Takt wiegten. Vince hielt seine Partnerin fest in den Armen, sie tanzten Wange an Wange, und er hatte die Augen geschlossen. Wenn er mich bemerkt hätte, wäre er sicher trotzig geworden. Jacques beobachtete die beiden stumm und traurig.
Ich stand auf und ging.
Als ich den Korridor entlangging, fühlte ich mich niedergeschlagen. Billy war allein und voll Begierde. Das einzige Gefühl, das er mir bisher gezeigt hatte, war eine zaghafte Freundlichkeit, und er war bereit, mit mir über seinen Trainingsplan zu streiten. Aber selbst wenn er mich lieben sollte, hätte ich kein Recht auf ihn.
Ich hatte keine Angst wegen der Mädchen, die sich danach sehnten, mit ihm ins Bett zu steigen. Aber ich fürchtete den nächstbesten Studenten, der sein Interesse wecken würde. Es konnte jeder sein, jederzeit. Es konnte Vince sein oder sogar Jacques. Ich nahm tatsächlich an, daß er mich angelogen und schon mit Vince geschlafen hatte. Oder wenn nicht, dann würde er es sicher bald tun. Er hatte behauptet, er sei allein, und das bedeutete, daß er mit niemandem schlief. Aber früher

oder später würden ihn seine natürlichen Bedürfnisse jemandem in die Arme treiben, und sei es nur zum Zeitvertreib. Angenommen, Vince sagte: »Wie wär's, Billy?« Nach vier Jahren Freundschaft war es durchaus möglich, daß sie ihre Liebe zueinander entdeckten.

In meiner Fantasie sah ich sie Boogie tanzen. Sie tanzten nicht mit Mädchen, sondern miteinander. Sie umarmten sich keuchend und verschwitzt und küßten sich. Sie ließen sich irgendwo nackt auf ein Bett fallen und liebten sich voll Hingabe.

Das Vernünftigste war, wenn ich Billy meine Gefühle offenbarte, solange er noch frei war.

Voll rasender, maßloser Eifersucht trottete ich mit meiner Aktentasche den Korridor hinunter und trat hinaus in die kalte Winternacht. Er gehörte mir nicht und würde mir nie gehören. Ich würde ihn verlieren, ohne ihn jemals besessen zu haben.

5

In den Weihnachtsferien kam Billys Vater zu Besuch. Er arbeitete an einem Fall mit dem Ziel, eine Entscheidung des Obersten Bundesgerichts herbeizuführen, durch die alle Gesetze gegen widernatürliche Unzucht aufgehoben werden sollten. Deshalb kam er oft nach New York, um mit den Führern der Homosexuellenbewegung und der amerikanischen Bürgerrechtsvereinigung zu sprechen.

Als er auf dem Campus ankam, zeigte Billy ihm seine Zuneigung mit derselben Offenheit, mit der er alles tat. Als John aus dem Taxi stieg, kam Billy ohne Jacke aus dem Wohnheim gestürzt und umarmte ihn. John fuhr ihm mit der Hand durchs Haar und umarmte ihn auch.

»Heh, Junge, ich hab' dich richtig vermißt«, sagte er.

Ich sah deutlich, wie ungezwungen sie sich verhielten. Mein Vater und ich hätten uns eher in siedendes Öl werfen lassen, als uns zu umarmen.

Ich mochte John Sive auf Anhieb, und bald wurde er einer der wenigen Freunde, die ich hatte. Seine Natürlichkeit und seine Offenheit erinnerten sehr an Billy, obwohl sie sich äußerlich kaum ähnelten. John war kleiner, ein dunklerer, muskulöser Typ mit glattem schwarzem Haar (gefärbt, weil er wie alle Schwulen jugendlich aussehen wollte). Billys braungelockte Mähne stammte wohl von seiner Mutter Leida, von der allerdings keiner von beiden sprach.

Viele Jahre lang hatte John als Anwalt in einer Kanzlei in San Francisco gearbeitet und eine steile Karriere gemacht, während niemand ahnte, daß er schwul war. Er gab zu, daß es nicht leicht war und ziemlich viel Nerven kostete. »Es bestand immer die Möglichkeit, daß Frances' falscher Busen auf einer Party verrutschte«, sagte er. Als Billy dann aufs College ging, beschloß er, sich nicht länger zu verstecken. Er gab seinen Job auf, aber hatte genug zum Leben, weil er sein Kapital gewinnbringend investiert hatte. (Glücklicherweise berücksichtigt die Börse nicht die sexuellen Präferenzen der Kapitalanleger, wenn ein Kurs steigt oder fällt.) John verlegte sich auf das Zivilrecht und setzte sich im Alter von einundfünfzig Jahren mit seinem ganzen Wissen und seiner langjährigen Erfahrung für die Schwulen ein.

Joe und Marian Prescott luden John für ein paar Tage in ihr Haus ein, und dort feierten wir gemeinsam Weihnachten. Es war ein wunderschöner Abend. Der Duft von gebratenem Truthahn und von Tannenzweigen zog durchs Haus, und wir knackten Nüsse am Kamin. Dabei wurde mir wieder bewußt, wie heimatlos ich war und wie sehr ich mich nach einer Familie sehnte. Wir saßen um den Tisch herum, Kerzen brannten, und wir unterhielten uns. Billy war sehr still und sagte nicht viel, sondern mampfte Salat, den Marian speziell für ihn zubereitet hatte.

Der Campus war wie ausgestorben, und es war bitter kalt geworden. Fast alle waren über die Ferien bei ihren Familien. Auch Vince und Jacques waren nach Hause gefahren, und bei dieser Gelegenheit wollten sie ihren Familien sagen, daß sie schwul waren.

Jeden Morgen stand John sehr früh auf, um Billy beim Training zuzusehen. Da saß er nun zitternd vor Kälte in seinem Mantel von Cardin, eine einsame Gestalt auf der schneebedeckten Zuschauertribüne, und ließ kein Auge von Billy, während dieser seine Viertelmeilen in jeweils 57 Sekunden lief. »Es gehört viel Willenskraft dazu, nicht wahr?« fragte mich John.

Er war noch nie selbst gelaufen, aber er begriff instinktiv, worauf es ankam.
»Willenskraft ist die Hauptsache«, sagte ich. »Aber auch andere Dinge spielen eine Rolle. Hartes Training allein genügt nicht, sondern man muß auch eine natürliche Veranlagung haben. Die Lungenkapazität und hohe Belastbarkeit sind, wie wir wissen, ebenfalls von Bedeutung. Billy hat in dieser Hinsicht ein paar gute Erbanlagen. Bei Labortests wurde festgestellt, daß er von den körperlichen Voraussetzungen her bestimmt internationale Klasse ist. Wahrscheinlich dank Ihrer Erbmasse«, fügte ich scherzhaft hinzu.
»Wer weiß?« meinte John. »Vielleicht ist es auch die Erbmasse seiner Mutter.«
»Das glaube ich nicht«, erwiderte ich. »Sie ist doch einfach abgehauen.«
John grinste. »Na ja, ich möchte ja gern glauben, daß es meine Erbmasse ist.«
»Billy hat Köpfchen, okay«, sagte ich. »Ich wünschte, jeder Vater in Amerika würde seinem Sohn diese Zähigkeit beibringen. Gratuliere.«
»Gut, ich habe ihm einiges beigebracht«, sagte John. »Aber den Rest hat er sich selbst angeeignet.«
»Wann hat er mit dem Laufen angefangen?«
»Er war ein schwächliches Kind. Bei seiner Geburt war er sehr klein. Er war oft krank. Ich legte Wert darauf, daß er Sport trieb, weil ich hoffte, daß ihn das ein wenig kräftigen würde. In der Grundschule spielte er viel Basketball, und schließlich sah er richtig gesund aus. Auf der Highschool wurde dann eines dieser nach Altersgruppen eingeteilten Querfeldein-Programme angeboten. Billy versuchte es, und das war's dann. Er ist danach nie wieder auch nur in die Nähe eines Basketballfeldes gegangen. Er kam freudestrahlend und ganz aufgeregt nach Hause, und ich dachte zuerst, er sei

verliebt, aber nein – er hatte nur einen guten Lauf hinter sich.«

Wir lachten beide ein wenig verkrampft.

»Dann brachte ich ihn auf eine andere Schule, weil der Trainer ihn zu sehr unter Druck gesetzt hatte und Billy mit diesem Streß einfach noch nicht fertig wurde. Er hatte nach drei Viertelmeilen schlapp gemacht.« John war noch nie gelaufen, aber er wußte, was Laufen hieß. Ich bewunderte ihn deswegen. »Im ersten Studienjahr gab ich ihn in die Obhut von Lou Rambo, und bei Rambo steigerte er sich dann ganz allmählich und fand heraus, was Selbstdisziplin bedeutet. Das war der Hauptgrund, weshalb er in seinem letzten Studienjahr so gute Rennen lief.«

Wir sahen Billys schlanke Gestalt immer wieder vorbeilaufen. Seine Schuhe verursachten auf der gefrorenen Bahn kaum ein Geräusch.

»Ich möchte, daß er glücklich ist«, sagte John leise. »Ich will nicht, daß er dasselbe durchmacht wie ich.«

»Ich weiß, was Sie meinen«, sagte ich.

»Wissen Sie«, meinte John nachdenklich. »Ich bin nie ein großer Sportfan gewesen, bis Billy mit dem Laufen anfing. Aber jetzt ertappe ich mich manchmal dabei, wie ich von einer Goldmedaille in Montreal träume. Natürlich weiß ich, welche Probleme es da im amerikanischen Sport gibt. Und seien Sie ehrlich – Sie sind nicht sicher, ob Billys Kraft für den internationalen Wettkampf ausreicht. Aber – angenommen, er schafft es. Ich sehe ihn vor mir, wie er mit der Medaille um den Hals auf dem Podest steht und die Kapelle spielt ›Oh Say Can You See‹. Und, wissen Sie, es ist nicht nur wegen der Medaille, oder weil ich auf Billy stolz bin. Ich sehe auch die taktische Seite der Sache. Ein Schwuler mit Goldmedaille wäre ein unglaublicher moralischer Sieg für uns.«

Er hatte etwas ausgesprochen, worüber ich schon oft nachgedacht hatte. Ich hatte nicht gewagt, es Billy zu sagen, aber ich wußte, daß er auch daran dachte. Deshalb wollte er in Montreal dabeisein.

Ich lachte leise. »Das Paradoxe ist – wir müssen uns mit Frauen einlassen, um Söhne wie Billy zu haben.«

John lachte auch und zündete sich eine Zigarette an.

»Ich habe zwei Jungs da unten in Pennsylvania«, sagte ich. »Der eine ist jetzt fünfzehn, der andere dreizehn. Ich habe sie seit der Scheidung nicht mehr gesehen. Manchmal überlege ich, ob ich nicht eines Tages vor Gericht gehen und mein Recht fordern soll, sie sehen zu dürfen. Ich habe sie anfangs besucht, aber meine Ex-Frau reagierte so unfreundlich, daß ich es aufgab. Aber jetzt ist es wahrscheinlich zu spät. Ich wäre für sie nur ein Fremder. Und sie hat bestimmt dafür gesorgt, daß sie mich hassen.«

Das Lächeln verschwand aus Johns Gesicht. Er sah mich nicht an, aber er mußte in der Wintersonne blinzeln. Billy lief gerade wieder vorbei, und John sah ihm besorgt nach.

»Ich will auf keinen Fall ein Vater sein, der seinen Sohn aus Egoismus zu Höchstleistungen antreibt«, sagte er.

»Hören Sie«, sagte ich, »Sie dürfen ihn nicht in seinem Wunsch bestärken, nach Montreal zu fahren. Ich werde jedenfalls alles tun, um seinen Ehrgeiz zu bremsen. Er ist wie ein verrücktes Fohlen, das eine Gebißstange im Maul hat. Tun Sie mir den Gefallen und sagen Sie ihm, er soll sich mehr an sein Trainingsprogramm halten. Andernfalls werden wir nämlich nirgendwo hingehen.«

Wir verbrachten ein paar Nächte in New York City. Ich dachte, daß es Billy nicht schaden würde, wenn er ein- oder zweimal später ins Bett kam (das ist ein Zeichen dafür, wie human ich geworden war). Es war die ruhige Zeit des Jahres, die Geländeläufe war vorüber, vor zwei Monaten hatten die

letzten Rennen im Freien stattgefunden, und an Wettkämpfen, die in der Halle stattfanden, nahmen wir nicht teil. Und ich konnte John nicht verbieten, mit seinem Sohn ein paar schöne Tage zu verbringen.
Am Samstag vor Neujahr aßen wir in einem Restaurant in der Innenstadt zu Abend. Ich nenne den Name des Restaurants nicht, weil wir nicht wollen, daß dort heterosexuelle Touristen auftauchen. Es liegt im ersten Stock. Das Licht ist gedämpft, und die Räume sind komfortabel eingerichtet. Die alten Stühle sind mit rotem Samt bezogen, und Kopien alter Meister hängen in vergoldeten Rahmen an den Wänden. Kronleuchter hängen von der Decke, und Kellner in Renaissancegewändern servieren das Essen. Es gibt dort sehr gute Steaks, Koteletts und italienische Gerichte. Meine Vorstellungen von guter Küche gingen nicht über ein dickes Steak oder Lasagne bei »Mamma Leone« hinaus. Als Sportjournalist hatte ich mich auf diese Köstlichkeiten beschränkt, und deshalb gefiel mir dieses Restaurant wirklich.
John und ich aßen Steaks, halb durchgebraten, und Billy bestellte einen Teller gebackene Pellkartoffeln und einen Salat. John war vom Rotwein etwas angeheitert, und Billy und ich waren von der Milch oder von unserer guten Laune wie beschwipst. Wir lachten und alberten herum. John trug einen schwarzen Anzug von Cardin und hatte eine breite Krawatte aus Seidenbrokat um. Ich trug meinen besten grauen Anzug, den ich bei »Barney« gekauft hatte, ein weißes Hemd und meine beste schwarze Krawatte. Billy hatte irgendwo aus den Tiefen seines Kleiderschranks einen braunen Samtanzug und ein weißes Rüschenhemd hervorgezaubert, aber er sah damit keineswegs aus wie ein Dandy. Irgendwie wirkte er in dieser Kleidung männlicher als sonst.
Nach dem Essen fuhren wir mit einem Taxi in die Vierundsiebzigste Straße zum »Continental Baths«, um uns die Mit-

ternachtsshow anzusehen. Dort gab es ein großes Aufgebot an schwulen Stars wie Bette Midler und die Sequins, und den erst in letzter Zeit bekannt gewordenen Rocksänger Jess Collett, den man den schwulen Jimi Hendrix nannte.
»Daß du mir ja niemanden aufreißt«, neckte ich Billy. »Du bist im Training.«
Er sah mich ein wenig verärgert an. »Ich mache keinen an«, sagte er.
Ich blieb dicht hinter ihm. »Und keine Strichjungen mittleren Alters.«
Ich war schon seit Jahren nicht mehr im »Continental Baths« gewesen. Tatsächlich war es an diesem Abend das erste Mal seit vier Jahren, daß ich mich so öffentlich im Kreis von Schwulen bewegte, und ich war deshalb ein bißchen nervös. Ich erkannte das »Continental Baths« kaum wieder. Ich erinnerte mich, daß viele Schwule nur deshalb ins »Baths« gingen, weil sie nacktes Fleisch sehen wollten. (In den Bars waren alle bekleidet, und das empfanden viele als Nachteil.) Während meiner Abwesenheit hatte sich die radikale heterosexuelle Schickeria angewöhnt, dorthin zu gehen, um sich zu amüsieren. Diese Leute wollten angeblich zeigen, wie tolerant sie waren, aber ich vermute, sie waren einfach nur neugierig und sensationslüstern. Am Eingang standen so viele Frauen und so viel Prominenz, daß wir kaum durchkamen. Die Preise waren enorm gestiegen – sieben Dollar nur fürs Umschauen.
»Ich kann es nicht glauben«, sagte ich.
»Ich auch nicht«, meinte John ein wenig traurig. »Es hat sich sehr verändert. Oh ja, aber die göttliche Miss M ist immer noch fantastisch.«
Als wir die Treppe hinuntergingen, sahen wir viele Schwule. Zweifellos hatte es für viele von ihnen einen besonderen Reiz, wenn Heterosexuelle ihre Körper begafften. Die meisten liefen ganz lässig mit dem klassischen Handtuch um die Hüfte

herum. Ein paar waren sogar so kühn, auf Korbstühlen zwischen Palmen nackt herumzusitzen. Oder sie schwammen nackt in dem großen Swimmingpool herum und ließen sich von den Heteros gierig anstarren. In der Zeit, als ich in der Schwulenszene untergetaucht war, war ich oft in diesem Pool geschwommen. Einen Moment lang hatte ich das Bedürfnis, der Welt zu trotzen und es wieder zu tun, aber das konnte ich nicht in Billys Gegenwart.

Wir waren noch keine fünf Minuten dort, als ein bekannter Transvestit auf John zustürzte.

»*Chéri!*« rief er.

Er schlang seine Arme um Johns Hals und küßte ihn auf die Wange. John umarmte ihn und küßte ihn auch. Er war ein schlanker Schwarzer von Anfang Dreißig. Er trug einen schwarzen Maximantel aus Seehundfell mit Glitzerknöpfen und ein weißes Satinkleid. Sein krauses Haar war sehr kurz geschnitten, er trug lange herabhängende Kieselsteinohrringe und hatte eine kleine mit Straßsteinchen besetzte Tasche bei sich.

»*Chéri*, es ist ja eine Ewigkeit her«, sagte der Transvestit und drückte John die Hand.

»Ich bin geschäftlich in der Stadt«, sagte John freundlich. »Wie geht's Irving?«

»Irving«, meinte der Transvestit gelassen, »ist *merde*. Ist das dein Sohn? Mein Gott, *chéri*, wie groß er geworden ist. *Comme il est belle*.« Er küßte Billy auf die Wange. Billy lachte und gab ihm einen flüchtigen Kuß. »Er ist hinreißend, John.«

»Finger weg von meinem Jungen«, meinte John grinsend. »Er ist im Training.«

Der Transvestit hob neckisch seine Augenbrauen: »Ja, wir wissen es. Wir lesen auch Zeitungen, weißt du. Er ist unser göttlicher Athlet. Wann ist die Olympiade, *chéri*? Ich habe ganz fest vor, hinzugehen.«

Billy und ich lachten. »Der Junge ist noch nicht einmal in der Mannschaft«, sagte ich. »Aber Sie sollten sich besser Plätze reservieren lassen; die sind nicht leicht zu kriegen.«
»Das ist mein Trainer, Harlan Brown«, erklärte Billy. »Mr. Brown, das ist Delphine de Sevigny.«
»Oooooo, *chéri*, ich weiß, wer Sie sind«, meinte er gefühlvoll. »Ich dachte gleich, daß Sie mir bekannt vorkommen. Sie sind also der große böse Marineleutnant.«
Ich wurde tatsächlich rot. Ich spürte, daß Billy mich seltsam ansah. Ich hatte angenommen, daß Billy von meiner Karriere als Strichjunge wußte, aber irgendwie war ich tief beschämt. Er sollte sich nicht vorstellen, daß sein Trainer seinen Körper für fünfzig Dollar verkauft hatte. Ich hätte Delphine de Sevigny am liebsten eine in die Fresse geschlagen.
»Wenn du alleine bist, dann komm doch einfach mit uns mit«, sagte John und nahm seinen Arm.
»*Chéri*, ich bin immer allein. *Toujours*. Bring mich hin, wo du willst.«
Arm in Arm schlenderten sie durch das Gedränge vor uns her.
Billy warf mir einen kurzen fragenden und sorgenvollen Blick zu. Einen Augenblick lang schien es mir, als seien wir ganz allein inmitten dieser Horde von drängelnden, plappernden, herumalbernden und glotzenden Menschen.
Ich schob meine Hände in die Hosentaschen und wandte mich ab, weil ich ihm nicht in die Augen sehen konnte. Ein Gefühl überströmte mich wie eine Flutwelle. Ich war immer der Meinung, daß ich – sogar in der Welt der Schwulen – etwas ganz Besonderes wäre. Der Anblick von Transvestiten hatte mich immer ungeheuer abgestoßen, und ich war ihnen aus dem Weg gegangen. Ich hatte mir immer gesagt: Schließlich bin ich nicht so ein ausgeflippter Typ wie die. Jetzt wurde mir klar, daß sehr viel männlicher Mut dazu gehörte, als

Mann wie eine Frau zu leben, und daß ich immer noch wie ein Heterosexueller dachte.
Billy stand da und sah mich traurig an. Diese Welt war sein Reich, sein Erbteil, und ich war darin nur ein Tourist.
Ich ging an ihm vorbei. »Laß uns gehen, sonst verlieren wir sie«, sagte ich mit rauher Stimme.
Wir saßen dichtgedrängt an einem Tisch nahe bei der Bühne. John trank Scotch, Delphine einen Champagner-Cocktail und ich eine Cola. Billy nahm ein Glas Wasser, weil es hier keine Milch gab. Wir hörten uns Bette Midler und die anderen an. John und Delphine redeten, und Billy und ich saßen schweigend daneben. Als Jess Collett an die Reihe kam und die Menge wie wild anfing zu tanzen, war ich überzeugt, daß Billy gleich aufspringen und mitmachen würde, aber er tat es nicht.
Nach einer Weile kam eine Tanzkapelle auf die Bühne und spielte uraltes Zeug: langsamen Jazz und Glenn Miller. Danach hätte ich in meiner Jugend tanzen müssen, wenn ich gottlos genug gewesen wäre zu tanzen. Es brachte Erinnerungen zurück an Tänze, die ich nie getanzt hatte, und an Liebschaften, die nie stattgefunden hatten. Die Lichter gingen langsam aus, die Menge beruhigte sich, und man tanzte langsam. Alle umschlangen sich. Die Normalen umschlangen die Normalen und die Schwulen die Schwulen. John und Delphine standen auf, um zu tanzen, und ließen sich treiben, Wange an Wange, Körper an Körper.
Ich saß da und wurde immer deprimierter. Ich mußte an meine Jugendzeit, meine Karriere als Läufer, meine Romanze und Heirat, und an den Sommer mit Chris denken.
Billy schaute zu Boden und spielte mit einer Papierserviette. Ein mit einem Handtuch bekleideter Junge blieb neben mir stehen und sprach mit hoher aufgeregter Stimme mit einem Freund. Er preßte seine Hüfte leicht, aber unmißverständlich

an meine Schulter. Aus dem Augenwinkel sah ich seinen schlanken Körper. Sein Handtuch war so drapiert, daß eine Hinterbacke nur halb bedeckt war. Er hoffte wohl, ich würde Annäherungsversuche machen. Billy schaute auf und beobachtete mich. Er wußte, daß man im oberen Stock Zimmer stundenweise mieten konnte.

»Zieh Leine«, sagte ich.

Der Strichjunge sah erst mich an, dann Billy, und meinte: »Oh, Entschuldigung«, und zog dann mit seinem Freund ab.

Schließlich sagte Billy: »Wollen Sie ein Mauerblümchen aus mir machen?«

Ich kam mir vor, als hätte mir jemand einen Schlag in den Magen versetzt. Er wollte mit mir tanzen.

»Ich tanze nicht«, sagte ich. »Du kannst ja gehen, wenn du willst.«

»Na los, es ist ein langsamer Tanz«, meinte er.

Wie gern hätte ich seine Hand in meine Rechte genommen, meinen linken Arm um ihn gelegt und beim Tanzen seine rüschenbesetzte Brust an meine Krawatte gepreßt.

»Jetzt fehlt uns nur noch eine Notiz in der Klatschspalte von *Sports Illustrated*«, sagte ich barsch. »Der Trainer Harlan Brown vom Prescott-College und Billy Sive wurden gesehen, wie sie zusammen im *Continental Baths* tanzten.«

Billy zuckte mit den Schultern. Ein paar Minuten später beugte sich ein älterer Herr zu ihm herunter und fragte, ob er mit ihm tanzen wolle, aber Billy schüttelte den Kopf.

»Du bist ein sehr tugendhafter Junge«, sagte ich.

»Ich gehe nur mit jemandem ins Bett, den ich liebe.«

»Das ist sehr vernünftig«, meinte ich. »Ich nehme an, das hat dir dein Vater beigebracht.«

»Nein«, erwiderte er.

»Du bist noch zu jung, um zu wissen, was Liebe ist«, sagte ich.

»Ich weiß«, sagte Billy. »Vermutlich wird es mich eines Tages schwer erwischen.«
»Der Glückliche«, sagte ich. Ich redete, als ob ich fünf Scotch getrunken hätte. »Und wahrscheinlich wirst du heiraten.«
Er zuckte wieder mit den Schultern. »Solche Ehen halten nicht lange. Und wenn man jemanden wirklich liebt, dann braucht man keine Formalitäten. Und außerdem lehnen Buddhisten Rituale ab.«
Ich fühlte mich, als ob mein Herz dort auf der mit Sägemehl bestreuten Tanzfläche läge und Tausende von Füßen darauf herumtrampelten.
»Lieben Sie jemand, Mr. Brown?« fragte Billy sehr vorsichtig und spielte dabei mit meiner leeren Colaflasche.
»Nein«, antwortete ich.
»Aber Sie müssen doch irgendwann einen Menschen geliebt haben.«
»Nein.«
»Noch nie?« fragte er beharrlich weiter.
Ich trank den Rest meiner Cola aus.
»Aber Sie werden irgendwann jemand lieben«, sagte er.
»Sicher«, antwortete ich.
»Sehen Sie«, sagte er, »es braucht Ihnen nicht peinlich sein, was Delphine gesagt hat. Ich wußte alles über Sie, als ich ans Prescott-College kam.«
Das brachte mich noch mehr in Verlegenheit.
»Mein Vater hörte von Ihnen in New York«, fuhr Billy fort. »Er hat Sie sogar ein paar Mal gesehen.« Billy lächelte. »Soviel ich gehört habe, waren Sie nicht gerade billig.«
»Hör zu«, sagte ich, »das war ein sehr unerfreulicher Abschnitt in meinem Leben, und ich möchte nicht darüber sprechen.«
»Okay«, sagte Billy. »Aber tun Sie mir dafür einen Gefallen.«
»Welchen?«

»Ich wünschte, Sie würden mir gegenüber mit diesem ›Mr. Brown-Getue‹ aufhören«, sagte er.
Ich schüttelte den Kopf. »Wenn du mich mit dem Vornamen anreden dürftest, dann müßte ich es den anderen Studenten auch erlauben.«
Billy sah einen Augenblick lang sehr traurig aus. Er schob mir die leere Colaflasche wieder hin. Dann schüttelte er den Kopf. »Mr. Brown«, sagte er. »Ich wünschte, Sie wären nicht so unglücklich.«
Meine Hände lagen zu Fäusten geballt auf dem Tisch. Er langte vorsichtig zu mir herüber und legte seine Hand auf meinen Handrücken. Seine Hand war heiß und ein wenig feucht. Ich zuckte zusammen. Konnte es sein, daß er mich mochte?
In meiner Fantasie sah ich einen Ballsaal voller Leute. Eine gläserne Kugel drehte sich über ihren Köpfen und warf ihre Lichtstrahlen über den ganzen Saal. Tausende von John Sives in schwarzen Anzügen tanzten Wange an Wange mit Tausenden von schillernden Delphine de Sevignys. Tausende von ihnen tanzten fröhlich durch den Saal wie Fred Astaire und Ginger Rogers. Die Instrumente der Kapelle blitzten, und die Musik erfüllte den Saal. John Sive und Delphine de Sevigny legten einen Steptanz aufs Parkett und sahen sich dabei zärtlich an. Dann tauchte plötzlich Billy aus der Menge auf. Er bahnte sich einen Weg durch die Tänzer und kam langsam auf mich zu. Er trug Shorts, ein Polohemd, seine Laufschuhe aus blauem Nylon und ein Stirnband, damit ihm seine Haare nicht in die Stirn fielen. Als der Lichtstrahl auf ihn fiel, glänzte der Schweiß auf seinen Gliedern. Sein Gesicht war ernst. Er kam langsam auf mich zu und streckte seine Arme nach mir aus. Wir hielten uns fest, drückten unsere Wangen aneinander und tanzten langsam nach der Melodie von »Stardust«.

Ich schüttelte seine Hand ab. »Laß das«, sagte ich. »Man kann nie wissen, wer uns beobachtet. Ich brauche kein Mitleid. Mir geht es gut.«
Er zog seine Hand zurück, als ob er sich verbrannt hätte.
An Neujahr gingen wir auf keine Party.
Am Abend schlenderten wir vier durch die Straßen und sahen uns die bunten Weihnachtsdekorationen in der Stadt an. Es war sehr kalt. Wir gingen ein Stück die Park Avenue hinauf und betrachteten die mit hellen Lichtern geschmückten Bäume. Wir kauften geröstete Kastanien und verbrannten uns beim Essen die Finger. Billy genehmigte sich auch ein paar Kastanien. Wir blieben stehen und lauschten in der Fifth Avenue den Liedern der Heilsarmee. Ein paar Häuser weiter hörten wir ein paar Anhängern der Hare-Krishna-Bewegung zu, wie sie halberfroren in ihren safrangelben Gewändern sangen und beteten.
John und Delphine liefen Arm in Arm voraus. Die Bürgersteige waren voller Menschen, aber niemand beachtete die beiden. John und Delphine hatten sich plötzlich ineinander verliebt. Billy zog seine Augenbrauen etwas hoch und meinte: »Dad legt schon wieder los.«
Billy und ich gingen hinter ihnen, jedoch nicht Arm in Arm. Seit dem Abend im »Baths« war unser Verhältnis gespannt. Ich spürte, daß ich Billy verletzt hatte, und war mir jetzt sicher, daß er nur aus Freundschaft meine Hand berührt hatte und daß nicht mehr dahintersteckte. Aber ich wollte mich nicht bei ihm entschuldigen, weil mir diese Distanz zwischen uns helfen würde, meine Gefühle unter Kontrolle zu halten. Und doch wäre ich mit Fäusten auf jeden losgegangen, der versucht hätte, mich davon abzuhalten, an diesem Abend mit Billy durch die Straßen von New York zu gehen.
Wir liefen zum Rockefeller Center und beobachteten die Schlittschuhläufer, die auf der großen Eisbahn ihre Kreise

drehten und ihren Atem in die kalte Nachtluft bliesen. Als wir an dem riesigen Weihnachtsbaum neben der Eisbahn hinaufschauten, wurde uns ganz schwindelig.
Billy sah mich an und sagte herausfordernd: »Ich möchte Schlittschuh laufen.«
»Das fehlte uns gerade noch, daß du dir den Knöchel verstauchst«, sagte ich.
»Wo kann man sich hier Schlittschuhe leihen?« wollte Billy von Delphine wissen. »Ich will jetzt Schlittschuh laufen.«
»Man kann sich hier keine ausleihen, *chéri*«, sagte Delphine und streichelte Billys Wange. »Man muß seine eigenen mitbringen.«
Delphine hatte sich gleichzeitig in Billy und in John verliebt. Billy benahm sich sehr taktvoll. Er wies ihn behutsam ab, indem er ihn wie eine Mutter behandelte. Billy hatte großen Respekt vor Transvestiten.
An diesem Abend war ich Delphine gegenüber endlich nicht mehr so gereizt, denn ich entdeckte, daß er eigentlich ganz reizend war. Ich hatte so viele exaltierte schwule Typen gesehen, daß Delphines Kleidung und Verhalten auf mich nicht mehr besonders irritierend wirkten.
»Ich bin zu alt für die Straße, *cheri*«, sagte er zu mir, als wir zum Plaza Hotel hinübergingen, um uns mit einem Drink aufzuwärmen. »Ich bin in der Modebranche.«
Wenn man ihn hier im Plaza zwischen Palmen und Kristallkronleuchtern mit seinem Drink und seiner Zigarettenspitze spielen sah, hätte man es nicht für möglich gehalten, daß Delphine zusammen mit zehn Katzen in einem winzigen Apartment in der 123. Straße lebte und Mietschulden hatte. Er kaufte seine hübschen Kleider im Kaufhaus, und Französisch lernte mit Hilfe einer Berlitz-Schallplatte. »Meine Limousine wartet«, sagte er, als John ihm ein Taxi rufen wollte. Er benahm sich, als sei er in Palm Beach und an der

Riviera zu Hause und hätte eine Loge in der Metropolitan Opera.

»Ich warne dich«, sagte er an diesem Abend zu Billy. »Ich habe vor, zu den Leichtathletikwettkämpfen zu gehen und dich, Vince und Jacques anzufeuern. Ich könnte euch sogar Blumen zuwerfen.«

»Ich werde nach Ihnen Ausschau halten«, meinte Billy lächelnd.

Er lächelte an diesem Abend Delphine öfter an als mich. Es war das freundliche Lächeln eines Kindes, ohne irgendwelche Hintergedanken. Ich wäre schon mit einem solchen Lächeln zufrieden gewesen.

Als wir wieder in Johns Zimmer im Chelsea Hotel waren, mußten wir uns erst wieder aufwärmen, und John ließ einen großen Kübel mit Eis heraufbringen. Er enthielt zwei Flaschen: eine mit französischem Champagner und eine mit sprudelndem Mineralwasser für Billy und mich. Delphine drehte den Fernseher an, weil wir wissen wollten, was um Mitternacht auf dem Times Square los war. John ließ mit einem Knall den Korken aus der Champagnerflasche fliegen. Als er die Flasche mit dem Mineralwasser aufmachte, ahmte er mit dem Mund das Knallen eines Sektkorkens nach, und wir mußten alle lachen. Er füllte die Gläser.

»Oh, wie das sprudelt!« rief Delphine.

Im Fernsehen wurde »Auld Lang Syne« gespielt. Ich meinte, mir müsse gleich das Herz brechen. Das Jahr 1974 ging zu Ende, und am 18. August 1975 wurde ich vierzig.

Wir stießen mit unseren Gläsern an. »Mögen alle unsere Herzenswünsche in Erfüllung gehen«, sagte John. »Delphine wünsche ich einen Millionär. Billy, daß er die 10 000 Meter unter 28 Minuten läuft. Und Harlan wünsche ich Liebe.« Sein Blick ruhte für einen Moment auf mir, und ich war erstaunt, was für ein gutes Gespür er hatte.

»Und für Sie, für uns alle, viel Glück beim Obersten Bundesgerichtshof«, sagte ich.
Billy und John umarmten und küßten sich, und Delphine umarmte und küßte mich. Auch John umarmte und küßte mich, und Billy umarmte Delphine und küßte ihn. Aber weder Billy noch ich machten irgendwelche Anstalten, einander zu berühren. Er lächelte nur ein wenig, stieß mit mir an und sagte mit ruhiger Stimme: »Cheers, Mr. Brown.« Dann kippte er sein Glas mit Mineralwasser auf einmal hinunter.
Auf dem Fernsehschirm sah man Menschen, die sich abküßten. Auch ich trank mein Glas auf einen Zug leer.

6

Als die Ferien zu Ende waren, kamen Vince und Jacques mit Neuigkeiten zurück ans Prescott-College.
Jacques hatte tausend Ängste ausgestanden, ehe er seiner Familie schließlich gestand, daß er schwul war. Als kultivierte Familie von empfindsamen Musikern waren sie zuerst erschüttert, aber dann versuchten sie, ihn zu verstehen. Ich war froh, daß es so gut gelaufen war. Jacques widmete sich wieder seinem Studium und war beim Training weniger angespannt als zuvor.
Aber Vince hatte eine schwere Zeit hinter sich. Sein Vater war Gewerkschaftsfunktionär in Los Angeles. Er und sein Sohn kamen nicht gut miteinander aus. Sein Vater hatte ein ambivalentes Verhältnis zu ihm: Einerseits war er stolz auf Vinces sportliche Erfolge, aber andererseits war er unglücklich darüber, daß Vince einen Bart trug. Als er hörte, daß sein Sohn, der Meilenläufer, auch noch schwul war, wollte er es zuerst nicht glauben, und anschließend wurde er fuchsteufelswild.
»Er sagte, ich solle mich nie wieder zu Hause blicken lassen«, erzählte Vince enttäuscht. »Er wollte mich umbringen oder vor Gericht gehen. Ich soll ihm das Geld zurückzahlen, das er in meine Ausbildung gesteckt hat. Verstehen Sie so was? Verdammte Scheiße.«
Er machte seine Schulter frei und zeigte uns eine neue Tätowierung. Es war ein Lambda, ein griechisches L, das Symbol der Homosexuellenbewegung. Er hatte es sich in Los Angeles vor seinem Rückflug machen lassen.
Ich war betroffen. »Genau so was sollten wir *nicht* machen«,

sagte ich. »Dieses Ding wird bei jedem Wettkampf, an dem du teilnimmst, weithin sichtbar sein.«
»Zum Teufel«, erwiderte Vince. »Die alten Arschlöcher bei den Veranstaltungen wissen doch gar nicht, was das bedeutet.«
Der 17. Februar 1975 war für uns ein bedeutungsvolles Datum. Mit sieben zu zwei Stimmen traf das Oberste Bundesgericht eine neue Regelung über widernatürliche Unzucht. Die Richter hoben alle Gesetze auf, die es zum Geschlechtsverkehr von heterosexuellen und schwulen Erwachsenen gegeben hatte, und erklärten, diese Gesetze seien verfassungswidrig, weil sie die Intimsphäre verletzten. Aus dieser Entscheidung ging auch klar hervor, daß die Homosexuellen unter dem Schutz der Anti-Diskriminierungsgesetze aus dem Jahr 1964 standen.
Die Schwulen jubelten und mit ihnen die Liberalen, die sie bei ihrem Kampf unterstützten. John Sive und seine Kollegen hatten sich sorgfältig auf den Fall vorbereitet, und nun zahlte sich die jahrelange Arbeit aus.
Aber diese Entscheidung rüttelte das Land auf, und die Schwulen waren jetzt noch mehr sozialem Druck ausgesetzt als vorher. Ich bin zwar kein Soziologe, aber ich habe da so meine eigene Theorie über das Warum und Weshalb.
Im Gegensatz zur Abtreibungsfrage im Jahre 1973 war das Problem der widernatürlichen Unzucht im voraus in den Medien kaum behandelt worden. Zu der Zeit, als das Gericht endlich eine Entscheidung zur Abtreibung traf, waren die meisten Amerikaner genauestens über das Für und Wider informiert. Aber das Problem der widernatürlichen Unzucht war einer von 126 Fällen, die in diesem Jahr auf dem Prozeßplan des Gerichts standen, und die Entscheidung kam für die amerikanische Mittelklasse wie ein Blitz aus heiterem Himmel.

Der durchschnittliche Steuerzahler in Peoria, Illinois, begriff nur, daß plötzlich ein Gericht erklärte, es sei völlig in Ordnung, wenn seine Kinder schwul wären, obwohl man ihm beigebracht hatte, Homosexualität zu fürchten und zu verabscheuen. Seine Vorstellungen von Homosexualität stammten noch aus dem finsteren Mittelalter und hatten nichts mit der Realität zu tun.
Diese tiefgehende, irrationale Furcht war die Ursache für die Reaktion der breiten Masse. Sie trieb erfolglose, aber fanatische und organisierte Gruppen zu ihren Aktionen. Sie wollten das Gericht dazu bewegen, die Entscheidung wieder aufzuheben. Bei dem ganzen Protest hatten die meisten anscheinend vergessen, daß die Regelung auch Lesben und Heterosexuelle betraf, aber ihre Feindseligkeit richtete sich nur gegen schwule Männer.
Die psychotische Furcht vor Schwulen zeigt, wie schwerwiegend das Problem war. Die amerikanischen Männer sind aus irgendwelchen Gründen verunsichert und fühlen sich unter anderem von der Frauenbewegung in die Defensive gedrängt. Und trotz der Aktivitäten der Frauenbewegung neigt die amerikanische Gesellschaft immer noch dazu, dem Mann eine höhere Verantwortung zuzuschreiben als einer Frau. Ein Mann hat seine Privilegien, aber auch seine Verpflichtungen. Ein Mann, der sich weigert, mit der Miß Amerika zu schlafen, und der sein kostbares Sperma zwischen den Beinen eines anderen Mannes verschwendet, ist ein Verräter am männlichen Geschlecht und bedroht die Zukunft der Gesellschaft.
Meiner Ansicht nach hat keine andere große soziale Veränderung – wie etwa die Rassenintegration, der Drogenkonsum oder Lockerung der heterosexuellen Moral – die Gemüter so erregt wie die Diskussion um die widernatürliche Unzucht. Vielleicht bin ich voreingenommen, weil ich den Zorn der Menge selbst zu spüren bekommen habe. Doch ich bin

überzeugt davon, daß die stärksten Gegenreaktionen von den Männern kamen, die sich ihrer eigenen Rolle nicht sicher waren. Vielleicht hatten sie insgeheim Angst, daß ich ihnen in sexueller Hinsicht überlegen sein könnte. Ich konnte ja meine Potenz an ihren Söhnen ausprobieren, und damit zerriß ich die Kette ihrer genealogischen Unsterblichkeit.
Ich und meine drei schwulen Läufer jedoch waren durch die Entscheidung des Gerichts nicht besser und nicht schlechter dran als zuvor.
Immerhin brauchte ich mir jetzt keine Sorgen mehr zu machen, daß sie irgendwo wegen strenger Gesetze eingesperrt wurden, wenn wir zu Wettkämpfen fuhren. Wir hatten jetzt eine solide juristische Absicherung, falls man ihnen auf ihrem Weg zur Olympiade Steine in den Weg legen sollte.
Andererseits wurde im ganzen Land heftigst über dieses Thema debattiert, und es war zu befürchten, daß die Leute sich uns gegenüber jetzt noch feindseliger verhalten würden als zuvor. Und es ist bekanntlich eine Sache, ein humanes Gesetz zu erlassen, und eine andere, es durchzusetzen.

Im April hatte sich Billy von seinem Überlastungsbruch erholt und machte Fortschritte; über 5 000 und 10 000 Meter erreichte er allmählich die Zeiten, die ich ihm vorgegeben hatte. Aber er machte nicht genügend Fortschritte, weil er mit mir bis aufs Blut um sein Trainingsprogramm kämpfte. Ich wollte, daß er nur einmal am Tag trainierte. Aber er bestand darauf, zweimal am Tag zu trainieren. Manchmal gab er nach, aber nach ein paar Wochen wurde er wieder rückfällig. Es war, als versuchte man, einen Alkoholiker vom Schnaps fernzuhalten.
Alle drei Jungs waren für die Drake-Wettkämpfe am 25. und 26. April gemeldet. Ich wollte unbedingt, daß Billy für diese wichtige Veranstaltung fit war, denn sie war für ihn ein erster Test seiner Leistungsfähigkeit.

Ich behandelte ihn streng, aber korrekt, und er tat umgekehrt dasselbe.
Meine Gefühle für ihn quälten mich immer mehr, und ich fing wieder an, intensiv zu trainieren, so wie ich es am Villanova-College getan hatte. Der Trainer arbeitete jetzt genauso hart wie seine Athleten. Jeden Morgen stand ich bei Tagesanbruch auf und lief zehn oder fünfzehn Meilen auf Waldwegen. Nachmittags holte ich dann auf der Aschenbahn noch das Letzte aus mir heraus. Ich war sehr zufrieden, als ich merkte, wie schnell mein Körper trotz des Alters noch reagierte und allmählich seine alte Kondition wiedererlangte. In diesem Frühjahr lief ich eine Meile in 4:20.
So gingen die Wochen dahin. Ich kommandierte Billy herum, und er lief schweigend und stur sein Pensum.
Eines Tages kam sein Tutor zu mir und beklagte sich über Billys Leistungen. »Es hat nichts genützt, daß er wie ein Wilder gearbeitet hat, solange sein Bein in Gips war«, sagte er. »Ich weiß, wie ernst Billy den Sport nimmt, aber wenn er die Prüfung bestehen will ...«
»Ja, sicher«, sagte ich, und meine Stimme klang wie die eines unvoreingenommenen, besorgten Cheftrainers. »Ich werde mit ihm darüber reden.«
Am 15. April arbeitete ich am frühen Abend noch in meinem Büro, als ich plötzlich hörte, wie Billy in der Umkleidekabine unten in der Halle laut meinen Namen rief.
»Harlan!«
Es klang sehr dringend.
Ich rannte in die Halle hinunter und lief zur Umkleidekabine. Billy stand seltsam zusammengekrümmt neben einer Bank. Er trug nur seinen Genitalschutz, und seine feuchte Sportkleidung lag über der Bank. Sein Gesicht war kreidebleich, er biß die Zähne zusammen und massierte verzweifelt sein Bein. Er hatte einen Krampf im ganzen Oberschenkel.

Ich wußte sofort, daß er wieder heimlich trainiert hatte. Bei Billy waren Muskelzuckungen und Krämpfe immer die Folge von Magnesiummangel und Überanstrengung.
»Harlan«, keuchte er, »hilf mir.«
Ich war grundsätzlich nie in die Umkleideräume gegangen und hatte das Massieren meinem Assistenten überlassen. Aber jetzt war außer mir niemand da, und ein so heftiger Krampf kann erheblichen Schaden anrichten, wenn er nicht richtig behandelt wird.
Also kniete ich mich vor Billy auf den Betonboden und massierte verzweifelt sein Bein. Er beugte sich über mich, und seine Hände klammerten sich an meinem Rücken fest. Endlich ließ der Krampf nach. Er legte sich auf die Bank, und ich bearbeitete weiter sein Bein von der Wade bis zur Hüfte. Wir waren allein. Im Haus war es ganz still. Zum ersten Mal hatte ich ihn nackt aus der Nähe gesehen. Ich wünschte, er hätte den Genitalschutz ausgezogen, bevor er den Krampf bekam.
Sein Körper lag wie eine Aufforderung vor mir auf der Bank. Ich hatte sein rechtes Bein in meinen Händen, und mit dem linken stützte er sich neben der Bank mit seinem nackten Fuß auf dem Boden ab. Sein Unterleib war entblößt: die kräftigen Sehnen seiner Knie, die schmalen Hinterbacken mit den gekräuselten feuchten Haaren dazwischen. Weitere Locken rahmten seine Männlichkeit ein, aber die meisten bedeckte der Genitalschutz. Das breite Gummiband über seinem flachen Bauch hob sich eigenartig von seiner hellen Haut ab. Billy setzte sich nicht groß in Szene wie Denny Falks, und das machte seinen Anblick um so reizvoller.
Er holte tief Luft, ein Arm lag über seinem Gesicht. Er versuchte krampfhaft, sich zu konzentrieren und durch Yoga den Muskel zu entspannen. Er schaute mich nicht mehr an, und nun wagte ich, seinen Körper zu betrachten. Er war

eigentlich nur nach den Maßstäben für Langstreckenläufer schön. Sein Körper war zwar muskulös, aber er sah beinahe dürr aus. Seine Beine waren für manchen Geschmack zu lang und zu dünn, die Adern traten zu sehr hervor, und die Muskeln waren zu stark betont. Seine Schenkel waren kaum fester als seine Waden.

Schließlich lag sein Bein schlaff und geschmeidig in meiner Hand. Ich spürte noch ein leichtes Zucken in seinem Schenkel.

»Wie fühlst du dich jetzt«, fragte ich und hielt noch für einen Moment seinen Schenkel.

»Es ist schon okay«, sagte er mit leiser, bebender Stimme, ohne seinen Arm vom Gesicht zu nehmen. »Es tut ein bißchen weh. Die Muskeln zucken noch.«

Dann bemerkte ich, daß sein Glied unter dem Genitalschutz ein wenig anschwoll. Jetzt, wo das Schlimmste vorbei war, fiel ihm plötzlich ein, daß wir uns in einer Situation befanden, die eindeutig erotisch war. Vielleicht mochte er mich. Oder wollte er einfach Sex. Aber auf jeden Fall wollte er, daß ich ihn berührte. Ich brauchte mich nur über ihn zu beugen, mein Gesicht gegen seine heiße Seite zu drücken und vorsichtig diesen verdammten Genitalschutz über seine Schenkel herunterzuziehen.

Statt dessen geriet ich in Panik, und mit dem Schrecken kam die Wut.

Ich ließ seinen Schenkel los. »Geschieht dir recht«, sagte ich. Meine Stimme durchbrach die Stille des Umkleideraums. Er zuckte zusammen, als ob ihn ein Peitschenschlag getroffen hätte.

»Wie weit bist du gelaufen?« wollte ich wissen.

Sein Arm lag noch immer über seinem blassen Gesicht, das sich jetzt rosa färbte, und er bekam eine Gänsehaut. »Fünfzehn Meilen«, sagte er.

»In welchem Tempo?« fragte ich.
»Fünf fünfzehn«, antwortete er.
»Und das eine Woche vor den Drake-Wettkämpfen«, sagte ich. »Du bist ein verantwortungsloser Idiot. Was, zum Teufel, bildest du dir ein! Wozu vergeude ich meine Zeit mit deiner Sturheit? Entweder du trainierst ab sofort vernünftig, oder du kannst dir einen anderen Trainer suchen.«
Er setzte sich auf und wandte sich von mir ab. Er saß jetzt aufrecht da, aber ich merkte, wie niedergeschlagen er war. Die Schwellung unter dem Genitalschutz war zurückgegangen. Es tat mir leid, daß ich ihn verletzt hatte, aber ich fühlte mich jetzt wohler.
»Und jetzt frierst du auch noch«, sagte ich. »Los, mach, daß du unter die heiße Dusche kommst.«
Er stand schweigend auf und suchte in seinem Spind nach einem Handtuch. Ich betrachtete traurig seinen Körper, als ob ich ihm »Lebewohl« sagen müßte.
»Hast du die Magnesiumtabletten genommen«, fragte ich.
»Nein«, antwortete er mit erstickter Stimme. »Ich habe nur Spinat und Grünzeug gegessen.«
»Gut, dann nimm nachher ›Magnesium Plus‹«, sagte ich. »Wenn du fertig bist, gebe ich dir eine Flasche.« Ich tat so, als ob mich nur eines interessierte: die Kondition meiner Athleten.
Ohne mich anzusehen, ging er in Richtung Duschraum.
»Noch eins«, rief ich hinter ihm her. »Es heißt *Mr.* Brown. Merk dir das endlich.«
In dieser Nacht lag ich wach in meinem Bett, und die Erinnerung an seinen Körper kam wieder wie eine Halluzination. In meiner Phantasie spielte sich auf dieser Bank im Umkleideraum ein harter Porno ab. Wir waren beide halb verrückt vor Verlangen, wie alle Männer in den Pornofilmen, die ich gesehen hatte. Unser Keuchen und Schnaufen hallte in dem

stillen Umkleideraum wider. Es war erstaunlich, wie viele Möglichkeiten es gab, auf dieser Bank miteinander zu schlafen. Ich begann immer wieder von neuem und hatte nur durch meine Phantasien einen Samenerguß – ich hatte mich nicht einmal selbst berührt.

In meinem Kummer versuchte ich zu beten. Es hilft nicht viel, zu beten, nachdem man sich solchen erotischen Träumen hingegeben hat, aber ich tat es trotzdem. »Aus der Tiefe meines Herzens rufe ich nach dir, oh Herr ...« Mir fiel nur das *Hohelied* ein. »Diese Nacht lag ich in meinen Kissen und suchte ihn, den ich von Herzen liebe, aber ich fand ihn nicht. Oh wenn doch seine linke Hand unter meinem Kopf läge und seine rechte mich umfaßte. Erfrische mich mit Äpfeln, denn ich bin krank vor Liebe.«

Gegen 3.30 Uhr beschloß ich, daß Laufen jetzt das einzig richtige sei. Ich zog meine Trainingskleidung an und ging hinaus. Es war noch dunkel, aber im Osten wurde es schon langsam hell und die ersten Vögel zwitscherten im Wald. Es war ein Frühlingsmorgen, der mich eigentlich hätte heiter stimmen müssen, aber ich fand das Gezwitscher der Vögel traurig und bedrückend.

Ich lief drei Stunden und legte ungefähr fünfundzwanzig Meilen zurück. Das Laufen versetzte mich in einen erlösenden Trancezustand und befreite mich von quälenden Gedanken. Aber bei den letzten sechs Meilen brach ich fast zusammen. Meine Beine taten weh und waren wie abgestorben. Als ich zum Campus zurückkam, war ich erschöpft, fühlte mich elend, zittrig und nervöser als je zuvor. Und dieser Mann hatte Billy kritisiert. – Ich war jetzt auch physisch am Ende.

An diesem Nachmittag gab ich den Yoga-Kurs für die Jungen- und Mädchenmannschaften. Bei schönem Wetter fand das Ganze auf dem Rasenplatz innerhalb der Aschenbahn statt.

Billy hatte mich nicht zu diesem Kurs angeregt – wir hatten ein Jahr zuvor damit angefangen, als wir merkten, daß ein paar Läufer bei ihren Streckübungen Yoga machten. Elastizität ist im Laufsport sehr wichtig, vor allem um Verletzungen zu vermeiden. Meine Schüler und ich waren mit dem Kurs zufrieden. Ich machte sie durch Yoga gelenkig, und sie konnten sich einbilden, alle kleine Siddharthas in Trainingsanzügen zu sein.

Ich ging vor meinen Studenten auf und ab. Die Mädchen standen in ihren roten Gymnastikanzügen auf der linken Seite und die Jungs in blauen auf der rechten. Die geschmeidigen jungen Körper standen in Reih und Glied und machten nach meiner Anweisung Verrenkungen. »Diamantsitz«, sagte ich. Alle knieten auf den Boden, beugten ihre Körper nach hinten und berührten mit den Köpfen das Gras.

Alle machten diese Übung, außer Billy Sive. Er saß in der zweiten Reihe der Jungen im Lotussitz. Er ließ ein wenig die Schultern hängen, zupfte den ersten Löwenzahn zwischen dem Gras heraus und sah dabei seltsam abwesend aus. Ich hatte ihn abgewiesen und erniedrigt. Wahrscheinlich haßte er mich nun dafür.

Aber es machte mich rasend, wie er sich gehenließ. Ich war erschöpft und nervös, und ich verlor völlig die Beherrschung.

»Billy Sive!« schrie ich ihn an.

Er blickte langsam zu mir auf.

»Diamantsitz, aber ein bißchen dalli!« sagte ich.

Er sah zu Boden, pflückte weiter Löwenzahn und machte einen kleinen Strauß daraus. Er hob den Strauß an seinen Mund.

Ich ging durch die Reihen hindurch. Ich behandelte meine drei Top-Läufer genauso wie die anderen Studenten, ganz gleich ob Jungen oder Mädchen.

»Billy Sive«, zischte ich, und meine Stimme zitterte. Ich war wütend auf ihn, weil er mein friedliches Leben durcheinanderbrachte.
Anstatt meine Anweisung zu befolgen, stand er langsam auf und sah mich mit seinen offenen und ehrlichen Augen an. Seine Lippen waren gelb vom Blütenstaub.
Auf den Gesichtern der anderen verschwand der abwesende Ausdruck der Meditation, und sie schauten uns an. Sie knieten am Boden und warteten.
»Wer will denn hier nach Montreal gehen«, sagte ich.
Er ließ den Löwenzahn fallen, drehte sich um und ging. Er benahm sich fast wie ein Soldat, der nach einem Gefecht unter Schock steht. In meiner Wut dachte ich, daß ihn ein wenig militärischer Drill wieder zur Vernunft bringen würde.
Ich ging ihm nach. »Billy«, schrie ich.
Er drehte sich um. Ich gab ihm eine Ohrfeige, aber ich paßte auf, daß seine Brille dabei nicht kaputtging. Es war eine jener Ohrfeigen, wie sie der bekannte Arzt Patton in seiner Funktion als General der Italienarmee aus therapeutischen Gründen einem Soldaten im Krankenhaus gegeben hatte. Sogar Zen-Buddhisten wandten Ohrfeigen an. Sie behaupten, das verursache einen »psychischen Schock«, der den Geist für die Offenbarung öffne.
Als meine Hand in sein Gesicht klatschte, hallte der Schlag wie ein Schuß über die stille Aschenbahn. Die anderen hielten den Atem an.
Billy wurde kreidebleich, und sein Gesicht verzerrte sich vor Wut. Dann erinnere ich mich nur noch, daß er mit dem Arm weit ausholte und zurückschlug. Es war ein Schlag, wie ihn die U. S. Armee und Zen-Meister austeilen. Ich hatte ihn dazu gebracht, mit Hanteln zu trainieren. Er war fast so stark wie ich.
Mein Gesicht und meine Nase schmerzten. Wütend packte

ich ihn am Arm, und er packte mich vorn an meiner Jacke. Sein Gesicht war nur ein paar Zentimeter von meinem entfernt, und seine Augen funkelten vor Zorn.

»Du blöder, eingebildeter Schleifer«, schrie er mit brüchiger Stimme.

Er riß sich los und ging weg. Dann fing er an zu traben und lief über den breiten Rasen.

Ich drehte mich zu den anderen um, mein Gesicht glühte vor Zorn und Schmerz. Ich sah an ihren Gesichtern, daß ich in ihrer Achtung gesunken war. Vince Matti war aufgesprungen und tobte. Seine Augen sagten mir, daß er mich am liebsten umbringen würde.

»Was ist los mit Billy?« fragte eines der Mädchen mitleidig.

»Er hat seine Tage«, sagte einer von den Jungs.

Alle lachten. Plötzlich drehte sich Vince Matti zu seinem Teamkameraden um und ging auf ihn los. Während ich die beiden auseinanderbrachte, war Billy hinter dem Sportgebäude verschwunden.

Als die Gruppe sich auflöste, wartete Vince auf mich und starrte mich zornig an. »Hören Sie mal, Mr. Brown«, sagte er. »Da gibt's was, das Sie wissen sollten.«

»Seit wann geht dich das etwas an?« fragte ich.

»Billy benimmt sich so verrückt, weil er in Sie verliebt ist.«

Ich hatte wieder dieses komische Gefühl im Magen, und in meinen Ohren rauschte es.

»Er kennt meine Grundsätze«, stieß ich hervor.

»Es ist nur, weil Sie so streng mit ihm sind«, sagte Vince. Er konnte sich kaum beherrschen. »Zuerst waren Sie freundlich, ja manchmal sogar nett zu ihm. Aber jetzt glaubt er, daß Sie etwas gegen ihn haben. Er weiß genau, daß er mit Ihnen nie ein Verhältnis haben kann, Mann, aber wenn Sie ihn nicht ein bißchen menschlicher behandeln, dann können Sie ihn aus Ihrem Team streichen.«

Ich wandte mich ab. Ich fragte mich, ob Billy ihm von der Sache im Umkleideraum gestern erzählt hatte.
»Hat er dich darum gebeten, mit mir zu sprechen«, fragte ich mit heiserer Stimme.
»Herrgott, nein. Er würde mich umbringen, wenn er es wüßte. Sein Vater weiß auch Bescheid, aber Billy hat ihm verboten, etwas zu sagen.«
Ich war den Rest des Tages wie benommen. Ich zitterte vor Erschöpfung und Aufregung. Der ganze Campus sprach davon, daß wir uns im Yoga-Kurs geschlagen hatten. Alle meinten anscheinend, daß Trainer Brown ein Monster sei. Ich konnte nur eines denken: Er liebt mich. Wie hatte er es fertiggebracht, seine Gefühle so geschickt zu verbergen?
Am Abend ging ich ins Wohnheim hinüber. Alle drei saßen schweigend in Billys Zimmer. Jacques hatte sich auf Billys ungemachtes Bett gesetzt und spielte auf seiner Flöte eine traurige Melodie. Vince saß am Fußende des Bettes und hatte die Ellenbogen auf seine Knie gestützt. Billy saß hinter seinem Schreibtisch und beugte sich über die Schreibmaschine.
Als ich in der Tür erschien, sahen Vince und Jacques mich an, standen auf und gingen wortlos an mir vorbei aus dem Zimmer.
Ich schloß die Tür, damit das Stimmengewirr, das Lachen und die laute Rockmusik, die von unten heraufhallten, nicht ins Zimmer drangen. Ich setzte mich an das Fußende des Bettes neben den Schreibtisch, wo Vince gesessen hatte, und sah Billy an. Überall lagen Papiere, Bücher und von Hand beschriebene Notizzettel herum – er hatte versucht zu arbeiten. Da saß er, in seinem Stolz verletzt, und starrte auf die Schreibmaschine. Seine linke Hand lag noch immer auf den Tasten. Seine blonden Locken und die goldene Brillenfassung schimmerten im Licht der Schreibtischlampe. *Er liebt mich.*

Als ich mir sein ausdrucksloses Profil ansah, fiel mir ein, daß ich die Angelegenheit am besten gleich klären sollte. Natürlich ohne dabei meinen Grundsätzen untreu zu werden.
»Billy, ich möchte mich entschuldigen«, sagte ich.
»Warum haben Sie das nicht vor den anderen getan«, fragte er, ohne mich dabei anzusehen.
»Es war unverzeihlich von mir, und du hast mir gegeben, was ich verdient habe. Ich werde mich beim nächsten Kurs vor der ganzen Klasse bei dir entschuldigen.«
»Ich frage mich immer wieder«, sagte er, »was ich getan habe, daß Sie sich mir gegenüber so ... so feindselig verhalten. Ich weiß, daß ich Sie durch mein Verhalten zur Weißglut gebracht habe, aber das ist doch keine Rechtfertigung ...«
»Ich kann das nur so erklären«, sagte ich verlegen, »daß ich mich selbst ziemlich unter Druck gesetzt habe. Und den habe ich auf dich übertragen.«
»Warum nicht auch auf die anderen?«
»Vielleicht, weil ich von dir mehr erwarte als von den anderen.«
Zum ersten Mal sah er mich an. Sein Blick war kühl, anklagend und traurig.
»Das war mir eine Lehre«, sagte ich. »Von jetzt an werde ich dich fair behandeln.«
»Wissen Sie«, sagte er ernst, »ich dachte, Sie könnten mich auf den Tod nicht ausstehen.«
Ich schüttelte den Kopf. »Nein«, sagte ich so sanft wie möglich. »Warum sollte ich dich nicht leiden können?«
Billy ließ die Schultern ein wenig hängen. »Okay«, sagte er. »Ich glaube Ihnen.«
Als ich aufstand, um zu gehen, wagte ich, ihm übers Haar zu streichen – es war weiter nichts als eine väterliche Geste. »Ruh dich ein bißchen aus«, sagte ich.
Nachdem ich fort war, kamen Vince und Jacques zurück in

sein Zimmer. Ich erfuhr später, was Billy ihnen gesagt hatte: »Also, er hat nichts gegen mich. Aber er liebt mich auch nicht. Was, zum Teufel, soll ich nur machen? Wie bin ich bloß in diesen Schlamassel hineingeraten?«

7

Wir fuhren nach Des Moines zu den Drake-Wettkämpfen. Vince hatte Schmerzen in den Knien und wurde beim Lauf über eine Meile Vierter. Jacques gewann den Wettlauf über eine halbe Meile. Billy schnitt schlecht ab. Er war lustlos und zerstreut. Angesichts seiner Verfassung war der fünfte Platz beim 10 000-Meter-Lauf in einer Zeit von 28:35 schon eine sehr gute Leistung.

Nach dem Wettkampf war er völlig k.o. Er krümmte sich vor Schmerzen und erholte sich nicht so rasch, wie er eigentlich sollte. Er klagte, daß sein rechtes Bein, in dem er den Krampf gehabt hatte, sehr schmerze und daß er es kaum bewegen könne. Außerdem hatte er Muskelzuckungen.

Ein paar von den Zuschauern schrien: »Schwuler!«, als er die Aschenbahn verließ. Offenbar hatte es sich herumgesprochen: ein bißchen Klatsch bei einem Wettkampf, ein bißchen Gerede unter Sportjournalisten beim Mittagessen oder auf einer Versammlung der AAU genügten schon. Aber vor Erschöpfung hatte er es wahrscheinlich nicht mitbekommen.

Billys Vater war extra hierhergeflogen, um seinen Sohn laufen zu sehen, und nun war er beunruhigt. »Er hat noch nie so schlecht ausgesehen«, sagte er.

Als die Sportveranstaltung am Sonntagnachmittag beendet war, flogen wir alle zurück nach New York. Während ich mit dem Rest der Mannschaft weiter zum Prescott-College fuhr, blieb Billy bei seinem Vater in New York. Am nächsten Tag fuhr ich nach dem Unterricht und dem Training am späten Nachmittag in die Stadt, um mit den beiden zu Abend zu essen.

Wir hatten uns in Johns Hotel in der Fifth Avenue verabredet. John hatte noch eine geschäftliche Besprechung mit George Rayburn, einem Mitglied der Homosexuellenbewegung. George war ein dunkelhaariger Typ und politisch sehr engagiert. Billy lag im Bett seines Vaters und sah noch genauso schlecht aus wie am Tag zuvor.

Ich setzte mich neben ihn aufs Bett und legte die Hand auf seine Stirn. Er hatte leichtes Fieber, ein typisches Zeichen von Überanstrengung.

»Hast du dich ausgeruht?« fragte ich.

Er antwortete mit leiser Stimme und bewegte dabei kaum die Lippen: »Nein, ich kann überhaupt nicht schlafen.«

»Ich sehe es dir schon am Gesicht an, daß du Gewicht verloren hast.«

»Ich habe fünf Pfund abgenommen.«

Er sah seltsam apathisch aus, wie er da auf dem Bauch lag, die Decke bis über die Schultern gezogen und das Gesicht halb im Kissen vergraben. John und George standen drüben am Fenster. Beide hielten ein Glas Whisky in der Hand und redeten über Politik.

Ich saß da und betrachtete Billy mit einem quälenden Gefühl der Hilflosigkeit. Wenn ich nicht aufpaßte, hatte ich einen kranken Läufer in meinem Team. Erkältungen, Grippe oder vielleicht sogar Mononucleose, von der sich ein Läufer erst nach Monaten oder gar Jahren erholt. Dann kam mir der Gedanke, daß ich Billy Sive nur nach Montreal bringen würde, wenn ich mit ihm ins Bett ging. Ich mußte ihn von dem Druck befreien, unter den ich ihn gesetzt hatte. Wie ich so neben Billy auf dem Bett saß, verspürte ich ein heftiges Verlangen, mich einfach neben ihn zu legen und seinem Körper die langersehnte Entspannung zu verschaffen.

Ich legte meine Hand auf seinen Nacken. Er zitterte vor Anspannung, und seine Haut brannte.

»Ein bißchen Abwechslung wird dir guttun«, sagte ich leise. »Ein gutes Essen, ein Film.«
Er schüttelte den Kopf.
»Na los«, sagte ich, legte meine Hand wieder auf seinen Nacken und ließ in meiner Stimme etwas von meinen Gefühlen mitschwingen.
Er sah mich einen Augenblick lang zaghaft an. Ich warf eine Zeitung aufs Bett. »Such dir aus, was du sehen willst.«
Er setzte sich auf und blätterte lustlos in der Zeitung, bis er die Kinoanzeigen gefunden hatte. Dann sagte er: »*Song of the Loon* läuft.« Nach einer Minute meinte er: »Ich liebe diesen verrückten alten Film. Gehen wir rein.«
Billy zog seine Jeans und einen Pullover mit Schildkrötenkragen an, und wir fuhren mit einem Taxi in die Innenstadt.
Das Kino war ein bißchen heruntergekommen und lag ein paar Häuserblocks vom Washington Square entfernt. Die ganze Gegend wirkte wie ausgebombt. Die Straßen waren übersät mit Unrat.
In dem kleinen muffigen Foyer verließen uns John und Rayburn und gingen hinauf auf die Galerie. Anscheinend wollten sie allein sein. Ich blieb mit Billy unten, und wir setzten uns in eine Reihe an der Seite. Viele Sitze waren leer. Hier und da saßen Männer allein oder zu zweit. Der muffige Geruch deutete darauf hin, daß hier wahrscheinlich eines Tages im Zuge der Stadtsanierung alles mit einer Planierraupe plattgewalzt würde. Die Samtpolster waren zerrissen, und am Boden lagen Papierschnipsel und Zigarettenkippen.
Song of the Loon wird nie in der Spätvorstellung gezeigt. Es ist ein alter Filmklassiker über Schwule, sehr dilettantisch, sehr erotisch. Man vergißt den Film nicht so schell.
Billy und ich saßen nebeneinander und sprachen kein Wort. Ab und zu sah ich ihn verstohlen von der Seite an. Er hatte sich ein wenig zurückgelehnt, und sein Blick war auf die

Leinwand gerichtet. Er sah traurig und niedergeschlagen aus und hielt seine geballten Fäuste vor den Mund. Ich war auch bedrückt. Auf der Leinwand schwammen die beiden Liebenden in einem See und betrachteten gegenseitig ihre nackten Körper. Ich mußte sofort an Chris denken. Als sie anfingen, im Gras miteinander zu schlafen, bemerkte ich, daß Billy zu Boden sah. Ich drehte mich zu ihm hin und schaute ihn an. Er hatte die Augen geschlossen, preßte seine Fäuste gegen den geöffneten Mund und kaute an seinen Fingerknöcheln. Er rutschte mit gespreizten Beinen auf seinem Sitz hin und her. Ich streckte den Arm aus und berührte seine geballten Fäuste. Ich nahm sie und zog sie zu mir her. Er sah mich mit offenem Mund ein wenig benommen an, als ob er nicht glauben könnte, daß ich ihn berührt hatte.

»Ich habe viel wiedergutzumachen«, sagte ich leise. Ich zitterte am ganzen Körper. Endlich war ich bereit, meine Selbstbeherrschung aufzugeben. Gab es einen triftigen Grund, weshalb ich mein ganzes Leben ohne den einzigen Menschen zubringen sollte, den ich liebte?

»Ich wollte niemals grausam sein«, sagte ich. »Vielleicht kannst du nicht verstehen, warum ich mich so verhalten habe.«

Er starrte mich ungläubig an, sein Mund stand offen, und seine Augen funkelten im silbrigen Licht der Leinwand. Ein sichtbarer Schauer der Erregung ging durch seinen Körper.

»Dann«, sagte er mit seltsam brüchiger Stimme, die zu einem heiseren Flüstern wurde, »hat mein Vater also recht gehabt.«

Er entzog mir seine Hände. Das war der schlimmste Moment in meinem Leben. All die Qualen, die ich an der Penn State Universität erlebt hatte, waren jetzt auf ein paar Minuten komprimiert. Mir war klar, daß ich ihn verloren hatte. Ich hatte ihn beschimpft und beleidigt. Er war ein Mann und hatte den Stolz eines Mannes. Was hatte ich eigentlich erwar-

tet? Ich wollte das Kino verlassen und mich in der U-Bahn vor einem Zug auf die Gleise werfen.
Billy starrte mit leerem Blick nach vorn auf die Leinwand. Seine Hände lagen zusammengeballt auf seinen Schenkeln. »Mein Vater war sich absolut sicher, daß Sie mich haben wollten. Er war immer auf Ihrer Seite. Sogar als Sie mich geschlagen haben! Ich war deswegen furchtbar wütend auf ihn.« Er holte in unregelmäßigen Abständen ein paar Mal tief Luft. »Seit wann empfinden Sie etwas für mich?«
Ich saß gebückt da und fühlte mich miserabel. Ich war bereit, mich zum Narren zu machen, nur damit Billy nicht mehr böse war. »Seit du hierherkamst«, sagte ich. Wir flüsterten immer noch.
Er wandte sich mir zu, und sein furchtbarer Blick durchbohrte mich. Jetzt revanchierte er sich für den Peitschenhieb, den ich ihm im Umkleideraum versetzt hatte. »Was habe ich wegen Ihnen durchgemacht. – Ich habe mir noch nie von jemandem so viel bieten lassen wie von Ihnen.«
Ich schloß die Augen. »Ich kann nur sagen, daß es mir jedes Mal selbst weh tat, wenn ich dir weh getan habe. Damit sind wir quitt.«
Er kniff die Augen zusammen. »Was wollen Sie eigentlich von mir? Wenn Sie bloß Lust auf ein Abenteuer haben, dann vergessen Sie's.«
Ich sah ihn an und schüttelte den Kopf. Er konnte alle meine Gefühle von meinen Augen ablesen. Er zögerte noch, denn er konnte nicht glauben, was er da sah.
»Harlan«, sagte er und berührte meine Hand, die zusammengeballt auf der speckigen Armlehne lag.
»Ich bin in dich verliebt«, sagte ich. Ich öffnete meine Hand und drückte seine so fest, daß ich dachte, unsere Finger würden zerbrechen. Wir schlangen unsere Finger ineinander wie zwei verklemmte Studenten von der Highschool.

Plötzlich streckte er seine freie Hand nach mir aus und hielt mich an der Schulter fest. Er lehnte sich an mich, zog mich noch fester an sich heran und küßte mich einen Moment lang heftig auf den Mund. Unsere Finger lösten sich. Er rückte ein wenig von mir weg – ich spürte noch seinen heißen Atem auf meinen Lippen. Die Gewißheit, ihn verloren zu haben, schlug plötzlich in Freude um. Ich berührte seine Wange und ließ meine Finger ungläubig durch sein Haar gleiten. Er berührte meinen Hals.

Er flüsterte so leise, daß ich ihn kaum verstehen konnte: »Ich liebe dich, Harlan.«

Wir umarmten uns, und er küßte mich wieder. Die Offenheit und Eindringlichkeit dieses Kusses war überwältigend. Er öffnete meine Lippen mit den seinen und streichelte sie sanft mit seiner Zunge. Seine Augen waren geschlossen, er bewegte seine Lippen ganz sacht zwischen meinen hin und her, und dann ließ er seine Zunge in meinen Mund gleiten. Wir umklammerten uns so fest, wie es die knarrende Armlehne zuließ, und ich schob meine Zunge in seinen Mund. Er schmeckte süß und rein. Wir bissen uns gegenseitig auf die Lippen. Das war ganz nach seinem Geschmack: heftig, aber besonnen, wie in Trance.

Dann rutschte er mit einer leichten Drehung des Körpers über die Armlehne in meine Arme, saß halb zwischen meinen Beinen, preßte sich an mich und legte seine Arme um meinen Hals. Wir hielten uns so fest umschlungen, als ob wir uns für die fünf qualvollen Monate auf einmal entschädigen wollten. Wir waren so eng aneinandergepreßt, daß wir fast schon ein Körper waren, und unsere Lippen verschmolzen in einem leidenschaftlichen Kuß.

Meine Hände glitten langsam – eher tastend als streichelnd – an seinem Körper hinab, als ob sie sich versichern wollten, daß er wirklich da war. Ich fühlte durch den Pullover hindurch seinen langen schlanken Rücken, dann seine schmale Taille und ein Stück heißer nackter Haut, wo sein Pullover ein Stück hochgerutscht war. Billy wollte mich auch spüren. Das war zwar etwas schwieriger, aber schließlich gelang es ihm, eine Hand unter mein Jackett zu schieben und meine Brust und meine Seite zu streicheln und zu drücken.

Hin und wieder sahen wir uns an, als ob wir es immer noch nicht glauben könnten, und unsere Augen waren starr vor Erregung. Ich hielt seinen Kopf und küßte sein Gesicht und seine Augen, und er drehte seinen Kopf zur Seite, um meine Hände zu küssen. Ich mußte an das erste Mal vor elf Jahren zurückdenken. Billys energische Art und seine Zärtlichkeit ließen die Erinnerung wieder aufleben. Aber dieses Mal war es anstatt des Amylnitrits die Liebe, die mir alle Hemmungen nahm.

Wir beließen es bei diesen Zärtlichkeiten. Stillschweigend war zwischen uns die Übereinkunft entstanden, es nicht in diesem Kino zu tun. Seine Hüften waren fest zwischen meinen Schenkeln eingeklemmt, mit einer bewegungslosen, traumähnlichen, pulsierenden Schwere. Wir zitterten beide vor Erschöpfung und waren froh, daß wir uns aneinanderklammern konnten wie zwei Ertrinkende, die gerade noch ein dahintreibendes Wrackteil zu fassen bekommen haben.

Schließlich flüsterte ich ihm zu: »Wann hast du dich in mich verliebt, du verwöhnter Fratz?«

»Als ich dich das erste Mal sah«, sagte er und preßte sein Gesicht an meine Wange. »Aber ich zeigte es nicht, weil du so kühl warst. Ich dachte, ich würde den Verstand verlieren.«

Ich fuhr ihm durchs Haar. Wir hatten uns etwas beruhigt.

»Du kennst das Risiko, nicht wahr?«

»Ja.«

»Du verspielst vielleicht deine Chancen für Montreal, und ich verliere vielleicht meinen Job. Wir können alles verlieren.«

»Wenn dir das Sorgen macht, dann können wir es gleich vergessen. Aber dann werde ich das College verlassen. Ich kann dich nicht jeden Tag sehen und so tun, als ob nichts wäre. Du hast mir einiges beigebracht – vielleicht schaffe ich es allein, nach Montreal zu kommen.«

Ich stellte mir vor, wie es wäre, wenn ich sein Gesicht nur noch auf Zeitungsfotos sehen würde. Ich dachte daran, wie er mit seiner Jugend und Unerfahrenheit allein mit allem fertig werden sollte. Die 10 000 Meter in 27:30 zu laufen war eine Frage des Trainings. Vielleicht würde er es schaffen. Aber ein interner Machtkampf mit den Sportfunktionären war eine ganz andere Sache. Sie würden ihn fertigmachen.

»Okay«, sagte ich. »Aber sag nachher nicht, ich hätte dich nicht gewarnt.«

»Ihr beiden Süßen«, sagte jemand hinter uns. »Ihr seid zwar besser als der Film, aber könntet ihr trotzdem ein bißchen leiser sein?«

»Laß uns von hier verschwinden«, meinte Billy.

Wir gingen hinaus ins Foyer. Meine Knie zitterten immer noch. Wir standen im grellen Licht, zwischen Reklameplakaten und verstaubten Pflanzen in Plastiktöpfen, und schauten uns an. Billys Gesicht war merkwürdig blaß. Seine Augen sahen hinter den Brillengläsern dunkel und wild aus, und seine Lippen waren rauh. Ich nahm an, daß ich genauso aussah.

»Was ist mit deinem Vater?« fragte ich.

»Ach, der hat nichts dagegen«, meinte Billy. »Er wird froh sein, wenn seine Telefonrechnung nicht mehr so hoch ist, und ich ihn nicht dauernd anrufe und ihm was vorjammere ...«

»Okay, warte hier, ich werde es ihm sagen.«

Ich ging hoch auf die Galerie. John und Rayburn waren entweder schon fertig, oder sie waren nicht in Stimmung,

denn sie saßen ruhig da und schauten sich den Film an. Ich setzte mich einen Moment neben John.
»Ich werde Billy jetzt mit zurück nach Prescott nehmen. Keine Sorge. Er braucht nur Schlaf. Besuchen Sie uns doch einfach morgen nachmittag.«
John sah mich an und wußte alles. Er lächelte. »Okay, also bis dann«, sagte er. Mit diesen vier Worten überließ er mir seinen einzigen Sohn.
Billy und ich gingen hinaus auf die Straße. »Wir holen jetzt mein Auto und fahren zum College.«
Billy machte ein langes Gesicht. »Ich dachte, wir gingen zurück ins Hotel.«
»Ich bin ein Romantiker«, erklärte ich. »Ich will nicht die erste Nacht mit dir in einem blöden Hotel verbringen.«
»Aber am College ... das kommt doch raus.«
Wir gingen die dunkle Straße entlang und mußten über Müll, Hundekot und kaputte Schilder steigen. Da es weit und breit kein Taxi gab, gingen wir zu der U-Bahnstation in der Neunten Straße.
»Tut es nicht«, sagte ich. »Wir müssen eben vorsichtig sein. Ich weiß, daß Joe nichts dagegen hätte, aber ich will nicht, daß es jemand erfährt. Wir werden uns zuerst einmal richtig ausschlafen. Wir sind beide erschöpft. Als erstes werden wir dann morgen früh einen kleinen Waldlauf machen. Wir finden schon irgendwo ein nettes Plätzchen.«
Billys Augen funkelten böse. »Das ist wohl dein Traum, he? Im Gras, genau wie im Film?«
»Ja«, sagte ich. »Und was möchtest du?«
Er lachte laut auf und nahm meine Hand. »Oh, ich habe viele Träume«, sagte er. »Zum Beispiel in *Loon* mit dir zu fummeln.«
Die Fahrt zurück zum College war gefährlich. Ich war schrecklich aufgeregt. Es grenzte an ein Wunder, daß ich

nicht in den Graben fuhr. Billys Kopf lag die ganze Zeit auf meinem Schoß, ich strich ihm mit den Fingern durchs Haar und erzählte ihm meine ganze Lebensgeschichte. Ich hatte sie noch nie jemandem erzählt.
Ich mußte einfach mal alles loswerden. Eigentlich hätte es mich erleichtern müssen. Aber je mehr ich redete, desto nervöser wurde ich und desto fadenscheiniger erschienen mir die Gründe für mein Geständnis. Ich schaute nach unten und betrachtete sein Profil und seine Hand auf meinem Schenkel. Die Armaturenbeleuchtung tauchte ihn in ein unheimliches Licht. Alles kam mir immer noch wie ein Traum vor.
Ich dachte im stillen: Du bist verrückt. Aber noch kannst du zurück.

8

Ich hatte Billy zwar einen Vortrag darüber gehalten, wie dringend wir beide Schlaf bräuchten, aber ich schlief in dieser Nacht überhaupt nicht. Ich wälzte mich in dem knarrenden viktorianischen Bett die ganze Nacht hin und her und quälte mich mit allen möglichen Gedanken. Ich werde das Falsche tun. Ich werde seine Karriere als Läufer zerstören, nur um meine selbstsüchtigen Neigungen zu befriedigen. Wenn wir ein Verhältnis miteinander anfingen, würden wir mit Sicherheit Schwierigkeiten bekommen. Wenn publik wurde, daß wir miteinander schliefen, würde das uns vernichten. Es könnte sogar unsere Gefühle füreinander zerstören. Ich war nicht so sicher, ob unsere Liebe das überstehen würde. Ich hatte keine Erfahrungen mit der Liebe und keinerlei Informationen, die mir weiterhelfen konnten.

Endlich wurde es hell draußen, und die Vögel zwitscherten im nahe gelegenen Wald. Sie sangen einfach drauflos, laut und fröhlich. Ich hörte ihnen zu und zitterte dabei vor innerer Nervosität.

Schließlich stand ich auf und rasierte mich. Ich bebte am ganzen Leib und konnte kaum den Rasierapparat halten. Ich schaute mich in dem mit Rostflecken übersäten alten Badezimmerspiegel an, und plötzlich überfiel mich die Angst vor dem Alter. Es gibt keine Institution, kein Gesetz und keine soziale Konvention, die zwei Schwule auf Lebenszeit aneinander binden könnten. Die Fundamente ihrer Beziehung sind einzig und allein das Gefühl und die persönliche Attraktivität. In dem Moment, wo man für den Partner nicht mehr begehrenswert ist, verschwindet dieser einfach.

Ich fuhr mit den Händen durch meine kurzgeschnittenen Locken. Mein Haar war noch voll, doch hier und da zeigten sich die ersten grauen Strähnen. Früher oder später würde ich eine Glatze bekommen. Mein gebräuntes Gesicht ähnelte noch dem des Meilenläufers aus Villanova vor zwanzig Jahren, aber Sonne und Schicksalsschläge hatten ihre Spuren darin hinterlassen. Mein Körper und meine Haut waren das Attraktivste an mir. Aber wie lange noch? Ich fragte mich, ob ich jemals so verrückt werden würde, Kosmetika zu verwenden und Haartransplantationen vornehmen zu lassen. Ich brauchte jemanden, an den ich mich für den Rest meines Lebens anlehnen konnte, und das war vielleicht ein wenig viel verlangt. Wenn Billy so alt sein würde wie ich jetzt, wäre er noch ein gesunder kräftiger Mann, aber ich wäre dann fast sechzig. Früher oder später würde er mich wegen eines Jüngeren verlassen, so wie er einen Fremden bei einem Wettlauf beiseite stieß.

Mir blieb fast das Herz stehen, als er draußen an meine Tür klopfte. Ich schaute auf meinen Wecker. Er war eine Viertelstunde zu früh dran.

Als ich auf die Veranda trat, leuchtete schon die Sonne zwischen den Bäumen. Billy stocherte mit den Füßen in den Kiefernnadeln vor dem Haus herum. Er trug ein verwaschenes rotes T-Shirt mit langen Ärmeln, seine alten blauen Shorts und seine Schuhe für den Geländelauf. Er hatte keine Socken an und bändigte sein Haar mit seinem Stirnband.

»Hallo«, rief er vergnügt.

»Konntest du schlafen?« fragte ich, als ich die Tür hinter mir zumachte.

»Ein bißchen«, sagte er und lächelte. Nun, da die Ungewißheit der vergangenen Monate vorüber war, wirkte er vollkommen ausgeglichen. Er war überhaupt nicht mehr nervös. Er hatte es kaum erwarten können. Eine Viertelstunde zu früh!

Wir liefen quer über das Feld, und bald darauf waren wir im Wald. Es war ein ungewöhnlich warmer Morgen, und wir fingen sofort an zu schwitzen.
»Halte ein Sieben-Minuten-Tempo«, sagte ich. »Das wird ein Tag zum Ausruhen.«
»Sieben Minuten?« sagte Billy. »Herrgott!« Er war es gewohnt, hier draußen in fünf Minuten eine Meile zu laufen. Aber er stellte sich auf sieben Minuten ein und blieb mit der gewohnten, unheimlichen Präzision dabei.
Zuerst war ich so zittrig, daß ich mich kaum auf den Beinen halten konnte. Aber nachdem ich mich warm gelaufen hatte, fühlte ich mich etwas besser. Im Wald war die Luft frisch und würzig. Es hatte eine Woche lang nicht geregnet, und die Blätter verströmten einen herben Duft. Der Gesang der Vögel erfüllte die Luft und schallte durch Haine und Waldungen. Wenn wir näher kamen, hörten sie auf zu singen, aber wenn wir vorbeigelaufen waren, fingen sie wieder an, oder sie flogen vor uns davon und setzten ihren Gesang ein Stück weiter vorn fort. Sonst hörten wir nichts außer dem gleichmäßigen Knirschen unserer Spikes auf dem Waldweg und unserem Atem.
Billy lief ungefähr drei Meter vor mir, ohne sich umzudrehen. Er war umsichtig in der Liebe und nüchtern beim Laufen. Er schien kaum den Boden zu berühren. Ich vergewisserte mich durch die Abdrücke seiner Spikes im Waldboden, daß er nicht schwebte. Seine Ellbogen und Hinterbacken bewegten sich ein bißchen – oder genauer, der Rhythmus des Laufens erfüllte jede Faser seines Körpers. Nach einer Weile war sein Hemd auf dem Rücken ganz naß, und seine Shorts hatten zwischen den Hinterbacken einen dunklen Rand. Ohne sein Tempo zu verlangsamen, zog er sein T-Shirt über den Kopf und band es mit den Ärmeln um seine Taille. Jetzt konnte ich das feine Spiel von Muskeln, Rückgrat und Schulterblatt beobachten.

Ich hielt meine Augen so fest auf ihn gerichtet, daß ich ein paarmal beinahe über Steine oder Wurzeln gestolpert wäre. Ich erlebte alles wie in einem Traum. Ich bildete mir ein, Billy existiere nur auf einer Fotografie oder wäre nur ein schillerndes Phantom in einem Film, das von der Leinwand verschwand, sobald die Spule leer war.
Wir liefen ungefähr drei Meilen. Bei den großen Silberbuchen, die voller rosa Knospen waren, machten wir kehrt. Die ersten Veilchen und Buschwindröschen kamen unter dem Laub hervor. Wir sprangen über Baumstämme, die quer über dem Weg lagen, und durchquerten Bäche, wo die feingliedrigen Zweige der Zaubernuß voll gelber Blüten hingen. Wir stiegen auf Hügel hinauf und rutschten auf der anderen Seite wieder hinunter.
Nur einmal drehte sich Billy kurz zu mir um. »Sieben Minuten«, sagte er über seine Schulter hinweg und grinste dabei. »Du mußt ein Masochist sein.«
Dann kamen wir an eine Stelle, wo ein schmaler Seitenweg abzweigte.
»Billy«, rief ich. Er drehte sich um. Mir war schlecht vor Nervosität. »Wir nehmen diesen Weg«, sagte ich.
Er blieb jetzt hinter mir. Der Pfad – eher ein Wildwechsel – war kaum zu erkennen. Er führte eine Anhöhe hinauf und wieder hinunter, an einem Abhang entlang, unter ein paar mächtigen alten, halb abgestorbenen Hemlocktannen hindurch, und dann wieder einen Hang hinauf und hinunter in ein kleines Tal. Die Anhöhe war mit Lorbeerbüschen bewachsen, die einem bis an die Schulter reichten. Am Ende des Tales schlängelte sich ein kleiner Bach zwischen den Felsen hindurch. Das Wasser plätscherte schimmernd über einen mit Moos bewachsenen Felsvorsprung in einen kleinen Teich und schlängelte sich dann weiter. Ich verlangsamte das Tempo – wir trabten jetzt nur noch gemächlich dahin. Ich wollte

vermeiden, daß Billy auf dem holprigen Weg stolperte und sich verletzte.

Inmitten der Lorbeerbüsche war eine kleine Lichtung; dort blieb ich stehen und schaute mich um. Ich kannte diesen Platz schon. Er lag nach Süden. In wenigen Minuten würde die Sonne direkt hierher scheinen, und wir würden es warm haben. Die Stelle war sehr abgelegen. Die einzelnen Teams benutzten nie diesen Pfad, wenn sie beim Training durch den Wald liefen. Hier würde bestimmt kein Mensch vorbeikommen, und schon gar nicht um diese Zeit. Und wenn doch jemand kommen sollte, dann würden uns die knorrigen Baumstämme und die grünen Blätter der Lorbeerbüsche verbergen. Außerdem würde uns das Rascheln des Laubs warnen.

Ich stand da, und mein Atem ging noch etwas schwer. Billy kam durch die Lorbeerbüsche den Abhang herunter. Der Lorbeer war übersät mit Knospen, die im Juni aufbrechen würden. Billys Körper, seine Arme und Beine glänzten vor Schweiß. Er sah mich fragend an. Ich konnte nicht sprechen. Aber meine Augen verrieten, daß dies der Platz war.

Er kam langsam auf mich zu, und unter seinen Spikes raschelte das hellbraune Laub der Buchen. Sein Blick war noch genauso durchdringend wie gestern nacht im Kino, aber die Qual war aus seinen Augen verschwunden. Er war das Abbild meiner Jugend, das auf eine lange Reise geschickt worden war. Nun war das Bild zurückgekehrt, um sich wieder mit seinem eigenen Fleisch zu vereinigen, mit diesem Körper, der so lange darauf gewartet hatte, wie ein Haus, das viele Mieter gesehen hat und nun für den heimkehrenden Besitzer festlich hergerichtet wird.

Billy kam auf mich zu und legte seine Hand auf meine verschwitzte, behaarte Brust. Ich legte meine Hand auf seine tätowierte Schulter. Diese Berührung war die bedeutungsvol-

le Geste zwischen zwei Männern. Wir überschritten die Tabuschwelle, und es war alles ganz normal.
Wir drängten uns aneinander, und unser Atem ging schwer – jetzt jedoch weniger vom Laufen als vor Erregung. Endlich konnten wir uns streicheln. Es war unglaublich schön, nach zwanzig Jahren der Entbehrung und bezahlter Umarmungen. Wissen die Leute überhaupt, was es heißt, jemanden zu streicheln? Wir küßten und berührten jedes Fleckchen Haut, das wir erreichten. Auf unseren Lippen lag der salzige Geschmack unserer Haut. Billys Schweiß schmeckte nicht so salzig, weil er sich salzarm ernährte.
Ich vergrub mein Gesicht in seinem feuchten Haar, band die Ärmel seines roten T-Shirts von seiner Taille los und ließ es auf die Erde fallen. Billy nahm seine Brille ab und legte sie auf das T-Shirt. Er hatte schon ungeduldig seine Hände unter den Bund meiner Shorts geschoben. In der Stille des Waldes war nichts außer dem geleichmäßigen Gezwitscher der Vögel und dem Rascheln des Laubs unter unseren Sohlen zu hören.
Ich kniete mich hin, ließ mich an ihm hinabgleiten und küßte dabei seinen Körper. Ich zog seine Shorts mitsamt dem Suspensorium herunter. Die braunen Schamhaare auf seiner blassen, geschmeidigen, mit Adern durchzogenen Haut und der steife Schwanz zwischen seinen Schenkeln waren ein erregender Anblick.
Ohne ihn zuvor richtig anzusehen, nahm ich ihn in den Mund. Die Stille wurde nur von Billys leisem Stöhnen unterbrochen. Er streichelte meinen Kopf und schob seine Hüften langsam gegen mein Gesicht. Das war kein Traum.

Obwohl ich ganz offen sein will, kann ich nicht alles erzählen.
Das hat mehrere Gründe. Erstens kann ich meine Gefühle besser verbergen als zeigen. Zweitens fehlt mir die nötige

literarische Begabung. Drittens muß ich auch ein paar Erinnerungen für mich behalten, und viertens bin ich nicht sicher, ob ich mich an die genaue Reihenfolge dessen erinnern kann, was zwischen Billy und mir geschah. Außerdem dürfte allgemein bekannt sein, was vorgeht, wenn zwei Menschen miteinander schlafen.

Wenn ich der Jean Genet oder der Steve Goodnight unter den Sportjournalisten wäre, könnte ich vielleicht die eigenartige Heftigkeit dieses ersten intimen Zusammenseins schildern.

Das Wort »Ekstase« wäre nicht ganz richtig, denn wir lehnen beide jeglichen Mystizismus ab und bevorzugen statt dessen schlichte Offenheit und stürmische Zärtlichkeit. Obwohl Billy sich so weit gehen ließ, daß er manchmal stöhnte, die Augen schloß und seinen Kopf auf dem Laub herumwarf, blieb ich ganz ruhig und hatte die Augen weit offen. Ich mußte alles sehen, um es glauben zu können. Sogar in Billys Armen blieb ich der ungläubige Thomas.

Die Lesben behaupten, nur eine Frau wüßte, wie man eine Frau liebt. Die Schwulen würden darauf antworten, daß nur ein Mann weiß, wie man einen Mann liebt. Ich fand Frauen immer passiv und fordernd zugleich. Sie hatten anscheinend keine Ahnung, wie wichtig Sex für einen Mann ist, und sie waren nicht bereit, dazuzulernen. Frauen hatten mir Sex immer nur gegen Geld gegeben – zuerst meine Frau, und dann die Prostituierten. Aber Billys heftiges Verlangen war ohne Vorbehalte. Er gab, anstatt zu nehmen. Wir gaben beide immer wieder, bis zur Erschöpfung.

Bei diesem ersten Mal wagten wir jenen letzten Akt der Liebe und des Besitzes nicht, den das Oberste Bundesgericht gerade für erlaubt erklärt hatte. Wir waren beide Machos, und hatten das nie einem anderen Mann gestattet. Monatelang saß uns beiden die Angst im Nacken, damit gerade jener

Männlichkeit zu schaden, die wir am anderen so liebten. Außerdem erschrak ich bei der Vorstellung, ich könnte Billy physischen Schaden zufügen oder seinen eisernen Willen brechen, der ihn auf der Aschenbahn an der Spitze hielt.
Es erfordert mehr Vertrauen und Vertrautheit, als wir an diesem Aprilmorgen hatten, um sich nicht einfach nur dem anderen hinzugeben, sondern den Akt als die vollkommenste Handlung zu empfinden, um den anderen glücklich zu machen. Doch ich würde mich zuerst hingeben.– Meine Angst, Billy weh zu tun, war so groß, daß ich zuletzt womöglich seine Gefühle verletzen würde, indem ich seine Hingabe zurückwies.
Aber im Moment war das, was wir zu geben und zu nehmen in der Lage waren, mehr als genug.

Wir lagen auf dem Boden.
Ich hatte erwartet, daß ich nach diesen Intimitäten mit dem Mann meiner Träume völlig am Boden zerstört wäre. Statt dessen war ich ganz ruhig und zufrieden. Es war warm auf dem trockenen Laub. Die Strahlen der Morgensonne fielen direkt auf uns, und ich war innerlich völlig leer und fühlte mich, als sei ich schwerelos. Mir kam es so vor, als scheine die Sonne gerade durch mich hindurch – als ströme die Waldluft durch alle Zellen meines Körpers.
Billys Beine lagen auf meinem Arm, und mein Kopf ruhte auf seinen Schenkeln. Er hatte seine Arme noch um meinen Unterleib geschlungen und das Gesicht an meine Leiste gedrückt. Es war so still, daß ich unsere Herzen schlagen hörte. Es war der langsame, tiefe Pulsschlag des Langstreckenläufers – mein Puls lag bei achtundvierzig Schlägen in der Minute, Billys bei vierzig. Ich konnte den Pulsschlag an seinen Genitalien ablesen. Sein Penis war noch steif und feucht und bewegte sich auf seinem Oberschenkel leicht hin und her. Ich

hatte noch den Geschmack seiner Haut und seines Spermas im Mund.
Das Laub raschelte ein wenig unter uns. In der Nähe plätscherte der Bach über den Felsvorsprung. Das Morgenkonzert der Vögel war vorbei, und sie gingen nun zu dem leiseren und geschäftigen Tagesgezwitscher über. In der Ferne hörte man das leise Donnern eines Düsenflugzeugs.
Ich konnte mich nicht bewegen. In meiner süßen Trägheit kam ich mir vor wie ein Felsbrocken. Ich würde hier liegenbleiben, bis mich ein Gletscher von der Stelle bewegte.
Billy holte noch einmal tief Luft, und seine Hand glitt an meinem Schenkel entlang. Mein Arm schlief allmählich ein, deshalb zog ich ihn widerstrebend unter seinen Beinen hervor. Obwohl es einige Mühe kostete, stützte ich mich auf meine Ellbogen. Billy blieb liegen. Er verbarg sein Gesicht zwischen meinen Schenkeln, und seine Hände streichelten mich. Auf meinem Bauch glitzerten ein paar Samenspritzer, und Billy fing an, sie behutsam aufzulecken, zuerst von meinen Schamhaaren und dann von meiner nackten Haut. Er hatte die Augen geschlossen.
Seine warme Zunge auf meinem Körper zu spüren war wie ein Traum, und doch Wirklichkeit. Er streckte sich langsam, wandte sich mir zu und bedeckte dabei meinen Körper mit seinen Küssen. Billys Körper war jetzt trocken und warm. Seine Zunge hinterließ eine feuchte Spur auf meiner Haut. Er küßte meine Brustwarzen und schmiegte sein Gesicht an meine behaarte Brust. Ich glaubte an dieser stummen Geste der Verehrung zu erkennen, daß ihn das Zusammensein mit einem Mann noch nie so aufgewühlt hatte.
Ich legte mich wieder zurück auf den Boden und umarmte ihn. Billy lehnte sich an mich, vergrub sein Gesicht in meinem Nacken, und seine Finger spielten mit den Haaren auf meiner Brust.

»Du bist stark behaart«, sagte er wieder so leise, daß ich ihn kaum verstand. »Ich mag das.« Plötzlich hob er seinen Kopf und lächelte mich verschlafen an. »Als ich dich das erste Mal in Shorts sah, haben mich deine behaarten Beine richtig angemacht.«

Ich streichelte seinen Kopf und zupfte das Laub aus seinen Haaren.

»Sie sehen sehr gut aus, Mr. Brown.«

Ich lächelte. »Das tut meinem Selbstbewußtsein gut.«

»Wirklich, du hast einen tollen Körper. Ich hoffe, daß ich in dem Alter auch mal so aussehe. Du siehst eher wie dreiunddreißig oder vierunddreißig aus.«

Er wollte nicht lügen und behaupten, ich sähe aus wie dreiundzwanzig. Ich hätte ihm nicht geglaubt, und das wußte er. Dreiunddreißig – das konnte er ohne Schmeichelei sagen. Es war ein beruhigendes Gefühl. Ich wunderte mich, wie ich früher vor dem Spiegel in Panik geraten konnte.

»Wie hast du nur all die Monate durchgestanden?« fragte ich.

Er lächelte. »Ich war sehr deprimiert, und mein Dharma war völlig durcheinander.«

»Jetzt wirst du mir wahrscheinlich gleich erzählen, daß du mit Vince geschlafen hast oder so was.«

»Um Himmels willen, nein«, sagte Billy. »Es war einfach verrückt. Wenn ich nur an dich dachte, zuckte ich zusammen.«

Er setzte sich langsam auf und blinzelte in das grelle Sonnenlicht. Wir sahen beide fürchterlich aus. Auf den Fotos in dem Buch, das ich damals in New York gekauft hatte, war nicht abgebildet gewesen, wie man nach dem Bumsen im Wald aussieht. An unseren verschwitzten Hintern klebten Blätter, Stücke von Baumrinde und Moos. Unsere Knie und Ellbogen waren schwarz vor Walderde. Der Laubteppich war ein wenig zerwühlt. Um uns herum richteten sich einige seidige, gefiederte Farnwedel allmählich wieder auf. Wir hatten uns auf ihnen herumgerollt und sie dabei niedergedrückt. Unsere verschwitzten Sachen lagen überall auf dem Waldboden verstreut.

»Du bist wohl eifersüchtig«, meinte Billy.

»Sicher«, sagte ich. »Möchtest du, daß ich nicht eifersüchtig bin?«

»*Ich bin* eifersüchtig«, sagte Billy. »Ich weiß, daß Vince versucht hat, dich herumzukriegen. Und du hast zu ihm gesagt, er sei ein sehr attraktiver Junge.« Er lächelte selig, hob einen abgebrochenen Farnwedel auf und warf ihn mir ins Gesicht. »Aber es gibt für uns beide gar keinen Grund, eifersüchtig zu sein.«

Ich sammelte behutsam das Laub von seinem Körper. Wir unterhielten uns halb im Scherz – für ernste Gespräche waren wir beide viel zu müde. Aber auf einmal sagten wir Dinge, die wir einfach loswerden mußten.

»Soll das heißen, daß du längere Zeit mit mir zusammensein willst?« fragte ich ganz beiläufig.

Er sah mich unverwandt an. »Ja«, sagte Billy. »Mein Vater macht sich deswegen Sorgen. Er läßt sich zwar nichts anmerken, aber ... Egal, du brauchst jedenfalls keine Angst zu haben. Ich werde dich für den Rest meines Lebens lieben.«

»Das ist eine lange Zeit«, sagte ich. Ich wollte ihn nicht daran erinnern, daß er selbst gesagt hatte, Beziehungen zwischen Schwulen seien selten von Dauer.

Er schüttelte den Kopf. »Früher wollte ich nie mit jemandem so lange zusammenbleiben.« Er lachte ein wenig. »Es ist komisch, aber mit dir kann ich mir sogar eine Zukunft vorstellen, auch nach Montreal. Alles andere endet in Montreal. Sogar das Laufen. Irgendwie ist Montreal ein Schlußpunkt. Aber das soll nicht heißen, daß ich nach der Olympiade mit dem Laufen aufhören will.«

Er zögerte. »Du weißt, was ich meine. In diesem Augenblick zählt für mich nur das Laufen und die Liebe zu dir.«
Er legte sich zurück auf das Laub und streckte sich wohlig neben mir aus. Ich fühlte mich sehr wohl. Die Qual und Anspannung der letzten Monate waren vergessen.
»Ich möchte jetzt schlafen«, sagte Billy.
»Kommt nicht in Frage«, sagte ich. »Wir müssen zum Unterricht. Gehen wir zurück.«
Als wir aufstanden, waren unsere Glieder ganz steif. Wir bewegten uns so langsam, als ob wir betäubt wären. Plötzlich fing Billy an zu lachen.
»Was ist los?« fragte ich.
Er deutete auf unsere Füße. Wir hatten beide noch unsere Schuhe an.
Wir wuschen uns an dem kleinen Wasserfall und zogen unsere feuchten Sachen wieder an. Obwohl es in der Sonne warm war, zitterten wir ein wenig.
»Übrigens, was Montreal betrifft«, sagte ich, »da gibt es was, worüber wir uns einig sein sollten. Du solltest im Augenblick nicht so viel darüber nachdenken. Es könnte deinem Training schaden und womöglich auch unsere Beziehung belasten.«
»Ja«, meinte Billy. »Das habe ich mir auch schon überlegt. Wir stehen jetzt nicht mehr unter diesem Druck. Dadurch wird alles einfacher. Wir können uns entspannen und unser Training fortsetzen.«
»Den Druck werden von jetzt an andere Leute auf uns ausüben«, sagte ich.
Aber diese Probleme erschienen mir in diesem Augenblick nebensächlich. Ich wollte mit ihm über Heirat und Zusammenleben sprechen. Aber Billy hatte ja schon zu verstehen gegeben, daß er nichts von Formalitäten hielt, und außerdem war mir klar, daß jetzt nicht der richtige Zeitpunkt war, um unsere Beziehung an die große Glocke zu hängen.

Ich wollte diesen Augenblick nicht durch irgendwelche Erörterungen zerstören, und deshalb schwieg ich.
Billy warf einen Blick auf meine Stoppuhr und fing an laut zu lachen. »Sie haben vorhin vergessen, die Zeit zu stoppen, Mr. Brown.«
Wir lehnten uns gegen den Felsen, lachten und zitterten dabei in unseren feuchten Sachen. »Wie schnell waren wir, Mr. Brown?« fragte Billy.
»Schneller als 3 Minuten und 50 Sekunden pro Meile«, antwortete ich.
Ich legte meinen Arm um Billy, und wir machten uns eng umschlungen auf den Rückweg. Ungefähr eine Meile vom Waldrand entfernt sahen wir Vince und Jacques den Weg entlangkommen. Hastig zog ich meinen Arm zurück.
»Verdammt«, fluchte Billy. »Sollten wir es ihnen nicht sagen?«
Also gingen wir den beiden, immer noch mit Laub in den Haaren, entgegen wie zwei Verliebte. Vince und Jacques kamen mit großen Sätzen angelaufen. Beide strahlten übers ganze Gesicht. Kurz vor uns hielten sie an, und Jacques tanzte um uns herum. Er tat so, als spiele er auf einer Flöte, und pfiff dabei etwas, das sich nach dem Hochzeitsmarsch von Mendelssohn anhörte. Vince stieß Billy und mich sachte an.
»Vielleicht haben wir jetzt endlich Ruhe und Frieden«, sagte er.

9

Als 1975 die Abschlußprüfung näher rückte, bestätigte mir jeder Tag von neuem, wie recht ich damit gehabt hatte, Billy nicht abzuweisen. Die Entscheidung war für uns beide richtig gewesen.

Wir waren nun beide wieder ausgeglichen und entspannt. Ich schrie ihn nicht mehr an, und er stritt nicht mehr mit mir wegen seines Trainingsprogramms. Es war erstaunlich, wie einsichtig er plötzlich war, wenn es darum ging, sein Laufpensum einzuschränken. Er war immer noch ein bißchen süchtig nach dem Laufen und zappelte manchmal herum wie ein ehemaliger Fixer. »Ich habe mit dir gestritten, weil ich mich über dein Verhalten mir gegenüber geärgert habe«, sagte er. »Aber jetzt werde ich brav sein.«

Bei mir dauerte es eine Weile, bis sich die Anspannung und die Qualen der letzten Jahre gelegt hatten. Billy entspannte sich sofort. Seit diesem ersten Morgen im Wald gab er sich ganz der Liebe hin.

»Ich habe mich immer in unglückliche Leute verliebt«, sagte Billy. »In der Beziehung bin ich ein Trottel. Ich wollte ihr Leben ändern und sie glücklich machen. Es hat nie geklappt. Mit dir war es dasselbe. Du warst der unglücklichste Typ, den ich je gesehen hatte. Aber du bist stärker als die anderen, und du willst glücklich sein. Dieses Mal wird es klappen.«

Daß sich unsere innere Anspannung löste, hatte eine seltsame Wirkung: In der ersten Woche hätten wir beide am liebsten die ganze Zeit geschlafen. Billy nickte während des Unterrichts ein. Nachmittags ging er zurück ins Wohnheim und machte ein Nickerchen. Ich schlief in meinem Büro über der Schreibmaschine ein. Wenn ich an der Aschenbahn stand, um die Zeit meiner Läufer zu stoppen, fielen mir die Augen zu. Nach neun Uhr abends konnten wir beide uns nicht mehr wach halten. Wir lachten oft darüber.

Aber unser Glück war noch längst nicht vollkommen. Es war schrecklich, jeden Tag im selben Trott wie früher weiterzumachen. Wir sahen uns nur beim Training, im Unterricht und bei den Mannschaftsabenden. Wir nahmen uns jeden Tag oder alle zwei Tage eine Stunde Zeit für die Liebe, entweder abends bei mir zu Hause, oder im Wald, oder wir fuhren mit meinem Auto irgendwohin. Als Billys Vater nach New York kam, benutzten wir für eine halbe Stunde sein Hotelzimmer, wenn er weg war. Wenn es dunkel wurde, ging Billy immer ins Wohnheim zurück.

Vor allem nachts sehnte ich mich nach ihm – nicht nur nach seinem Körper, sondern auch nach seiner Gegenwart. Ich dachte bei mir: Habe ich zwanzig Jahre auf diesen einen gewartet, nur um morgens in einem leeren Bett aufzuwachen? Wir telefonierten oft miteinander. Wenn ich abends um zehn zu Hause saß und neue Trainingsprogramme für die Mannschaften ausarbeitete, dann klingelte prompt das Telefon. »Hallo, Mr. Brown«, meldete sich Billy. »Hallo, Mr. Sive«, antwortete ich. »Ach, Mr. Brown«, seufzte Billy. »Ich kann mich überhaupt nicht aufs Lernen konzentrieren, weil ich immer an Ihren Körper denken muß.« – »Du solltest um diese Zeit sowieso längst im Bett sein und schlafen«, sagte ich.

Obwohl Joe Prescott mir damals erklärt hatte, meine Neigung sei einzig und allein meine Sache, fühlte ich mich verpflichtet, es ihm zu sagen. Er nahm die Neuigkeit mit gewohnter Gelassenheit auf. Vince und Jacques hatten nicht widerstehen können, es ein paar von ihren heterosexuellen Teamkameraden zu erzählen, die es wiederum einigen ande-

ren Studenten und ein paar Lehrern berichteten. Sie beobachteten, wie Billy manchmal abends allein zu meinem Haus ging, und bemerkten, daß ich ihn nicht mehr anbrüllte.
Sie reagierten erwartungsgemäß: »Aha, noch so ein pittoreskes Paar.« Unglücklicherweise wurde unsere Beziehung schließlich auch außerhalb des Campus bekannt.
Billy strengte sich jetzt mächtig an, um Versäumtes nachzuholen. Im Mai bestanden alle drei Jungs die Abschlußprüfung.
Daraufhin stellte Joe Prescott Vince und Jacques als Lehrer ein. Er hatte die Idee, daß sie ein Studienprogramm für Schwule entwickeln könnten. Joe interessierte sich immer mehr für die rechtliche Lage der Schwulen. Er meinte, daß Prescott einen praktischen Beitrag zur Liberalisierung leisten könnte, der seinem Wunsch nach mehr Menschlichkeit entspräche.
Jacques wurde außerdem noch Fakultätsassistent im sozialen Bereich.
Alle drei freuten sich über diese Entwicklung, und ich tat es auch. Damit war das Problem der Trainingsmöglichkeit bis zu den Olympischen Spielen gelöst. Billy blieb natürlich auf dem Campus, um in meiner Nähe zu sein, und die beiden anderen blieben, um ihre Unterrichtsmaterialien für den Kurs auszuarbeiten. Diese Arbeit rückte ihre Homosexualität mehr in den Blickpunkt der Öffentlichkeit. Die Gerüchte hielten sich in der Sportwelt jetzt so hartnäckig, daß sie irgendwann im nächsten Herbst auffliegen würden.
In diesem Sommer erkannte ich endlich Billys wirkliche Fähigkeiten als Läufer. Zum ersten Mal wurde mir klar, daß eine Medaille in Montreal nicht nur ein Traum war.
Nach den Drake-Wettkämpfen hatte er sich nicht mehr steigern können, weil sich sein überbeanspruchter Organismus erst langsam erholen mußte. Ich war darüber nicht allzu

besorgt – das war nichts Ungewöhnliches bei einem Athleten. Aber jetzt hatte er das richtige Trainingsprogramm. Ich hatte es durch einen Computer laufen lassen, endlos daran herumgebastelt und die Ergebnisse geprüft. Billy hatte sich inzwischen daran gewöhnt, nur noch hundert Meilen in der Woche zu laufen und einmal am Tag zu trainieren. Aber es war ein qualitativ gutes Krafttraining.

Jeden Tag lief er dreißig bis achtzig Minuten im Wald und legte dabei zwischen 5 Minuten und 5 Minuten 15 Sekunden je Meile zurück. Die vielen Steigungen machten das Laufen zu einer herrlich brutalen Kraftübung. Danach ging es zurück auf die Aschenbahn, um die Schnelligkeit zu testen. Er lief dann ungefähr zehn Viertelmeilen oder zwanzig- bis fünfundzwanzigmal 110 Meter bei fünfundsiebzigprozentiger Anstrengung. Vor einem entscheidenden Wettkampf trainierte er zweimal am Tag und lief dabei fünf Meilen fast in demselben Tempo wie nachher beim Wettlauf. Er liebte dieses zusätzliche Training – er freute sich wie ein Kind, dem jemand ein Eis geschenkt hat.

Im Juli steigerte er sich plötzlich wieder. Er verbesserte seine Zeiten über drei und sechs Meilen so rasch, daß ich genau wußte, er würde jetzt jederzeit die 10 000 Meter unter achtundzwanzig Minuten und die 5 000 Meter in 13 Minuten und 35 Sekunden laufen.

Wir hielten uns strikt an den spärlichen Zeitplan für unsere Treffen und stellten uns auf dem Campus nicht zur Schau, weil jetzt im Sommer der Schulbetrieb weiterging und viele Studenten und Lehrer da waren. Trotzdem wurden zunehmend bösartige Bemerkungen gemacht, wenn wir in diesem Sommer zu Wettkämpfen fuhren.

Ich konnte es einfach nicht glauben, daß Zuschauer und Funktionäre diese drei gutaussehenden, ausgezeichneten jungen Sportler verspotteten. Es war doch sehr merkwürdig, daß sie Billy gerade zu dem Zeitpunkt verhöhnten, als immer klarer wurde, daß er über 5 000 und 10 000 Meter für die dominierenden Europäer die einzige ernstzunehmende Konkurrenz war, die Amerika bisher zu bieten hatte. Aber die Spötter wollten das eine haben, ohne das andere lassen zu müssen. Wenn es nach ihnen gegangen wäre, hätten nur Heterosexuelle Medaillen um den Hals tragen dürfen.

So rief einmal ein sportbegeisterter Dicker, der mit seinem abgegriffenen Programmheftchen und einer Zigarre in der ersten Reihe saß, Billy zu: »Hey, du Tunte, wessen Freundin bist du denn?«

Wenn Billy Zweiter wurde, dann rief ihm bestimmt irgendein Witzbold zu: »Hübsche Schwule gewinnen nie.«

Vince und Billy störten diese Bemerkungen nicht. Vince zeigte den Kerlen dann entweder einen Vogel oder nannte sie Klugscheißer. Billy ignorierte diese Typen einfach. Aber Jacques ließ sich von ihnen einschüchtern. »Ich weiß nicht, wie lange ich das noch ertragen kann«, sagte er. Er fiel diesen Sommer tatsächlich in seiner Leistung ab. Er war so nervös, daß seine Beine wie taub waren, wenn er an die Startlinie ging.

Als wir im Juli zu einem Wettkampf fuhren, erklärte man uns, daß die Jungs nicht teilnehmen könnten. Man bedauere es sehr. Man behauptete, unsere Meldungen seien nicht rechtzeitig eingegangen. Man war höflich, aber bestimmt. Daß die Jungs schwul waren, wurde nicht erwähnt. Es hieß lediglich, sie könnten nicht an den Start gehen.

Mit diesem Trick hatte ich gerechnet. Ich zog einen unterschriebenen Einlieferungsschein eines Einschreibens hervor, mit dem Stempel des Veranstaltungssekretariats. Ich schickte die Meldungen der Jungs jetzt immer per Einschreiben. Da ich sie schon Wochen vorher abgeschickt hatte, hatten die Veranstalter vergessen, daß jemand unterschrieben hatte. Sie mußten die drei starten lassen.

Bei einer anderen Sportveranstaltung wurde Vince im letzten Moment vom Wettkampf ausgeschlossen. Die Funktionäre behaupteten, daß seine neue Registrierung bei der AAU ungültig sei. Vince war wütend und fluchte und holte seine AAU-Karte heraus. Die Funktionäre bestanden darauf, alles genau zu prüfen. Sie vergeudeten so viel Zeit, daß er nicht am Wettkampf teilnehmen konnte. Sie drängten ihn regelrecht von der Aschenbahn. Wir ließen die Angelegenheit sofort untersuchen. Natürlich war seine Karte in Ordnung.

Man hackte viel auf Vince herum, weil man seine freche Art nicht mochte. Man wollte ihn noch bei einem anderen Wettkampf nicht an den Start gehen lassen, bis er schließlich noch einmal fünfzig Cent Meldegebühr bezahlte, um den angeblichen Fehler eines Funktionärs wiedergutzumachen. Vince suchte wie wild das Geld zusammen, nur um zwei Viertelmeilen auf der Aschenbahn zu laufen, und hätte beinahe den Start verpaßt.

Ende Juli wurde alles noch schlimmer. Ich wollte mit den drei Jungs für einen Monat nach Europa, damit sie internationale Erfahrungen sammeln konnten, die sie schließlich dringend brauchten. Wir hatten vor, viele große Sportveranstaltungen zu besuchen, einschließlich Helsinki. Aber als wir von der AAU die routinemäßige Genehmigung für die Reise haben wollten, wurde sie uns verweigert.

Es mag seltsam erscheinen, daß in einem Zeitalter totaler Freiheit, wo Amerikaner überallhin reisen können, sogar nach Rotchina, ein Amateursportler für sich nicht das gleiche Recht in Anspruch nehmen kann. Aber die Frage, wer nach Europa gehen darf und wer nicht, wird bei der AAU als politisches Problem betrachtet. Sie behält sich das Recht vor, eine Reise zu arrangieren, ganz gleich, ob sie mit den Wünschen und Bedürfnissen eines Athleten in Einklang steht oder nicht, und nach Gutdünken die Erlaubnis zu geben oder zu

verweigern. Die Funktionäre der AAU bestehen darauf, daß sich ausländische Sportveranstalter mit ihnen in Verbindung setzen, und nicht mit dem jeweiligen Sportler, den sie gerne einladen möchten.
In letzter Zeit gab es immer wieder erbitterte Auseinandersetzungen zwischen Athleten und der AAU wegen des Mißbrauchs, den die AAU mit den Reiseanträgen trieb. Angenommen, ein belgischer Veranstalter setzt sich mit dem geschäftsführenden Direktor der AAU, Mel Steinbock, in Verbindung und fragt an: »Kann ich den Meilenläufer John Doe für eine Veranstaltung haben?« Steinbock könnte dann kaltlächelnd antworten: »Tut mir leid, mein Lieber, aber das steht im Widerspruch zu unserem Veranstaltungsprogramm – wir brauchen John Doe selbst.« Daraufhin ist John Doe vermutlich wütend, weil es erstens dem Veranstaltungsprogramm nach sehr wohl möglich gewesen wäre und es ihm frei stünde zu gehen, und weil er zweitens der Meinung ist, daß man ihn bei dieser wichtigen Entscheidung hätte fragen müssen.
Es kam so weit, daß ausländische Veranstalter genauso stocksauer auf die AAU waren wie die amerikanischen Läufer, und nach einiger Zeit wurde die AAU vorsichtiger.
Diesen Sommer organisierte die AAU für eine ganze Anzahl von Sportlern eine Europatour, die Teil des olympischen Entwicklungsprogramms war. Ein Teil der Kosten übernahm die AAU, und ein Teil die Veranstalter in Europa. Billy, Vince und Jacques wurden natürlich nicht gebeten, an der Tour teilzunehmen, obwohl ihr Status sie eigentlich dazu berechtigte.
Das hatte ich kommen sehen. Ich hatte mich deshalb schon vorher selbst heimlich mit den europäischen Veranstaltern in Verbindung gesetzt, ihnen erklärt, daß wir planten, nach Europa zu kommen, und angefragt, ob sie Interesse hätten.

Es waren ziemlich viele interessiert. Weil sie die seltsamen Machenschaften der AAU kannten, hielten sie mich heimlich auf dem laufenden, während sie mit der AAU die Formalitäten erledigten.

Die Funktionäre der AAU gerieten bei dem Gedanken in Panik, daß ausgerechnet die drei Läufer, über die gemunkelt wurde, sie seien homosexuell, durch Europa reisen sollten. Aber sie sprachen das Wort »homosexuell« nicht ein einziges Mal laut aus. Den Veranstaltern in Europa erklärten sie: »Es tut uns furchtbar leid, aber wir brauchen die drei Jungs für den Länderwettkampf zwischen den USA und der Sowjetunion in Los Angeles Mitte August.«

Als die ausländischen Veranstalter diese Information an uns weitergaben, erklärten wir Steinbock, daß die Jungs nicht vorhatten, nach Los Angeles zu gehen, und daß sie jetzt endlich ihre Reisegenehmigung haben wollten. Steinbock wurde wütend und sagte, er würde ihnen die Erlaubnis nicht geben.

Daraufhin wurde ich wütend und rief Steinbock an. »Sie haben die Wahl«, sagte ich. »Entweder Sie stellen die Genehmigung aus, und die ganze Sache ist damit erledigt. Oder Sie verweigern sie uns, aber dann fahren wir trotzdem.«

»Wenn Sie das tun, dann werde ich alle drei rausschmeißen«, meinte er trocken.

»Damit werden Sie sich eine Menge Ärger einhandeln«, erwiderte ich. »Ich werde eine gerichtliche Verfügung einholen, damit Sie die Jungs bis zur Verhandlung nicht reglementieren können. Wollen Sie eine Verhandlung? Wo liegt das Problem? Die Jungs haben nicht vor, bei dem Wettkampf mit den Sowjets mitzumachen. Also warum lassen Sie sie nicht fahren? Was haben Sie gegen die drei?«

Wir packten unsere Koffer, und John Sive bereitete alles vor, um eine gerichtliche Verfügung zu bekommen. Aber in letzter Minute erinnerte sich Steinbock daran, daß die AAU neuerdings vorsichtiger taktierte; er gab nach und stellte die Genehmigung aus.

Als Billy Sive nach Europa kam, kannten ihn dort die Leichtathletikfans nicht. Aber er blieb nicht lange ein Unbekannter. In Helsinki lief er die 10 000 Meter ganz planmäßig unter 28 Minuten. Das war damals sein bester Lauf. Damit reihte er sich in die Gruppe der fünfzehn besten Läufer der Welt ein, die in dieser Disziplin unter 28 Minuten gelaufen waren, und belegte nun den fünften Platz der Weltrangliste. Aber es war noch ein langer Weg, bevor er die Weltrekordhalter Lasse Viren oder Armas Sepponan schlagen konnte. Der augenblickliche Rekord über 10 000 Meter lag bei 27 Minuten und 36.11 Sekunden.

Sepponan würde Billy in Montreal sicher am meisten Kopfschmerzen bereiten – vorausgesetzt, er war in Montreal dabei. Sepponan verstand es, seine Ellenbogen zu gebrauchen, und drängte die Frontrunner regelrecht von der Bahn. Zwei weitere ausgezeichnete Kicker waren beim Wettlauf in Helsinki dabei: Jim Felts aus Australien und Roberto Gil aus Spanien. Beide waren schon unter 28 Minuten gelaufen. Deshalb hatte ich wirklich nicht damit gerechnet, daß Billy an diesem Tag in Helsinki gewinnen würde.

Ich war nervös, als sich die Männer an der Startlinie aufstellten. Es war ganz still in dem großen Stadion. Die Europäer vergöttern die Langstreckenläufer auf eine Art und Weise, die wir Amerikaner erst lernen müssen. Für sie kam jetzt der große Moment.

Der Startschuß fiel, und die Füße der Läufer flogen von der Startlinie.

Das Tempo war zuerst etwas schleppend. Keiner wollte die Führung übernehmen. Die Kicker drückten sich im hinteren

Teil des Feldes herum. Sepponan lag an letzter Stelle. Billy lief, ganz gegen seine Gewohnheit, an dritter Position. Er erzählte mir später, daß ihn der Gedanke an diese »großen Tiere« hinter ihm eingeschüchtert hätte. Dann sagte er sich: »Ach, was soll's! Warum rege ich mich überhaupt auf?« Er hatte Angst, daß ihn jemand beiseite stoßen würde.

Er setzte sich an die Spitze und beschleunigte das Tempo. Als ich das sah, war ich erleichtert. Die anderen Läufer hatten die Wahl: Entweder sie blieben zurück, oder sie hielten das Tempo. Alle liefen jetzt schneller, und drei andere blieben Billy dicht auf den Fersen.

Billy schwebte ganz leicht dahin. Seine zottigen Locken wehten im Wind, und seine goldumrandete Brille glitzerte, wenn die Sonne darauf fiel. Abgesehen davon, daß er aus Fleisch und Blut war, hätte er aufgrund seines exakten Laufrhythmus und der ausgezeichneten Körperbeherrschung eine vollkommene Maschine sein können. Seine Spikes schienen kaum die Aschenbahn zu berühren. Er zog die anderen Frontrunner weiter mit nach vorne und behielt gleichzeitig sein Tempo bei.

Als noch eine halbe Meile vor ihm lag, beschleunigte Billy plötzlich wieder das Tempo. Voller Energie lief er mit weit ausholenden Schritten dem Ziel entgegen. Mit dieser Taktik wollte er die Kicker ausschalten. Die anderen Frontrunner verloren sofort den Anschluß, und Billy flitzte davon. Die Menschen im Stadion fingen an zu brüllen, weil jetzt Sepponan, Felts und Gil aufholten, um Billy von der Spitze zu verdrängen.

Es war nur noch eine Runde zu laufen, und Sepponan und Felts kamen immer näher an Billy heran. Die Menschenmenge schrie. Die meisten waren Finnen, und sie wollten sehen, wie Sepponan diesen überheblichen jungen Amerikaner, von dem bisher kein Mensch etwas gehört hatte, auf seinen Platz verwies.

Billy drehte sich nicht um, aber er hörte seine Verfolger kommen. Und dann bekam ich einen Eindruck davon, wozu Billy fähig war. Er spurtete los und raste mit gleichmütigem Gesicht mit weiten, lockeren Schritten die Bahn entlang.
Die Zuschauer tobten. Als die vier Läufer aus der letzten Kurve kamen, wußten wir alle, daß drei von ihnen, möglicherweise sogar alle vier, unter 28 Minuten bleiben würden. Sie hatten das Feld weit hinter sich gelassen. Sie liefen dichtgedrängt aus der Kurve heraus, Billy lag noch an der Spitze, Sepponan auf Schulterhöhe neben ihm, Felts und Gil dicht dahinter.
Ich wußte genau, daß Billy noch nicht das Durchhaltevermögen hatte, um die anderen abzuschütteln.
Fast im selben Moment, als mir dieser Gedanke durch den Kopf ging, schien Billy ein wenig zu zögern. Sepponan schoß an ihm vorbei. Die vier liefen jetzt auf der Zielgeraden. Mit letzter Kraft hielt sich Billy auf gleicher Höhe mit Felts, ungefähr zehn Meter vom Ziel entfernt. Dann war er am Ende. Er hatte keine Kraftreserven mehr. Er taumelte als dritter über die Ziellinie, dicht gefolgt von Gil.
Die Finnen waren völlig aus dem Häuschen, und Sepponan lief eine Ehrenrunde. Niemand schenkte Billy viel Aufmerksamkeit, als er auf wackligen Beinen zurücklief.
Ich ging zu ihm auf die Bahn hinunter. Er bückte sich, seine Haare fielen ihm ins Gesicht, und er stützte die Hände auf seine Knie. Wie immer, wenn er sich verausgabt hatte, bekam er Schüttelfrost. Ich warf ihm ein Handtuch über die Schultern und wischte ihm das Gesicht mit einem nassen Lappen ab. Dann deutete ich auf meine Stoppuhr. Ein leichtes Lächeln lag auf seinem Gesicht, er nickte – er wußte es schon –, aber er sprach kein Wort.
Da erschienen die Zeiten schon auf der großen Anzeigetafel. SEPPONAN 27:47. FELTS 27:49.05. SIVE 27:50.2. GIL 27:50.7.

Die beiden anderen amerikanischen Läufer, Bob Dellinger und Mike Stella, belegten die Plätze 9 und 15 in der Zeit von 28:15 und 28:25.3. Sie hatten den Segen der AAU.
Sepponan beendete seine Ehrenrunde, lief zu Billy herüber und legte ihm die Hand auf die Schulter. Billy hatte sich inzwischen wieder erholt und gab ihm die Hand.
Sepponan war ein sehr schlanker Mann von siebenundzwanzig Jahren, hatte kurze blonde Haare und hohe, asiatische Wangenknochen. »Du hast mir schwer zu schaffen gemacht«, sagte er mit finnischem Akzent.
»Ja, du mir auch«, antwortete Billy.
An diesem Abend setzten sich Billy, Sepponan, Felts und noch ein paar andere europäische Läufer zusammen und unterhielten sich. Alle tranken Bier, nur Billy blieb bei Milch. Obwohl sie alle aus verschiedenen Ländern kamen, konnten sie sich einigermaßen auf englisch verständigen. Sie redeten über das Laufen und lachten viel. Sepponan war ein äußerst korrekter Mensch, aber seine Freundschaft und sein Respekt gegenüber Billy blieben trotz des ganzen Aufruhrs, den es später gab, bestehen. »Er hat *sisu*«, meinte er ganz offen. Er gebrauchte das finnische Wort für Mumm und Stolz.
John Sive und ich gönnten den Läufern ihren Spaß, und wir gingen woanders hin, um uns zu unterhalten.
»Wissen Sie«, sagte ich. »Ich glaube, wenn Billy noch ein Jahr mehr auf dem Buckel hat, dann wird es für uns eine große Überraschung geben. Er besitzt ein beachtliches Reservoir an Kraft und Schnelligkeit, das wir erst jetzt an ihm entdecken.«
John war so stolz auf Billy, daß er an diesem Abend deutlich einen über den Durst trank.
Diese drei Wochen in Europa waren die längste Zeitspanne, die Billy und ich im Semester 1975/76 miteinander verbringen konnten.
Es waren natürlich keine Flitterwochen zu zweit, weil Vince

und Jacques dabei waren. Aber wenigstens brauchten wir uns in ihrer Gegenwart nicht zu verstellen. Nach und nach überwand ich meine Furcht, meine Gefühle für Billy im Beisein anderer zu zeigen.

Über diese Reise wurde viel gemunkelt. Klatschmäuler erzählten etwas von Orgien zu viert. Es tut mir leid, wenn ich diese Leute enttäuschen muß, aber das Ganze war eine ziemlich unschuldige und anständige Angelegenheit.

Die Europäer hatten die Gerüchte noch nicht gehört. Oder sie waren in der Beziehung einfach toleranter. Oder vielleicht kam es uns nur so vor, weil wir nicht alles verstehen konnten, was die Zuschauer von den Tribünen riefen. Aber wir hörten nie das Wort »Schwuler«, solange wir dort waren. Jacques war froh darüber, und seine Leistungen verbesserten sich, weil es keinen Ärger gab.

Wir reisten sehr billig und gingen in der Masse von jungen Amerikanern unter, die in jedem Sommer Europa bereisen. Wir waren mit einer Chartergesellschaft herübergeflogen. Der Flugpreis hatte sich für die Jungs zusätzlich ermäßigt, weil sie Studentenausweise hatten. Jeder von uns hatte nur einen Koffer mit seiner Sportkleidung und einem oder zwei guten Kleidungsstücken zum Ausgehen dabei. In Helsinki kauften wir uns einen alten Renault für 250 Dollar und fuhren damit von Veranstaltung zu Veranstaltung.

Von Helsinki aus besuchten wir einen Wettkampf in Oslo und sahen dabei einiges von Finnland und Norwegen. Dann setzten wir mit einer Fähre auf den Kontinent über und ließen uns die salzige Brise um die Nase wehen. Anschließend fuhren wir mit dem Auto durch Deutschland, Belgien und Frankreich. In Europa werden Amateursportler unterstützt, und deshalb wurden wir immer wieder gefragt, warum die USA es zuließen, daß Athleten von dem Kaliber dieser drei Jungs gleichsam in Sack und Asche durch Europa reisten. Wir

mußten tatsächlich jeden Cent zweimal umdrehen. Aber das machte uns nichts aus – es war eine wunderbare Zeit.
Zum ersten Mal sahen Vince und Jacques in mir nicht nur den Trainer, sondern auch den Freund. Endlich durften sie Harlan zu mir sagen. Wie sollte ich auch von einem Kumpel verlangen, mich Mr. Brown zu nennen, nachdem ich mir von ihm Tinactin-Salbe gegen Juckreiz am Genital ausgeliehen hatte?
Wir führten ein unbeschwertes Leben. Ich hatte mich noch nie so jung und unbeschwert gefühlt. Die Erinnerung an den Sommer mit Chris stieg plötzlich wieder in mir auf. Ich glaube nicht, daß ich versuchte, mich auf ihre Altersstufe zu stellen. Aber ich hatte endlich keine Angst mehr vor dem Altern.
Jedenfalls fiel mein vierzigster Geburtstag gerade in diese Zeit, und ich nahm ihn ohne Wehmut zur Kenntnis.
Wir saßen an einem Kanal in Brügge in der Sonne und feierten. Zum Essen gab es knuspriges Brot und Käse. Ich bekam von den Jungs ein paar alberne Geschenke. Jacques schenkte mir eine billige Flasche Wein. Von Vince bekam ich einen von diesen seltsamen europäischen Stütz-Slips mit Knöpfen (in Europa gibt es keine Suspensorien). Billy schenkte mir eine kleine amerikanische Fahne, die ich auf meinen Proviantbeutel nähte.
Vince und Jacques tranken ein wenig von dem Wein, und dann schütteten wir den Rest mit großem Zeremoniell auf den Boden, als Opfergabe an die gute Erde.
Die Jungs zogen mich schrecklich auf wegen meines Alters, aber das gefiel mir, weil sie sich gegenseitig auch immer so neckten.
»Jetzt bist du ein dreckiger alter Typ«, meinte Vince.
»Okay, und was war ich vorher?«
»Bloß ein dreckiger Typ«, antwortete Jacques.

»Ich dusche zweimal am Tag«, erwiderte ich.
Wir lachten, bis uns schwindlig wurde. Billy wäre fast an dem Obst erstickt, das er gerade aß. Schließlich beruhigten wir uns wieder.
»Irgendwann werden wir auch mal vierzig«, sagte Vince.
»Das ist gar nicht so schlimm«, meinte ich. »Wenn man auf seinen Körper achtet, die richtige Einstellung zum Leben hat und wenn jemand da ist, auf den man zählen kann, dann ist alles in Ordnung.« Billy sah mich an und lächelte.
Wir saßen nachdenklich da und starrten auf das ruhig dahinfließende Wasser des Kanals. Überall sah man die mit Moos bewachsenen alten Backsteinhäuser, die Giebeldächer und die Kirchturmspitzen von Brügge. Ein paar von den berühmten Schwänen der Stadt schwammen langsam an uns vorbei. Zwischen ihnen paddelten drei junge Schwäne. Jacques zeigte mit dem Finger auf sie.
»Das sind wir«, sagte er. »Laß den weiblichen Schwan weg, und du hast uns.«
»Was meinen Sie damit, Professor Audubon?« fragte Vince.
»Okay, der männliche Schwan – also der Vater – schwimmt hinten, damit er die Kleinen im Auge behalten kann. Er wird jeden umbringen, der sich ihnen nähert. Er ist bösartig und sehr fürsorglich.« Er sah mich an und grinste.
Jacques hatte recht.
Tag für Tag kämpften wir uns durch die sommerlichen Verkehrsstaus. Wir waren derart in Abgase eingehüllt, daß ich mich fragte, was mit den Lungen meiner Läufer passierte. In Europa reisen alle Menschen im Sommer irgendwohin. Die Deutschen fahren nach Spanien, und die Spanier nach Deutschland. Die Schweden fahren nach Frankreich, und die Franzosen fahren nach Schweden. Die Hauptverkehrsstraßen sind übersät mit Abfall, und der Geruch von Unrat hängt in der heißen Luft über Gräsern und Büschen am Straßen-

rand. Wir lernten schnell und fuhren meist auf Nebenstraßen. Dort war es sauberer, die Landschaft weniger verschandelt und die Städte weniger überfüllt. Dank Jacques' Französisch und Vinces rudimentären Italienischkenntnissen hatten wir kaum Probleme mit der Verständigung.
Durch die drei lernte ich die sinnlichen Freuden des Reisens kennen. Ich hatte schon früher mit Athleten Reisen nach Europa gemacht, aber immer als der nörgelnde Yankee, der sich nach amerikanischem Apfelstrudel sehnt. Sie brachten mir bei, wie man Bekanntschaft mit fremden Leuten schließt und wie man sich auf alles einstellen mußte. Wir nahmen auch Tramper mit. Oft waren es Athleten, die auch zu einer Sportveranstaltung wollten.
Wir waren berauscht von der Luft und der Ruhe der Wälder im Norden. Wir atmeten den Duft der Blumen auf dem Brüsseler Blumenmarkt ein, aber wir waren zu abgebrannt, um welche kaufen zu können. Wir liefen sehr früh am Morgen im Bois de Boulogne in Paris, wenn die Huren nach einer langen Nacht nach Hause gingen. In Paris marschierten die drei mit mir in einen Tätowiersalon, und ich mußte mir einen Löwen auf meine rechte Schulter tätowieren lassen. »Du mußt doch unserem Klub beitreten«, sagten sie. Am Rhein klauten wir reife Trauben aus den Weinbergen neben der Straße.
Ich erinnere mich noch genau daran, daß wir auf Billys Bitte hin irgendwo auf den Ebenen Nordfrankreichs haltmachten. Wir parkten am Straßenrand, während Billy an einem Weizenfeld entlangging und eine Handvoll Klatschmohn pflückte, der in Europa wild wächst.
Als er mir den Strauß in die Hand gab, welkte er schon. »Die Blume des Löwen«, sagte er.
»Ich hoffe, ich halte mich länger als der Strauß«, sagte ich. Aber wir stellten ihn in einen Pappbecher mit Wasser zwi-

schen zwei Koffer. Dort ließ der Klatschmohn den Kopf hängen und verwelkte schließlich.
Wir übernachteten in einer Kleinstadt in einem schäbigen Hotel. Hotels waren ein kleiner Luxus, auf dem ich bestand. Die Jungs mußten ausgeruht sein, wenn sie an internationalen Wettläufen teilnahmen. Sie konnten nicht irgendwo draußen im Schlafsack oder im Auto schlafen. Ein Läufer kann meinetwegen eine Nacht mit weniger Schlaf auskommen, aber nicht zwei Nächte, denn seine Leistung würde darunter leiden.
Wir aßen in kleinen Restaurants oder Cafés zu Abend, die anderen Mahlzeiten besorgten wir uns in Lebensmittelgeschäften. Das war ein weiterer Punkt, in dem ich nicht knauserig war – sie mußten richtig essen. Gott sei Dank kann man in Europa auch in kleinen Restaurants sehr gut essen (trotzdem mußte ich manchmal darauf achten, daß das Essen nicht zu fett war; weder Vince noch Billy vertrugen fettes Essen).
Manchmal aßen wir zusammen mit anderen Sportlern, redeten und lachten. Aber normalerweise waren wir beim Essen allein. Gegen zehn waren wir meistens im Bett. Billy und ich konnten manchmal nebenan das Bett quietschen hören, wenn Vince und Jacques miteinander schliefen, und zweifellos konnten sie auch das Geräusch unserer Matratze hören.
Ein paarmal mußten wir vier uns ein großes Zimmer teilen. Dann schliefen wir nicht miteinander. Vince und ich wären schamlos genug gewesen, es zu tun, aber weder Billy noch Jacques hätten dabei mitgemacht.
Aber trotz dieser gelösten Atmosphäre vergaßen wir nicht einen Moment, weshalb wir hier waren.
Die Jungs waren sehr gewissenhaft bei ihrem Training, und überall, wo es eine Aschenbahn oder einen Stadtpark gab, trainierten sie. Ich sehe jetzt noch Billy vor mir, wie er an

einer einsamen Landstraße in Belgien eine Viertelmeile mit Schritten abmaß, um für diesen Tag sein Laufpensum über zehn Viertelmeilen erfüllen zu können. Wir achteten darauf, daß wir schon sehr früh zu einer Veranstaltung kamen, damit wir genug Zeit hatten, uns einzugewöhnen und umzusehen. Dazwischen redeten wir unentwegt und analysierten ihre Leistungen und ihre europäischen Konkurrenten, von denen sie ein paar in Montreal wiedertreffen würden. Ich sah, wie sie sich die rauhen Umgangsformen der Europäer auf der Aschenbahn aneigneten, und wußte, daß die Reise nicht vergebens war.

Mit dem Wasser waren wir vorsichtig und blieben bei Flüssigkeiten, die in Flaschen abgefüllt waren, aber trotzdem bekamen wir Durchfall wie die meisten Touristen. Billy erwischte es in Oslo so schlimm, daß er nach dem 10 000-Meter-Lauf von der Aschenbahn direkt zur Toilette rannte.

Wir sahen bei Veranstaltungen nie müde aus, sondern ausgeruht und kampfbereit. Die Funktionäre sahen mich an, und ihr Gesichtsausdruck verriet, was sie dachten: Das ist der *Trainer?* Ein paarmal hielt man mich für einen ungebetenen Läufer. Ich war zwar nicht wie ein Hippie gekleidet, aber ich trug verwaschene enge Jeans, Wanderstiefel und ein Holzfällerhemd und hatte meine Haare ein wenig wachsen lassen – sie waren jetzt vielleicht fünf Zentimeter lang. Aber als sie meine Jungs laufen sahen, hörten sie auf zu lächeln. Sie wußten, daß ich gefährlich war.

Nach der Sportveranstaltung kam immer der gesellschaftliche Teil. Das Bankett für die Sieger, vielleicht mit Tanz, junge Athleten diskutierten in sechs Sprachen über Trainingsmethoden, und überall lauerten Mädchen. Ich war immer stolz auf meine drei Jungs. Sie sahen gut aus in ihren Anzügen, mit Krawatte und Frackhemd, geduscht, gekämmt und strahlend, und jeder auf seine Art gleichmütig. Sie tanzten mit

Mädchen, ohne die Miene zu verziehen, und wenn sie Boogie tanzten, dann niemals wie Schwule.
Vince und Jacques waren sich beide untreu – Jacques zum ersten Mal – und genossen Liebesfreuden mit europäischen Frauen. Aber Billy blieb davon wie immer unberührt.
»Hey, Harlan«, meinte Vince. »Diese Europäerinnen strengen sich nicht so sehr an wie die Amerikanerinnen, um sexy zu sein.«
Am Morgen nach dem Wettkampf verstauten wir unser Gepäck im Auto, und es ging weiter.
Nie wieder waren wir vier uns so einig über unser Gefühl und unser Ziel. Wir waren zwei verliebte Pärchen. Wir waren Freunde, die alles füreinander tun würden. Wir waren ein mutterloser Clan, eine Gemeinschaft von Schwulen, eine kleine Bande von Guerillas, die vom Land lebten. Alle drei Jungs waren in Topform, unverletzt, maßen sich mit einigen der besten Läufer der Welt, gaben alle paar Tage ihr Bestes, liefen gut, und wenn sie nicht gewannen, dann schafften sie doch eine Plazierung.
Ich war vollauf damit beschäftigt, mich um sie zu kümmern. Es gab immer etwas zu tun. Vince hatte sich am linken Fuß verletzt, und ich machte ihm eine fabelhafte Einlegesohle für seinen Schuh. Sie war elastisch und noch dazu ganz legal. Gegen Ende unserer Reise wurde Billy ein bißchen schlapp und bekam wieder Muskelzuckungen. Ich pumpte ihn mit Magnesium voll und massierte seine Beine. Jacques litt unter Schlaflosigkeit, teils wegen seiner üblichen Nervosität vor einem Wettkampf, teils wegen seiner neu erwachten Euphorie. Vince ging dann in die Hotelküche hinunter und machte ihm eine Tasse heiße Milch, während ich Jacques massierte. Meistens gelang es uns, ihn zum Schlafen zu bringen.
Sie kümmerten sich umgekehrt auch um mich. Als ich mir dummerweise beim Laufen im Pariser Bois de Boulogne mein

Knie verletzte (für den Rest der Reise war es deshalb mit dem Laufen vorbei), legten sie mir Eisbeutel aufs Knie und machten Umschläge mit essigsaurer Tonerde. Als ich mit Darmgrippe im Bett lag, durchstöberten sie die Apotheken nach einer starken Medizin, die mir half.

Wir hinterließen in Europa eine Spur von Siegen und Überraschungen.

Jacques war zum ersten Mal, seit er Oregon verlassen hatte, wieder in Hochform. Seine beste Disziplin war der 800-Meter-Lauf. Er wurde nur ein einziges Mal geschlagen, und zwar von Willi Kruse in Stuttgart. Die Mühe, die ich mir mit Vinces Knien gemacht hatte, zahlte sich aus. Er überstand die Wettkämpfe ohne Verletzungen, und im 1500-Meter-Lauf war er unschlagbar.

Billy gewann keinen einzigen Wettlauf, aber sein plötzliches Erscheinen auf der internationalen Bildfläche lieferte eine Menge Gesprächsstoff. Er wurde bei einem Wettlauf meistens Zweiter oder Dritter.

Einige der europäischen Leichtathletikexperten meinten, daß wir genug Gold einheimsen würden, um die Auslandsschuld der USA zu begleichen, wenn die drei in Montreal genauso gut oder sogar noch besser liefen.

Ich war da nicht so sicher, weil Jacques' Euphorie bestimmt nachlassen würde, wenn er erst wieder in den USA war und man ihn dort als »Schwulen« beschimpfte. Vince war im Moment sicherlich einer der besten 1500-Meter-Läufer der Welt, aber ich wußte nicht, ob er noch ein Jahr unverletzt überstehen würde. Und ob Billy in Montreal dabeisein würde, war immer noch fraglich.

Aber wir beschlossen, diese Überlegungen den Analytikern zu überlassen und nur für den Augenblick zu leben.

In Amsterdam fand ein Rockkonzert statt, und die Jungs wollten unbedingt hingehen. Ich war einverstanden, vorausgesetzt, es würde nicht allzu spät werden. Wir gingen zusammen hin, und mir platzte beinahe das Trommelfell, während die drei mit den übrigen 20 000 jungen Leuten vor Begeisterung tanzten und schrien. Als ich sagte: »Laßt uns gehen«, kamen sie mit und schauten noch ein paarmal sehnsüchtig zurück.

In London ließ Billy einen weiteren Meilenstein auf seinem Weg nach Montreal hinter sich. Er wurde Dritter im 5000-Meter-Lauf und lief zum ersten Mal unter 13 Minuten und 35 Sekunden. Mit beeindruckender Kraft schaffte er die Strecke in 13 Minuten und 26 Sekunden. Das war sicherlich bis jetzt sein zweitbester Wettlauf.

Am Ende des Monats wollte keiner von uns zurück nach Hause. Ich machte mir Vorwürfe, daß ich unpatriotisch sei.

»Hier sind alle so freundlich«, meinte Vince. »Und das Laufen ist wie ein Traum.«

Traurig verkauften wir in London unser Auto für 200 Dollar und flogen zurück nach New York.

Bei unserer Ankunft stellten wir fest, daß die Presse, wie erwartet, über die guten Leistungen der Jungs in Europa berichtet hatte. Die Leute vom Sport hielten vielleicht nichts von ihnen, aber sie konnten sie auch nicht ignorieren. Billys erfolgreicher Auftritt als internationale Konkurrenz im 5000- und 10 000-Meter-Lauf wurde besonders hervorgehoben.

In der Tat wurden die Diskussionen über die Homosexualität der Jungs in der Sportwelt sehr offen geführt. Es gab Gerüchte und Debatten, ob sie nun schwul seien oder nicht, ob es überhaupt möglich sei, weil sie doch so männlich aussähen, usw. Man mußte in Kürze mit einer öffentlichen Bekanntmachung rechnen.

Vielleicht wollten wir sogar, daß unsere Veranlagung endlich ans Licht kam, weil wir es satt hatten, uns ständig zu verstekken.

Als wir wieder in New York waren, wurden wir etwas unvorsichtiger und zeigten uns in Gesellschaft von Schwulen in der Öffentlichkeit.
Die Schwulen wollten die drei Jungs unbedingt feiern. Jacques weigerte sich, auf Partys zu gehen, weil ihm große Feten auf die Nerven gingen. Aber Vince und Billy gingen zusammen mit John und mir hin. Wir besuchten eine große Party bei Steve Goodnight, und noch ein paar andere. Billy und Vince blieben nicht sehr lange. Sie tranken nichts und wimmelten auf liebenswürdige Weise die Leute ab, die sich zu intensiv um sie bemühten. Die beiden waren die amtierenden Sexsymbole.
Die Schwulen warfen sich ihnen an den Hals. Leute, die sich nie für Sport interessiert hatten, abonnierten die *Track & Field News* und *Runner's World*. Delphine de Sevigny und viele andere verkündeten, sie würden jede Sportveranstaltung besuchen, an der die Jungs teilnahmen. Auf seine alten Tage war Delphine noch ein Sportfan geworden.
Viele Männer machten Billy eindeutige Angebote. Das machte mich wütend. Einige waren viel jünger und (so dachte ich) viel attraktiver als ich. Ich glaube, ich hätte ihn umgebracht, wenn er auch nur das geringste Interesse an einem von ihnen gezeigt hätte. Aber er sah sie nur freundlich durch seine Brille an und meinte: »Da müssen Sie meinen Trainer fragen.«
Aber, um ehrlich zu sein: Viele Männer machten auch bei mir Annäherungsversuche. Billy gefiel das ebensowenig. Obwohl er mir vertraute, hatte er doch ein wachsames Auge auf mich. Ich war mir nie sicher, ob er trotz aller buddhistischen Gewaltlosigkeit nicht doch mit dem Gedanken spielte, mich im Falle der Untreue umzubringen.
Wir hängten es bestimmt nicht an die große Glocke, wenn wir auf Partys gingen. Aber eine ganz bestimmte Party sorgte dennoch für Schlagzeilen. In gewisser Weise war das der

Anfang der Schwierigkeiten, die im folgenden Herbst auf uns zukamen.

Steve Goodnight war über Nacht ein berühmter Mann geworden. Sein Buch *Die Vergewaltigung des Erzengels Gabriel* hatte einen durchschlagenden Erfolg. Viele Heterosexuelle hatten den Roman gelesen, und manche fanden ihn schockierend. Aber es gab auch welche, die meinten, er sei ergreifend. Deshalb wurde in der Klatschspalte der *Time* über Steves Party berichtet. Unter anderem wurden auch mein Name und der von Billy, Vince und John erwähnt. Auf einem Foto waren Billy und ich zu sehen. Billy trug seinen Samtanzug und sein Rüschenhemd. Wir hielten beide ein Glas in der Hand. Es sah aus wie Gin auf Eis (in Wirklichkeit war es Mineralwasser), und wir machten fröhliche Gesichter.

Nun konnten es die Konservativen unter den Sportfunktionären überall schwarz auf weiß lesen, und sie waren völlig aus dem Häuschen. Die Tatsache, daß wir uns in aller Öffentlichkeit mit einem Mann zeigten, den seine Schwulenromane berühmt gemacht hatten, war einfach zu viel für sie.

Inzwischen hatte das neue Semester begonnen, und wir vier kehrten traurig ans Prescott-College zurück. Dort ging alles seinen gewohnten Gang, und Billy und ich konnten uns wieder nur ein paar Stunden am Tag sehen.

10

Diesen Herbst kamen mehrere ausgezeichnete Läufer von der Highschool ans Prescott-College, weil sie unbedingt von mir trainiert werden wollten. Nicht einer von ihnen war schwul. Sie hatten über mich in den Zeitungen gelesen, und außerdem hielten sie das Prescott-College für etwas Besonderes. Aufgrund der ungeheueren Publicity in Europa wechselten fünf Topläufer eines anderen Colleges zum Prescott-College über. Drei davon waren heterosexuell, und zwei waren schwul. Die Schwulen waren gekommen, um hier Schutz zu suchen.

Das bedeutete, daß mein Leichtathletikteam zum ersten Mal wirklich erstklassig war. Und als die Geländelauf-Saison begann, nahmen wir an der regionalen NCAA-Meisterschaft im Van Cortlandt Park teil und besiegten die Penn State Universität, Manhattan und ein paar andere bekannte Teams. In der Mannschaftswertung erreichten wir den zweiten Platz.

Wenn Billy und ich hätten zusammenleben können, dann wäre mein Glück vollkommen gewesen. Zum ersten Mal machte mir alles Spaß, was ich tat, und ich spürte, daß es einen Sinn hatte. Ich war endlich ein richtiger Mensch. Wenn ich jetzt jemanden anschrie, dann tat ich es aus Spaß. Meine Schüler lachten darüber – und sie gehorchten sofort. Dabei hatte ich nie vorgehabt, ein beliebter Lehrer zu werden.

Aber Billy war noch beliebter als ich. Ich sehe ihn noch immer vor mir, wie er mit dem Fahrrad über den Campus fährt, seine Aktenmappe vollgestopft mit den allerneuesten Studienprogrammen für Schwule. Die warme Herbstsonne scheint auf seine vom Wind zerzausten Locken. (Er war jetzt

Lehrer, aber seine Haare sahen noch genauso ungekämmt aus wie während seiner Studentenzeit.) Wenn er an der Aschenbahn vorbeifuhr, winkte er immer zu mir hinüber, während ich gerade den Mädchen meines Teams zurief: »Nehmt eure Knie hoch.«

Das Studienprogramm für Schwule entwickelte sich unter Vinces und Billys Leitung zu einem regelrechten Beratungsdienst – der erste seiner Art auf einem amerikanischen Campus. In den Jahren 1971 und 1972 waren an den großen Universitäten ein paar kleinere Programme dieser Art ins Leben gerufen worden. Man richtete auch Aufenthaltsräume für Schwule ein, wo sich die Jungs treffen, miteinander reden und einfach sie selbst sein konnten. Das alles wurde von der Verwaltung stillschweigend geduldet. Aber unser Programm am Prescott-College war etwas Einmaliges, und es war von Sportlern für Sportler erdacht.

Die beiden neuen schwulen Läufer waren sehr begabt, aber völlig fertig mit den Nerven. Der eine war der 3 000-Meter-Läufer Tom Harrigan. Den Namen des anderen kann ich nicht nennen, weil nicht bekannt werden soll, daß er schwul ist. Es war wirklich nicht leicht mit diesen beiden Jungs.

Ich hatte immer furchtbare Angst, daß sich die Leichtathletikmannschaft in zwei Lager spalten könnte, mit den Schwulen auf der einen und den Heteros auf der anderen Seite, ohne jede Kommunikation oder Kooperation zwischen beiden Parteien. Und genau das würde geschehen, wenn wir den Schwulen zuviel Aufmerksamkeit schenkten. Die anderen Jungs würden sich zurückgesetzt fühlen. Sie würden anfangen zu schimpfen, daß sich die Schwulen hier breitmachten und daß das alles nichts mehr mit dem Laufen zu tun habe.

Wir lösten dieses Problem, indem wir eine Regel aufstellten, daß beim Training, im Umkleideraum oder irgendwo anders, wo das Team zusammen war, nicht über sexuelle Probleme

gesprochen werden durfte. Nur montags und donnerstags bei mir zu Hause sprachen wir über diese Dinge. Und dann auch nur in einem größeren Kontext, den man unter den Begriffen »Der Sportler und die Gesellschaft« subsumieren könnte.
Wenn die Jungs vor dem Kamin saßen und ihre Karotten aßen, dann hatten wir offene Ohren für Gefühle und Komplexe – sofern sie das Laufen und die Gesellschaft betrafen. Wir verbrachten viel Zeit damit, über den geheimnisvollen männlichen Nimbus des Sportlers zu diskutieren. Wir sprachen wahrscheinlich nicht einmal ein Drittel der Zeit über die Probleme von Schwulen. Die anderen Jungs lernten allmählich die Weltsicht der Schwulen zu verstehen und zu respektieren, und nach und nach verstanden sie auch deren Qual. Es tat mir in der Seele weh, wenn ich sah, wie Tom sich bemühte, seine Gefühle auszudrücken, voller Angst, man könne ihn verurteilen und bestrafen. Aber als er es schließlich tat, merkte er, daß die Heterosexuellen nicht immer so selbstgefällig waren, wie es manchmal schien.
Vince und Billy waren bei diesen Gesprächskreisen immer dabei, und Jacques kam dazu, wenn er Zeit hatte. Vince war der große Redner, und er half mir dabei, die Diskussion zu leiten. Jacques war ein Genie, wenn es darum ging, Diskussionen in Gang zu bringen. Billy war kein großer Manipulator, aber die Jungs wandten sich an ihn, wenn sie etwas auf dem Herzen hatten, das sie mir nicht erzählen wollten, weil ich älter war.
Wir beschlossen, daß einmal in der Woche auch die Mädchenmannschaft und jeder auf dem Campus, der Lust dazu hatte, an diesem Gesprächskreis teilnehmen konnte. Es kamen ziemlich viele. Donnerstagabends war mein Haus jetzt immer voller Leute, und ich dankte Gott, daß sich der Gärtner damals für ein großes Wohnzimmer entschieden hatte. Ich brauchte hinterher eine ganze Mannschaft für den Abwasch.

Einer der interessantesten Neuzugänge in unserer Gesprächsrunde war Betsy Heden, eine kleine 800-Meter-Läuferin. Sie war nur ungefähr 1,52 Meter groß, hatte kurzes welliges Haar, große Augen mit langen Wimpern à la Bette Midler. Sie war die einzige militante Lesbe auf dem Campus. Ich glaube, sie kam nur, um Unruhe zu stiften. Sie und Vince saßen manchmal da und warfen sich so lange Schimpfwörter an den Kopf, daß wir sie mit vereinten Kräften beruhigen mußten.
Aber Billy nahm es mit ihr auf. Es gab Abende, an denen es in dem überfüllten Wohnzimmer ganz still war und alle atemlos zuhörten, wenn die beiden loslegten. Betsy war eine Demagogin. Sie fuchtelte immer wie wild mit den Fäusten in der Luft herum. Billy konterte in seiner heiteren und gelassenen Art mit buddhistischer Gewaltlosigkeit und zeigte Verständnis für ihren Standpunkt. Sie lieferten sich Wortgefechte, in denen die elementaren Animositäten zwischen Mann und Frau offenbar wurden.
Eines Abends hatte er sie schließlich soweit, daß sie zugeben mußte: »Es ist wahr. Ich will dich nicht. Aber ich spüre, daß du mich ablehnst.«
Alle lachten. Aber sie und Billy wurden daraufhin gute Freunde.
Vince versuchte immer, mich damit aufzuziehen: »Na, Harlan, stört dich das nicht?« Er wollte gesehen haben, wie sie mit Billy auf dem Fahrrad über den Campus fuhr, oder daß Billy den Mädchen beim Training zuschaute und ihr dabei für den 800-Meter-Lauf ein paar Tips gab, die er von Jacques hatte. Man hatte sie sogar in der Kantine zusammen tanzen sehen. »Bist du nicht eifersüchtig, Harlan?«
Ich lachte Vince jedesmal aus. Diese beiden jungen Leute würden ebensowenig miteinander schlafen wie ihre Hände in die Glut eines Kamins legen.
Aber ich war eifersüchtig auf Tom Harrigan. Er machte von

Anfang an bei Billy Annäherungsversuche, nur um zu sehen, ob er damit Erfolg hätte. Billy wollte nichts von ihm wissen, aber das störte Tom anscheinend nicht.

Das Studienprogramm für Schwule und die offenen Gesprächskreise weiteten sich schließlich zu einem Beratungsdienst aus, den auch Studenten von anderen Colleges in Anspruch nehmen konnten. Joe Prescott holte einen ausgezeichneten jungen Psychotherapeuten namens David Silvers ans College. Sein Ziel war es, den schwulen Studenten zu helfen, mit ihrer Veranlagung zu leben, anstatt es mit gewaltsamen »Umerziehungsmaßnahmen« zu versuchen. Wir machten überall Werbung in den Collegezeitungen.

Vor allem Sportler waren uns willkommen. Wir waren nicht nur für Studenten da, sondern auch für Männer und Frauen, die Amateursportler oder Profis waren. Es wurde strengste Diskretion gewahrt. Die schwulen Athleten kamen fast alle erst, wenn es draußen dunkel war. Ich darf keinen Namen nennen, aber ich könnte an dieser Stelle eine Liste aufstellen, die zwar nicht sehr lang wäre, dafür jedoch um so mehr Erstaunen hervorrufen würde, weil die unterschiedlichsten Altersgruppen und Sportarten vertreten wären.

Wir hatten auch einen Telefondienst für Schwule eingerichtet. Man konnte von 18 Uhr bis Mitternacht anrufen, und zwei von den Jungs hatten immer Telefonbereitschaft.

Ich höre heute noch, wie Billy in seinem Zimmer den Hörer abnimmt und sagt: »Schwulenberatungsstelle Prescott.« Zuerst war er ein wenig nervös, weil er nicht gewohnt war, sich anonym am Telefon mit den Problemen fremder Männer zu befassen. Aber nachdem ihm Silver ein paar Tips gegeben hatte, war er fähig, sich zu entspannen und auch am Telefon sein Mitgefühl auszudrücken.

Am 7. Oktober fuhr ich nach New York, wo sich jeden Montag bei »Mamma Leone« Sportjournalisten zum Mittagessen trafen.
Seit ich die Penn State Universität verlassen hatte, war ich nicht mehr dort gewesen. Sogar nachdem ich ans Prescott-College gegangen war und später angefangen hatte, meine drei Starläufer zu trainieren, hatte ich mich ferngehalten, weil ich noch nicht selbstsicher genug war. Aber diesen Herbst war ich innerlich dazu bereit. Außerdem kannte ich eine Menge guter Läufer, für die ich dort Public Relations machen konnte, und ich wollte bekanntgeben, daß das Prescott-College Ende Oktober seinen ersten eigenen Geländelauf auf dem Campus veranstalten würde. Was könnte einfacher sein als das?
»Mamma Leone's« ähnelte ein bißchen den Caracalla-Thermen. Die düstere Atmosphäre mit Rundbögen und römischen Büsten wurde allerdings durch die vielen Tische mit den rotkarierten Tischdecken etwas aufgelockert.
Ungefähr fünfzig Leute saßen dort, die meisten davon Trainer und Reporter. Sie verdrückten Lasagne und Spaghetti mit Muschelsoße und tranken dazu eine Unmenge Martini und Bier. Ein Trainer nach dem anderen ging nach vorne zum Mikrophon, gab Neuigkeiten über sein Team oder eine bevorstehende Sportveranstaltung bekannt und versuchte die Ereignisse möglichst eindringlich zu schildern, damit die Zeitungen darüber berichteten. Der Raum war so voller Zigarettenqualm, daß mir die Augen tränten. Die Reporter machten sich Notizen und stellten Fragen. Nur eine einzige Frau war anwesend, eine Reporterin. Die ganze Atmosphäre war sehr männlich, sehr konservativ und sehr geschäftsmäßig.
Ich saß mit Bruce Cayton und Aldo Franconi zusammen an einem Tisch. Bruce hatte bei der *Post* aufgehört und arbeitete

jetzt als freier Journalist. Aldo war ein alter Freund, einer der wenigen, die mir nach der Sache an der Penn State Universität geblieben waren. Er war Trainer des Teams von Long Island, Vorsitzender des Leichtathletikkomitees der AAU in New York und eines von fünfundzwanzig Vorstandsmitgliedern des Nationalen Olympischen Komitees der USA. Aldo war einer von diesen schroffen, dicken Kerlen, die ihr ganzes Leben dem Sport widmen. Ohne sie wäre die Leichtathletik um vieles ärmer.

Meine beiden alten Freunde waren heute merkwürdig still. Ich tat mein Bestes, um eine Unterhaltung in Gang zu bringen. Während wir darauf warteten, daß ich vor das Mikrophon gebeten wurde, sagte ich: »Ich stelle fest, daß heute ein paar Leute mehr mit mir reden. Aber nur ein paar.«

Aldo sah mich einen Moment lang seltsam an. »Sie sind neidisch«, sagte er schließlich. »Keiner von ihnen hat so vielversprechende Anwärter auf eine Goldmedaille in seinem Team wie Matti und Sive.«

Ich versuchte es bei Bruce: »Bruce, du hattest ja nicht viel Einfluß bei der *Post*. Sie bringt nicht mehr Sportberichte als gewöhnlich.«

»Die *Post* interessiert sich nur für Läufer mit vier Beinen«, meinte Bruce und kippte seinen Martini hinunter.

Als ich zum Mikrophon ging, wurde ich plötzlich nervös. Es kam mir vor, als ginge ich in eine Schlacht und man würde mit scharfer Munition auf mich schießen. Ich fühlte mich wie ein Marineleutnant, der zum ersten Mal ein Schiff in einen Hafen bugsiert. Fünfzig Gesichter, eingehüllt in eine Wolke von Zigarettenqualm und umgeben von finsteren Gewölben und römischen Büsten, blickten mich feindselig an. Ich sagte mir, daß das alles nur Einbildung sei.

Und ich schaffte es, meinen Sermon herunterzubeten. Ich erzählte ihnen von dem gewaltigen Zustrom von Klasseläufern, den wir am Prescott-College hatten. Ich erklärte, daß wir in diesem Jahr ein Team hätten, das man beachten müsse. Kämpfen sei unsere Stärke, und wir beabsichtigten, an allen NCAA-Veranstaltungen teilzunehmen und alle zu schlagen. Ich erzählte von dem bevorstehenden Geländelauf und bat die Reporter um zahlreiches Erscheinen, damit sie hinterher darüber berichten könnten.

Ich wurde wieder nervös, gab jedoch keine näheren Einzelheiten über meine drei schwulen Superstars bekannt. Ich berichtete auch nicht, wie es mit ihrem Training voranging.

Im Restaurant war es still.

»Irgendwelche Fragen?« sagte ich.

Wieder Schweigen. Endlich fragte ein Trainer: »Sie sagten, es wird bei dieser Veranstaltung einen Wettkampf für Mädchen geben.«

»Das ist richtig. Ein Wettlauf über zwei Meilen. Wir haben im Moment eine starke Mädchenmannschaft, und wir wollen sie gegen ein anderes Team antreten lassen.«

»Sie treten wohl für die Frauenbewegung ein, was?« rief einer mit rauher Stimme.

Alle brachen in brüllendes Gelächter aus. Irgendwie hatte dieses Gelächter einen boshaften Unterton. Ich redete mir ein, daß ich allmählich Wahnvorstellungen bekäme.

Als das Gelächter abflaute, sagte ich mit einem smarten »Parris-Island-Lächeln«: »Ich bin für gleiches Recht für alle. Noch weitere Fragen?«

Wieder folgte langes Schweigen. Der Rauch von Zigaretten, die zwischen dicken Fingern steckten, ringelte sich hoch in die Luft.

Schließlich rief der Reporter der *Daily News* von ganz hinten: »Was macht Billy Sive?«

Tiefes Schweigen. Man drehte sich zu dem Reporter um, dann schaute man wieder auf mich. So, wie die Frage formuliert war, konnte sie alles bedeuten. Ich wußte, daß es Absicht war. Normalerweise stellt ein guter Reporter keine unpräzisen Fragen.

»Was wollen Sie wissen?« sagte ich.

»Okay. Macht er Fortschritte?«

»Billy macht sich prima.« Ich brauchte meine ganze Selbstbeherrschung, um ruhig zu bleiben. »Sein Trainingsprogramm hat sich nicht geändert, seit er ans Prescott-College kam. Ich war der Meinung, daß er vorher einfach zu viel trainiert hatte, und ich arbeitete ihm deshalb ein Trainingsprogramm aus, wonach er pro Woche nur hundert bis hundertzehn Meilen laufen muß. Der Schwerpunkt liegt dabei auf Qualität und Ausdauer. Deshalb hatte er in Europa solchen Erfolg. Wenn er so weitermacht, dann hat er gute Chancen, in die Olympiamannschaft aufgenommen zu werden.«

Ein anderer Reporter meldete sich zu Wort: »Was ist mit Vince Matti und Jacques LaFont?« War das eine Verschwörung?

»Beide mußten Rückschläge hinnehmen«, sagte ich. »Wie Sie wissen, neigt Vince zu Verletzungen. Er hat sich vor einer Woche wieder am Knie verletzt. Jacques hat Probleme mit seiner Achillessehne. Wenn sich Vince bis zur Olympiade keine größere Verletzung zuzieht, dann haben wir einen sehr starken Wettkämpfer für den 1500-Meter-Lauf. Dasselbe gilt für Jacques im 800-Meter-Lauf.«

Als ich mich wieder hinsetzte, hatte ich etwas weiche Knie. Die meisten verließen schon das Restaurant. Die Tische waren übersät mit Zigarettenasche und Informationsbroschüren. Überall standen Teller mit Resten von Tomatensoße, Gläser mit schmelzenden Eiswürfeln und halbvolle Kaffeetassen herum. Bruce und Aldo machten trübsinnige Gesichter.

Ich nippte an dem Rest meines Mineralwassers, das jetzt

warm und abgestanden war. »Sie haben sich mir gegenüber ziemlich feindselig verhalten«, sagte ich.
Bruce und Aldo sahen sich an. Schließlich sagte Aldo: »Hör mal, Harlan, bist du wirklich so ein Unschuldsengel, oder tust du nur so?«
»Was soll das heißen?«
»Hör zu«, sagte Aldo. »Ich weiß, du bist ein mutiger Kerl und es gehört Mumm dazu, sich hier vors Mikrofon zu stellen. Aber du solltest wissen, wie weit du gehen kannst.«
Ich wurde etwas ärgerlich. »Verdammt noch mal, ich weiß wirklich nicht, wovon du sprichst. Früher oder später werde ich doch wohl einmal ein normales Leben führen können. Wenn ich mich hier nicht vors Mikrophon stellen und über mein Team sprechen darf, dann kann ich genausogut alles hinschmeißen und mich auf einer einsamen Insel verkriechen.«
»Du mußt vollkommen naiv sein«, meinte Aldo. »Soll ich dich aufklären? Darf ich mal ganz offen sein?«
»Sicher«, sagte ich.
»Wenn du auf diese einsame Insel gingst«, sagte Aldo und sah mir dabei direkt in die Augen, »dann würdest du Billy Sive mitnehmen, nicht wahr?«
Er sagte das ganz brutal. Bruce stieß einen tiefen Seufzer aus. Für einen Moment glaubte ich, die Beherrschung zu verlieren. Ich hätte am liebsten eine dieser Marmorbüsten auf Aldos kahlem Schädel zertrümmert.
»Und was wäre, wenn ich es täte«, fragte ich. »Ich glaube nicht, daß das irgend jemanden etwas angeht.«
»Da irrst du dich«, sagte Aldo. »Das geht alle etwas an, ob es dir nun paßt oder nicht. Sie machen es einfach zu ihrer Angelegenheit. Ich kann mich im Moment an keine Sache innerhalb des Sports erinnern, die so viel Wirbel gemacht hätte. Der bloße Gedanke sorgt schon für Aufregung.«

»Okay, es ist ihre Sache. Na und? Was hat das mit dem Laufen zu tun?«

»Es hat sehr viel damit zu tun«, sagte Aldo mit aller Schärfe. »Harlan, du und Billy, ihr seid verdammte Narren. Tut mir leid, wenn ich das sagen muß, aber es ist so. Ich bewundere euch beide, deshalb sollst du die Wahrheit erfahren. Du hast Billys Chancen für Montreal zunichte gemacht.« Er machte eine typisch italienische Handbewegung, um das »Aus« für Billy noch zu unterstreichen. »*Finito*.«

»Wer will ihn aufhalten?« fragte ich.

»Bei der letzten Vorstandssitzung der USOC war die Sache das Hauptthema. Alle sprachen nur noch vom Fall Billy Sive. Bei dem letzten Treffen der AAU war es dasselbe. Ich konnte mit eigenen Ohren hören, wie einige Leute sagten, der Junge dürfe auf keinen Fall in Montreal dabeisein. Auch Matti und LaFont nicht. Diese Typen werden alles tun, um die Jungs aufzuhalten.«

»Aber sie sind doch ganz wild auf Medaillen«, sagte ich. »Für eine Goldmedaille würden sie mit ihrer eigenen Großmutter bumsen.«

»Nicht, wenn es um so was geht. Sie sind fest entschlossen, sich ins eigene Fleisch zu schneiden.«

Wir saßen schweigend am Tisch. Bruce spielte mißmutig mit vertrockneten Brotkrumen auf der Tischdecke. Die meisten waren gegangen, und die Kellner bauten das Mikrophon ab. Draußen saßen noch ein paar an der Bar. Wir hörten ihr brüllendes Gelächter.

»Harlan«, sagte Aldo. »Ich frage dich nicht gerne, aber ist es wahr, das mit dir und Billy?«

»Natürlich ist es wahr.« Ich war so sauer, daß ich es endlich zugab.

Bruce und Aldo sahen mich prüfend an. »Du mußt verrückt sein«, sagte Aldo leise.

»Das war ich ziemlich lange. Ich kämpfte vier Monate lang gegen meine Gefühle an. Das war weder für Billy noch für mich gut. Schließlich kam ich zu der Überzeugung, daß die Gesellschaft kein Recht hat, mir einen Freund zu verbieten. Alle haben einen Partner. Ihr habt auch eure Partner. Tiere haben Partner. Sogar die verdammten Bakterien haben Partner. Warum sollte ich allein bleiben?«

»Habt ihr schon mal daran gedacht, zu einem Psychiater zu gehen?« fragte Bruce.

»Ihr Typen lest wohl keine Zeitungen. Die Psychiater rücken nämlich endlich damit heraus. Viele von ihnen halten Homosexualität nicht länger für eine Geisteskrankheit. Sie betrachten sie als Alternative.«

Aldo schnaubte. »Erzähle das mal den Fans. Sie bezahlen ihre fünf Dollar, um einen sauberen heißblütigen amerikanischen Jungen laufen zu sehen. Sie wollen für ihr Geld keine Schwulen sehen.«

»Wie haben eigentlich Billys Eltern darauf reagiert?« fragte Bruce. »Sie waren doch sicher wütend.«

»Der Vater des Jungen ist schwul«, sagte Aldo. »Das wissen auch alle.«

»Jesus«, murmelte Bruce. Die Vorstellung, daß Billy einen schwulen Vater hatte, war völlig neu für ihn.

»Und, falls es dich interessiert, Billys Vater hat nichts dagegen«, sagte ich.

Sie schwiegen eine Weile.

Dann sagte Aldo: »Die Sache damals an der Penn State Universität ... entschuldige, daß ich davon anfange ... aber dann hattest du doch schuld.«

»Nein«, erwiderte ich.

»Okay. Sie wissen das nicht.« Aldo deutete mit der Hand auf die leeren Stühle, als wolle er die Männer, die gerade gegangen waren, wieder herbeizaubern. »Sie lassen ihrer Phantasie freien Lauf. Sie fragen sich, mit wie vielen Jungs aus deinen Mannschaften du schon geschlafen hast.«

»Der einzige Sportler, mit dem ich je geschlafen habe, ist Billy. Aber vermutlich werden sie mir nicht glauben.«

War es möglich, daß ich über diese Dinge sprach? Einfach so, an diesem Tisch? Konnte es sein, daß fremde Leute es wagten, mir Moralpredigten zu halten?

»Nein, sicherlich nicht«, meinte Aldo. »Zum Beispiel ...« Er fing noch mal von vorne an. »Worüber sich wirklich alle ärgerten, war die Tatsache, daß ihr vier zusammen durch Europa gereist seid. Sie glauben, daß du mit allen dreien etwas hast.«

»Ist es ihnen vielleicht schon einmal in den Sinn gekommen, daß Billy und ich nicht nur miteinander ins Bett gehen, sondern daß wir uns lieben könnten?« Ich wurde jetzt richtig wütend. »Daß keiner von uns jemand anders haben will? Haben sie denn gar keine Ahnung von der menschlichen Natur?«

»Ihr habt keine Ahnung von ihr«, sagte Aldo. »Sie denken immer das Schlimmste. Und dann, als ihr zurückkamt, der Bericht in der *Time* über die Party, auf der ihr wart. Das war der Gipfel! Sie kennen Steve Goodnight und wissen, daß er schlüpfrige Bücher über Jungs schreibt. Daß du und Billy die Frechheit besessen habt, euch mit diesem Kerl in aller Öffentlichkeit zu zeigen, das war einfach zuviel.«

»Auf dieser Party waren auch eine Menge heterosexuelle Persönlichkeiten und viele Leute aus der feinen Gesellschaft.«

»Darum geht es nicht, und das weißt du auch.«

»Steves Buch ist nicht schmutzig. Es ist ein Kunstwerk.«

»Was verstehst du schon von Kunst«, sagte Aldo. »Du kannst nicht einmal die Mona Lisa von einem Werbeplakat für Marlboro unterscheiden.«

»Ich verstehe nichts von Kunst. Aber ich verstehe etwas von Liebe. Steve schreibt darüber in seinem Buch.«
Aldo schüttelte verständnislos den Kopf. »Harlan, ich verstehe dich nicht. Du hast dich wirklich sehr verändert.«
»Das habe ich«, sagte ich. »Und ich will dir noch etwas sagen. Du kannst ihnen von mir aus alles erzählen. Sie werden Billy, Vince und Jacques nicht daran hindern können, in Montreal dabeizusein. Vor allem Billy nicht. Ich werde mit allen Mitteln gegen sie kämpfen. Billys Vater ist einer der besten Anwälte für Bürgerrechtsfragen in unserem Land. Wenn es sein muß, gehen wir bis vor das Oberste Bundesgericht.«
Wir waren jetzt allein im Restaurant. Die Kellner räumten die Tische ab, klapperten mit dem Geschirr und sahen uns an. Sie wollten uns zu verstehen geben, daß wir endlich gehen sollten.
Aldo sah mich prüfend an. »Harlan, du bist ein mutiger, wunderbarer irischer Trottel. Alle Zeitungen werden über dich schreiben. Du wirst bei lebendigem Leib geröstet.«
»Das ist mein Ernst«, sagte ich. »Billy und ich kämpfen um unser Leben. Niemand wird ihn mir wegnehmen. Er ist alles, was ich habe, Aldo.«
»Herrgott noch mal«, sagte Aldo und sah beiseite. Die Leidenschaft meines Gefühls hatte ihn wohl beeindruckt.
»Hör mal«, sagte ich, »haben wir vielleicht nur Feinde im USOC?«
»Nein«, antwortete Aldo. »Nicht alle lehnen euch ab. Aber die meisten. Es gibt ein paar, wie mich und wie die meisten der sieben Vertreter der Athleten, die meinen, daß das Privatleben eines Sportlers weder die AAU noch das USOC etwas angeht. Und davon bin ich überzeugt, Harlan.«
»Ich kann dir nur versprechen«, sagte ich, »daß Billy und ich uns anständig benehmen werden. Wenn sich jemand blamiert, dann diese senilen alten Fanatiker.«

»Weißt du«, sagte Bruce, »ich sitze schon die ganze Zeit da und denke nach. Dieses ganze Problem mit ... mit dieser Sache im Sport, das gäbe eine gute Story. Wenn ich die Sache richtig in den Griff bekomme und jemanden finde, der es veröffentlicht, würde ich gerne einen Artikel darüber schreiben. Meinst du, Billy würde sich von mir interviewen lassen?«
»Sicher«, sagte ich. »Er ist ein toller Gesprächspartner. Sein Kopf ist wie ein offenes Buch.«
»Okay«, meinte Bruce. »Ich melde mich bei dir, wenn ich ein Konzept ausgearbeitet habe.«
»Wenn du eine Story daraus machst«, meinte Aldo boshaft, »dann finde auch gleich einen Weg, um all die *anderen* Gerüchte zu zerstreuen.«
»Welche anderen Gerüchte?« fragte ich.
»Willst du das wirklich wissen?« fragte Aldo. Er zerrieb wütend ein paar Brotkrumen.
Er fing an zu erzählen. Als er fertig war, war ich um eine Erfahrung reicher. Die Gesellschaft hatte versucht, mir beizubringen, daß Schwule eine schmutzige Phantasie hätten. Jetzt stand für mich außer Zweifel, daß die Heterosexuellen eine schmutzige Phantasie hatten.
Billy war ganz still, als ich ihm Aldos Geschichten über die Gerüchte erzählt hatte.
»Man behauptet, ich hätte mit einigen meiner Studenten Orgien gefeiert und sie verführt«, sagte ich. »Du und ich hätten uns in New York Teens aufgegabelt. Außerdem seien ein paar Studenten vom Campus verschwunden, weil ich sie nach New York gebracht, mit Drogen vollgepumpt, gefesselt und an Zuhälter verschachert hätte.«
An diesem Abend lagen wir in meinem großen, scheußlichen viktorianischen Bett aus kaukasischem Nußbaumholz. Der Regen prasselte gegen die Fensterscheiben. Es war schon kalt

draußen, und der Ofen in dem kleinen alten Haus heizte nicht richtig; deshalb hatten wir die Bettdecke ganz über uns gezogen. Jetzt miteinander zu schlafen hätte nicht die übliche therapeutische Wirkung gehabt.

»Und natürlich hätte ich mit euch dreien auch Orgien gefeiert. Aber das schlimmste ist, daß du und dein Vater und ich ... und daß du und dein Vater immer ...«

Billy seufzte und schüttelte den Kopf. »Mann, ich könnte Storys darüber erzählen, wie durcheinander du warst, als du aus der Stadt zurückkamst.«

»Teens«, sagte ich verbittert. »Ich kann Jungs in dem Alter nicht ausstehen. Und dann der ganze Kummer, den ich all die Jahre nur deshalb hatte, weil ich zu feige war, um mit Läufern ins Bett zu gehen. Und sie behaupten, ich hätte mit dem ganzen Scheißteam gebumst.«

»Und das mit den Zuhältern«, meinte Billy. »Das ist wieder typisch. Das stammt sicher aus irgendeinem Horrorschinken, den sie mal Samstag nachts gesehen haben. Und der Unsinn über mich und meinen Vater... Armer Dad, wenn ich denke, wie vorsichtig er immer war. Das würde einigen Leuten gar nicht gefallen, stimmt's?«

Er hatte sich neben mir auf den Ellbogen aufgestützt, und sein warmer Körper lag ausgestreckt dicht an mich gedrängt. Er versuchte, mich zu trösten, und streichelte mich. Anscheinend hatte ihn das, was ich ihm erzählt hatte, nicht aus der Fassung gebracht, und das irritierte mich. Seine Zärtlichkeit wirkte jedoch heute nicht beruhigend auf mich.

»Was willst du jetzt machen«, fragte Billy. »Wir haben doch gewußt, daß die Leute so reagieren würden.«

»Die glauben das alles wirklich«, sagte ich.

»Denk nicht mehr dran«, meinte Billy. »Solche Gerüchte halten sich nicht lange.«

»Da ist noch etwas«, sagte ich. »Ich glaube, daß du mich die

ganze Zeit mit Vince und Jacques betrügst und das tut richtig weh.«
»Warum tut das weh?« fragte Billy. Nach einer Weile sagte er: »Du traust mir nicht.«
»Wegen Jacques habe ich mir nicht eine Minute Sorgen gemacht. Aber du und Vince, ihr seid sehr eng befreundet. Vince schläft doch mit jedem. Woher soll ich wissen, daß er nicht auch mit dir ins Bett geht?«
»Also hör mal«, sagte Billy verärgert und setzte sich aufrecht hin. »Wann wirst du endlich begreifen, daß ich niemals lüge. Ich habe dir schon mal gesagt, daß zwischen Vince und mir nie etwas gewesen ist.«
»Okay«, sagte ich. »Ich bin eben ein eifersüchtiger alter Mann.«
»Bitte nicht«, sagte Billy. Er hatte die Knie an seine Brust gezogen und starrte auf das Fußende des Bettes. Dann fügte er hinzu: »Du hast immer noch nicht völlig akzeptiert, daß du schwul bist. Du willst den Dingen einfach nicht ihren Lauf lassen.«
»Dessen bin ich mir durchaus bewußt«, sagte ich etwas sarkastisch.
»Du wirst erst glücklich sein, wenn du mit dir selbst im reinen bist. *Wir* werden nicht glücklich sein.«
»Bist du denn nicht glücklich mit mir?«
»Dreh mir nicht die Worte im Mund herum«, sagte Billy. »Ich wollte damit nur sagen, daß deine heterosexuellen Komplexe uns in die Quere kommen werden, wenn du nicht mit ihnen fertig wirst.«
»Hast du mich schon so satt? Willst du mich verlassen?«
Billy stieg aus dem Bett. »Ich weiß, daß es für dich bei ›Mamma Leone‹ hart war«, sagte er, »aber das ist zu viel. Ich gehe zurück ins Wohnheim.«
Ich lag unter der Bettdecke und beobachtete ihn, wie er sich

anzog. Sein Gesicht war ausdruckslos, und seine Bewegungen waren geschickt und präzise. Er band die Schnürsenkel seiner abgetragenen Turnschuhe zu und zog seinen leuchtend roten Regenparka aus Nylon an.

»Bis morgen«, sagte er mit tonloser Stimme und ging hinaus. Ich hörte, wie die Haustür ins Schloß fiel.

Ungefähr eine Viertelstunde lag ich regungslos da und kam mir hilflos und verlassen vor. Der Regen klopfte an die Fensterscheiben, und der Wind heulte in den Zweigen der Fichte. Der Wecker neben meinem Bett tickte laut. Ganz automatisch griff ich nach ihm und stellte ihn auf 5.30 Uhr. Ich wollte gerade die Nachttischlampe ausmachen, als ich hörte, wie der Schlüssel im Türschloß herumgedreht wurde. Er kam rasch ins Schlafzimmer, legte sich in seinem Parka neben mich auf die Bettdecke und preßte sein Gesicht an meine Brust. Sein Parka war naß, und sein Haar roch nach Regen und Herbstlaub.

»Harlan, sie wollen, daß wir kämpfen«, sagte er.

Er fing an zu weinen, schluchzte heftig und umklammerte die Bettdecke. Er streifte seine Schuhe ab, kroch unter die Decke, preßte sich an mich und hielt mich ganz fest. Seine feuchten Sachen jagten mir einen Schauder über den Rücken.

»Was ist wirklich mit dir los?« wollte er wissen.

»Ach, wir müssen herumschleichen wie Diebe, und hin und wieder haben wir mal zwanzig Minuten füreinander Zeit. Und das Leben geht an uns vorbei.«

»Mein Gott, wenn das alles ist, was dich bedrückt, dann bleibe ich eben heute nacht bei dir.«

»Nein, das ist noch nicht alles. Nichts hält uns zusammen. Es gibt keine Garantie dafür, daß wir ein Jahr oder fünf Jahre zusammenbleiben. Du mußt meine Eifersucht verstehen. Ich bin nicht nur in sexueller Hinsicht eifersüchtig. Ich habe einfach Angst, dich zu verlieren.«

»Garantien gibt es für Neuwagen«, sagte Billy. Er hatte sein Gesicht immer noch in den Haaren auf meiner Brust vergraben.
»Ich möchte, daß wir heiraten«, sagte ich.
Er lag neben mir und war jetzt ganz ruhig. Nach einer Weile meinte er: »Ich tue alles, was du willst, nur das nicht. Ist es dir schon mal in den Sinn gekommen, daß ich genau solche Angst haben könnte, dich zu verlieren? Vielleicht mache ich mir ja Gedanken, ob du dich wohl bald nach einem anderen jungen Zuchthengst umsiehst? Du kommst mit viel mehr Leuten zusammen als ich. Woher weiß ich denn, ob du nicht vielleicht die Abwechslung liebst, he?«
Ich seufzte und nickte bedächtig mit dem Kopf. Billy war auf seine Art abergläubisch. Er hatte Angst, das Schicksal herauszufordern, indem er sich formell an mich band. Er hatte die Erfahrung gemacht, daß solche Ehen nicht von Dauer waren. Mit zwölf hatte er miterlebt, wie sein Vater und Frances sich trennten.
»Und noch was«, sagte Billy. »Wärst du wirklich bereit, unsere Beziehung publik zu machen? Diese ganzen Gerüchte haben dich doch schon so mitgenommen. Wärst du wirklich bereit, dich dem Aufruhr zu stellen, den es zwangsläufig geben würde, wenn wir heirateten?«
»Nein, das könnte ich nicht«, sagte ich.
»Ich werde heute nacht bei dir bleiben.«
»Ich möchte mit dir nicht in wilder Ehe leben. Ich möchte mir nicht so vorkommen, als ob ich mit einem x-beliebigen Mann zusammenleben würde.«
»Okay. Aber dann weiß ich nicht, was wir machen sollen«, sagte Billy.
Ich strich ihm über den Kopf. »Ich weiß nur eins. Es wäre dumm von uns zu streiten.«
»Vielleicht brauchen wir einfach mehr Zeit«, meinte Billy.

»Vielleicht sollten wir ab und zu die Nacht miteinander verbringen.«
»Alles ist besser als Streiten«, sagte ich.
»Vielleicht heute nacht«, lächelte Billy.
Er kroch unter der Bettdecke hervor, schob seine Schuhe unter den Stuhl und zog sich aus.
»Ich weiß, daß ich mich wiederhole, aber du brauchst deinen Schlaf«, sagte ich.

11

Wir gaben uns die größte Mühe, die Gerüchte zu ignorieren. Aber viele Eltern setzten Joe Prescott unter Druck. Ein paar zwangen ihre Jungs, aus dem Team auszusteigen, obwohl die Jungs und Joe versuchten, sie davon zu überzeugen, daß sie Gespenster sahen.

Dann fing die NCAA an, Joe zu drohen. Entweder entließ er mich als Trainer, oder die NCAA würde das College aus der Mitgliederliste streichen. Mein Team war empört, und die Jungs schickten einen Brief an die NCAA, den alle unterschrieben. Joe bewies, daß er Rückgrat hatte. Er vertrat den Standpunkt, die NCAA solle lieber einen stichhaltigen Beweis für diese Gerüchte liefern, und erinnerte sie an die Entscheidung des Obersten Bundesgerichts. Die NCAA erkannte schließlich, daß sie rein rechtlich in der schwächeren Position war, und die ganze Sache wurde ad acta gelegt. Aber dafür versuchten sie jetzt, mir mit fiesen Tricks zu schaden. Sie bestraften mein unschuldiges Team, indem sie sich weigerten, die Kosten für unsere Fahrten zu den NCAA-Veranstaltungen zu übernehmen. Joe mußte selbst für die Reisekosten aufkommen.

Unser kleiner Geländelauf am Prescott-College war ein recht guter Erfolg, obwohl weniger Mannschaften kamen, als ich gehofft hatte. Und in den Zeitungen standen nur ein paar Zeilen darüber.

Eine Woche nach dieser Veranstaltung wurden Billy und ich auf spektakuläre und qualvolle Weise enttarnt.

Es geschah in New York, wo Billy an der nationalen Meisterschaft im 15-Kilometer-Geländelauf des Road Runners Club teilnahm. Die Veranstaltung wurde auf der bekannten Strecke im Van Cortlandt Park abgehalten. Dieser wird von den Läufern aus dem Osten der USA liebevoll »Vannie« genannt. Der Geländelauf sollte eine kleine Abwechslung für Billy sein – er war in Europa genug auf der Aschenbahn gelaufen, und diese Strecke war jetzt genau das richtige für ihn. Nicht viele Topläufer machten sich überhaupt die Mühe, an so einem Langstreckenlauf teilzunehmen; deshalb konnte sich Billy hier einfach ein bißchen austoben und seinen Spaß an dem Wettlauf haben.

Vince und Jacques liefen dieses Mal nicht mit, weil sie keine passionierten Geländeläufer waren. Trotzdem kamen sie und Betsy Heden mit, um zuzuschauen.

Dreihundertfünfundfünfzig Läufer hatten sich auf dem weiträumigen Rasen des Parks versammelt, wo der Start erfolgen sollte. Alle liefen herum, machten Gymnastikübungen und wärmten sich auf. Man konnte Trainingsanzüge, Stirnbänder und Schuhe in allen möglichen Farben sehen. Die Familien der Läufer hockten im Gras. Es ging alles drunter und drüber. Das Wetter war optimal: regnerisch und kühl. Bei diesem Langstreckenlauf ging alles ganz zwanglos zu, und wir fünf waren völlig relaxed und hatten eine schöne Zeit.

Endlich versammelten sich alle Läufer am Start. Billy hatte sich in der vordersten Reihe aufgestellt. Als der Startschuß fiel, ergoß sich ein buntes Meer von Läufern über den Rasen. Alle liefen durcheinander, um dort so weit vorn wie möglich zu sein, wo die freie Fläche an den Wald grenzte und der Pulk sich auf dem Pfad durch den Wald zusammendrängen würde. Während der Wettlauf in vollem Gange war, standen Vince, Jacques und ich herum und unterhielten uns mit Aldo, ein paar anderen Funktionären und dem Wettkampfleiter. Wie üblich herrschte um uns herum eine gespannte Atmosphäre.

Wir warteten darauf, daß das Feld die erste von drei Runden beendete und oben auf dem Hügel die ersten Läufer zu sehen waren.
Billy war unter den ersten, die in der Ferne auftauchten und den Hügel herunterkamen. Er lag wie immer an der Spitze. Als er an mir vorbeilief, rief ich ihm seine Zwischenzeit zu. Er lief ganz locker, war völlig mit Dreck bespritzt, und ich sah ihm an, daß es ihm Spaß machte.
Es waren ungewöhnlich viele Reporter da, und sogar ein Kamerateam der NBC. Normalerweise interessierten sich die Medien kaum für diese Geländeläufe im »Vannie«, an denen jedermann teilnehmen konnte. Daraus schloß ich, daß sie nur wegen Billy hier waren. Sie hatten sich schon vor dem Wettlauf um ihn geschart, aber er wollte nicht mit ihnen reden, weil er sich auf den Wettkampf konzentrieren wollte. Deshalb mußten sie bis nach dem Geländelauf warten.
Als die Läufer zum zweiten Mal an uns vorüberliefen, lag Billy immer noch vorn. Er hatte seine Führung auf achtzehn Meter ausgebaut. Er kam den Weg entlang über den Rasen gelaufen, und die Zuschauer jubelten ihm zu. Seine Beine waren schwarz vor Dreck. Seine Haare waren klitschnaß. Man hörte nur das leichte Knirschen seiner Spikes, und schon war er an uns vorbei. Wir dagegen standen da wie angewurzelt.
Dann liefen nach und nach die vielen anderen Läufer an uns vorbei – das Feld hatte sich jetzt sehr verteilt. Ich sah Billy in der Ferne verschwinden. Jetzt kam die dritte und letzte Runde.
»Er bewegt sich wie ein Rennpferd«, sagte ein Typ hinter mir.
»Pah«, meinte ein anderer. »Ein Pferd würde vor Scham tot umfallen.«
Vince, Jacques und ich sahen uns nur an.
Wir warteten noch eine Weile. Feiner Nieselregen fiel jetzt

vom Himmel, und die Zuschauer und Funktionäre standen dicht zusammengedrängt unter ihren Regenschirmen. Die Listen mit den Zeiten darauf waren so feucht, daß die Funktionäre kaum mehr darauf schreiben konnten.
Schließlich kam eine einsame weiße Gestalt aus dem Wald über den Rasen gelaufen. Und mir fielen die Worte aus dem »Hohenlied Salomos« ein: »Siehe, er kommt und hüpft über die Berge und springt über die Hügel. Mein Freund gleicht einer Gazelle oder einem jungen Hirsch.« Billy hatte sich tatsächlich von den anderen Läufern abgesetzt und war ihnen jetzt um mehrere hundert Meter voraus.
Als er dem Zielband entgegenschoß, jubelte die Menschenmenge ihm zu und applaudierte. Fotografen sprangen herbei und hockten sich hin, um Fotos zu machen.
Er ging mit einem Lächeln im Gesicht durchs Ziel. Alle drängten sich um ihn, klopften ihm auf den Rücken und schüttelten ihm die Hand. Er war von Kopf bis Fuß voller Dreck, aber er wirkte immer noch frisch. Dieser Sieg war einer der leichtesten gewesen, die er je errungen hatte.
Billy ließ die Reporter noch zappeln. Wie gewöhnlich mußte er seinen Körper erst wieder auf normale Touren bringen und zu diesem Zweck noch ein bißchen joggen. Dann schlich er sich in den Umkleideraum bei dem nahegelegenen Sportplatz, um sich unter der Dusche den Dreck abzuwaschen.
Alle gingen weg, um bei der Preisverleihung dabeizusein. Eigentlich hatte man geplant, sie hier auf dem Rasen vorzunehmen, aber wegen des Regens begab man sich in ein nahegelegenes Lokal am Broadway.
Das Lokal war total überfüllt. Die Läufer waren inzwischen wieder trocken und sauber und trugen Trainingsanzüge oder ganz normale Kleidung. Ihre Haare waren noch naß, und die Gesichter glühten. Das Wettkampfkomitee ließ heißen Kaffee und Tee servieren. In Pappschachteln lagen Schinken-

sandwiches, und die Läufer griffen hungrig zu. Alle waren vergnügt, lachten, redeten über ihre Verletzungen und Krankheiten, klagten, daß sie nicht mehr in Form seien, und erzählten sich den üblichen Klatsch.

Schließlich erschien Billy in Jeans und Prescott-Blazer. Seine Haare waren sauber, aber noch naß, und ordentlich gekämmt. Die Reporter wollten ihn nicht an die Teemaschine heran lassen. Sie drängten ihn in eine Ecke und stellten ihm Fragen. Billy war sehr freundlich und gelassen.

Schließlich stand der Wettkampfleiter auf, das Gerede verstummte, und er hielt eine kleine Ansprache. Er bat die drei besten Läufer zu sich nach vorn und überreichte ihnen die Trophäen. Alle klatschten. Unter den Blitzlichtern der Kameras wurde Billy eine große Schale aus Sterlingsilber überreicht, und die beiden anderen bekamen kleinere Schalen. Billy kam mit seiner Trophäe zu uns herüber. Unterwegs wurde er immer wieder von Leuten angehalten, die mit ihm reden und ihm die Hand schütteln wollten. Das Leuchten in seinen Augen verriet, daß ihm der Geländelauf an diesem Nachmittag Spaß gemacht hatte, und das war ja auch der Sinn der Sache gewesen.

Jacques klopfte ihm auf die Schulter, und Vince inspizierte die Schale. »Silber... sie müssen gewußt haben, daß du gewinnst. Silber ist das Edelmetall der Jungfrau.« Wir mußten alle lachen.

Die meisten Reporter waren inzwischen gegangen, aber es drängten sich immer noch eine Anzahl Leute um uns. Plötzlich kam ein Reporter, gefolgt von einem Fotografen, auf uns zu. »Ich bin Ken McGill vom *National Intelligencer*«, sagte er. »Darf ich Ihnen ein paar Fragen stellen?«

»Sicher«, sagte Billy. Er hockte am Boden und versuchte, die Trophäe in seine Sporttasche zu stecken, aber die Schale war zu groß.

Ich hatte irgendwie ein komisches Gefühl. Der *Intelligencer* war ein Revolverblatt und am Sportgeschehen nicht allzu interessiert.
»Es gibt eine Menge Gerüchte über Sie«, sagte McGill.
»Oh, tatsächlich?« antwortete Billy. Er hatte immer noch die Schale in der Hand. Er mußte meine Gedanken erraten haben, denn mit einem Mal war er sehr auf der Hut.
»Man sagt, Sie beantworten Fragen immer sehr offen«, sagte McGill.
Billy wußte, was jetzt kommen würde, und ich auch. Aus dem Augenwinkel heraus sah ich, daß das Lächeln aus Jacques' und Vinces Gesichtern verschwunden war.
»Also ... was wollen Sie wissen?« fragte Billy.
»Es geht das Gerücht um, Sie seien andersrum«, sagte McGill.
Um uns herum war es totenstill. Im Gegensatz dazu schien das Reden, Lachen und Herumlaufen, das aus einer anderen Ecke der Bar kam, plötzlich sehr laut zu sein. Viele Läufer scharten sich noch um die Funktionäre, um ihre offiziellen Zeiten, die auf der langen, feuchten Liste standen, zu erfahren.
Billy richtete sich langsam auf. Sein Gesichtsausdruck war plötzlich kalt, starr und herausfordernd. Er war ganz blaß um die Nase. Ein paar Sekunden blickte er mit seinen furchtbaren, klaren Augen auf den 1,75 Meter großen McGill hinab. McGill sah ihn ernsthaft und unverfroren an.
Fairerweise muß man sagen, daß McGill kein fieser Typ war. Man hatte ihn hierhergeschickt, damit er einen Artikel darüber schrieb, und er würde seine Story bekommen.
»Die korrekte Bezeichnung ist schwul«, sagte Billy.
»Machen wir einen Kompromiß und sagen homosexuell«, meinte McGill.
Ich hatte ein flaues Gefühl im Magen, und ein leichtes Schaudern durchfuhr meinen Körper.
Billy lächelte ein wenig. »Das soll wohl ein Witz sein. Ich habe

nie ein Hehl daraus gemacht, daß ich schwul bin. Also, was soll das?«

McGill sah Vince und Jacques an. »Soviel ich gehört habe, sind Sie beide auch homosexuell. Stimmt das?«

»Stimmt«, sagte Vince. Jacques nickte und sah zu Boden.

Um uns herum waren alle wie erstarrt und standen mit offenem Mund da. Immer mehr Leute standen auf und kamen zu uns herüber. Dann ruhte McGills Blick auf mir.

»Harlan«, sagte er. »Man munkelt, daß ...«

Ich war so wütend über die Art und Weise, wie er den Jungs Fragen gestellt hatte, daß ich ihn jetzt gleich unterbrach. Die Worte sprudelten einfach aus mir heraus. Ich dachte kaum darüber nach, was ich sagte.

»Sparen Sie sich Ihre Scheißfragen. Ich bin genauso schwul wie die drei.«

Betsy drängelte sich zu uns durch und sagte mit erhobenem Kopf: »Sie haben mich vergessen«, fuhr sie McGill an. »Ich bin eine schwule Frau.«

Aldo drängte sich durch die Menge und wollte den Reporter am Kragen packen. »Das geht Sie, verdammt noch mal, überhaupt nichts an«, rief er. Auch Vince kam McGill bedrohlich nahe.

Ich packte Vince und Aldo am Arm und sagte: »Laßt ihn in Ruhe. Er macht nur seine Arbeit.« Dann sah ich McGill an. »Vielleicht haben Sie noch weitere Fragen«, sagte ich mit strenger »Parris-Island-Stimme«.

»Ja, die habe ich tatsächlich«, sagte McGill. »Man munkelt, daß Sie und Billy ein Verhältnis haben. Stimmt das?«

Vielen Leuten, die um uns herum standen, verschlug es den Atem. Inzwischen umlagerte uns fast jeder im Lokal. Sogar die Funktionäre ließen ihre durchgeweichten Listen liegen, um bei diesem Schauspiel dabeizusein.

Billy wurde immer blasser um die Nase und kniff die Augen

zusammen. Ich machte gute Miene zum bösen Spiel und hoffte, daß man mir meine Gefühle nicht ansah.

»Hey, das Spielchen mit den Gerüchten wird allmählich langweilig«, meinte Billy.

»Ist es wahr?« fragte McGill noch einmal.

»Mir gefällt der Ausdruck ›Verhältnis‹ nicht«, sagte ich. »Warum sagen Sie nicht einfach, daß Billy und ich ineinander verliebt sind? Sie können das ruhig wörtlich wiedergeben.«

McGill notierte sich alles. Man hätte eine Stecknadel fallen hören können. »Seit wann besteht diese Beziehung schon?«

Billy fühlte sich in die Enge getrieben. Er hatte die silberne Schale ganz vergessen, obwohl er sie immer noch unter den Arm geklemmt hielt. Er lächelte. »Seit April. Gleich nach den Drake-Wettkämpfen. Seit 27. April, wenn Sie das genaue Datum wissen wollen.«

McGill kam jetzt richtig in Schwung. Er sah mich an. »Was halten Sie davon, daß viele Leute meinen, es sei für Sie als Trainer unschicklich, mit dem Jungen ein Verhältnis zu haben?«

»Was ist so unschicklich daran?« fragte ich. »Ich kann Ihnen ein halbes Dutzend heterosexueller Trainer nennen, die mit ihren Läuferinnen verlobt oder verheiratet sind. Und ich kann Ihnen noch ein halbes Dutzend nennen, die mit ihren Läuferinnen ins Bett gehen.«

»Meinen Sie nicht, daß das etwas anderes ist?« sagte McGill.

»Tut mir leid«, sagte ich. »Ich sehe das aus der Sicht des Schwulen. Aber im übrigen gibt es für mich da keinen Unterschied.«

»Man behauptet, Sie hätten Billy verführt. Ist das wahr?«

»Ich glaube, da haben Sie nicht richtig zugehört«, sagte Billy. »Wir drei waren schon schwul, als wir noch in Oregon waren. Deshalb hat uns Gus Lindquist aus dem Team ge-

worfen. Und ich hatte vor Harlan schon vier andere Liebhaber. Von Verführung kann da wohl keine Rede mehr sein.«
McGill sah immer noch mich an. Nein, er war wirklich kein fieser Typ. Die Leute um uns herum wurden allmählich munter und fingen an zu tuscheln. Sie stupsten sich, sahen sich an, sagten, das sei unglaublich, usw.
»Würden Sie sich angesichts dieser Tatsachen gern zu Ihrem Weggang von der Penn State Universität äußern?«
»Ja, ich möchte mich dazu äußern. In dieser Sache war ich unschuldig. Der Junge war schwul und hatte gemerkt, was mit mir los war. Er wollte mit mir schlafen, aber ich nicht mit ihm. Ich bin ein verwöhnter Typ, McGill. Ich bumse nicht mit jedem. Er hat mich aus verletztem Stolz beschuldigt.«
»Hatten Sie in all den Jahren die Angewohnheit, nur mit Sportlern zu schlafen?«
War es möglich, daß man mir das antat? Gerade bei diesem Wettkampf, nach dem guten Wettlauf, dem leichten Nieselregen und dem Meer von Läufern auf dem großen Rasen?
»Nein«, antwortete ich. »Ich hatte es mir zur Gewohnheit gemacht, Privatleben und Beruf zu trennen.«
»Können Sie mir sagen, mit wie vielen Läufern Sie geschlafen haben?«
Billy war blaß vor Zorn, und seine Mundwinkel begannen zu zucken.
»Nur mit Billy«, sagte ich. »Aber ich bin überzeugt, daß Sie mir nicht glauben werden.«
Jacques hatte sich abgewandt, bedeckte sein Gesicht mit den Händen und schluchzte. Betsy versuchte, ihn zu trösten.
»Wie glauben Sie, wird Ihre Zukunft aussehen?« sagte McGill.
In diesem Moment hätte ich jemanden umbringen können.
»Wollen Sie wissen, ob ich glaube, daß so eine Beziehung *überhaupt* eine Zukunft hat?«

»Na ja …«

»Meinen Sie, ich hätte mich darauf eingelassen, wenn ich nicht daran glauben würde? Würde ich sonst hier stehen und solche idiotischen Fragen beantworten?« Ich bekam beinahe keine Luft mehr. »Natürlich hat unsere Beziehung eine Zukunft. Wenn es nach uns geht, soll sie für immer halten.«

Billy hielt immer noch die silberne Schale fest, aber mit der freien Hand umfaßte er tröstend meinen Arm. Wir schauten uns verzweifelt an. In diesem Moment drückte der sadistische Fotograf auf den Auslöser.

»Haben Sie jetzt alles, was Sie wollten?« sagte Billy schroff zu McGill.

»Ja, ich denke schon. Danke«, sagte McGill und steckte seinen Notizblock weg.

»Dann würde ich jetzt gern einen Tee trinken, wenn Sie nichts dagegen haben«, sagte Billy.

Ich wollte so schnell wie möglich dieses verdammte Lokal verlassen. Aber dann wurde mir plötzlich klar, daß Billy instinktiv das Richtige tat. Wenn wir alle in großer Eile das Lokal verließen, dann würde es so aussehen, als ob wir uns schämten und Angst hätten.

Billy gab Vince die Schale und steuerte würdig und beherrscht auf die Teemaschine zu. Die Leute traten schweigend beiseite und ließen ihn durch. »Wollt ihr auch was?« sagte er über die Schulter hinweg zu uns.

Die Menschenansammlung löste sich langsam auf. Die Leute hatten einen leichten Schock. »Kann ich dir was helfen?« sagte Betsy zu Billy und ging mit ihm zur Teemaschine. Die Leute verließen das Lokal und diskutierten mit leiser Stimme über das, was sie gerade gehört hatten. Zitternd setzte ich mich auf einen Barhocker. Vince hatte seine Hand auf Jacques' Schulter gelegt. Jacques war blaß und still. Ein paar Leute, vorwiegend Läufer mit ihren Familien, blieben da und schauten uns an.

Billy und Betsy kamen langsam zurück. Sie brachten vier Tassen heißen Tee mit Honig und Zitrone mit. Billy setzte sich neben mir auf einen Barhocker. Schließlich waren nur noch ungefähr fünfundzwanzig Leute im Lokal. Ich spürte, daß sie uns wohlgesonnen waren, und ich fühlte mich ein bißchen besser. Wenn immer nur so wenige um uns wären, würden wir es schon irgendwie schaffen.
Billy warf einen kurzen Blick auf die anderen und nippte an seinem Tee. »Also«, sagte er, »ihr habt gerade etwas miterlebt, was nicht viele Heterosexuelle geboten kriegen. Die Schwulen nennen das ›Enttarnung‹.«
Einer der Läufer sagte leise: »Was ihr tut, dazu gehört sehr viel Mumm.«
Es gelang mir, ein wenig zu lächeln. Billys Stolz gab mir wieder Auftrieb. »Auf der Christopher Street enttarnt zu werden ist eine Sache. Aber bei einem Geländelauf enttarnt zu werden ist etwas anderes«, sagte ich.
»Jemand kann mein Sandwich haben«, sagte Billy. Einen Moment lang hatte ich Angst, er könnte sagen, daß er nur mein Fleisch mochte. Aber er tat es nicht. Er holte eine Handvoll Walnüsse aus seiner Jackentasche, gab mir ein paar und verteilte den Rest an die kleine Gruppe von Läufern.
Die Läufer waren gerührt, als sie sahen, wie Billy sich bemühte, das Geschehene so gelassen wie möglich hinzunehmen. Nach einer Weile knackten alle die Nüsse zwischen ihren Handflächen auf und sprachen über ihr liebstes Thema: die Diät.
Ein paar Tage später war der *National Intelligencer* an allen Zeitungsständen in den Supermärkten zusammen mit dem *TV Guide* und *Reader's Digest* zu haben. Hausfrauen, die für vierzig Dollar Lebensmittel einkauften, konnten Billy und mich auf einem großen Foto bewundern, das gerade in dem Moment geschossen wurde, als wir einander voller Verzweif-

lung ansahen. Die Schlagzeile lautete: STARATHLET UND TRAINER BEKENNEN SICH ZU IHRER HOMOSEXUELLEN BEZIEHUNG.

Der Artikel stieß bei Vince und Jacques, bei den Schwulen am Prescott-College und sogar bei Billys Vater auf reges Interesse. Aber Billy und mich beschäftigte die Sache noch mehr, weil es (für die Heterosexuellen) schockierend war, daß ich um einiges älter und noch dazu Billys Lehrer war.

Dieser Zeitungsrummel hatte eine Menge unangenehmer Folgen für uns.

Zunächst bekamen Billy und ich von überallher Briefe. Etwa dreiviertel davon waren voller Haß. Viele waren adressiert an »Mr. und Mrs. Harlan Brown«. Die schlimmsten Briefe zeigte ich Billy gar nicht, weil ich Angst hatte, er könnte sich aufregen. Aber dafür las ich sie, und einige waren wirklich erschreckend. Man schrieb, es wäre besser, wenn wir tot wären. Zum ersten Mal kam mir der Gedanke, daß jemand versuchen könnte, einem von uns oder uns beiden zu schaden.

Wir wurden auch am Telefon bedroht. Man sprach von Bomben und Entführung. Die Polizei ging diesen Anrufen ziemlich lustlos nach. Wir ließen unsere Telefonnummern ändern, und sie wurden nicht mehr im Telefonbuch gedruckt. Wir gaben unsere neuen Telefonnummern nur ein paar guten Freunden, und alle Anrufe wurden von der Zentrale des Colleges überprüft. Reporter und Sportfunktionäre konnten Billy nur über mich erreichen.

Als Billys Trainer war es jetzt auch meine Aufgabe, jede Aufregung von ihm fernzuhalten. Er brauchte Ruhe und Abgeschiedenheit, um trainieren zu können. Wenn ein Sportler ständig seelisch unter Druck steht, dann wirkt sich das früher oder später auf seine Leistung aus. Seelische Belastung verursacht einen Anstieg des Blut-Laktat-Spiegels – so wie

körperliche Anstrengung Müdigkeit hervorruft. Ich hatte viel Vertrauen in Billys Zähigkeit und in seine Fähigkeit, einfach abzuschalten, aber ich wollte kein Risiko eingehen.
Als nächstes entschieden Billy und ich, daß ein Artikel veröffentlicht werden sollte, der mehr den Tatsachen entsprach. Das sollte unsere Antwort auf die einseitige Ausrichtung des Artikels im *National Intelligencer* sein. Bruce Cayton hatte, wie versprochen, Nachforschungen über Homosexualität im Sport angestellt. Er hatte still und heimlich mit vielen Leuten gesprochen und dabei eine Menge erfahren. Aber die meisten wollten anonym bleiben. Deshalb boten wir ihm ein Exklusivinterview mit Fotos an.
Hocherfreut nahm er an. Wir setzten uns mit ihm zusammen und sprachen ganz offen über unsere Gefühle, unsere Einstellung und über den Sport. Wir waren mit dem einfühlsamen Artikel, den er anschließend schrieb, sehr zufrieden. Das Interview mit uns bildete den Mittelpunkt seiner umfangreichen Reportage. Er versuchte, das Thema unvoreingenommen zu behandeln. Gab es so viele Homosexuelle im Sport, daß man sich deswegen Sorgen machen müßte? War es überhaupt nötig, sich Sorgen zu machen? Er führte beide Seiten der Argumentation an, aber am Schluß deutete er indirekt darauf hin, daß vor allem im Hinblick auf die Entscheidung des Obersten Bundesgerichts zuviel Wirbel gemacht worden sei.
Er hatte Mühe, seinen Artikel zu verkaufen. Eine Zeitung nach der anderen lehnte ihn ab. Man speiste ihn mit der Ausrede ab, daß der Artikel zwar zeitgemäß sei, aber nicht in ihre Zeitung passe. Schließlich kaufte ihn der *Esquire*. Als der Artikel erschien, bekam der *Esquire* so viele Leserbriefe wie nie zuvor.
In der Zwischenzeit reagierte die AAU mit Bestürzung auf die Enthüllungen im *National Intelligencer*. Besser gesagt

waren gewisse Funktionäre der AAU schockiert, unter ihnen der leitende Direktor Melvin Steinbock.

Steinbock war nicht gerade einer von diesen senilen konservativen Fanatikern. Im Gegensatz zu seinem Vorgänger war er eher liberal, denn unter seiner Leitung wurden einige Grundsätze der AAU, die den Sportlern verhaßt waren, geändert oder zumindest gelockert. Aber die Fanatiker konnten ihn leicht unter Druck setzen, und bei der Homosexualität hörte seine Toleranz auf. »Wenn Gerüchte unter den Leuten vom Sport umgehen, dann ist das eine Sache«, erklärte er kurz danach auf einer regionalen Versammlung der AAU. »Aber wenn es überall auf den Titelseiten der Zeitungen steht, dann ist das etwas anderes. Das schadet dem Image von Amateursportlern.«

Steinbock ordnete an, Billy, Vince und Jacques landesweit auf die schwarze Liste zu setzen.

Die schwarze Liste ist ein althergebrachtes Bestrafungsmittel der AAU – die reinste Kastration. Sie ist normalerweise für Trainer und Athleten reserviert, die öffentlich die AAU kritisieren. Wer auf dieser Liste steht, wird von Wettkämpfen ausgeschlossen. Zahlreiche Trainer, die kein Blatt vor den Mund nahmen, mußten erleben, daß ihre Teams nicht mehr an Veranstaltungen teilnehmen durften.

In diesem Fall gab Steinbock offen zu, daß die drei Jungs auf die schwarze Liste gesetzt worden seien. Warum auch nicht? Es war immer so gehandhabt worden. Er gab eine Mitteilung heraus, die besagte, daß gegen jeden Wettkampfveranstalter »Schritte unternommen würden«, der auch nur einen der drei Jungs zu einem Wettkampf einladen würde. Konsequenz sei, daß die AAU diese Wettkämpfe nicht mehr finanziell unterstützen würde.

Steinbocks Entscheidung schlug in die Sportwelt ein wie eine Bombe.

Liberale AAU-Funktionäre, denen die schwarze Liste schon lange ein Dorn im Auge war, protestierten heftig. Aldo Franconi war besonders verärgert, weil die Jungs aus seinem Bezirk waren. Die Veranstaltungsleiter waren unglücklich darüber, egal wie ihre moralische Einstellung war, weil Billy, Vince und Jacques ihnen die Kassen füllten. Ihr Geschäft bestand schließlich darin, Eintrittskarten für Sportveranstaltungen zu verkaufen.

Viele Leichtathleten waren sehr beunruhigt, obwohl die meisten von ihnen Homosexualität sicherlich mißbilligten. Andererseits waren die Jüngeren unter ihnen toleranter. Sie fragten sich, was der ganze Wirbel sollte. Wenn sie sich vorstellten, daß die AAU drei Läufer auf so unbarmherzige Weise auf die schwarze Liste gesetzt hatte, lief es ihnen eiskalt den Rücken hinunter. Aber so kurz vor der Olympiade wagte niemand, öffentlich dagegen zu protestieren. Sie hatten alle Angst davor, selbst auf die schwarze Liste zu kommen. Einige von ihnen schrieben Briefe an Steinbock und schickten uns die Durchschläge.

Der zornigste Brief stammte von Mike Stella. Er trat aktiv für die Rechte der Sportler ein. Wir wunderten uns ein bißchen über seine Heftigkeit, denn schließlich kannte er Billy, Vince und Jacques kaum.

Stella schrieb an Steinbock: »Ihre Handlungsweise wirft die Bemühungen der Athleten um die Wahrung ihrer Persönlichkeitsrechte um etwa fünfhundert Jahre zurück. Mit anderen Worten: Wir befinden uns wieder im Mittelalter.«

Aber selbst Stella protestierte nicht in der Öffentlichkeit.

Zum ersten Mal wurde jetzt das Thema auch in den Sportmagazinen behandelt. Bisher hatte man peinlichst vermieden, darüber zu berichten, weil es eigentlich nicht hierhergehörte. (Und das war richtig so). Die *Track & Field News* und *Runner's World* druckten mit einem Mal Anmerkungen der

Redaktion und Briefe von Läufern, Trainern, Fans, Rektoren und AAU-Funktionären ab – die ganze Palette.
Keiner sprach viel über Homosexualität an sich. Sie verbargen ihre Verstimmung und setzten sich vor allem mit den Praktiken des »Auf-die-schwarze-Liste-Setzens« auseinander. Aber diese Briefe waren allesamt Meisterwerke eines emotionalen Stils. Einige waren der Ansicht, daß den drei Jungs und mir das Verwundetenabzeichen verliehen werden sollte. Andere meinten, man sollte uns lynchen und verbrennen.
Im Moment machte es Vince und Jacques nichts aus, daß sie auf der schwarzen Liste standen. Sie hatten sich vorgenommen, an keinem Wettkampf mehr teilzunehmen, bis im Winter die Hallensaison beginnen würde. Aber Billy hatte sein Herz daran gehängt, bei der nationalen AAU-Meisterschaft im Geländelauf in Kansas City am 15. November dabeizusein. Wahrscheinlich würde man seine Meldung jetzt nicht annehmen.
Aber wir würden Gelegenheit bekommen, uns zur Wehr zu setzen. Die jährliche nationale AAU-Tagung sollte in der letzten Woche im Oktober in Lake Placid, New York, stattfinden. Wir beschlossen, dort mit Steinbock und den anderen zu sprechen. Alle hohen Sportfunktionäre würden dort sein. Wir planten ein paar Schachzüge, um sie zu zwingen, das Verbot wieder aufzuheben.
Zunächst organisierten Billy, Vince und Jacques einen Angriff (das ist in der Sprache der Schwulen der Ausdruck für Demonstration). Der Angriff sollte am Eröffnungstag der Tagung erfolgen. Der führende Kopf bei dieser Unternehmung war Vince, und er hatte viel zu tun. Die Jungs telefonierten stundenlang, um Leute von der Homosexuellenbewegung und sympathisierende Studentengruppen für ihren Plan zu begeistern. Es gelang ihnen sogar, ein paar der hiesigen

Läufer, die nicht an der Olympiade teilnehmen wollten, dafür zu gewinnen.

Ein Teil der Aktion würde sich gegen das örtliche AAU-Büro am Park Place richten, weil es schwierig wäre, Hunderte von Demonstranten nach Lake Placid zu transportieren, nur ein paar Meilen von der kanadischen Grenze entfernt. Aber mehrere Busse voller zorniger Schwuler würden in Richtung Norden fahren und den Konferenzsaal in Lake Placid besetzen.

Die Jungs konnten deshalb so viele Studenten für ihren Plan gewinnen, weil es an vielen Colleges richtig in Mode gekommen war, sich mit den Problemen der Schwulen zu beschäftigen. Die Rechte der Schwarzen und der Frauen waren längst ein alter Hut, aber das Thema »Schwule« war neu und gewagt. Mehrere Rockmusiker hatten dazu beigetragen, indem sie sich zur Bisexualität bekannten. Und das Foto auf der Titelseite des *National Intelligencer* hatte uns über Nacht berühmt gemacht.

Inzwischen beschäftigten John Sive, Aldo Franconi und ich uns mit der rechtlichen Seite.

Am Sonntag, dem 21. Oktober, dem Tag vor Beginn der Tagung, fuhren wir drei nach Lake Placid. Die Fahrt durch die Adirondacks war herrlich. Das Laub der Ahornbäume leuchtete rot und gelb, und die steilen Berghänge spiegelten sich im Wasser. Die schöne Herbstlandschaft paßte überhaupt nicht zu unserer grimmigen Stimmung.

Der kleine Wintersportort Lake Placid, der einmal Austragungsort einer Olympiade gewesen war, wimmelte schon von AAU-Mitarbeitern. Vor den Hotels wurde das Gepäck aus den Autos geladen, Leute trugen sich in die Liste der Konferenzteilnehmer ein, gingen in die Lokale und kamen wieder heraus, oder joggten auf den Wegen rund um den See. Später fanden wir alle auf einer Party im Mont Blanc Hotel

wieder, wo Wein und Käse gereicht wurden. Wir fragten Steinbock, ob wir uns sofort mit ihm und einigen anderen Funktionären treffen könnten.
Steinbock reagierte sehr entschlossen. Er kam aus dem Saal, nippte an seinem Burgunder aus Californien und hielt ein Stückchen Käse in der Hand. »Ich habe Ihnen nichts zu sagen«, sagte er. »Ich bin Ihnen keine Rechenschaft schuldig.«
»Na gut«, sagte ich genauso hart. »Dieser Herr ist der Anwalt der Jungs, und ich glaube, es wäre besser, wenn wir miteinander redeten.«
Das Wort »Anwalt« brachte Steinbock etwas aus der Fassung. Er stand einfach da in seinem Nylonparka und mit seiner Baseballmütze auf dem Kopf und sah John an, der in seinem dunkelgrauen Anzug von Bill Blass sehr vornehm aussah.
»In Ordnung«, sagte er.
Er ließ den Vorsitzenden des nationalen Leichtathletikverbandes, Mickey Reel, den für den Langstreckenlauf zuständigen Vorsitzenden Bob Flagstaad und noch zwei andere, die seine Entscheidung unterstützt hatten, zu sich rufen. Kurz darauf saßen wir in einem stickigen kleinen Konferenzzimmer des Hotels, wo zuvor eine andere Besprechung stattgefunden haben mußte. Die Aschenbecher waren noch nicht geleert, und überall lagen Tagungsprogramme herum.
Ich stellte ihnen John vor.
»Das ist Billys Vater, John Sive«, sagte ich. »Möglicherweise haben Sie im Zusammenhang mit der Entscheidung des Obersten Bundesgerichts bezüglich widernatürlicher Unzucht von ihm gehört. John hat sozusagen alles in die Wege geleitet.«
Die Funktionäre schüttelten John zaghaft die Hand. Sie saßen da und nippten an ihrem Wein.

»Wir möchten mit Ihnen über die schwarze Liste sprechen«, sagte ich. »Vielleicht können wir das Problem gemeinsam lösen.«

»Was mich betrifft, ist die Sache abgeschlossen«, meinte Steinbock und spielte mit seinem halbvollen Glas. »Wir können uns im Amateursport einfach keinen Skandal leisten, und es ist meine Pflicht, einen Skandal zu verhindern. Offen gesagt, ist es eine Unverschämtheit, daß Sie hierhergekommen sind.«

»Ich stehe hier nicht als Billys Liebhaber vor Ihnen«, sagte ich, »sondern als Trainer der drei Jungs.«

Sie wurden tatsächlich rot. Es amüsierte mich, daß sie sich durch meine Worte in die Defensive drängen ließen.

Wir stritten eine Weile mit ihnen herum und versuchten, ihnen klarzumachen, daß sie sich in eine Sache einmischten, die sie nichts anging. Aber sie waren alle drei mehr oder weniger hartnäckig. Ich merkte, daß Flagstaad unruhig wurde (er war kein Fanatiker), aber er pflichtete Steinbock bei.

Schließlich sagte ich freundlich: »Okay, dann lassen Sie es mich so ausdrücken. Wenn die Entscheidung nicht sofort aufgehoben wird, dann werden wir rechtliche Schritte gegen Sie unternehmen.«

»Das ist Ihr gutes Recht«, sagte Steinbock. »Wir leben in einem freien Land.«

»Tatsächlich?« sagte ich. »Nennt ihr das Freiheit, wenn Typen wie ihr die Karriere von Weltklassesportlern kaputtmachen können, die gegen keine Regel der AAU verstoßen haben?«

»Die schwarze Liste gibt es, seit es Sport in Amerika gibt«, sagte Mickey Reel.

»Wir können euch so lange und so hart bekämpfen, wie wir wollen«, sagte ich. »Wir haben einen der besten Anwälte des ganzen Landes. Und wir haben genug Geld, um vor Gericht

zu gehen. Zwei reiche Schwule wollen die Jungs unterstützen. Sie haben sich bereit erklärt, die Gerichts- und Anwaltskosten zu übernehmen.«
Sie saßen mit nachdenklichen Gesichtern herum und tranken ihren Wein. Die AAU konnte sich finanziell keine langen und teuren Prozesse leisten. Sie hatte kaum genug Geld, um ihre Sportprogramme zu finanzieren.
»Wir werden auch den Kongreßausschuß für den Amateursport bitten, die Sache zu untersuchen«, sagte ich.
»Politik hat im Amateursport nichts verloren«, sagte Flagstaad schnell. »Auf diesem Grundsatz beruht die olympische Bewegung.«
»Hier geht es nicht um Politik«, sagte Aldo. »Es geht um die Persönlichkeitsrechte. Wenn Sie glauben, daß Sie für das Zivilrecht nicht verantwortlich sind, dann sagen Sie das doch den farbigen Sportlern in der AAU und sämtlichen Frauen.«
»Außerdem«, sagte ich, »haben wir das Bundesgesetz auf unserer Seite. Vielleicht kennen Sie ja das Gesetz nicht. John...«
John rauchte eine Zigarre und erläuterte ihnen die Entscheidung des Obersten Bundesgerichtshofes, und inwieweit diese Entscheidung auf unseren Fall anwendbar war. »Ihre Regelung mit der schwarzen Liste ist schriftlich niedergelegt«, sagte John. »Ich habe eine Kopie davon. Deshalb wird es für die Richter keinen Zweifel geben, daß hier etwas faul ist. Das wäre für sie ein klarer Fall von Diskriminierung.«
Sie hörten schweigend zu. Johns Art, seine Ausführungen so präzise vorzutragen, als sei er im Gerichtssaal, faszinierte sie sichtlich. Bis jetzt hatten die AAU-Funktionäre nur selten mit Anwälten zu tun gehabt, weil die Sportler keine Rechtshilfe in Anspruch nahmen – sie hatten immer alles stillschweigend ertragen.
»Wenn Sie Ihre Entscheidung nicht zurücknehmen«, fuhr

John fort, »dann werden wir bis zur Verhandlung eine einstweilige Verfügung gegen Ihre Praktiken mit der schwarzen Liste beantragen. Das bedeutet, daß Sie die Jungs wieder zu Wettkämpfen zulassen müßten, und wenn Sie das nicht tun, dann wäre das ein Verstoß gegen die Anordnung des Gerichts. Außerdem werden wir, wenn es sein muß, gegen die AAU und gegen alle Wettkampfveranstalter, die Ihre Praktiken billigen, einen Prozeß anstrengen. Und wir werden hohe Schadensersatzforderungen für die Jungs stellen. Ich dachte an rund eine Million Dollar für jeden.«

Sie schwiegen betroffen. Vermutlich dachten sie an das schmale Bankkonto der AAU.

»Natürlich sollten Sie das jetzt mit Ihrem Anwalt besprechen«, sagte John. »Er soll Ihnen sagen, ob Sie vor Gericht eine Chance haben. Und denken Sie daran, daß Sie alle Gerichtskosten zahlen müssen, wenn Sie den Prozeß verlieren.«

»Mel, denk an die Veranstalter«, sagte Flagstaad. »Wenn man auch nur einem von ihnen mit einer Klage droht, dann werden alle deine Mitteilung ignorieren.«

»Dann geben wir ihnen eben kein Geld mehr«, sagte Steinbock.

»Sie werden sich anderswo Geld beschaffen«, meinte Flagstaad. »Es sind schon einige Veranstaltungen von privaten Unternehmen finanziert worden.«

»Dann werden wir die Veranstaltungen eben nicht genehmigen«, sagte Reel eigensinnig.

»Was soll das?« sagte Aldo. »Wollen Sie *allen* Sportlern schaden?«

»Da ist noch was«, sagte ich. »Die Publicity. Sie mögen doch keine Publicity wie die im *National Intelligencer*. Und ehrlich gesagt, gefällt uns das auch nicht. Wir haben zwar keine Angst vor Publicity, aber sie kann manchmal lästig sein. Wir sind überhaupt nicht scharf auf Publicity. Wenn es nach uns ginge, wäre das gar kein Thema. Wir wollen einfach nur in Ruhe unseren Job machen und dafür sorgen, daß die Jungs laufen können.«

»Da bin ich ganz Ihrer Meinung«, sagte Steinbock. »Ich finde Publicity grauenvoll. Aber Sie wollten es doch so haben.«

Ich schüttelte den Kopf. »Dieser McGill kam bei dem 15-Kilometer-Geländelauf einfach auf uns zu und stellte uns Fragen zu einem Thema, über das die Sportfans und die Funktionäre sowieso schon reden. Hätten wir etwa alles abstreiten und uns zum Narren machen sollen? Wir haben ihn nicht zu einem Interview gebeten. Es gibt einen Unterschied zwischen der Publicity, die man sucht, und der, in die man hineinstürzt wie in einen Straßenschacht.«

»Wir wollen damit zeigen«, sagte Aldo, »daß es immer mehr Rummel geben wird, je mehr ihr die Jungs bestraft. Und es gibt Leute, die sie zu Märtyrern machen werden. Dann seid ihr die Dummen.«

»Das ist wahr«, sagte Steinbock. »Wir sind immer die Dummen. Keiner erkennt an, wie wir uns schinden oder was wir an Positivem leisten.«

Ich spürte, daß uns die Sache mit der Publicity etwas nähergebracht hatte.

»Im Moment fühlen Sie sich vielleicht überlastet. Aber Sie werden sich garantiert wie im Urlaub vorkommen, wenn die Sache mit der schwarzen Liste ausgestanden ist. Zum Beispiel ist für morgen eine große Demonstration vor dem Büro der AAU in New York geplant. Die Jungs haben mit den Medien Kontakt aufgenommen, und die Journalisten vom Funk und vom TV sind sehr interessiert.«

»Um Himmels willen«, sagte Steinbock.

»Außerdem sind viele Leute auf dem Weg hierher. Sie werden während der Tagung gegen die schwarze Liste demonstrie-

ren«, fügte John hinzu. »Die drei Jungs kommen auch. Alle großen Zeitungen und zwei Fernsehanstalten schicken ihre Leute her.«
Die Weingläser waren leer. Man sah den drei Männern an, daß ihnen immer unbehaglicher wurde. Streiks, Demonstrationen, Prozesse, all das erinnerte die AAU an das Jahr 1967, als die Schwarzen im Madison Square Garden gegen den Rassismus des New York Athletic Club demonstriert hatten.
»Was für Leute kommen zu der Demonstration?« fragte Reel.
»Schwule«, sagte John gelassen. »Ich glaube, vier Busse voll. Leute von der ›New York Mattachine Society‹, von der ›Gay Activist Alliance‹, von der ›Gay Youth ...«
Wir beobachteten, wie sie sich vorstellten, daß Homosexuelle während der Tagung der AAU demonstrierten.
»Könnt ihr die Demonstration noch abblasen?« fragte Mel.
»Sicher«, meinte John vergnügt.
»Mit anderen Worten«, sagte ich. »Bevor wir gehen, zeigen Sie uns den endgültigen Entwurf Ihrer Gegendarstellung, in der Sie das Verbot aufheben. Sie verteilen die Mitteilung morgen auf der Tagung. Dann gibt es keine Demonstration. Alles wird wie gewohnt ablaufen – mit möglichst wenig Publicity.«
»Können Sie das garantieren?« fragte Steinbock.
»Wir können die Presse nicht zensieren«, sagte ich. »Wir können für nichts garantieren. Aber, wie gesagt, wir werden keinen Wirbel machen.«
»In Ordnung«, sagte Mel. »Ich werde gleich eine Mitteilung entwerfen, und wir können sie anschließend gemeinsam durchsehen.«
»Das heißt also, daß Billy am nationalen Geländelauf teilnehmen kann.«
»Natürlich«, sagte Steinbock. Er zog ein paar Bogen Papier aus seiner Aktentasche und begann emsig zu schreiben.

Ich saß da und beobachtete ihn beim Schreiben, aber ich war keineswegs glücklich über unseren Sieg. Das hier war nur ein Aufschub. Ich wußte es – und Steinbock wußte es auch: Jetzt hatten sie um so mehr Grund, den Jungs mit Hilfe legaler Vorschriften so viele Schwierigkeiten wie nur möglich zu machen. Nur deshalb hatte er so rasch und unerwartet nachgegeben. Warum sollte er einen Prozeß riskieren, wenn er die Jungs auf andere Weise hochgehen lassen konnte?

Im November gewann Billy die Meisterschaft im nationalen Geländelauf. Und im selben Monat schossen die Jäger den ersten meiner drei Jungfalken ab.

Eines Abends saßen Jacques und ich allein vor dem Kamin in meinem Wohnzimmer, und er sagte mir, daß er eine Weile mit dem Laufen aufhören wolle.

»Ich halte diese Anpöbeleien einfach nicht mehr aus. Mir macht sogar das Laufen keinen Spaß mehr. Es ist zu einer Tortur geworden. Das ist Politik, kein Sport.«

Ich war traurig. Ich saß nur da und sah, wie der Schein des Feuers auf seinem vollen rotbraunen Haar, seinem Bart und seiner Kordjacke spielte. Er saß mit hängenden Schultern da, seine sonst so ausdrucksvollen gallischen Augen waren leer, und er starrte ins Feuer.

»Ich muß eine Weile weg von hier und über alles nachdenken«, sagte er. »In meiner Familie waren alle sehr verständnisvoll. Nach diesem Semester fahre ich für einige Zeit nach Hause.«

Er schwieg, faltete seine Hände und löste sie wieder. Dann schaute er vorsichtig zu mir auf.

»Ich habe ein sehr schlechtes Gewissen wegen der Zeit, der Mühe und dem Geld, das du und Prescott in mich investiert haben«, sagte er. »Aber besonders wegen dir. Ich weiß, daß ich dich enttäuscht habe.«

Ich schüttelte den Kopf.

»Aber offensichtlich bin ich nicht in einer Verfassung, um an die Olympiade auch nur zu denken«, sagte er leise.
»Die Olympiade ist nicht so wichtig«, sagte ich. »Mir wäre es wichtiger, daß du zwei Meilen am Tag joggst und glücklich bist.«
Er schaute wieder ins Feuer, und seine Hand glitt hinunter, um den Setter zu streicheln, der sich wohlig gegen sein Bein gelehnt hatte. »Und zwischen mir und Vince stimmt es auch nicht mehr richtig«, fuhr er fort. »Ich bin völlig durcheinander, ich weiß nicht mehr, was ich davon halten soll. Ich weiß noch, wie einfach alles war, als ich ihn das erste Mal sah. Das ist vorbei. Aber anscheinend empfinde ich immer noch etwas für ihn, denn wenn wir uns streiten, meine ich, ich müßte sterben. Ich tue ihm absichtlich weh, und wenn ich ihn dann leiden sehe, denke ich nur daran, wie ich ihn wieder aufbauen kann. Es ist merkwürdig, wie verletzbar Vince ist. Er mimt immer den knallharten Mann ...«
»Er ist verletzbar, wenn ihm der andere Mensch etwas bedeutet«, sagte ich.
»Vielleicht ist es das«, sagte Jacques.
»Du weißt, daß ich immer da bin, wenn du mich brauchst«, sagte ich. »Egal weshalb oder wofür.«
»Wer weiß«, sagte er. »Vielleicht gehe ich an die nächste Olympiade mit einer ganz anderen Einstellung heran ...« Er lächelte. »Eigentlich möchte ich mit dem Laufen nicht ganz Schluß machen. Wenn ich es täte, würde ich wahrscheinlich zwanzig Pfund zunehmen. Ich will nur nicht mehr an Wettkämpfen teilnehmen. Ich werde weiterhin sieben oder acht Meilen am Tag laufen. Vielleicht macht es mir in ein paar Monaten wieder Spaß.«
Ich sah ihn prüfend an und fragte mich, wie sie es geschafft hatten. Sie hatten ihre Sportregeln gar nicht gebraucht, um ihn fertigzumachen. Psychoterror genügte.

Inzwischen war es Winter geworden, und Billy war nicht zu bremsen.
Er hatte wieder einen Durchbruch erzielt. Seine Zeiten über die Strecke von zwei bis sechs Meilen verbesserten sich sensationell. Wir hatten als 3000-Meter-Läufer nicht an ihn geglaubt, aber diesen Winter war er in dieser Disziplin unschlagbar. Er lief sogar eine Meile unter vier Minuten und wurde in Sunkist in einer Zeit von 3:57.48 Zweiter.
Er wollte an allen Wettkämpfen teilnehmen, gegen jeden antreten und alle schlagen. Es kostete viel Mühe, ihn zu zügeln und die Wettläufe sorgfältig auszuwählen, denn ich wollte, daß er fit und unverletzt blieb.
Wir fuhren wieder nach Europa, um an einigen der großen Geländeläufe teilzunehmen. (Diesmal gab es keinen Ärger mit der AAU wegen der Reiseerlaubnis). Er lief in England, Belgien, Frankreich und Spanien. Natürlich kannten ihn die Europäer jetzt. Aber während er zu Hause gehänselt und verspottet wurde, war man hier toleranter.
Das einzige Land, in dem wir Ärger bekamen, war Spanien. Wir hatten Gerüchte gehört, daß die spanische Regierung Billy nicht einreisen lassen würde wegen ihrer strengen Gesetze gegen Homosexualität. Aber sie änderten ihre Meinung.
Als Billy bei der großen Veranstaltung in Granollers auftauchte, war eine riesige Menschenmenge dort, die den berühmten jungen amerikanischen *maricon* verspotten oder nur angaffen wollte. Roberto Gil und die anderen spanischen Läufer standen unter einem ungeheuren Druck. Wenn Billy sie schlagen würde, dann wäre das eine Schande für das ganze Land. Sie taten mir wirklich leid.
Das war wieder einmal eine Situation, in der Billy besonders kaltblütig blieb. Und das Ergebnis war vorhersehbar.
Die Läufer legten so ein Tempo vor, daß sie vor dem End-

spurt bereits über Leichen laufen müßten. Gil ist ein Frontrunner. Er blieb mit Billy auf gleicher Höhe und starrte ihn zornig an, aber Billy ignorierte ihn einfach. Dann preschte Billy mit Schwung vor und hängte Gil und die anderen ab. Sie rasten die Zielgerade hinunter, liefen durch Dreckpfützen und sahen eher aus wie Sprinter. Billy lag mit dreiundzwanzig Metern Abstand in Führung. Er hatte den Rundenrekord gebrochen. Die Menge pfiff, weil Billy gewonnen und Gil verloren hatte, und die Polizei mußte sie von der Aschenbahn zurückdrängen.

Während der Hallensaison in Amerika, zwischen Februar und Mai 1976, befand sich Billy auf einem regelrechten Siegeszug. Er stellte in seinen Disziplinen Bob Dellinger und alle anderen in den Schatten. Keiner konnte es mit ihm aufnehmen. Er hatte jetzt die Schnelligkeit und das Durchhaltevermögen für einen langen, kraftvollen Endspurt, der wirkungsvoller war als der Vorstoß eines Kickers. Er war jetzt allen großen Kickern in den USA überlegen.

Doch seine Kritiker waren peinlich berührt, wenn sie ihn gewinnen sahen.

Auch in Europa konnte er nun fast alle Konkurrenten schlagen – ausgenommen zum Beispiel Armas Sepponan. Jedesmal, wenn die beiden in diesem Winter aufeinandertrafen, wurde Billy von Armas besiegt – aber nur knapp. Ich fand es immer lustig, wie freundschaftlich die beiden außerhalb der Aschenbahn miteinander umgingen und welch erbitterte Kämpfe sie sich auf der Bahn lieferten.

»Ich muß mich jetzt mehr anstrengen«, sagte Armas zu Billy. »Aber ich werde auch immer besser. Ich glaube, daß ich in Montreal unter 27:30 laufen werde.«

»Siebenundzwanzig dreißig!« erzählte mir Billy später verzweifelt.

»Er will dich nur psychisch fertigmachen«, sagte ich.

Die Schwulen hielten ihr Versprechen und kamen zu den Sportveranstaltungen. Wir sahen sie meistens in den größeren Städten, wo sie sich sicher fühlten und auch zu mehreren öffentlich auftraten. Manchmal beschimpften sich die Schwulen und die alte Garde der Sportfans gegenseitig.
Außerdem gab es ein paar Läufer – Gott sei Dank waren es nur ein paar –, die kein Hehl daraus machten, daß sie Billy und Vince nicht leiden konnten, und bei Wettläufen reagierten sie sich an ihnen ab.
Bei diesen Veranstaltungen in der Halle herrschte oft eine gespannte Atmosphäre.
Bob Dellinger, inzwischen fünfundzwanzig, legte es genau wie Billy darauf an, in Montreal im 5000- und 10 000-Meter Lauf zu gewinnen. Er war vermutlich Billys gefährlichster Feind. Zum einen war er seinen eigenen Worten zufolge »gegen solche verrückten Typen«, zum anderen war es auch eine Frage des Lebensstils – Dellinger gehörte zu den »Young Americans for Freedom« und den »Athletes in Action«, und Billys unbekümmerte Haltung stieß ihn ab.
Obwohl die Veranstalter der großen Hallenwettkämpfe Billys und Vinces Veranlagung mißbilligten, benützten sie die beiden dennoch als das, was sie waren: Kassenschlager. Den ganzen Winter hindurch zogen die Namen Matti, Sive und Dellinger die Leute in Scharen an. Früher konnte Dellinger Billy über jede Distanz zwischen zwei und sechs Meilen schlagen, aber jetzt nicht mehr. »Verlieren ist schlimm genug«, sagte er. »Aber gegen einen Schwulen zu verlieren ...« Das war eine doppelte Niederlage der Männlichkeit, eine öffentliche Kastration. Aber er konnte immer noch Vince über zwei Meilen schlagen, und deshalb verhöhnte er die beiden weiter bei jeder Gelegenheit.
Bei den Millrose-Spielen im Madison Square Garden im Februar 1976 gerieten die drei hart aneinander.

An diesem Abend waren Hunderte von Schwulen da. Die Vereinigungen der Schwulen hatten erklärt, daß dies die richtige Nacht sei, um die Jungs zu unterstützen. Wo ich auch hinsah, überall entdeckte ich die männlichen Geschöpfe der Nacht – Transvestiten mit seidenen Turbanen und Federboas. Es war auch eine große Gruppe von Schwulen in Lederjacken da. Sie hielten Transparente hoch mit der Aufschrift: *UNSER BILLY, LOS VINCE, ALLES LIEBE VON DER GANG AUS NEW JERSEY, VIEL GLÜCK* usw.
In der Reihe hinter mir hörte ich ein paar alte Sportfans vom rechten Flügel murren, sie fänden das alles zum Kotzen.
Ich sah in der Menge auch noch andere enthusiastische Fans meiner Läufer. Eine Gruppe hatte ein Transparent ausgerollt, auf dem stand: *SEID NETT ZU DEM »TIER«*. Es waren junge radikale und liberale Heterosexuelle, meistens Studenten, die sich ebenso für die Sache der Schwulen wie für die Rechte der Schwarzen einsetzten. Der Publicityrummel und Billys ansprechendes Wesen hatten ihn für diese jungen Leute zu einer Art schwulem Guru gemacht.
Als wir an diesem Abend im Madison Square Garden ankamen, mußten wir uns einen Weg durch die Menschenmenge bahnen. Es war ein schönes Gefühl, daß wir ausnahmsweise einmal geliebt wurden. Wir wurden gedrückt, umarmt, geküßt, geschubst, gestreichelt, und man wünschte uns Glück. Billy kämpfte sich durch ein Dutzend kreischender Mädchen hindurch, gab Autogramme und lachte. Einige trugen T-Shirts, auf denen *LOS BILLY* stand.
»Ist das zu glauben?« sagte er zu mir, als wir hineingingen. »Wir haben auch ein paar Freunde.«
Als die Athleten auf die Bahn kamen und sich warm liefen, boten sie ein ebenso farbenprächtiges Bild wie die Schwulen auf der Zuschauertribüne. In letzter Zeit erschienen die Leichtathleten bei Wettkämpfen in der Halle in poppiger

Kleidung. Die Weitspringerin Marion Wheeler hatte ihre Patchwork-Trainingshose an. Der Kugelstoßer Al Diefenbaker trug sein geblümtes T-Shirt. Und der farbige Sprinter Ted Fields hatte eine mit bizarren Motiven bestickte Weste an.
Auch Bob Dellinger lief sich warm, aber er trug einen normalen UCLA-Trainingsanzug.
Als Billy und Vince ihre Trainingsanzüge auszogen, hielten die Zuschauer einen Augenblick den Atem an. Die Schwulen fingen an zu schreien und zu johlen. Die Trikots der beiden glitzerten im Scheinwerferlicht. Billys Trikot war aus goldfarbenem Jersey. Das Trikot von Vince war ganz silbern. Es brachte seine wilde schwarze Mähne, seinen Bart und seinen stark behaarten Körper ausgezeichnet zur Geltung.
Billy und Vince hatten sich zum Spaß so angezogen. »Alle anderen Läufer werden in ihrem gewöhnlichen Sportzeug kommen«, sagte Vince. »Wir müssen ihnen zeigen, daß wir keine halben Sachen machen.«
Aber an Dellingers empörtem Gesichtsausdruck konnte ich ablesen, daß Billy und Vince einen schweren Abend vor sich hatten.
Als der Wettlauf über zwei Meilen begann, gab es ein Geschubse und Gedränge, wie ich es selten gesehen habe. Es sah eher aus wie ein Rollschuhrennen der Frauen als wie ein sportlicher Wettkampf zwischen Männern.
Billy legte ein mörderisches Tempo vor. Dellinger und drei andere Läufer blieben ihm dicht auf den Fersen. Vince lag noch zurück und wartete auf die Gelegenheit, sich nach vorn zu schieben. Runde für Runde stießen sie sich mit den Ellbogen und traten sich mit ihren Spikes. Die Menschenmenge wollte Blut sehen. Die Schwulen schrien: »Zeig's ihnen, Billy!« Die alte Garde brüllte: »Gib's ihnen, Bob!« Die Studenten kreischten, als ob sie bei einem Rockkonzert wären.

Billy und Vince sahen wunderschön aus in ihren verschwitzten silber- und goldfarbenen Trikots. Ich spürte, daß alle davon fasziniert waren.
Jetzt waren noch anderthalb Runden zu laufen. Vince machte sich für den Endspurt bereit. Er sauste nach vorn, und seine weißen Zähne blitzten unter dem Bart hervor. Billy und Dellinger liefen Schulter an Schulter. Dellinger schubste Billy. Billy ignorierte ihn, und Dellinger schubste ihn wieder. Diesmal versetzte Billy Dellinger einen ordentlichen Schlag. Der Läufer hinter Billy boxte sich nach vorn und versetzte Billy dabei einen Schlag mitten auf den Rücken. Aber Billy hielt sein Gleichgewicht und stürmte mit unverminderter Kraft vorwärts.
Vince war jetzt auf gleicher Höhe mit Dellinger, und Dellinger stieß ihm den Ellbogen in die Rippen. Vince fletschte die Zähne und gab ihm auch einen Stoß. Die Zuschauer waren aufgesprungen und brüllten. Dellinger schubste Vince wieder. Vince konnte mit Billy nicht Schritt halten. Billy zog davon und überließ es Vince, mit Dellinger fertig zu werden. Im nächsten Moment hatte sich Vince mit seinem ganzen Körper auf Dellinger geworfen. Beide taumelten und stolperten zur Seite. Erschrocken sprang ich auf. In Gedanken sah ich ihn stürzen und sich dabei seine kranken Beine verletzen. Als der Rest des Feldes vorbeigerannt war, hatten sich die beiden wieder aufgerappelt und gingen aufeinander los.
Die Menge brüllte, als ob es hier um die Meisterschaft im Schwergewichtsboxen ginge.
Die Funktionäre kamen herbeigelaufen und drängten die beiden von der Bahn, bevor das Feld wieder vorbeilief. Jetzt fingen die beiden Läufer wieder an, sich zu prügeln. Ich lief selbst hin und versuchte, Vince und Dellinger auseinanderzubringen. Vince hatte Nasenbluten, und das Blut tropfte

auf sein durchgeschwitztes silberfarbenes Trikot. Dellinger hatte ein geschwollenes Auge.
»Du schwule Sau«, knurrte Dellinger.
»Du heterosexuelles Schwein«, fauchte Vince. »Behalt das nächste Mal deine Scheiß Faschistenellbogen gefälligst bei dir.«
Billy hatte alles mitbekommen, aber er behielt sein starkes Finish bei und ging mit einem neuen amerikanischen Hallenrekord über zwei Meilen durchs Ziel.
Dann steuerte er, ohne zu zögern, auf Dellinger zu. Ich stellte mich ihm in den Weg. Billy kochte vor Wut und versuchte, an mir vorbeizukommen. Funktionäre, Trainer und Läufer stritten sich, und etwa zwei Dutzend Leute versuchten, sie zu beruhigen. Der Wettkampf wurde für ungefähr zehn Minuten unterbrochen.
»Dellinger hat die beiden zuerst gestoßen«, sagte ich.
»Sie machen nichts als Ärger«, sagte einer der Funktionäre.
»Die anderen machen doch den Ärger«, sagte ich.
»Du kommst mir das nächste Mal gefälligst nicht mehr in die Quere«, sagte Billy zu Dellinger. »Oder ich bleibe während des olympischen Wettkampfs einfach stehen und breche dir das Genick.« Die buddhistische Gewaltlosigkeit hatte er anscheinend vergessen.
Schließlich verließen die Läufer die Bahn, und die Veranstaltung wurde fortgesetzt.
Vince legte seinen Arm beschützend um Billys Schulter. Mehrere Studenten und Schwule sprangen von der Tribüne und umringten die beiden. Delphine de Sevigny erhob sich von seinem Platz und warf einen Strauß langstieliger roter Rosen zu Billy hinunter. Der Strauß hatte ihn wahrscheinlich so viel gekostet wie die Lebensmittel für eine ganze Woche. Billy hob ihn vorsichtig auf und warf Delphine einen Handkuß zu. John Sive saß neben Delphine und grinste voller Stolz.

Die alten Reaktionäre saßen bedrückt herum und sehnten sich nach der guten alten Zeit. Ich wußte, wie ihnen zumute war. Ich hatte die gute alte Zeit selbst miterlebt.

Damals wußten wir noch nicht, daß die Millrose-Spiele der glitzernde Höhepunkt von Vinces Karriere waren. Von da an ging es bergab.

An diesem Wochenende hatte er den Wanamaker-Meilenlauf zum dritten Mal gewonnen. Seine Gegner hatten ihn dazu angetrieben, die Meile in 3:51.59 zu laufen, und damit wurde er in der Gesamtwertung Zweiter. Aber sein Faustkampf mit Dellinger entfachte einen Sturm der Empörung. Man räumte zwar ein, daß Dellinger angefangen hatte, aber das war auch alles. Andy Meagan, der Sportkolumnist der *New York Times*, machte den Vorschlag, Vince sollte besser zum Eishockeyschläger greifen und für Philadelphia spielen. Dieses Team war bekannt für Schlägereien.

Die Leute im Sport, die gegen Schwule eingestellt waren, haßten Vince mehr als Billy, weil er so unverschämt war und wie ein Sexprotz herumstolzierte. Nach den Millrose-Spielen war man sich wohl einig geworden, daß Vince gehen müßte. Jedenfalls wurde Vince etwa zwei Wochen später von der AAU von allen weiteren Amateurwettbewerben ausgeschlossen. Zur Freude der AAU hatte Vince in der Saison, bevor er ans Prescott-College kam, mehrmals von Werbeveranstaltern Schmiergelder angenommen. Sie hatten die Schecks als Beweis.

Vince war zuerst furchtbar wütend und danach sehr niedergeschlagen.

»Alle haben das Geld genommen«, sagte er. »Ich weiß genau, wer und wieviel. Wenn ich gehe, dann müssen sie alle gehen.«

Er hatte vor, der Presse Namen zu nennen. Ich war über diese Ungerechtigkeit ebenso wütend wie er, aber schließlich

konnte ich es ihm ausreden, andere Sportler zu verpfeifen. Ich machte ihm klar, daß es nichts ändern würde, wenn statt einem hundert Sportler dafür büßen müßten.
Die Sache mit Vince entfachte erneut eine Kontroverse über die schändliche Art und Weise, mit der in den USA mit dem Amateursport verfahren wurde. Aber alles Mitgefühl half Vince nicht weiter. Seine Hoffnungen auf die Olympiade waren zerstört.
Er weinte, wenn er bloß daran dachte, und es gab nichts, womit Billy oder ich ihn hätten aufheitern können.
Eine Woche später ging es ihm wieder besser, und er unterzeichnete für 70 000 Dollar einen Vorvertrag mit dem Internationalen Sportverband. Wenn das Semester um wäre, würde er auf seine erste Tournee gehen. Aber sein Kummer blieb und schlug allmählich in Verbitterung um.
Nun hatten sie schon zwei meiner jungen Vögel abgeschossen.
Ich machte mir mehr denn je Sorgen um Billy. Die Situation deprimierte mich so, daß ich alles nur noch pessimistisch sah. Wenn ich nur einen Nervenzusammenbruch erleide, dachte ich, bin ich glimpflich davongekommen. Zugleich erschien es mir als der Gipfel des Glücks, eine Goldmedaille *und* einen Nervenzusammenbruch zu bekommen.

12

Anfang April ruhte sich Billy zwei Wochen lang aus. Das sollte die letzte Erholungspause bis zu der Olympiade sein – vorausgesetzt, er kam ins Aufgebot. Er durfte jeden Tag nur ein paar Meilen laufen, und ich ermunterte ihn dazu, viel zu essen, um ein paar Pfund zuzunehmen.

Diese Ruhepause sollte den Grundstein für seine Kondition bilden. Bei den Ausscheidungskämpfen Mitte Juli hätte er dann fit genug sein müssen, um in die Olympiamannschaft zu kommen. In den sechs Wochen nach den Ausscheidungskämpfen konnte er sich ganz gezielt auf die Spiele vorbereiten. Billy blieb ungefähr vier Wochen in Höchstform, wenn er alle drei oder vier Tage Maximalleistungen bringen mußte. Deshalb hoffte ich, daß wir nach Montreal nach Europa fliegen konnten, um noch an einigen Veranstaltungen teilzunehmen. Mittlerweile hatte ich Billy mehr oder weniger beigebracht, wie man sich richtig erholt. Er murrte zwar ein bißchen, aber er lief brav seine zwei Meilen pro Tag.

Wir zitterten beide bei dem Gedanken an den Sommer, der vor uns lag. Falls er in das Olympiaaufgebot kommen sollte, wäre er bis nach den Spielen offiziell nicht mehr mein Läufer. Er würde in das Trainingslager der Olympiamannschaft kommen. Von Mitte Juli bis nach den Spielen würden wir uns nur sehr selten sehen.

Wir wußten immer noch nicht, wie wir weiter zusammenleben sollten. Ich fühlte, wie wir unser Leben Tag für Tag vergeudeten.

Während seiner Erholungspause im April hatten wir ein

Wochenende ganz für uns. Ich denke mit Wehmut daran zurück, aber ich bin nicht ganz glücklich dabei.
Steve Goodnight hatte ein Haus draußen auf Fire Island. Er hatte sich nicht etwa in einer der bekannten Schwulengemeinden wie Cherry Grove niedergelassen, sondern in Ocean Ridge, einer kleinen Stadt, die weiter östlich an der Küste lag. »Ich kam in Cherry Grove nie richtig zum Schreiben«, hatte er mir einmal gestanden. »Dauernd kamen Leute und lenkten mich ab. Zum Teufel mit ihnen.«
An diesem Wochenende lud er Billy, Jacques, Vince, John, Delphine und mich in sein Haus ein. Er und sein neuer Freund erwarteten uns Freitagabend am Kai von Patchogue, und wir fuhren mit der letzten Fähre nach Fire Island hinüber. Zu dieser frühen Jahreszeit waren wir die einzigen Passagiere.
Wir saßen auf dem Oberdeck, die kühle Brise wehte uns um die Nase, und wir beobachteten den Sonnenuntergang über der Great South Bay.
»Seit meiner Zeit als Strichjunge bin ich nicht mehr hier draußen gewesen«, sagte ich.
»Da hast du nicht viel versäumt«, meinte Steve. »Es ist beinahe so wie auf Coney Island.«
Billy grinste mich an. »Ich wette, du warst hier draußen schon auf etlichen Partys.«
Ich lächelte. »Ich habe hier schon einiges erlebt.« Ich legte den Arm um Billys Schulter, da wir die einzigen Passagiere der Fähre waren.
Es war immer wieder schön, Steve zu sehen. Er hatte sich kaum verändert, obwohl er inzwischen dreiundvierzig war. Sein glattes braunes Haar lichtete sich, und sein markantes englisches Gesicht sah ein bißchen müde aus. Er arbeitete gerade an einem neuen Roman und an ein paar Schwulenpornos, weil er dringend Geld brauchte.

Die Fähre legte an. Wir luden die Koffer, die Lebensmitteltüten und den Korb mit Steves Katze auf ein paar alte Leiterwagen, die das einzige private Transportmittel auf Fire Island waren, und zogen sie den Holzsteg entlang.

So früh im Jahr waren die meisten Häuser noch unbewohnt. Lediglich aus ein paar Fenstern drang der Schein der Gasbeleuchtung. Wir mußten ein paarmal gezwungen lachen, weil wir als kleine Gruppe von Schwulen in diese Stadt der Normalbürger eindrangen.

Steves Haus war mit Schindeln gedeckt und ziemlich groß. Es hatte einen Aussichtsturm, viele Fenster, und ringsherum eine Sonnenterrasse. Es stand direkt auf den Dünen, und man hatte einen herrlichen Ausblick aufs Meer. Überall wuchs Seegras. Ich schätzte, daß das Haus mindestens 70 000 Dollar gekostet hatte.

Es war eine warme, sternklare Frühlingsnacht. Steve ließ die Katze aus dem Korb. Wir drehten das Gaslicht an, packten die Lebensmittel aus, machten schnell das Abendessen und gingen dann gleich zu Bett. Jedes Paar hatte sein eigenes Schlafzimmer.

Unser Zimmer hatte große Fenster und war sehr luftig. Das Doppelbett war aus Kiefernholz, und am Boden lagen Schilfmatten. Billy und ich zogen uns bei Kerzenlicht aus. Das flackernde Licht fiel auf unsere Körper. Wir schlüpften in das frisch bezogene Bett und liebten uns. Das Fenster zum Meer hin war offen, und wir lauschten dem Rauschen der Brandung.

»Wir müssen verrückt sein«, flüsterte ich, »weil wir nicht immer so leben wie jetzt.«

»Ja, an diesem Wochenende werden wir wirklich verwöhnt.«

Am nächsten Tag standen wir alle spät auf. Billy und ich liefen unsere zwei Meilen. Jacques trabte gemütlich seine sieben Meilen, und Vince lief in schnellem Tempo zehn Meilen.

Nach dem Frühstück legten wir uns auf die Terrasse, und die warme Frühlingssonne schien auf unsere blasse Haut. Billy breitete eine Decke aus und machte seine Yoga- und Atemübungen. Dabei machte er mit seinem elastischen Körper die merkwürdigsten Verrenkungen. Wir anderen spielten später unten am Strand Volleyball. Steves großer schwarzer Kater schlich durch das Dünengras, und wir machten Witze darüber, ob er ein normaler oder ein schwuler Kater sei.
Aber die Stimmung unter den anderen war seltsam gedrückt und traurig. Das wirkte sich natürlich auch auf unsere zufriedene Stimmung aus.
Es fing damit an, daß uns die Anwesenheit von Steves neuem Freund beunruhigte.
Er war ein Junge von sechzehn Jahren, sprach kein Wort, war reserviert und bewegte sich wie in Trance. Seine wirren, flachsblonden Locken hingen ihm bis auf die Schultern. Sein schmales, wachsbleiches Gesicht war von überirdischer Schönheit, aber seine saphirblauen Augen waren ausdruckslos. Er folgte Steve auf Schritt und Tritt wie ein Hund.
Als wir zusammen auf der Terrasse saßen, erzählte uns Steve die Geschichte des Jungen. »Ich habe vor einiger Zeit das Buch über den Erzengel Gabriel geschrieben, und dann traf ich ihn. Ich weiß nicht einmal seinen Namen. Ich weiß nur, daß er ein Ausreißer war und seit seinem zwölften Lebensjahr auf den Strich gegangen ist. Sein Zuhälter behandelte ihn furchtbar brutal. Immer, wenn er für den Jungen gerade keinen Kunden hatte, mußte er gefesselt in seinem Apartment sitzen. Ein Freund erzählte es mir. Er hatte den Jungen auf einer Party gesehen. Die ganze Clique vergewaltigte ihn, man peitschte ihn aus und drückte die Zigaretten auf seinem Körper aus. Mir ging das einfach nicht mehr aus dem Kopf. Deshalb nahm ich mit dem Zuhälter Kontakt auf und tat so, als ob ich einen Termin ausmachen wollte. Als der Junge bei

mir zu Hause war, wollte ich ihn nicht mehr weglassen. Ich sagte dem Zuhälter, ich würde ihn anzeigen, wenn er den Jungen und mich nicht in Ruhe ließe. Der Zuhälter hatte Beziehungen zur Mafia und drohte mir, mich mit einer Schrotflinte zu erschießen. Also kaufte ich ihm den Jungen einfach ab. Sie meinten, er sei sowieso schon zu alt für das Geschäft. Ich gab ihnen 10 000 Dollar; das war fast der gesamte Vorschuß für den neuen Roman.«

Steve erzählte uns das alles in Gegenwart des Jungen, der die ganze Zeit über in der Badehose auf der Decke neben Steve saß, schniefte und vor sich hin starrte. Der Wind spielte mit seinen Haaren. Er befand sich offensichtlich in einer anderen Welt.

Wir sahen ihn entsetzt an. Wahrscheinlich hatte er einmal einen schönen Körper gehabt, aber jetzt war er ganz abgemagert. Er war übersät mit Narben von Peitschenhieben und Verbrennungen.

Steve fuhr dem Jungen mit einer Bürste sanft durchs Haar. Er bürstete so lange, bis die Lockenpracht seidig glänzend über seinen schmalen Rücken fiel. Aber wenn er das Haar zu stark bürstete, zog der Junge geistesabwesend seinen Kopf weg.

»Er will nicht mit mir schlafen«, sagte Steve traurig. »Er wird immer gleich hysterisch. Und außerdem fixt er. Ich habe es schon mit Beruhigungsmitteln versucht, aber ohne Erfolg. Wenn er down ist, dann packt ihn die Erinnerung an früher, und er heult und wird hysterisch. Schließlich habe ich festgestellt, daß Heroin das beste für ihn ist. Ich muß nur aufpassen, daß er keine Überdosis nimmt.«

Billy starrte den Jungen wie gebannt an und schüttelte den Kopf. Er hatte Tränen in den Augen und schaute zu Boden. Obwohl er nicht unerfahren war, kannte Billy die brutale Seite des Schwulenmilieus kaum.

»Es ist mein Traum«, sagte Steve leise, »daß er eines Tages mit mir spricht. Mehr will ich gar nicht.«

Als wir über die Olympiade und die Machenschaften im Sport sprachen, wurde der Engel Gabriel unruhig und fing an zu zittern. Dann legte er sein Gesicht auf die Decke und weinte lautlos. Er hatte seine Hinterbacken zusammengepreßt, als ob er sich verteidigen wollte. Wir waren zu deprimiert, um uns richtig unterhalten zu können.

Steve ging ins Haus und kam mit einem Päckchen Heroin und einem Fixerbesteck zurück. Der Engel Gabriel setzte sich zitternd auf, und sein Blick hing wie gebannt an dem weißen Pulver, das Steve gekonnt auf einem Löffel zum Schmelzen brachte und auf eine Spritze aufzog.

»Rauchst du Shit, Steve?« sagte Billy mit heiserer Stimme.

»Nein«, sagte Steve. »Ich bleibe bei Speed.«

Vorsichtig wie eine Krankenschwester gab Steve dem Jungen die Spritze. Der Blick des Engels war jetzt so durchdringend wie der eines Tieres. Ganz geschäftsmäßig suchte er auf seinem mageren Schenkel nach einer geeigneten Vene und stach die Nadel ins Fleisch. Kurz darauf war er high. Er lehnte sich entspannt zurück, sah zum Himmel hinauf und lächelte. Der Himmel war wolkenverhangen, und Steve legte dem Jungen eine Decke um die Schultern.

Beim Anblick des Engels Gabriel mußten wir an unsere eigenen Probleme denken, und an diesen emotionalen Tod, der uns ständig bedrohte.

John Sive unterhielt sich an diesem Wochenende stundenlang mit mir über die Ängste eines alternden Schwulen. Er schüttete mir sein Herz aus. Delphine wollte ihn unbedingt heiraten, aber John fühlte sich sogar für kurzfristige Beziehungen schon zu alt. »Ich brauche etwas, das mich den Sex vollkommen vergessen läßt, oder ich mache mich noch lächerlich.«

Delphine verbrachte an diesem Wochenende viel Zeit damit,

am Fenster zu sitzen, auf das Meer zu sehen und Selbstgespräche auf französisch zu führen.
Vince redete an diesem Wochenende auch viel mit uns. Ich mochte Vince sehr gern, und es erschreckte mich, wie verbittert und traurig er geworden war. Der Profisport war nichts für ihn. Es war einfach eine andere Sache, wenn man eine Meile allein im gleißenden Scheinwerferlicht laufen mußte. Die Veranstalter benutzten ihn als besondere Attraktion. Hereinspaziert, Leute, hier seht ihr einen leibhaftigen schwulen Meilenläufer mit Tätowierungen.
Aus ersichtlichen Gründen bekam er keine fetten Werbeverträge wie die anderen Topläufer. »Und dann habe ich dieses Filmangebot bekommen«, sagte er. »Aber als ich das Script gelesen hatte, dachte ich nur, mein Gott, wieder einer von diesen schlüpfrigen, stereotypen Hollywoodschinken über Schwule. Und weil ich noch nicht am Hungertuch nage, lehnte ich ab. Ich lasse mich doch nicht noch mehr als nötig ausbeuten ...«
Obendrein hatte es den Anschein, als ob Vince und Jacques sich trennen würden. Ich hatte immer angenommen, daß Vince der Grausame sein würde, wenn die Beziehung in die Brüche ging.
In der ersten Nacht hörten Billy und ich durch die dünne getäfelte Wand, wie er sich im Schlafzimmer nebenan mit Jacques stritt.
»Du hast mich verführt«, sagte Jacques. »Du hattest es so eilig. Hättest du mich meinen eigenen Weg gehen lassen, dann müßte ich jetzt vielleicht nicht 75 Dollar pro Woche für einen Psychiater ausgeben.«
»Ich dich verführt!« sagte Vince mit gebrochener Stimme. »Du warst doch derjenige, der mit einer Leichenbittermiene herumgelaufen ist und ganz scharf darauf war, daß ich ihn wieder aufmuntere.«

»Du hast nur meine Unsicherheit ausgenutzt«, sagte Jacques. »Du bist richtig heimtückisch. Du machst das mit allen so. Du bist ein ganz rafffinierter Typ.«
Sie hörten überhaupt nicht mehr auf. Jacques teilte Hiebe aus, und Vince mußte sie einstecken. Schließlich fing Vince an zu heulen. Billy und ich sahen uns an, und wir schlossen die Augen vor Scham, daß wir alles mit angehört hatten.
Wie lange würde das mit Billy und mir noch dauern? Wir hatten uns schon oft gestritten. Jedesmal waren wir nicht sicher, ob wir uns wieder vertragen würden, bis wir uns dann tatsächlich versöhnten.
Wir bemühten uns sehr, ein schönes Wochenende miteinander zu verleben. Ich erinnere mich noch daran, wie Steves Geklapper mit der Schreibmaschine von der Wendeltreppe, die zum Aussichtsturm führte, herüberhallte. Ich sehe uns noch, wie wir zusammen das Abendessen zubereiteten, und wie unsere trinkfreudigen Freunde ganz erledigt waren von dem vielen Scotch und Wein. Zum Essen gab es gebratenes Roastbeef mit Idaho-Kartoffeln. Billy machte dazu einen fantastischen Salat.
An diesem Samstagabend blies draußen ein heftiger Frühlingssturm, und das Haus bebte bei jedem Windstoß. Das Rauschen der Brandung verstärkte sich zu einem Donnern. Nachdem das Geschirr abgewaschen war, zogen Billy und ich unsere Jacken an und gingen noch ein bißchen zum Strand hinunter.
Wir schlenderten Arm in Arm barfuß den Strand entlang. Der Wind schlug Billy die Hosenbeine um die Knöchel. Seine Haare wehten mir ins Gesicht. In der Dunkelheit konnten wir nur die schäumende Brandung und die wenigen Lichter der anderen Häuser erkennen.
»Mir geht einfach Steves Freund nicht aus dem Kopf«, sagte Billy. »Er bringt mein Dharma völlig durcheinander.«

»Meins auch«, sagte ich.
»Du hast doch auch schon Leute ausgepeitscht.«
»Ich habe nur erwachsene Männer ausgepeitscht, die mir dafür 200 Dollar zahlten. Aber ich habe nie ein Kind mißhandelt.«
»Wenn ich ihn mir so ansehe, dann bekomme ich beinahe Angst, daß ich so glücklich mit dir bin. Morgen könnte schon alles vorbei sein.«
Ich blieb stehen und sah ihn an. »Was würdest du tun, wenn ich sterbe?« sagte ich.
Wir standen dicht beieinander. Ich hielt ihn an den Revers seiner Lederjacke fest, und er umklammerte meine Handgelenke. Meine Augen suchten in der Dunkelheit sein Gesicht. Er sah jetzt so schön und fremd aus, weil seine Haare sein Gesicht halb verdeckten.
»Oh Gott, ich weiß es nicht«, sagte er mit leiser Stimme. »Ich wollte bisher nicht darüber nachdenken.«
»Hoffentlich haben wir mal das Glück und sterben zusammen«, sagte ich. »Zum Beispiel bei einem Flugzeugabsturz oder so.«
»Möchtest du, daß ich mich umbringe, wenn du zuerst stirbst?« fragte er.
Ich schüttelte den Kopf. »Selbstmord ist eine Sünde gegen Gott.«
»Ich werde mich umbringen, wenn du es willst.«
Ich erschrak. Ich sah ihn in Gedanken vor mir, wie er sich die Pulsadern aufschnitt oder sich den Lauf einer Pistole in den Mund steckte. Ich schüttelte immer noch den Kopf und merkte, daß ich am ganzen Leib zitterte.
»Machen wir uns doch nichts vor«, sagte er. »Einmal müssen wir beide sterben. Vielleicht jeder für sich, vielleicht du zuerst. Wir müssen uns damit abfinden. Das ist die Lehre Buddhas. Man kann das, was man am meisten liebt, nicht

ewig behalten. Aber innerer Friede macht dich frei vom Tod.«
»Hast du diesen inneren Frieden? Ich bestimmt nicht.«
Billy schüttelte den Kopf. »Ich habe schreckliche Angst davor. Hast du ...« Er zögerte. »Hast du schon mal daran gedacht, daß einem von uns bald etwas zustoßen könnte?«
»Was meinst du?« Mein Herz schlug wie wild.
»Die Leute hassen dich mehr als mich, weil du der Ältere bist. Sie glauben, du hättest mich verdorben. Ich habe immer fürchterliche Angst, jemand könnte dir was antun wollen und dir per Post eine Bombe schicken, oder so was. Bitte, sei vorsichtig.«
»Aber du bist doch derjenige, der im Rampenlicht steht. Du bist der Läufer.«
Er lächelte. »Wir stehen beide in der Öffentlichkeit. Aber sie werden immer versuchen, den Frontrunner umzubringen.«
Wir beendeten diese deprimierende Unterhaltung und gingen weiter.
»Wir werden übrigens wiedergeboren«, meinte Billy. »Also, warum regen wir uns eigentlich auf? Ich frage mich, was unser Karma mit uns vorhat. Werden wir heterosexuell sein? Oder Frauen?«
Beim Gedanken an die Möglichkeit der Wiedergeburt war ich erleichtert und lächelte. »Willst du noch mal als Schwuler auf die Welt kommen?« Ich schüttelte ihn ein wenig.
Er lachte und umarmte mich. »Sicher. Solange ich nicht als Steves Freund wiedergeboren werde. Vielleicht werde ich im nächsten Leben dein Trainer. Oh Mann, was habe ich für Pläne mit dir, Mr. Brown. Du müßtest auf Händen und Knien mehrere Viertelmeilen in jeweils 57 Sekunden laufen.«
Die ersten Regentropfen fielen auf unsere Gesichter. Er küßte mich so, wie er es das erste Mal im Kino getan hatte.
Als ich an diesem Wochenende mit ihm schlief, vergaß ich

Zeit und Raum. Wir sammelten diese Augenblicke wie Kostbarkeiten für die einsamen Monate, die vor uns lagen.
In dieser Nacht schliefen wir ganz fest, während draußen der Sturm heulte und der Regen gegen die Fensterscheiben prasselte. Eine ganze Nacht miteinander zu verbringen war immer noch ein Luxus für uns. Wir schliefen immer ganz eng aneinandergepreßt. Billy paßte genau in die Rundungen meines Körpers. Er preßte den Rücken gegen meine Brust, und ich hatte die Arme um ihn geschlungen. Er war gewiß nicht der passive Teil unserer Partnerschaft, aber trotzdem hatte ich den starken Drang, ihn zu beschützen. Sogar im Schlaf wollte ich alles Böse von ihm fernhalten.
Am nächsten Morgen wachten wir vor den anderen auf. Draußen stürmte es immer noch, aber Wind und Regen waren berauschend und warm. Wir zogen unsere T-Shirts und Badehosen an und gingen hinaus.
Der Strand war verlassen, und alle Fußspuren waren vom Regen weggewaschen. Eine Menge Treibholz und Seetang war angespült worden. Riesige Brecher donnerten von weit draußen heran. Wenn sie sich brachen, spritzte Gischt auf wie bei einem Geysir.
Wir liefen ostwärts die Küste entlang und troffen vor Nässe. Nebelschwaden zogen über uns hinweg. Wir waren halbblind vom Regen, der uns ins Gesicht schlug. Manchmal blies der Wind so stark, daß wir taumelten. Aber wir liefen weiter und lachten.
Schließlich waren wir zwei Meilen die Küste aufwärts gelaufen. Hier standen keine Häuser. Entlang der einsamen Dünen wehte das Gras im Wind und glitzerte im Regen.
Wir blieben stehen, und Billy drehte sich zu mir um. Seine Locken klebten an seinem Kopf und an seinem Nacken, und durch seine nassen Brillengläser sah man ganz verschwommen seine Augen. Er lachte, und der Regen lief ihm an den

Beinen hinunter. Ich konnte durch das nasse T-Shirt jeden Knochen und jeden Muskel seines Körpers erkennen. Er faßte mich an der Schulter, und ich legte die Hände auf seine Hüften und zog ihn an mich.
»Du bist die anziehendste nasse Ratte, die ich je gesehen habe«, sagte ich.
Wir küßten uns im strömenden Regen, und unsere Lippen schmeckten nach Regen. Ich zog ihm die Badehose bis über die Schenkel herunter.
Billy fing an zu lachen. »Meinst du, daß dort hinter den Dünen Fotografen lauern?«
»Hör zu«, sagte ich. »Selbst wenn sie hier im Regen Fotos machen sollten, an wen sollten sie sie verkaufen? An das *Ladies' Home Journal* vielleicht?«
Wir warfen unsere Kleider in den nassen Sand und legten uns auf sie, damit unsere Körper nicht sandig wurden. Billys geschmeidiger Körper lag unter meinem begraben, und nach dem kühlen Regen war seine Hitze ein richtiger Schock. Auf Händen und Knien drückte ich ihn unter mir auf den Boden. Er war zwar eingekeilt, aber sicher – der Regen prasselte auf meinen Rücken. Fest gegen die Locken zwischen seinen Hinterbacken gepreßt, sah ich hinunter in sein Gesicht. Er hatte die Augen wegen des Regens geschlossen. Die Sehnen in seinem Nacken waren angespannt, und Sand blieb an seinen Haaren kleben, als er den Kopf hin und her rollte. Das Rauschen der Wellen war ohrenbetäubend – ich konnte nicht hören, wie er stöhnte.
Dann drehte er mich auf den Rücken und nahm süße Rache. Er saß rittlings auf mir, lächelte stolz und rückte über mein Gesicht. Dieses Bild bleibt für immer in meiner Erinnerung: Er hatte die Knie gespreizt, der Regen lief an seinem Körper herunter, sein Haar war voller Sand, und hinter ihm die schäumende Gischt. Das Donnern der Wellen machte uns

taub. Ich spürte kaum die warmen Spritzer seines Spermas auf meinem Gesicht – der Regen wusch sofort alles ab.
Wir waren kaum fertig, da donnerte ein riesiger Brecher auf den Strand. Das Wasser leckte blitzschnell bis zu uns herauf. Wir waren sofort patschnaß, voller Sand, und wir froren. Die Welle hätte uns beinahe in die Brandung mitgerissen. Wir packten unsere Sachen, standen schnell auf und konnten vor Lachen kaum sprechen.
»Reden wir über Jungs am Strand«, sagte Billy.
Billy spielte darauf an, daß in den meisten Filmen über Schwule Liebesszenen am Strand gezeigt wurden.
»Das mit den Jungs am Strand ist eine Schweinerei«, sagte ich. »Da kriegen sie doch Muscheln in den Arsch.«
Wir legten unsere Kleider in einiger Entfernung von der Brandung auf den Sand, und Billy ließ seine Brille bei seinen Sachen. Dann watete er ein Stückchen ins Wasser hinein auf die eisige Brandung zu. Hier zu schwimmen war bestimmt kein Vergnügen. Die meterhohen Wellen brachen sich mit furchtbarer Gewalt, und jedesmal, wenn ihre Ausläufer schäumend gegen uns anbrandeten, zog uns die Gewalt des Wassers den Boden unter den Füßen weg. Billy wollte, waghalsig wie immer, unter den Wellen hindurchtauchen, aber ich hielt ihn zurück. So wateten wir nur bis zu den Schenkeln in der schäumenden Gischt herum, sahen einander versinken und wieder auftauchen, und das Wasser umspülte unsere Genitalien.
Billy watete zu mir herüber und umarmte mich. Dann schubste er mich, so daß wir beide ins Wasser fielen. Wir rangen miteinander am Rande der Brandung, lachten, rollten uns herum, und gingen dabei nicht gerade sanft miteinander um. Eine gewaltige Welle überrollte uns, und wir schluckten beide eine Menge Wasser.
Dann krochen wir auf den Strand. Wir waren bedeckt mit

Seetang und Sand, aber wir lachten immer noch, ließen uns in einiger Entfernung von der Brandung auf den Boden fallen und schnappten nach Luft.
»Wir müssen verrückt sein«, sagte Billy.
»Meinst du, sie haben jetzt genug Fotos?« sagte ich.
»Benehme ich mich wie eine Jungfrau?« fragte Billy. »Im Ernst. Läßt sich eine Jungfrau am hellichten Tag am Strand während eines Hurrikans bumsen?«
»Nur von einem Löwen«, sagte ich.
Wir wälzten uns vor Lachen auf dem Boden und redeten Blödsinn nach Herzenslust. Schließlich standen wir auf und gingen zu unseren Sachen hinüber. Als erstes setzte Billy seine Brille auf.
»Männer machen nie Annäherungsversuche bei Jungs mit Brille«, sagte ich.
Daraufhin platzten wir beide wieder los.
Wir standen eine Weile ganz ruhig da und ließen uns das Salz und den Sand vom Regen abwaschen.
Dann zogen wir unsere feuchten, sandigen Klamotten an und gingen zurück. Der Sand in der Badehose scheuerte. Wir liefen Arm in Arm. Es hatte aufgehört zu regnen.
»Manchmal muß ich daran denken, was für Angst ich hatte, dich zu lieben«, sagte er. »Heute kann ich nur darüber lachen.«
»Angst?«
»Ich hatte immer Angst davor, jemanden so stark zu lieben wie mich selbst.«
Diese Worte berührten mich mehr, als wenn er gesagt hätte, daß er mich liebt. Ich hätte etwas Feminines an ihm nicht ertragen können.
Vince begegnete uns. Er war gerade dabei, sein tägliches Laufpensum zu absolvieren, und lief traurig an uns vorbei. Dann begegneten wir einer Frau im Südwester, die ihren

Hund Gassi führte. Sie schaute uns merkwürdig an. Sie dachte wohl, daß sich die Schwulen von Cherry Grove jetzt hier einnisten würden. Es war gut, daß sie nicht eine halbe Stunde früher hier vorbeigekommen war.

Als wir zurückkamen, waren die anderen gerade aufgestanden und machten sich mit sorgenvollen Gesichtern das Frühstück. Wir schafften es trotzdem, unsere gute Laune nicht zu verlieren. Die heiße Dusche und die trockenen Sachen taten gut. Wir setzten uns an den großen Holztisch am Fenster. Ich aß Eier mit Toast und trank heißen Tee. Billy trank Milch und aß ein paar reife Birnen. Ab und zu wischte er sich den Saft vom Kinn. Dann setzten sich Steve und der Erzengel zu uns, und Steve versuchte, den Jungen zum Essen zu bewegen. Und nun verging uns das Lachen.

Den ganzen Tag versuchten Billy und ich, den Kummer einfach abzuschütteln. Wir belästigten die anderen mit unseren Gefühlen. Es war kalt und dunkel im Haus, deshalb machten wir Feuer im Ofen. Billy und ich saßen in eine Decke gehüllt auf dem Sofa. John Sive betrachtete uns mit einem traurigen Lächeln und schüttelte neidisch den Kopf.

»Oh là là«, sagte Delphine.

Auch der Engel Gabriel sah uns seltsam an. Wahrscheinlich war es das erste Mal, daß er etwas anderes als Sadismus zwischen zwei Männern zu sehen bekam. Wir zogen vor ihm eine kleine Show ab und küßten uns zärtlich. Der Junge beobachtete uns mit ernstem, versteinertem Gesicht.

Am Nachmittag hörte es auf zu regnen. Der Sturm tobte immer noch, aber der Wind hatte sich gedreht und blies jetzt in Richtung Meer. Der Himmel war seltsam dunkelblau, und das Meer war unheimlich grün. Die riesigen Wellen rollten immer noch heran, aber der Wind blies ihnen den Kamm weg. Wenn eine Welle kam, wurde die Gischt davongeblasen wie ein Kometenschweif.

Es war ein ehrfurchtgebietendes Schauspiel, und wir gingen alle zum Strand hinunter, um es uns anzusehen.
Dann gingen wir hinüber zum öffentlichen Strand. Weit und breit war kein Mensch zu sehen. Es kam uns so vor, als wären wir die einzigen Menschen, die eine schreckliche Naturkatastrophe überlebt hatten, und wir wären natürlich nicht imstande, die Erde mit unseren Nachkommen neu zu besiedeln.
Wir wanderten barfuß die Uferpromenade entlang, die durch den Park führte. Um uns herum sproß überall neues Leben. In den Sümpfen trieb der Zimtfarn seine großen seidigen Wedel, und auf den Dünen fing der Lorbeer an zu blühen. Wir beugten uns hinunter, um an den kleinen weißen Blüten zu riechen, aber der Wind trug den Duft davon, ehe er unsere Nasen erreichte. Ich dachte, wie schade es war, daß ein Spritzer meines Spermas auf Billys Haut oder seines Spermas auf meiner kein neues Leben zeugen konnte. Nichts von unserem Gefühl blieb nach unserem Tod übrig.
Ich brach einen Lorbeerzweig ab und strich ihm damit über die Lippen. Sie leuchteten gelb von Blütenstaub. Er sah mich an. Vielleicht ahnte er, was mich beschäftigte. Er küßte mich, und nun hatten wir beide einen gelben Mund.
Wir waren sechs bedrohte Männer. Nur Billy und ich hielten uns bei der Hand. Die anderen schlenderten allein und gedankenverloren dahin. Vince hatte die Schultern hochgezogen, die Hände in den Hosentaschen vergraben und war sehr zurückhaltend. Jacques starrte mit ernstem Gesicht vor sich hin. Delphine spielte nervös mit seinem flatternden Chiffonschal. John Sive hatte die Hände auf dem Rücken verschränkt und schlenderte bedrückt die Promenade entlang. Steve schielte ängstlich nach dem Engel, dessen Haare völlig verfilzt waren. Schließlich nahm er sacht die Hand des Jungen, aber der Engel zog sie weg.
Wir gingen jetzt an den kleinen Teichen entlang, die hinter

der Bucht der Insel lagen. Das Flachwasser kräuselte sich im Wind.

»Sieh mal«, sagte Jacques leise. »Ein weißer Reiher.«

Wir standen ganz still. In einem Teich nahe dem Meeresarm stand der große Vogel im seichten Wasser. Sein weißes Gefieder leuchtete unwirklich vor der trostlosen sandigen Grasfläche. Der Vogel watete gemächlich durchs Wasser, bog seinen schlanken Hals nach unten und sah uns mißtrauisch an. Als sich Vince bewegte und weiterging, flog der Reiher davon. Seine weißen Schwingen hoben sich gespenstisch von dem stürmischen Himmel ab.

Einen Moment lang schüttelte eine Sturmbö den Vogel. Ich hatte einen Kloß im Hals, als ich das sah. Er kämpfte mit den Schwingen gegen den Wind. Dann strich er mit dem Wind über die Dünen ab.

Auch Billys Augen folgten dem Reiher. Er war der letzte meiner jungen Vögel.

Die Fähre verließ um sieben Uhr morgens die Insel. Steve und der Engel blieben noch auf Fire Island, aber sie kamen mit zum Pier, um uns zu verabschieden.

Als die Fähre ablegte, standen wir alle auf dem Oberdeck und lehnten uns über die Reling. Der Wind wühlte in unseren Haaren und schlug uns die Mantelkrägen hoch. Steve stand an der Anlegestelle, und wir winkten zu ihm hinüber. Er winkte zurück. Der Engel Gabriel winkte nicht.

Dann setzten wir uns mitten in das Durcheinander von Koffern, Katzenkörben, angeleinten Hunden, Kindern und sportlich gekleideten Eltern. Ich wurde trotzig. Sollte ich den Arm von Billys Schultern nehmen, nur weil wir wieder nach Hause in eine normale Umgebung fuhren? Ich ließ meinen Arm, wo er war. Die frische Seeluft und unsere Liebe hatten Billy schläfrig gemacht, und er gähnte. Er lehnte sich ein

wenig in seinem Sitz zurück und legte seinen Kopf an meine Schulter.
Keiner von den anderen zeigte so demonstrativ seine Veranlagung. Allem Anschein nach waren wir die einzigen Schwulen auf der Fähre.
Billy lachte leise vor sich hin. »Du hast recht. Wir werden jetzt immer zusammenleben.«
»Das Leben ist so kurz«, sagte ich.
Ein Mann in einem dicken Pullover stand auf und kam zu uns herüber. Er hatte ein halbvolles Glas in der Hand und schwankte. Er war einer von diesen Säufern von Fire Island, die mit einem Martini auf die Fähre gehen.
»Wären Sie so freundlich«, sagte er, »das nicht gerade vor meiner Frau und meinen Kindern zu tun?«
Ich sah ihn frech an. »Wären Sie so freundlich, sich in unserer Gegenwart nicht zu betrinken?«

13

Zu unserem Schrecken hatten Billy und ich gerade nach dem Wochenende auf Fire Island unseren schlimmsten Streit. Durch die bedrückende Situation und die nervliche Belastung wurde meine Angst, ihn zu verlieren, immer größer. Ich bemühte mich, meine Angst vor ihm zu verbergen, aber er spürte sie. Mein mangelndes Vertrauen schmerzte ihn immer mehr. Er wurde immer stiller, war weniger zärtlich und zog sich in sein Training, seinen Beruf als Lehrer und in seine Meditationen zurück.

Am Freitag, dem 23. April, erwähnte er morgens beiläufig, daß er lange aufgeblieben sei und mit Tom Harrigan geredet habe. »Bewußtseinserweiterung« nannte er das.

Ich war abgespannt und nervös und zog voreilige Schlüsse. Ich verhörte Billy regelrecht. Er behauptete beharrlich, daß sie nur über etwas gesprochen hätten, das Tom bedrückte. Ich schimpfte ihn aus, weil er eine Trainingsregel gebrochen hatte. Daraufhin lief er einfach davon.

Den ganzen Tag sprach er kaum mit mir. Am Abend kam er nicht herüber in mein Haus.

Am Samstagmorgen trainierte er hart. Gegen Mittag merkte ich, daß er vom Campus verschwunden war.

Ich hatte panische Angst und fragte Vince, ob er wüßte, wohin er gegangen sei.

»Er ist nach New York gefahren«, sagte Vince. »Er ist mit Mousey, Janice und ein paar anderen losgetrampt.«

Er nannte mir die Namen von vier heterosexuellen Studenten.

»Ich glaube, er will sich mit seinem Vater treffen«, fügte er hinzu.
Ein schwuler Junge an einem Samstagabend allein in New York konnte die unglaublichsten Dinge anstellen. Oder es konnte ihm alles Mögliche zustoßen. Ich hatte fürchterliche Horrorvisionen.
Ich sah ihn vor mir, wie er angemacht wurde oder selbst auf der Straße Männer anmachte. Das Neonlicht malte grelle Farben auf sein Haar und seine Schultern. Er einigte sich mit einem Mann über den Preis und ging mit ihm davon. Das war grotesk, weil Billy diese Anmache auf der Straße nicht mochte. Aber ich stellte es mir trotzdem vor.
Ich sah noch andere Dinge, die wahrscheinlicher waren. Jemand, der ihn kannte, kidnappte ihn und benützte ihn als Geisel. Er könnte schwer zusammengeschlagen werden, und bis zu den Ausscheidungskämpfen für die Olympiade waren doch nur noch wenige Wochen. Er könnte irgendwo bewußtlos liegen, betäubt, vergewaltigt und ausgepeitscht. Ich war sicher, daß irgendwer irgendwo Hand an *meinen* Engel Gabriel legen würde.
Neulich hatte eine Reihe von Morden die Schwulen von Manhattan aufgeschreckt. Innnerhalb von drei Wochen waren fünf Schwule – darunter zwei bekannte Leute aus der Homosexuellenbewegung – ermordet worden. Zwei wurden aus dem East River gefischt. Die Leichen der drei anderen fand man in Kellern von Mietshäusern. Alle waren mißhandelt, verstümmelt und mit mehreren Messerstichen getötet worden. Der Killer war anscheinend ein heterosexueller Jack the Ripper, der an Homosexuellen Blutrache für ihre imaginären Schandtaten nahm. Man hatte ihn bis jetzt noch nicht gefaßt. Die Schwulen waren davon überzeugt, daß die Polizei bei den Ermittlungen nicht gewissenhaft genug war. Es gingen die wildesten Gerüchte um, und alle waren sehr vorsichtig.

Ich stellte mir vor, daß Billy diesem Wahnsinnigen in die Hände fiel. Ich sah die Polizeibeamten vor mir, wie sie seinen nackten Körper fotografierten, der auf dem dreckigen Zementboden in einer großen Blutlache lag.
Mein erster Gedanke war, in die Stadt zu fahren und ihn zu suchen. Aber wo?
Ich lief in mein Büro hinüber und wählte die Nummer seines Vaters in Kalifornien.
Johns Stimme klang verschlafen – ich hatte ihn wohl geweckt. Aber als ich ihm erzählte, was vorgefallen war, wurde er sofort hellwach. Seine tiefe, warme, klare Stimme beruhigte mich ein wenig.
»Ich habe versucht, Billy zu erklären, was er einem Mann in deinem Alter bedeuten muß, der das durchgemacht hat, was du durchgemacht hast. Er sagte immer, er würde verstehen, aber ich glaube nicht, daß er mich tatsächlich verstanden hat. Aber ich kann nicht glauben, daß er dir untreu wird. Bei seinen anderen Beziehungen hat er immer bis zum bitteren Ende durchgehalten, und das war immer sehr hart für ihn. Billy war immer der Verlassene.«
»Er hat immer behauptet, diese anderen Affären seien nie ernst gewesen.«
»Ernst, nicht ernst... Du kannst Gefühle nicht einfach nach Kategorien ordnen. Diese Beziehungen waren intensiv, aber Kinderkram. Sein Gefühl für dich ist ganz anders. Du mußt vor allem Vertrauen zu ihm haben, Harlan. Er gerät in Panik, wenn jemand, den er liebt, kein Vertrauen zu ihm hat. Ich habe das am eigenen Leib erfahren. Einmal hielt ich ihm eine Standpauke zum Thema Drogen. Damals lief er zum erstenmal von zu Hause fort. Er war gerade in einen Jungen verliebt, der drogensüchtig war, und ich hatte einfach Angst, er würde auch damit anfangen. Aber als ich aufhörte, an ihm herumzunörgeln, und ihm sagte, daß ich ihm vertrauen wür-

de, erwies sich das Problem als gelöst. Ich glaube nicht, daß er jemals harte Drogen genommen hat. Vielleicht hat er ab und zu mal einen Joint geraucht. Und als er dann ernsthaft anfing zu laufen, hörte er sowieso auf zu rauchen.«
»Wo soll ich ihn nur suchen?«
»Versuch es in den Kinos. Er geht immer ins Kino, wenn er richtig down ist. Damals war er eine Woche weg, und ich fand ihn schließlich in einem Kino. Hast du eine Zeitung da? Sag mir, was läuft. Ich kenne seinen Geschmack. Vielleicht kann ich dir einen Tip geben.«
Ich holte die neue *Village Voice* unter einem Stapel Post hervor. (Vor zehn Jahren wäre es mir nicht in den Sinn gekommen, die *Voice* zu lesen.)
»Wird irgendwo *Song of the Loon* gespielt?« fragte John.
»Nein.«
»Zu schade. Das wäre ein sicherer Tip gewesen.«
»Es gibt Warhols neuen Film, und ein wahres Festival von Peter-de-Rome-Filmen. *The Experiment.* Das ist alles.«
John überlegte einen Moment. »Versuche es zuerst in *The Experiment*, und dann die anderen.«
»Der Film läuft im ›Bedford on East‹ in der 69. Straße. Wir kommen herum in der Welt, John.«
»In den Slums«, sagte John.
»Die erste Vorstellung ist um zwei. Wenn ich jetzt losfahre und er wirklich dort ist, dann finde ich ihn vielleicht, bevor er das Kino verläßt.«
»Ruf mich gleich an, wenn du ihn gefunden hast. Aber ruf mich auch an, wenn du ihn nicht gefunden hast.«
Ich stieg in meinen Vega und raste wie ein Irrer hinunter nach Manhattan. Es war ein schöner warmer Frühlingstag, und ich fuhr mit offenem Fenster. Der Duft der Bäume entlang der Allee erinnerte mich schmerzlich an den Tag vor genau dreizehn Monaten, als unsere Beziehung anfing.

Ich fuhr eine halbe Stunde in Manhattan herum und fluchte laut, weil ich in den überfüllten Straßen der oberen East Side keinen Parkplatz fand. Schließlich zwängte ich mich in eine Parklücke vor einem Antiquitätenladen und rannte sechs Häuserblocks weiter bis zum Kino.

Das Kino war einer von diesen feudalen neuen Palästen mit einer Kinokasse aus schimmerndem Glas. Es war zwanzig Minuten vor vier. Ich fragte die Kassiererin und die Platzanweiserinnen, ob sie sich an einen jungen Mann erinnern könnten, auf den Billys Beschreibung paßte. Sie konnten sich nicht erinnern. Kein Wunder, denn ich wußte ja nicht einmal, was er anhatte.

Ich setzte mich im Foyer auf eine knallrote Ledercouch. Ungefähr fünfzehn Leute warteten dort auf den Beginn der nächsten Vorstellung. Sie bestellten in der Espresso-Bar Kaffee.

Ich wartete fünfundzwanzig Minuten, und die Zeit wurde mir zur Qual. Ich erinnerte mich, wie ich mit ihm zusammen *Song of the Loon* gesehen und ihn zum ersten Mal berührt hatte. Ich wußte genau, daß ich es nicht überleben würde, ihn zu verlieren. Wenn er mich jemals verläßt, dachte ich, werde ich zuerst ihn und dann mich selbst töten – auch wenn es noch vor Montreal sein sollte. Auch ich würde nur eine einzige Kugel brauchen, um seinen vollkommenen Körper zu zerstören, genau wie der Mörder, den ich immer noch fürchtete.

Mir gegenüber saßen zwei gutgekleidete Schwule, nippten an ihren kleinen weißen Tassen und sprachen leise miteinander. Der eine sah gut aus, war etwa 1,82 Meter groß und hatte eine sportliche Figur. Er war kein Läufer – vielleicht ein Schwimmer. Er hatte lange rotbraune Locken. Ich schaute ihn finster an, denn ich sah in ihm keinen möglichen Liebhaber, sondern einen möglichen Rivalen.

Endlich kamen die Leute nach und nach aus der Vorstellung.

Ich beobachtete, wie sie durch die Tür des Foyers gingen, und zitterte vor Nervosität. Dann sah ich Billy.
Er schlenderte allein und gedankenverloren mit den Händen in den Hosentaschen durch das Foyer. Er trug seine ältesten Jeans, einen verwaschenen lila Pullover, seine abgetragenen Turnschuhe und eine 150-Dollar-Jacke aus braunem Wildleder, die ihm sein Vater zum letzten Geburtstag geschenkt hatte. Um anonym zu bleiben, hatte er eine dunkle Brille auf. Ziellos blieb er vor der Reklametafel stehen, wo die kommende Attraktion angekündigt wurde. *Der letzte Tango in Paris* wurde noch einmal gezeigt. Ernst betrachtete er Marlon Brando auf dem Plakat, wie er mit dem dämonischen Teenager kämpfte. Er sah mich nicht.
Mir fiel ein Stein vom Herzen. Ich wollte eben aufstehen, als ich hörte, wie die beiden Schwulen aufgeregt miteinander sprachen.
»Sieh mal, da ist Billy Sive«, sagte der Schwimmer.
»Darling, das kann nicht sein.«
»Doch, er ist es. Ich habe ihn im Madison Square Garden ganz aus der Nähe gesehen.«
»Und er ist allein, Darling. Er muß mit diesem Trainer – wie war doch gleich sein Name – Schluß gemacht haben.«
»Oh Gott, er ist wunderschön«, sagte der Schwimmer leise.
Er stand auf und sah Billy wie gebannt an. Ich wußte, daß er ihn anmachen wollte. Mein erster Impuls war, zu ihm hinüberzugehen und ihm seinen edlen Hals umzudrehen. Aber dann hatte ich eine bessere Idee. Ich wollte beobachten, was nun passieren würde. Würde Billy sich von dem Typen abschleppen lassen?
Billy wandte sich von der Reklametafel ab und ging durch die Glastür hinaus. Der Schwimmer folgte ihm, während sein Freund sitzen blieb und an seinem Kaffee nippte. So unauffällig wie möglich ging ich hinaus auf die Straße. Ich sah ihre

Köpfe in der Menschenmenge. Ich hatte vor Angst feuchte Hände.
Billy war schon zur Hälfte an den Häuserblocks vorbei und schlenderte traurig die Straße entlang, ohne auf das, was um ihn herum geschah, zu achten. Seine ungekämmten Haare leuchteten in der Frühlingssonne. Der Schwimmer hatte ihn eingeholt, lief neben ihm her und redete mit ihm. Billy sah ihn nicht an, zog nur die Schultern hoch und ging weiter. Der Schwimmer legte seine Hand auf Billys Arm. Billy schüttelte sie ab.
Sie kamen an die Kreuzung. Der Schwimmer redete immer noch und legte wieder seine Hand auf Billys Arm. Diesmal wandte sich Billy dem Schwimmer mit geballten Fäusten zu, und obwohl ich hundert Meter weg war, konnte ich den feindseligen Ausdruck in seinen Augen erkennen. Der Schwimmer zuckte die Schultern und ging wieder in Richtung Kino an mir vorbei.
Billy lief über die Straße. Er hatte nicht bemerkt, daß die Fußgängerampel auf Rot war. Ein zerbeultes gelbes Taxi raste die Straße entlang und fuhr direkt auf ihn zu. Er sah es nicht. Ich stürzte nach vorn und rief: »Billy!« Ich sah ihn schon schwer verletzt, mit zerschmetterten Beinen, auf der Straße liegen. Und ich hörte das Heulen eines Krankenwagens und sah die roten Lichter aufblinken.
Die Bremsen des Taxis quietschten. Es kam etwa einen Meter von Billys nicht versicherten, wertvollen, unverletzten Beinen zum Stehen. Es war ein wenig ins Schleudern gekommen, und die qualmenden Reifen hatten schwarze Bremsspuren auf der Straße hinterlassen. Billy fuhr ein bißchen zusammen und sprang zur Seite.
Der Taxifahrer lehnte sich aus dem Fenster. »Arschloch, Schwanzlutscher! Warum paßt du nicht auf, wo du hinläufst?«

Billy tippte sich an die Stirn und schlenderte weiter.
»Billy!« rief ich noch einmal. Ich war jetzt an der Kreuzung. Er hatte mich gehört und drehte sich um. Ich lief über die Straße, obwohl die Ampel immer noch auf Rot war. Um ein Haar wäre ich selbst überfahren worden.
Er wartete vor einem Blumenladen auf mich. Wir standen da und sahen uns an. Kalter Schweiß lief mir den Rücken hinunter, wenn ich daran dachte, daß er beinahe unter das Taxi gekommen wäre. Ich schämte mich so, weil ich geglaubt hatte, er würde mit diesem Schwimmer mitgehen. Ich legte meine Hand auf seinen Arm. Aber er sah mich finster und vorwurfsvoll an und schüttelte sie ab.
Wir gingen im Sonnenschein den Boulevard entlang und wurden von Kauflustigen angerempelt.
»Ich halte das nicht aus, wie du mich behandelst«, sagte Billy. »Du hast Angst, mich zu verlieren, aber du schaffst damit nur Probleme.«
»Drohe mir nicht«, sagte ich.
»Das ist keine Drohung. Das ist eine Tatsache. Wie sollen wir uns lieben, wenn du mir nicht vertraust?«
Er blieb mitten im Gewühl von Spaziergängern stehen und sah mich an. Wir sprachen leise, aber selbst wenn wir geschrien hätten, hätte niemand Notiz davon genommen. Auf Manhattans Straßen finden noch ganz andere Dinge statt als ein Ehekrach zwischen zwei Schwulen.
»Wenn ich alle Gedanken, die in meinem Kopf sind, vor dir ausbreiten könnte, dann würdest du sehen, daß du keinen Grund hast, eifersüchtig zu sein.«
Ich schämte mich immer mehr.
Wir gingen in Richtung Fifth Avenue.
»Was kann ich nur tun, damit du mehr Vertrauen zu mir hast?« sagte er. »Ich würde alles dafür tun. Egal, was es ist. Ich will mich nur nicht dauernd mit dir streiten.«

Wir gingen die Fifth Avenue entlang. Die Bäume waren voller Knospen. Dann schlenderten wir durch den Central Park. Radfahrer fuhren an uns vorbei, und Spaziergänger führten ihre Hunde aus. Wir hielten uns etwas abseits und gingen unter den grünen Bäumen hindurch über den zertretenen Rasen, der übersät war mit Abfällen.
Wir setzten uns auf eine Parkbank. In der Nähe schlief ein Penner in einem schmutzigen Mantel auf dem Rasen. Er hatte eine Zeitung über sein Gesicht gelegt.
»Wenn dir diese spießbürgerlichen Rituale so viel bedeuten«, sagte Billy, »dann laß uns eben heiraten, verdammt noch mal, damit diese Streitereien endlich aufhören. Würde das helfen?«
Ich nahm seine Hand, hielt sie ganz fest und wollte sie küssen.
»Soll doch alles herauskommen«, sagte ich. »Wer darf uns vorschreiben, wie wir zu leben haben?«
Billy lächelte. »Das USOC wird uns auf dem Scheiterhaufen verbrennen.«
»Sollen sie es doch probieren«, sagte ich.
Wir fielen uns nicht um den Hals. Erstens waren wir im Central Park, und zweitens hatte unsere Auseinandersetzung uns beide sehr mitgenommen. Wir liefen durch den Park und berührten uns dabei nur gelegentlich. Wir empfanden eine seltsam neue, schmerzliche Zärtlichkeit. Wir wanderten durch den Kinderzoo, streichelten die Ponies und schauten uns die Schweine und Hühner an. Wir liefen über die Schafweide und spielten mit ein paar Studenten Frisbee. Wir sahen den Kindern zu, wie sie auf dem Teich ihre Schiffchen schwimmen ließen, und bewahrten den Schoner eines kleinen Jungen vor dem Kentern. Wir ruderten mit einem Boot eine Weile auf dem See. Zum ersten Mal war es mir egal, ob wir erkannt wurden oder nicht.
Wir blieben vor einem großen Karussell stehen. Es drehte sich, war über und über mit Glühbirnen beleuchtet, und auf

den hölzernen Pferden saßen Kinder. Das elektrische Orchestrion spielte »After the Ball Is Over«, und die Pferdchen gingen rauf und runter.
»Ich möchte Karussell fahren«, sagte Billy.
Ich erinnerte mich daran, daß er einmal unbedingt Schlittschuh laufen wollte, nur um mich zu ärgern. »Wenigstens kannst du dir dabei nicht den Fuß verstauchen«, sagte ich.
Ich kaufte zwei Karten. Als das Karussell anhielt, stiegen wir auf die beiden Pferde, die unserer Ansicht nach am wildesten aussahen. Niemand schenkte uns viel Beachtung – es war nichts Ungewöhnliches, daß Erwachsene sich wie Kinder benahmen und Karussell fuhren.
Die Orgel spielte »Daisy, Daisy«, und das Karussell begann sich zu drehen. Es ging immer auf und ab, wie im Traum. Billy lehnte seinen Kopf gegen die Stange und sah mich an. Schließlich nahm er meine Hand und drückte sie so fest, daß meine Finger knackten.
»Willst du mich erpressen, damit ich dir Popcorn kaufe?« fragte ich.
Als wir weggingen, stand eine Frau mit zwei kleinen Kindern bei dem Karussell und sagte: »Ihr dreckigen Schwulen!«
»Apropos Popcorn, ich bin am Verhungern«, sagte Billy. »Ich habe seit gestern nichts gegessen.«
Wir fuhren in die Stadt und aßen in dem Restaurant, dessen Namen ich nicht nennen möchte. Wir sprachen vom Heiraten.
»Sollen wir versuchen, eine Eheerlaubnis zu bekommen?« fragte ich.
»Das ist mir egal«, sagte Billy und bestrich seine gebackenen Pellkartoffeln mit Butter.
Hin und wieder beantragten zwei verzweifelte Schwule eine Ehegenehmigung. Sie wurde immer abgelehnt. Ich be-

schloß, diese Genehmigung zu vergessen – wir hatten schon genug Ärger.

»Wir können doch in die Kirche der Geliebten Jünger gehen und uns von Pfarrer Moore noch heute abend trauen lassen«, sagte Billy.

Ich dachte einen Moment darüber nach und schüttelte dann den Kopf. Eine Trauung auf die schnelle in einer Kirche für Schwule, wie zwei Teenager vor dem Friedensrichter, das war nicht das richtige.

»Wir sollten nichts überstürzen«, sagte ich. »Wir wollen es doch richtig machen. Wir sollten ein paar Leute einladen, und zwar diejenigen, die es betrifft. Dein Dad wäre sicher gekränkt, wenn er nicht dabeisein dürfte.«

»Was hast du vor, Mann«, fragte Billy. »Fünfhundert Leute in der St.-Patrick-Kathedrale und ein Empfang im Waldorf Astoria?«

Wir lachten. »Nein«, sagte ich. »Es soll eine kleine, intime Feier werden.«

Nach dem Abendessen gingen wir noch für eine Weile zum Tanzen in die Gemeindehalle der Unitarier. Der Eintritt kostete zwei Dollar, inklusive Getränke. Ein paar Schwule tanzten zu der Musik vom Plattenspieler. Es waren meist langsame Tänze. Auch Billy und ich tanzten einige langsame Tänze. Wir hielten uns dabei ganz eng umschlungen. Man erkannte uns, aber man ließ uns in Ruhe. Billys Stirn war ganz heiß – auch gefühlsbedingter Streß kann die Körpertemperatur ansteigen lassen, und ich fragte mich, welche Auswirkungen unsere Auseinandersetzungen auf sein Training haben würden. Ab und zu sahen wir uns in die Augen. Unsere Blicke verrieten, wie nahe wir beide daran gewesen waren aufzugeben.

Wir setzten uns noch für einen Augenblick in die schummerige Kirche, ich betete und Billy meditierte. Endlich verspürten wir wieder eine innere Ruhe. Dann fuhren wir zurück zum College.

Am nächsten Tag erzählte ich Joe Prescott von unseren Plänen. »Vermutlich wird man dann noch mehr Druck auf Sie ausüben«, sagte ich. »Wenn Sie wollen, dann trete ich als Cheftrainer zurück.«

Joe überlegte einen Moment und schüttelte dann den Kopf. »Marian und ich würden uns freuen, wenn Sie Ihre Hochzeit bei uns zu Hause feiern würden. Sie können alle Ihre Freunde einladen.«

Billy und ich heirateten am Sonntag, dem 8. Mai.

Einige Heterosexuelle werden vielleicht den Wunsch der Schwulen nach Respektabilität und beständigen Beziehungen verstehen. Ich könnte niemandem erklären, was diese Zeremonie für uns beide bedeutete. Das erste Mal mußte ich heiraten, obwohl ich innerlich zu dieser Ehe überhaupt nicht bereit war. Für Billy war unsere Hochzeit einer jener wunderbaren Momente, in denen er an die Spitze des Feldes ging, um ungehindert laufen zu können. Und er versuchte, ein ganz normales Leben zu führen.

Wir hatten jedoch ganz andere Vorstellungen von einer Trauungszeremonie als die meisten Heterosexuellen, obwohl wir einige elementare Rituale übernahmen und sie für unsere Zwecke schamlos mißbrauchten. Nachdem wir viel darüber diskutiert hatten, sah Billy ein, daß die Ehe für mich ebensowenig wie für ihn ein Sakrament war. Deshalb gab er schließlich auch nach.

Wir sahen die Ehe als eine formelle öffentliche Erklärung unserer Liebe, unseres Glaubens an die Schönheit und an den Wert dieser Liebe, unserer Absicht, in aller Öffentlichkeit zusammenzuleben, und unserer Ablehnung der Heterosexualität. Keiner von uns wurde als sittsame Braut vor den Altar geführt, und keiner von uns verpflichtete sich, dem anderen zu gehorchen oder gar dessen Eigentum zu werden. Wir waren Männer im besten Sinne des Wortes, und wir waren frei. Und gerade weil wir frei waren, wollten wir uns aneinander binden, damit einer dem anderen gleich viel geben konnte.

Wir kamen schließlich zu dem Entschluß, daß wir weder einen schwulen Pfarrer haben wollten, noch einen Gottesdienst, wie er in jeder x-beliebigen Kirche abgehalten wurde. Wir würden zwar nicht selbst den Pfarrer spielen, aber wir wollten uns ein Heiratsversprechen geben. Deshalb entwarfen wir selbst eine Predigt.

Es war ein schöner, warmer Nachmittag. Auf dem Campus war es ganz still, denn die meisten Studenten und Lehrer waren über das Wochenende nach Hause gefahren. Wir hatten niemandem erzählt, daß die Hochzeit auf dem Campus stattfinden sollte, denn wir wollten nur die engsten Freunde und Bekannten dabeihaben.

Sentimental, wie ich nun einmal bin, kam es mir so vor, als ob die Natur gerade an diesem Nachmittag erst richtig zum Leben erwachte. Überall auf dem Rasen um das Haus der Prescotts blühten üppig rosafarbene, rote und weiße Azaleen. Wir hatten uns hinter dem Haus neben einem Beet mit spätblühenden Narzissen versammelt. In der Nähe standen mehrere alte Apfelbäume in voller Blüte.

Alle, die uns etwas bedeuteten, waren gekommen: John Sive, Delphine, Vince und Jacques, einige Freunde von der GAA und der »Mattachine«, Steve Goodnight und der Engel Gabriel, Aldo Franconi, Bruce Cayton, Betsy Heden, mein Team und noch ein paar Läufer und Studenten, mit denen wir befreundet waren – alles in allem etwa dreißig Leute.

Aldo fielen beinahe die Augen aus dem Kopf, als er Delphine sah. Delphine trug ein langes, wehendes Chiffonkleid mit grünen Blumen und hatte einem großen Strohhut auf dem Kopf. Er sah aus, als wollte er auf eine Gartenparty der Königin von England gehen. »Wann werfen wir den Reis?« fragte Aldo ironisch. Aber dann hielt er sich taktvoll zurück. Wir saßen alle unter einem der Apfelbäume im Gras. Unsere Freunde hatten einen Kreis um Billy und mich gebildet. Billy trug seinen braunen Samtanzug und sein Rüschenhemd. Es war ihm so warm, daß er seine Jacke auszog und den Hemdkragen öffnete. Jacques spielte auf seiner Blockflöte ein paar schwermütige, mittelalterliche Weisen.

Billy und ich saßen Seite an Seite und begannen mit unserer kleinen Predigt. Sie bestand nur aus Zitaten, die wir abwechselnd vortrugen. Mit leiser Stimme las Billy aus den Lehren Buddhas vor. »Es gibt nur ein Gesetz, und das ist die Liebe. Nur die Liebe kann den Tod besiegen.« Danach las ich aus der Bibel, vor allem Stellen aus dem *Hohelied Salomos.*

Unsere Gäste saßen regungslos da und hörten uns zu. Wir spürten ihren Beistand und ihr Mitgefühl.

Dann steckte ich Billy einen goldenen Ring an den Finger. Während er mich unverwandt ansah, gab er das formelle Eheversprechen.

»Ich, William Sive, nehme dich, Harlan Brown, mit meinem Leib und meiner Seele zu meinem angetrauten Ehemann und Freund. Ich will dich lieben und ehren in guten und in schlechten Tagen, in Krankheit und Gesundheit, in Reichtum und in Armut, bis daß der Tod uns scheidet.«

Der Zauber dieser althergebrachten Worte (die von uns nur geringfügig abgeändert worden waren) schlug die Umsitzenden in seinen Bann. Aus dem nahen Wald kam der Gesang eines Kardinalfinken herüber. Nun steckte Billy mir einen goldenen Ring auf den Finger, und ich wiederholte die Worte, die er eben gesprochen hatte.

Dann umarmten und küßten wir uns. Wir hielten uns einen

Moment lang ganz fest. Wir taten es zum ersten Mal in aller Öffentlichkeit.
Zu meiner Überraschung vernahm ich leises Schluchzen. Wir lösten uns aus unserer Umarmung und sahen auf vielen Gesichtern Tränen. Aldo schüttelte den Kopf, als wollte er seinen Augen nicht trauen, dabei könnte ich schwören, daß auch er ergriffen und ein wenig erschüttert war.
Um der Situation die Spannung zu nehmen, sagte ich: »Jetzt sagt bloß, daß auch auf Hochzeiten von Schwulen geheult wird!«
Alle lachten. Wer geweint hatte, putzte sich verstohlen die Nase. Vince kletterte auf den Apfelbaum und schüttelte die Zweige, daß die Blüten auf die Gäste fielen. Delphine wischte sich mit einem Spitzentaschentuch die Tränen aus dem Gesicht und sagte: »Gott schütze euch beide, *chéris*.« Alle erhoben sich und lächelten.
Betsy kam mit geröteten Augen auf uns zugestürzt und umarmte uns. »Ihr seid wunderbar. Da weit und breit keine Braut da ist, die man küssen könnte, küsse ich eben die beiden Bräutigame.«
Billy packte sie und warf sie über seine Schulter. Betsy kreischte. »Harlan«, sagte er mit funkelnden Augen, »darf ich eine Freundin haben?«
»Sicher«, sagte ich. »Von mir aus kannst du zehn Freundinnen haben.«
Billy spazierte mit der lachenden und kreischenden Betsy über seiner Schulter auf dem Rasen herum. Fast alle hier wußten von Betsys Neigung und brachen in schallendes Gelächter aus. Aldo wußte von nichts. Er bekam wieder mal Stielaugen, weil er nicht begriff, was das zu bedeuten hatte.
Dann gingen alle zum kalten Büfett hinüber, das Marian neben dem Blumenbeet aufgebaut hatte. Dort gab es Wein und Champagner, und zum Essen Käse und andere Köstlich-

keiten, die Marian zubereitet hatte. Jacques spielte noch ein bißchen auf seiner Flöte. Billy und ich kosteten den Champagner. »Ich hoffe, Buddha wird mir dieses eine Mal verzeihen«, sagte Billy.

Wir redeten, lachten und waren den ganzen Nachmittag fröhlich.

»Jetzt haben wir also die Bescherung«, sagte Aldo, bevor er ging.

»Das ist uns klar«, sagte ich.

»Tut mir einen Gefallen«, sagte er. »Setzt keine Anzeige in die Klatschspalte der *Times*.«

»Wir haben es niemandem erzählt, außer unseren Freunden«, sagte ich. »Aber ich nehme an, die *Times* wird es schnell genug herauskriegen.«

Noch am selben Abend zog Billy von seinem Zimmer im Wohnheim zu mir in mein Haus.

Das Team hatte mein Auto und Billys Fahrrad mit Papierschlangen geschmückt und Blechdosen und alte Schuhe an die Stoßstange gebunden. Auf einem Schild stand JUST MARRIED. Sie liebten diese Art von Scherzen.

John Sive sah jetzt glücklicher aus als vor einiger Zeit. »Ich habe wirklich ein gutes Gefühl bei der ganzen Sache«, sagte er. »Ich glaube, es wird gutgehen.«

»Das muß es«, sagte ich. »Wenn nicht, dann wäre das unser Untergang.«

14

Der Wecker klingelte um 5 Uhr 30.
Als ich mich im Bett aufsetzte, um ihn abzustellen, regte sich Billy neben mir. Er lag jetzt jeden Morgen neben mir im Bett. Er streckte sich und gähnte. Dabei berührte er mit den Füßen den Irish Setter, der am Fußende des Bettes schlief.
»Raus aus den Federn«, sagte ich. »Los, los.«
Der Setter sprang auf den Boden und schüttelte sich.
Billy stöhnte. »Ich hasse es, so früh aufzustehen.« Aber er stand trotzdem auf und ging ins Badezimmer. »Möchtest du wissen, was ich nach der Olympiade machen möchte? Was mein großer Traum ist?«
»Was?« fragte ich, während ich das Bett machte.
»Einen Monat lang jeden Morgen bis um neun schlafen.«
In diesen Wochen vor den Ausscheidungskämpfen lief alles routinemäßig ab.
Wir machten im Wohnzimmer Gymnastik und Yoga, um die Blutzirkulation anzuregen. Diese Lockerungsübungen und das Aufwärmen vor dem Training bewahrten Billy vor Verletzungen. Danach zogen wir unsere Schuhe und Shorts an.
Das Morgenrot schimmerte durch die Bäume, wenn wir zum Training gingen. Billy hielt sich bezüglich der zu laufenden Distanz und des Tempos genau an meine Anweisungen. Ich lief wie gewohnt acht oder neun Meilen in jeweils 6:30 oder sieben Minuten. Ich konnte nicht mit ihm Schritt halten, deshalb ließ ich ihn an mir vorbeilaufen und sah ihm nach, bis er zwischen den Bäumen verschwand. Ich war immer froh, daß es hier für den Verkehr gesperrte Privatwege gab. Wenn

Billy auf der Straße trainieren müßte, hätte ihn vielleicht irgendein Irrer überfahren.
Es funktionierte bestens mit unserem unterschiedlichen Tempo beim Laufen. Wenn ich zurückkam, war Billy schon fertig geduscht und rasiert, und das Badezimmer war frei.
Wir machten das Frühstück, setzten uns an den Kieferntisch in der Küche, und die Sonne schien durchs Fenster. Ich aß Eier mit Speck, und Billy aß Früchte mit Sauermilch. Wenn er an der Reihe war mit Frühstückmachen, dann briet er mir den Speck. Liebe ist, wenn man für den anderen Speck brät, obwohl man selbst Vegetarier ist.
Die Feministinnen wären erstaunt gewesen, wenn sie gesehen hätten, wie wir mit dem Haushalt fertig wurden. Keiner von uns beiden wollte die Frau im Haus sein, aber trotzdem wollten wir nicht in einem Saustall hausen. Also teilten wir die Hausarbeit fifty-fifty. Einen Tag kochte ich und machte das Bett, und den nächsten Tag machte es Billy. Wir einigten uns, einmal in der Woche den Boden naß zu putzen und überall im Haus Staub zu wischen. Marians Haushälterin wusch und bügelte unsere Wäsche.
Alle zwei Wochen fuhr Billy mit dem Fahrrad nach Sayville, einem kleinen Ort in der Nähe des Campus, und kaufte Lebensmittel ein. Er hatte sich darauf eingestellt, in bescheideneren Verhältnissen zu leben als sein Vater, und er war sehr geschickt im Aufstellen von Haushaltsplänen. Manchmal konnte er eine schwere Einkaufstüte in die Küche tragen und dabei stolz verkünden: »Hey, ich habe Filet für dich gekauft, 1 Dollar und 95 Cent das Pfund!«
Eines Tages kam er zurück und erzählte mir, daß jemand mit seinem Auto versucht habe, sein Rad in den Graben zu drängen. Nach diesem Vorfall gab ich ihm meinen Wagen zum Einkaufen.
Obwohl durch unsere Heirat zu meinem Gehalt noch seine

10 000 Dollar hinzukamen, lebten wir sehr sparsam. Ich unterstützte immer noch meine Kinder. Die Reisen zu Veranstaltungen kosteten auch eine ganze Menge. Wir hatten alles bis zu dem letzten Paar Schuhe für Billy einkalkuliert – und er brauchte alle zwei Wochen neue Laufschuhe.

Jeden Tag arbeiteten wir nach dem Frühstück an dem Schulprogramm für das kommende Semester. Billy steckte voller Ideen, wie man das Studienprogramm für Schwule ausbauen könnte.

Um 12 Uhr 30 aßen wir gewöhnlich zu Mittag. Ich kochte mir entweder eine Suppe oder aß ein Sandwich oder was gerade da war. Billys aß jeden Tag das gleiche: Spezial-Vollkorn- und Getreideflocken, Haferflocken, Gerste, Hirse, alle Arten von Körnern, die vor dem Kochen gemahlen wurden. Ich fragte schon längst nicht mehr, ob ihm das nicht allmählich zum Hals heraushing.

Vince begleitete uns oft, wenn Billy auf der Kunstbahn trainierte. Im Juli ging Vince auf Europatournee; deshalb ruhte er sich jetzt ein wenig aus. Manchmal kamen Reporter und Leute vom Sport vorbei und beobachteten die beiden.

Die Presse hatte ziemlich schnell von unserer Heirat Wind bekommen. Wenn uns jemand danach fragte, bestritten wir auch nichts. Bruce Cayton verkaufte seine Fotos und seine Story an *Harper's Bazaar*. Die Leute vom Sport waren deswegen immer noch schockiert, und wenn sie vorbeikamen, sprachen sie nicht darüber.

Nach der Arbeit und dem Training besuchten wir nachmittags ab und zu Joe und Marian. Sie und ihre Freunde lagen am Swimmingpool oder schwammen. Die Sonne brannte auf uns herab, und wir plauderten und lachten. Ich wurde braun, aber Billy war gesprenkelt wie ein Wachtelei.

Abends blieben wir normalerweise zu Hause. Wir faulenzten gern zusammen und wollten dabei möglichst nicht gestört

werden. Manchmal kochten wir unser Abendessen draußen – Billys Kartoffeln und mein Steak garten in gehörigem Abstand auf dem Holzkohlengrill. Geschickt raspelte Billy rohe Karotten und Rüben über die Kartoffeln. Dazu aß er dann einen Salat mit Nüssen und trank Sauermilch dazu.
Nach dem Abendessen arbeiteten wir noch ein bißchen, sahen uns Filme von Wettläufen an, um Billys Gegner in Montreal besser einschätzen zu können, analysierten seine Leistung, lasen und kümmerten uns um die Post. Auch wenn er nicht mit mir in einem Raum war, sagte mir ein bestimmtes Geräusch, daß er im Haus war. Aus seinem Transistorradio klang leise Rockmusik – aus Rücksicht auf mein Trommelfell. Oder ich hörte ihn in der Küche mit Geschirr klappern, oder wie er barfuß über den alten Bretterboden lief.
Wenn John Sive in der Stadt war, fuhren wir gelegentlich am hellen Nachmittag nach Manhattan zum Essen, gingen ins Kino und waren gegen 21 Uhr 30 wieder zu Hause. Wir nahmen auch einige Einladungen an, in der Stadt vor verschiedenen Schwulengruppen zu sprechen. Wir taten das, ohne zu befürchten, die AAU könnte Billy mit der Unterstellung maßregeln, er habe Schmiergelder angenommen.
Vor dem Einschlafen lasen wir oft noch im Bett. Ich erinnere mich, daß Billy Steve Goodnights Roman *Die Vergewaltigung des Erzengels Gabriel* las. Ich las viel in der Bibel und ließ dabei ihren Trost und ihre Wahrheit auf mich wirken. Jesus hatte gesagt, die Letzten würden die Ersten sein. Die Gesellschaft behauptete, wir seien die Letzten. Vielleicht hatte Jesus die Schwulen damit gemeint.
Das Schlafzimmerfenster stand in warmen Nächten immer weit offen. Wir hörten den Wind in den Zedern und Fichten rauschen. Wenn es regnete, hörten wir den Regen auf das Vordach trommeln, und der Geruch von feuchter Erde

drang ins Zimmer. Wir liebten uns und schliefen danach engumschlungen ein.
An den Wochenenden arbeiteten wir im Garten. Es war ein gutes Gefühl, den Rasenmäher hinter dem Haus zu hören. Ich hatte den Benzinmäher verschenkt, weil ich immer Angst hatte, Billy könnte sich damit ein paar Zehen abschneiden, und dafür einen altmodischen Handmäher angeschafft.
Joes ehemaliger Gärtner hatte um das Haus mehrjährige Pflanzen gesetzt, und wir versuchten, die verwahrlosten Beete ein bißchen in Ordnung zu bringen. Wir hatten Lilien, Iris, Klatschmohn, Rittersporn und sogar ein paar verkümmerte Rosen. Ich sehe Billy noch vor mir, wie er auf Händen und Knien an ein paar allmählich verwelkenden Hyazinthen schnupperte.
»Hast du gewußt, daß das die Blume der Jungfrau ist?« fragte er.
Ich bückte mich und roch daran. Sie dufteten stark. »Warum riechst du dann nicht so, wenn du gelaufen bist?« foppte ich ihn.
»Wir sollten im Herbst noch ein paar pflanzen«, sagte er. Er deutete auf den Klatschmohn. »Dein Mohn sieht auch gut aus.«
Hinter dem Haus war ein mit Unkraut überwuchertes Beet. Hier hatte der Gärtner seinen Kräutergarten gehabt. »Nächstes Frühjahr werden wir hier alles umgraben«, sagte Billy, »damit wir Gemüse anpflanzen können. Was meinst du? Kopfsalat und so was.«
Vorläufig teilte er mit dem Spaten nur ein kleines Stück ab und grub es mit offenem Hemd emsig um. Er setzte ein paar Tomatenpflanzen, die er im Supermarkt in Sayville gekauft hatte, und band sie an ein paar alten Bambusstangen fest, die er in der Garage gefunden hatte.
Er war wie ein Duft in meinem Leben, wenn man sagen kann,

daß rostfreier Edelstahl wie Hyazinthen duftet. Ich hatte mich nur nach einem Liebhaber gesehnt, aber ich bekam auch einen Freund. Er verhielt sich ungezwungen und war praktisch veranlagt, doch stets liebenswürdig und rücksichtsvoll. Er hielt sich jetzt exakt an sein Trainingsprogramm, aber nicht, weil er vernünftiger geworden war, sondern weil er mich liebte.

Als ich Anfang Juni eine schlimme Grippe bekam, kümmerte er sich rührend um mich. Er gab mir Aspirintabletten, machte mir Kräutertee und fuhr mit dem Fahrrad zur Apotheke, um mir Antibiotika zu besorgen. Ich hatte Angst, er könnte sich anstecken, aber er war fit und nahm viel Vitamin C zu sich; deshalb war er gegen die Grippe gefeit.

Allmählich begriff ich, daß ich ihm voll und ganz vertrauen konnte. Attraktiv, wie er war, genügte ein Blick von ihm, um mich zu verführen. Aber er war keusch. Niemals schaute er andere Männer an. Ich war ihm ergeben und hatte deswegen manchmal ein schlechtes Gewissen – allerdings fast schon gewohnheitsmäßig. Er bemerkte es jedes Mal und schimpfte mit mir, aber er verzieh mir immer.

Seine Gefühle für mich änderten sich nicht, und allmählich verschwand bei mir auch der letzte Zweifel. Ich wollte ihn beschützen und der ganzen Welt die Zähne zeigen, dabei war er immer der Stärkere von uns beiden, ruhig und stahlhart, während ich einem Zusammenbruch nahe war. Seine schlechten Eigenschaften – seine Kaltblütigkeit und seine Erbarmungslosigkeit – richteten sich jetzt ausschließlich gegen diejenigen, die uns bedrohten. Seit unserer Hochzeit hatten wir keinen Streit mehr.

Ich hatte alles, was sich ein Mensch im Leben erträumt: Ruhe, das tägliche Zusammensein mit einem geliebten Menschen und Zärtlichkeit. Doch genau das wollten uns einige Leute nehmen. Wir verbrachten jeden Tag ganz bewußt in erbitterter Selbstverteidigung.

Als die Presse über unsere Heirat berichtete, meldeten sich bei uns plötzlich Verwandte, von denen wir lange nichts gehört hatten.
Ich bekam einen Anruf von meinem Onkel aus Philadelphia, der mir erzählte, daß meine Mutter vor lauter Aufregung wegen der Publicity einen Nervenzusammenbruch erlitten habe. Sie lag jetzt im Krankenhaus. »Hast du denn noch nicht genug Schande über die Familie gebracht?« brüllte er mir ins Ohr. »Willst du auch noch deine Mutter ins Grab bringen?«
»Ich habe ihr nichts getan«, sagte ich. »Sie bringt sich selbst um.«
»Ich wette, du bist ein Kommunist«, sagte mein Onkel. »Du willst die amerikanische Familie zerstören.«
Und dann besaß er noch die Frechheit, mir zu sagen, daß die Familie darauf bestehen würde, daß ich mich an den Krankenhauskosten beteilige, falls die Krankenversicherung meiner Mutter nicht zahlte.
Die schmerzlichste Begegnung hatte jedoch Billy mit seiner Mutter.
John und ich hatten uns gefragt, ob sie eines Tages wieder auftauchen würde. Kinder, die über Nacht berühmt werden, haben die Gabe, ihre einstmals spurlos verschwundenen Eltern wieder hervorzuzaubern. Etwa eine Woche nach unserer Hochzeit bekam Billy einen harmlos klingenden Brief von seiner Mutter. Leida schrieb, daß sie jetzt in San Diego lebe und all die Jahre an ihn gedacht hätte. Und sie fragte, ob sie Billy vielleicht besuchen dürfe?
Billy war etwas verwirrt, aber er meinte: »Ich glaube, ich sollte sie einladen.«
In der vorletzten Juniwoche kam Leida an einem regnerischen Nachmittag nach Prescott. Sie saß nervös in unserem Wohnzimmer, schaute auf den Trainingsplan neben der Küche und betrachtete unsere schmutzigen Laufschuhe, die

neben der Haustür standen. Durch das Fenster konnte sie unsere Shorts, den Genitalschutz und die T-Shirts sehen, die klatschnaß über der Wäscheleine hingen, wo Billy sie vergessen hatte.

Leida war eine schlanke, nervöse Frau und kaum älter als ich. Sie umklammerte vor Aufregung ihre Handtasche, und ihre sonst blassen Wangen waren leicht gerötet. Sie war gekleidet, als wollte sie in die Kirche gehen: ein pinkfarbenes Leinenkostüm, ein weißer Strohhut und weiße Handschuhe. Sie hatte Billys blaugraue Augen, seine hohen Wangenknochen und sein lockiges hellbraunes Haar. Aber an ihr wirkten diese hohen Wangenknochen unnatürlich, und ihre Augen verbargen etwas.

Billy begrüßte sie höflich und kühl. Er schüttelte ihr die Hand. »Hallo, Leida«, sagte er.

Sie musterte uns beide von Kopf bis Fuß. Ich glaube, sie war irritiert, weil wir zu ihrem Empfang nicht besser angezogen waren. Wir kamen gerade von den Prescotts. Wir trugen beide alte T-Shirts, Shorts und Gummisandalen.

Wir redeten das Übliche. Wie war die Reise usw.

Schließlich sagte Leida: »All die Jahre hatte ich ein sehr schlechtes Gewissen. Ich war noch sehr jung, als du auf die Welt kamst, gerade achtzehn. Ich...« Ihre Augen waren weit aufgerissen, und ihr Gesicht wirkte ängstlich. »Ich... war nicht reif für ein Baby. Ich hatte nach der Geburt schreckliche Depressionen. Dann verließ ich deinen Vater, als ich herausfand, was... was mit ihm los war. Als ich mich von ihm trennte, gab ich dich in seine Obhut, weil ich nicht imstande war...«

Billy saß mit verschränkten Beinen auf der afghanischen Brücke, hielt den Kopf mit dem zottigen Haar ein wenig gesenkt und sah sie nicht an. »Du mußt dich nicht entschuldigen«, sagte er. »Es hat doch alles prima geklappt.«

»Aber es war abscheulich von mir, dich zu verlassen«, sagte sie.
Billy blickte mit seinen klaren, furchtbaren Augen zu ihr auf. »Warum?«
»Na... weil...« Sie sprach es nicht aus. Sie war sicher, daß er sich normal entwickelt hätte, wenn sie ihn damals mitgenommen hätte.
»Wie ist dein Vater... zurechtgekommen?« fragte Leida.
»Oh, er und Frances sind gut miteinander ausgekommen«, sagte Billy.
»Frances? Hat er denn wieder geheiratet?«
Billys Blick war leer und erbittert. »Er hat einen Transvestiten geheiratet.« Er gab Leida vollkommen schonungslos die erste Lektion in Schwulen-Soziologie. »Sie haben mich aufgezogen.«
Leida atmete tief durch.
»Du weißt gar nicht, wie sehr ich es bereue«, sagte sie zu Billy. »Wenn ich doch die Zeit zurückdrehen könnte...«
»Schau«, sagte Billy und wurde ein bißchen nervös. »Ich bin glücklich, also... es gibt nichts zu bereuen. Mach dir keine überflüssigen Gedanken.«
Es war ganz still im Zimmer.
»Ich habe oft an dich gedacht«, sagte Leida. »Ich dachte... oh, er ist jetzt schon erwachsen, und vielleicht ist er mit einem netten Mädchen verheiratet. Zuletzt versuchte ich, mich mit dir in Verbindung zu setzen, aber John war umgezogen. Ich wußte nicht, wohin ihr gezogen seid, bis ich in den Zeitungen las...«
Sie hielt inne. Plötzlich brach es aus ihr hervor. »Aber Billy, das ist so absurd! Willst du denn nie eigene Kinder haben? Willst du denn keine Familie? Jeder Mann möchte, daß seine Familie nicht ausstirbt.«
Ich saß mit geballten Fäusten in einem Ohrensessel und

schaute auf meine Gummisandalen hinunter. Ich hatte mir geschworen, mich nicht in diese Unterhaltung einzumischen; schließlich wurde Billy ganz allein damit fertig.
Er lächelte. »Es gibt sowieso zu viele Kinder«, sagte er. »Wir verhelfen der Welt zu einem Nullwachstum.«
Sie war über diesen Scherz beleidigt. »Billy, ich bin deine Mutter, und ich will nur dein Bestes.«
Plötzlich stand Billy auf. Er zitterte am ganzen Körper und war kreidebleich. »Du bist nicht meine Mutter, verstehst du?«
Leida hielt sich die Hände vor den Mund. Sie hatte blasse, feingliedrige Hände wie Billy, aber ihnen fehlte seine Kraft.
»Du dachtest vielleicht, du seist meine Mutter«, fuhr Billy fort. »Aber ich war erst neun Monate alt, als du weggingst. Für mich bist du weiter nichts als ein Name auf meiner Geburtsurkunde. Ich bin nicht sicher, ob ich überhaupt eine Mutter habe. Vielleicht bin ich im Kohlbeet gewachsen. Wenn ich je so was wie eine Mutter hatte, dann war das Frances.«
Ich wußte, daß Billy nicht absichtlich grausam war, aber seine Offenheit war ebenso grausam, als ob er sie absichtlich gequält hätte.
»Frances hat meine Windeln gewechselt«, sagte Billy. »Er hat mir das Laufen beigebracht. Er hat mich von der Schule abgeholt, und wenn ich mir das Knie aufgeschlagen hatte, dann hat er es verbunden.«
Leida hielt ihre zitternden Hände vor die Augen und schluchzte.
»Billy, das reicht jetzt«, sagte ich leise. Mir tat Leida ein bißchen leid.
»Noch lange nicht«, sagte Billy. Er ließ keinen Blick von ihr. »Alle versuchen, Harlan und mich auseinanderzubringen. Und du tauchst einfach aus der Versenkung auf und machst

dabei auch noch mit. Vielleicht bist du ja eine ganz nette Dame, und ich möchte dir nicht weh tun. Aber verschone mich mit deinen Schuldgefühlen. Und versuche nicht, mir deine heterosexuellen Zwangsvorstellungen aufzudrängen.«

»Billy«, sagte ich. Ich stand auf, ging zu ihm und legte ihm die Hand auf die Schulter. Ich hatte ihn noch nie so aufgeregt gesehen.

Die Art, wie ich Billys Schulter berührte, provozierte Leida sichtlich. Sie stand auf. »Ich wollte vernünftig mit dir reden«, sagte sie zu Billy. »Anscheinend stehst du unter einem schlechten Einfluß. Du bist immer noch ein Kind.«

»Er war zweiundzwanzig, als wir uns begegneten«, sagte ich. »Er war ein erwachsener Mann, kein unschuldiges Mädchen. Und er war imstande, selbst zu entscheiden, wie er leben wollte.«

»Billy«, sagte Leida. »Ich werde dich mit nach Hause nehmen. Ich glaube, das ist das Beste für dich.«

Billy begann hysterisch zu lachen. »Nach Hause? Hier ist mein Zuhause.«

»Billy«, fuhr Leida hartnäckig fort, »es gibt Gesetze...«

»Hör gut zu«, sagte Billy mit heiserer Stimme – er war genauso wütend wie damals, als ich ihn geohrfeigt hatte –, »was verstehst du denn von Gesetzen? Mein Vater ist Rechtsanwalt. Ich kenne die Gesetze. Liest du keine Zeitungen? Das Oberste Bundesgericht hat die Gesetze gegen Homosexualität abgeschafft.«

»Die Polizei...«, sagte Leida.

»Versuch es.« Billy war in diesem Augenblick wieder das Tier, das um die Führung kämpft. »Du hast überhaupt nichts in der Hand. Ich bin nicht mehr minderjährig, und ich war es auch damals nicht, als ich Harlan traf. Du hast mich offiziell in die Obhut meines Vaters gegeben. Die ganzen Jahre hast du von deinem Besuchsrecht keinen Gebrauch gemacht. Du hast dich doch gar nicht für meine Moral interessiert. Also, heul mir jetzt nicht was vor. Ob Polizei oder Gericht, du hast keine Chance.«

»Eltern haben das Recht, ihre Kinder zu entführen, wenn es zu ihrem Besten geschieht«, sagte Leida. Sie hatte wahrscheinlich von Eltern gehört, die ihre Kinder mit Gewalt aus irgendwelchen Jugendsekten herausgeholt hatten.

»Du kannst es versuchen«, sagte Billy. »Aber dann werde ich dich wegen Körperverletzung anzeigen.«

»Gott wird euch beide strafen«, schrie Leida.

Billy war mit zwei Schritten an der Tür und öffnete sie. Draußen nieselte es. »Raus«, sagte er.

Schweigend nahm Leida ihre Handtasche und Handschuhe und ging hinaus, ohne Billy anzusehen.

Sicher hatte sich Leida nach Billys Bemerkungen noch einmal über die rechtliche Lage informiert, denn wir hörten nichts mehr von ihr. Aber sie war in unser Leben eingebrochen und hatte ihre Spuren hinterlassen.

Es gab noch mehr schmerzliche Erlebnisse wie dieses.

Joe und Marian hatten eine verheiratete Tochter, die in Chicago lebte. Die letzten zwei Wochen im Juni waren ihre drei kleinen Kinder bei den Prescotts zu Besuch. Es waren zwei Jungs und ein Mädchen im Alter zwischen fünf und acht Jahren – die hübschesten und lebhaftesten kleinen Rangen, die man sich vorstellen konnte, und alle hatten blonde Löckchen.

Sie hängten sich alle an Billy, und das aus gutem Grund. Er verhielt sich oft selbst noch wie ein Kind und wußte, wie man mit Kindern umgeht. Mir gegenüber waren sie etwas scheu, aber dennoch sehr freundlich. An sonnigen Nachmittagen herrschte am Swimmingpool der Prescotts ein fröhliches Treiben. Die Kinder planschten im Wasser und lachten, wenn wir sie mit dem Gartenschlauch abspritzten oder ihre großen

Plastiktiere im Pool schwimmen ließen. Ich sehe Billy noch vor mir, wie er versucht, sich auf die große Plastikente zu setzen, und so tut, als ob er es nicht schaffe, und wieder ins Wasser fällt. Die Kinder waren begeistert und schrien vor Lachen.

Joe und Marian lagen in den Liegestühlen und lächelten wohlwollend.

Wenn wir auf der Aschenbahn waren, kamen die drei Kinder und schauten uns zu. Die Kinder der Lehrer kamen auch oft, um uns zuzusehen, und so standen manchmal zehn oder fünfzehn Kinder an der Bahn. Sie wußten, daß sie nicht zuviel Lärm machen oder Billy und Vince beim Laufen stören durften. Aber sie veranstalteten ihren eigenen kleinen Wettkampf und sausten außerhalb der Aschenbahn auf und ab. Julie, das kleine Mädchen, lief mit ihren kleinen Beinchen wie verrückt, und ihre blonden Locken glänzten in der Sonne. Sie versuchte, mit Billy Schritt zu halten, als er vorbeiraste. Wenn er einen Schritt machte, mußte sie zehn machen.

Wenn das Training vorbei war und die Jungs noch ein bißchen gejoggt hatten, um sich wieder auf normale Touren zu bringen, liefen die Kinder sofort zu ihnen und riefen schon von weitem: »Bill-iiii! Bill-iiii!« Ich höre noch heute ihre klaren, hohen Stimmen, die sich wie das Zwitschern der Vögel im Wald anhörten. Billy und Vince packten die Kinder abwechselnd und warfen sie in die Höhe. Sie kreischten vor Vergnügen und konnten nicht genug kriegen. Billy setzte das kleine Mädchen auf seine Schultern und hüpfte mit ihm herum wie ein Pferd, und es klammerte sich an seinen Haaren fest. Dann marschierten wir gemeinsam über die Wiese nach Hause, den Duft von frischgemähtem Gras in der Nase.

»Frag mich nicht, warum«, sagte Billy, »aber ich liebe dieses kleine Mädchen.«

»Sicher weißt du, warum«, sagte ich.

»Laß sie uns entführen«, sagte er.
Aber als Joes Tochter kam, um die Kinder abzuholen, war sie empört, daß ihre Eltern den Kindern erlaubt hatten, sich mit uns herumzutreiben. Sie war nicht annähernd so liberal wie ihre Eltern. Joe und Marian versuchten, vernünftig mit ihr zu reden, aber sie war stur. »Es ist das Beste für die Kinder«, sagte sie.
Immer wenn sie uns jetzt sah, rief sie die Kinder zu sich und ging mit ihnen außer Sichtweite. Die drei Kleinen verstanden das nicht und fingen an zu weinen.
»Manchmal vergessen wir«, sagte Vince verbittert, »daß wir Aussätzige sind.«

Während dieser sonnigen Wochen mußte ich oft an Leidas Worte denken. Sie hatte recht. Ich hatte Kinder, aber Billy würde seine hervorragende Erbmasse nicht weitergeben. Wie sich herausstellte, dachte auch Billy immer wieder darüber nach, und allmählich begannen wir, über die Vaterschaft von Schwulen zu sprechen. Wir kamen auf dieses Thema durch einen anonymen Telefonanruf, der gehässiger war als die üblichen Anrufe.
Um uns zu beruhigen, machten wir einen Spaziergang auf dem Weg, auf dem wir sonst trainierten. An diesem Nachmittag sah es ganz nach Regen aus, und in der Ferne hörte man leises Donnergrollen. Wir gingen sehr langsam. Die Abdrükke unserer Spikes vom Vormittag waren immer noch auf dem Boden zu sehen.
»Eine Sache beschäftigt mich sehr«, sagte ich. »Wenn wir mal sterben, dann bleibt von uns nichts zurück. Wenn andere Ehepaare sterben, dann bleiben immer noch die Kinder. Und sogar ein Erbe, ein Name, der weitergegeben wird, oder auch nur eine Heiratsurkunde auf einem Standesamt. Aber von uns bleibt nichts.«

»Ich werde ein Testament machen«, sagte Billy. »Und ich hinterlasse dir meinen braunen Samtanzug und alle meine alten Laufschuhe.« Das war kein Witz.

Wir gingen immer weiter. Wir empfanden das Grün des Waldes beinahe als obszön. Feiner Nebel kam herunter und kühlte uns Gesicht und Haut.

»Vielleicht wirst du darüber lachen«, sagte ich, »aber ich wünschte, wir beide hätten Kinder.«

»Ich finde das gar nicht zum Lachen«, sagte Billy. »Ich habe auch schon daran gedacht.«

»Kinder zu haben, ist oft das Schönste an einer Ehe«, sagte ich. »Natürlich können sie auch eine Plage sein, aber Kinder aufzuziehen hat auch seine schönen Seiten. Wenn du zum Beispiel abends nach Hause kommst, und sie kommen dir entgegengelaufen und rufen Daddy, Daddy.«

Wir kamen an einen kleinen, rauschenden Bach. Er schlängelte sich zwischen den Steinen an uns vorbei. Wir sprangen über den Bach und gingen weiter.

»Ich hatte immer geglaubt, ein Weiterleben in den Kindern sei Illusion«, sagte Billy. »Aber ich habe meine Meinung geändert. Denk mal an die kleine Julie. Angenommen, sie wäre deine Tochter. Wenn dir etwas zustoßen würde, dann wäre sie alles, was mir von dir bleiben würde. Aber es wäre immerhin etwas. Ich wäre nicht allein und könnte für sie sorgen. Und wenn sie meine Tochter wäre, wäre es umgekehrt genauso... Du lebst nicht weiter, aber der andere.«

Wir versuchten beide, uns zu beherrschen und einander nicht anzusehen. Wir gingen nicht einmal Hand in Hand. Billy schlenderte den Weg entlang, die Hände in den Hosentaschen, stieß mit dem Fuß kleine Steinchen vor sich her und streckte sich, um Blätter von den Bäumen zu reißen.

»Ich glaube nicht, daß wir bei einer Adoptionsstelle Erfolg hätten«, sagte ich.

»Wir haben nicht die geringste Chance«, sagte Billy. »Dad hatte mal zwei Fälle mit Lesben und einen Fall mit Schwulen. Alle wollten Kinder adoptieren. Die Vermittlungsstellen und das Gericht sagten nein. Sie meinen, ein Kind hätte ein Recht darauf, heterosexuell erzogen zu werden.«
»Es wäre sowieso besser, eigene Kinder zu haben«, sagte ich.
»Sicher«, sagte Billy. »Aber wenn irgendwo da draußen ein schwuler Junge wäre, verlassen wie ich damals, und man würde ihn mir geben, dann würde ich ihn zu mir nehmen. Und ich würde auch eigene Kinder haben, wenn ich könnte.«
»Ist das dein Ernst?« sagte ich.
»Natürlich ist das mein Ernst«, sagte Billy. »Ich würde bestimmt einen guten Vater abgeben. Ich glaube, das würde mir gefallen. Wir wären beide gute Väter.«
»Ich habe da ein wenig Erfahrung«, sagte ich. »Das Gespräch über den Erzengel Gabriel auf Fire Island hat mir zu denken gegeben. Wir könnten zum Beispiel ein Kind auf dem Schwarzmarkt kaufen.«
»Aber Schatz, wovon sollten wir das bezahlen? Wir müßten meine ganzen Trophäen versetzen, und ich würde meinen Amateurstatus verlieren.«
Ich lächelte und hatte dabei einen Kloß im Hals.
»Es gibt noch eine andere Möglichkeit«, sagte ich. »Eine Menge Ehepaare haben Probleme, weil ein Partner unfruchtbar ist. Besonders wenn die Frau keine Kinder bekommen kann. Das Ehepaar sucht sich dann eine Leihmutter, der Mann schwängert sie, und sie erklärt sich einverstanden damit, daß nach der Geburt das Kind von dem Ehepaar erzogen wird.«
Billy blieb stehen und sah mich an. »Das ist keine schlechte Idee.«
»Dann such uns doch eine Leihmutter.«
»Was?«

»Ich werde nicht mit einer Frau ins Bett gehen. Nicht mal, um mit ihr ein Kind zu zeugen.«
»Bliebe noch die künstliche Befruchtung«, sagte ich.
Billy lächelte. Sein Haar war feucht vom Nebel und schimmerte. »Seltsam«, sagte er. »Früher oder später braucht man die Frauen doch. Das ist wirklich ungerecht.« Wir gingen weiter. »Aber... was willst du machen?« Er stieß wieder mit dem Fuß einen Stein vor sich her. »Wie sollen wir so eine Zuchtstute finden?«
»Woher soll ich das wissen? Vielleicht durch eine Anzeige in der Zeitung. Man kann sich die Bewerberinnen anschauen, und dann sucht man sich eine aus, die hübsch und intelligent ist. Sie müßte aber vor dem Eingriff einen Vertrag unterschreiben, damit sie nachher nicht einfach mit dem Baby abhauen kann.«
»Das hört sich kompliziert an. Sie wird Geld haben wollen.«
»Ja. Und wir müßten alle Krankenhauskosten übernehmen.«
Billy fuhr sich mit den Fingern durchs Haar und schüttelte den Kopf. »Das hört sich so an, als müßten wir damit bis nach der Olympiade warten, vorausgesetzt, ich bin in Montreal dabei.«
»Es gibt da noch ein Problem. Angenommen, wir stellen erst fest, daß das Kind wirklich eine Mutter braucht, wenn es bereits zu spät ist.«
Billy schüttelte wieder den Kopf. Wir kamen noch an einen kleinen Bach. Wir überquerten ihn auf ein paar breiten, flachen Steinen im Bachbett. Billy rutschte dabei mit einem Fuß ab, und sein Schuh wurde naß. Bei jedem Schritt quietschte sein Schuh vor Nässe, aber er ging weiter. Wir kamen an die Stelle, wo der Weg abzweigte, den wir an jenem ersten Frühlingsmorgen vor einem Jahr eingeschlagen hatten.
»Deswegen mache ich mir keine Sorgen«, sagte Billy. »Dad und ich haben oft darüber gesprochen. Seiner Meinung nach

ist es wichtig, einem Kind viel Zuwendung und Zärtlichkeit zu geben. Dabei spielt es keine Rolle, wer das tut. Als meine Mutter fortging, mußte Dad sich plötzlich allein um mich kümmern. Er erzählte mir, daß er am Anfang sogar Angst davor hatte, mich auf den Arm zu nehmen. Tagsüber hatte er einen Babysitter für mich engagiert, aber das Mädchen kümmerte sich kaum um mich. Ich muß mich damals sehr merkwürdig verhalten haben. Dad sagte mir, daß ich für nichts Interesse zeigte und es beinahe so aussah, als wäre ich geistig zurückgeblieben. Ich fing auch erst sehr spät an zu laufen. Schließlich überwand mein Vater seine Hemmungen und beschäftigte sich mehr mit mir. Er stand morgens sehr früh auf und, wenn er Zeit hatte, verbrachte er den ganzen Abend mit mir. Schließlich gelang es ihm, mich aus meiner Lethargie herauszureißen. Als dann Frances kam, war alles gut. Mein Vater war davon überzeugt, daß mir nur Zuwendung gefehlt habe. Vielleicht bedeuten mir Liebe und Zärtlichkeit deshalb so viel, weil ich als kleines Kind ein paar Monate darauf verzichten mußte...«
»Du hast es gern, wenn man dich berührt, he?« sagte ich und streichelte seinen Arm.
Er lächelte. »Das erste Mal, als wir uns geküßt haben und du mich gestreichelt hast, war unglaublich schön.«
Das Donnergrollen kam näher, und ein leichter Sturm kam auf. Es hätte alles so friedlich sein können, wenn dieser Telefonanruf am Nachmittag nicht gewesen wäre. Wir beschleunigten unsere Schritte und gingen den schmalen Seitenweg entlang. Man sah ihn kaum vor lauter Gestrüpp.
Billy war wieder sehr ernst geworden. »Weißt du, ich wünschte, wir könnten die Sache mit dem Baby gleich erledigen. Vielleicht bin ich ja verrückt. Aber nach dem, was heute nachmittag passiert ist, könnte einem von uns schon morgen etwas zustoßen.«

Wir stiegen auf den Hügel hinauf und schauten den Abhang hinunter, den wir heute morgen heruntergelaufen waren. Der Lorbeer stand in voller Blüte. Die rosafarbenen und weißen Blüten hingen wie kleine Glocken an den Zweigen, und die grünen Blätter glitzerten im Nebel. Wir liefen langsam den Abhang hinunter, und dabei streiften die nassen Lorbeersträucher an unseren T-Shirts. Schließlich kamen wir zu der Stelle, wo wir damals auf dem Laub gelegen hatten. Jetzt war alles mit Farnkraut und wilden Astern bewachsen.
Ich betrachtete traurig und ängstlich den kleinen Wasserfall, und Billy lief herum und trat mit dem Fuß sacht auf die Farnwedel.
»Warum sprechen wir eigentlich immer wieder vom Tod?« sagte Billy. Er bückte sich und schnupperte an den Lorbeerblüten.
»Sieh mal«, sagte ich. »Laß es uns doch folgendermaßen machen: Wir geben unser Sperma einfach bei einer Samenbank ab, und dort wird es dann eingefroren. Wir können es ja jederzeit wieder auftauen lassen, wenn wir es brauchen.«
Er kam lächelnd auf mich zu. »Ist das dein Ernst?«
»Sicher«, sagte ich. »Dabei wird es keine Schwierigkeiten geben.«
»Okay, das machen wir«, sagte Billy. »Am besten gleich morgen. Dann brauchen wir uns deswegen keine Gedanken mehr zu machen.«
Er umarmte mich, und wir standen engumschlungen da und spürten unsere warmen Körper unter den nassen T-Shirts.
Wir setzten uns mit einem sehr diskreten und liberalen Gynäkologen in Verbindung und erzählten ihm, was wir vorhatten. Er fand unsere Idee einleuchtend und wollte uns helfen. Unzählige Male gingen wir in die Klinik und masturbierten eifrig, bis von jedem von uns ein Dutzend Spermaproben in der Tiefkühltruhe waren.

Es war eine Ironie des Schicksals, daß ich gerade an diesem letzten Juniwochenende einen haßerfüllten Brief von meinem ältesten Sohn Kevin erhielt. Der Brief war die erste persönliche Nachricht, die ich seit der Scheidung von meiner Familie bekommen hatte.
Mein Sohn schrieb mir: »Wir mußten umziehen, weil hier alle wußten, wer wir sind. Alle Kinder in der Schule wußten, daß mein Vater schwul ist. Ich hoffe, du kriegst noch die Strafe, die du verdienst.«

Am 2. Juli verließ uns Vince und ging auf Europatournee. Wir machten uns beide große Sorgen um ihn. Er und Jacques hatten sich nun endgültig getrennt. Vince war allein, mißmutig, und grübelte jetzt ständig über die Ungerechtigkeiten nach, die den Schwulen allgemein und ihm speziell angetan wurden.
Seit unserer Hochzeit schenkte man Billy in der Sportwelt kaum mehr Beachtung. Niemand sprach noch groß über das Thema. Die Sportler selbst waren entweder auf seiner Seite, oder sie kümmerten sich nicht um Billy. Nur ein paar zeigten ganz offen ihre Ablehnung.
Wir nahmen an, daß man Billy nur deshalb in Ruhe ließ, weil sich die AAU und das USOC ihre Munition für die olympischen Ausscheidungswettkämpfe aufsparen wollten.
Wie sich herausstellte, war unsere Vermutung richtig.

15

Als die olympischen Qualifikationswettkämpfe begannen, war es für Billy und mich mit dem ruhigen Leben am Prescott-College vorbei. Die kommenden zwei Monate würden sehr hektisch werden und zwangsläufig längere Trennungen mit sich bringen. Aber wir mußten diese Zeit eben hinter uns bringen.
»Nach den Spielen«, sagte Billy, »bleiben wir eine Woche lang im Bett.«
Mit den olympischen Ausscheidungskämpfen begann der ganze Ärger wieder.

Die Ausscheidungskämpfe sind so etwas wie eine turbulente und spektakuläre Mini-Olympiade. Es handelt sich dabei um die bekannteste Leichtathletikveranstaltung in den USA. Sie wird vom USOC organisiert, um von jeder Disziplin ein Team für die Olympiade auszuwählen.
Diese Wettkämpfe sind alle vier Jahre ein regelrechtes Gemetzel. Jeder Soziologe, der Forschungsmaterial zum Thema »männliche Aggressivität« sucht, fände hier erstklassiges Beobachtungsmaterial. Es ist das Ziel jedes Athleten, in seiner Disziplin unter den ersten drei zu sein. Wenn man Vierter wird, ist man draußen, egal wie gut oder schlecht man die Saison über war. Neulinge und alte Hasen werden gleichermaßen durch den Fleischwolf gedreht. Die Läufer schubsen und treten sich gegenseitig auf der Aschenbahn. Ein Sturz, eine Verletzung, ein grobes Foul, eine Zehntelsekunde, ein Krampf im Bein, ein heißer Tag oder eine schlaflose Nacht –

eine Kleinigkeit genügt, und vier Jahre hartes Training und alle finanziellen Opfer waren umsonst.
Die USA sind die einzige bedeutende Leichtathletiknation, die ihr Olympia-Team auf so brutale Weise auswählt. In anderen Ländern zählen die Leistungen, die in der letzten Saison erbracht wurden. Sportexperten streiten sich darüber, welche die bessere Methode ist. Außerdem können die Machenschaften hinter den Kulissen des Sports genauso abscheulich sein wie ein Tritt nach dem Gegner auf der Aschenbahn.
Als Billy und ich in der ersten Juliwoche zu den Ausscheidungskämpfen nach Los Angeles flogen, wußten wir, daß die meisten Sportexperten der Ansicht waren, Billy würde es nicht schaffen. Eine Handvoll einflußreicher Funktionäre und Trainer, die den US-Sport unter Kontrolle haben, können schließlich auf raffinierte Weise Druck ausüben.
»Sie werden ihn schon irgendwie ausbooten«, sagte ein freundlicher Funktionär zu mir.
»Und außerdem«, meinten alle hämisch, »ist Billy frisch verheiratet, und deshalb...«
Viele Menschen glauben immer noch, daß Sex der Kondition eines Läufers schadet, und zwar besonders vor einem großen Wettkampf.
Was uns außerdem Sorgen bereitete, war die Tatsache, daß Bob Dellinger hart trainiert hatte. Er hatte seine Zeiten über 5 000 und 10 000 Meter so verbessert, daß er es jederzeit mit Billy aufnehmen konnte. Er hatte sich genauso planvoll angestrengt wie Billy. Dellinger war nicht, wie so viele andere, die ganze Saison über bis zur völligen Erschöpfung gelaufen, nur um bei den Ausscheidungskämpfen noch über die individuelle Höchstform hinauszukommen. Er hatte, wie Billy, nicht einmal an der nationalen AAU-Meisterschaft im Juni teilgenommen.

Es wäre billiger gewesen, mit dem Auto nach Los Angeles zu fahren. Aber Billy wäre vom langen Sitzen im Auto sicherlich ganz steif geworden, und deshalb opferten wir das Geld für die Flugtickets. In Los Angeles wohnten wir im Costa Clara Hotel in der Nähe des Stadions, wo noch viele andere Läufer untergebracht waren. Wir gaben uns alle Mühe, uns die Presse vom Leibe zu halten. Billy wollte nicht immer wieder dieselben Fragen beantworten; deshalb faßte er auf einem Blatt Papier die Stationen seiner neunjährigen Laufbahn als Läufer zusammen und verteilte schweigend Fotokopien dieses Textes.

An dem Nachmittag, als wir zum Vorlauf über 10 000 Meter ins Stadion fuhren, hatte Billy seinen ersten öffentlichen Auftritt seit unserer Hochzeit. Es war ein Schock für uns. Eine große Menschenmenge erwartete uns am Eingang. Als wir aus dem Auto stiegen, stürmte man auf uns ein, und die Polizei mußte uns einen Weg durch die Menge bahnen.

Kreischende Verehrerinnen und ein paar weniger enthusiastische Schwule baten Billy um ein Autogramm. Sie drängten sich so dicht um ihn, daß er die Autogramme kaum unterschreiben konnte. Dutzende von Bewunderern, sowohl Schwule als auch Heterosexuelle, trugen T-Shirts mit der Aufschrift LOS BILLY und SEID NETT ZU DEM TIER. Sie wollten ihn alle anfassen und umarmen. Einige wollten sogar ein Autogramm von *mir*.

Aber in der Menge waren auch Leute, die fluchten und uns beschimpften. Ihre Augen waren voller Haß, und ihre Gesichter waren wutverzerrt. Als wir uns durch die Menschenmenge drängten, spuckten einige Billy und mir ins Gesicht. Jemand warf eine reife Tomate nach Billy. Sie zerplatzte auf seinem blauen Trainingsanzug.

Im Stadion drehte sich Billy noch einmal nach der Menschenmenge um. Ich war erschüttert und fragte mich, ob sich dieses

Erlebnis vor dem Wettlauf nachteilig auf seine seelische Verfassung auswirken würde. Er sah nachdenklich aus, aber wirkte noch gelassen. Er wischte sich mit dem Ärmel die Spucke vom Gesicht.

»Jetzt wissen wir«, sagte er, »wie sich die kleinen Negerkinder fühlen, wenn sie zum ersten Mal eine Schule von Weißen betreten.«

Der Langstreckenläufer Mike Stella mußte sich auch durch die Menge hindurchquetschen und hätte beinahe seine Sporttasche verloren. Er war entsetzt. Er hatte sich damals persönlich für Billy eingesetzt.

»Oh Gott«, sagte er. »Ihr Jungs solltet ein paar Leibwächter haben.«

In der Nähe stand ein Trinkwasserbehälter, und Stella half uns, den Tomatenfleck auf Billys Trainingsanzug mit kaltem Wasser zu entfernen.

Aber die Ereignisse vor dem Stadion hatten Billys Willen anscheinend noch gestärkt, denn er lief an diesem Tag ein taktisch gutes Rennen und qualifizierte sich für das Finale. Stella hatte sich ebenfalls für das Finale qualifiziert.

Der Endlauf fand am 5. Juli statt. Dieses Mal drängten wir uns nicht wieder durch die Menge, sondern schlichen uns durch den Hintereingang ins Stadion. Aber die schreienden Verehrer und Gegner saßen schon alle auf der Tribüne. Vor dem Stadion verkauften eine Gruppe von jungen Schwulen und ein paar andere Jugendgruppen T-Shirts mit der Aufschrift LOS BILLY, und Hunderte von Leuten trugen sie bereits. Eine Gruppe der »Young Americans for Freedom« und einige von den Jesus People verkauften T-Shirts, auf denen STOP BILLY stand.

Billy posierte für die Fotografen in einem T-Shirt mit der Aufschrift STOP BILLY. »Es gehört schon mehr als so ein Fetzen dazu, um mich aufzuhalten«, sagte er.

Aber ich spürte, daß er ein bißchen nervös war und sein Dharma kaum im Gleichgewicht halten konnte. Was würden sich die Funktionäre wohl einfallen lassen, um Billy nicht ins Olympia-Team aufnehmen zu müssen?

Als er mit den anderen Läufern zur Startlinie ging, hatte ich ein komisches Gefühl im Magen.

Dieser Wettlauf forderte Billy voll und ganz, und was seine Taktiken betraf, war er nicht gerade sehr flexibel. Theoretisch brauchte er nicht als Erster durchs Ziel zu gehen – ein zweiter oder dritter Platz reichte auch. Aber er mußte schnell und clever genug laufen, um einen deutlichen Vorsprung vor den anderen zu haben, vor allem vor Dellinger. Wenn sie das Tempo forcierten und als Gruppe mit Billy auf einer Höhe blieben, könnte er in Panik geraten, einen anderen Läufer foulen und disqualifiziert werden. Wenn Dellinger ihn durch ein Foul aus dem Rennen schmiß, dann würde das USOC dieses Foul nicht bestrafen. Manchmal gibt es bei den Ausscheidungskämpfen einige merkwürdige Disqualifikationen, aber für gewöhnlich akzeptieren die Läufer solche Entscheidungen. Ausnahmsweise einmal war ich froh darüber, daß Billy ein Frontrunner war – hinten im Feld, wo er den richtigen Augenblick abpassen mußte, um vorzupreschen, wäre er den Ellbogen der anderen Läufer noch mehr ausgesetzt gewesen.

Als sich die Läufer an der Startlinie aufstellten, gab es Buhrufe und Jubel. Durch ein Fernglas sah ich mir Billys Gesicht genau an. Er sah aufmerksam aus, aber seine Augen waren ausdruckslos.

Meine Hände zitterten ein wenig, als ich Billy mit dem Fernglas beobachtete. Mein ganzes Leben schien an den nächsten siebenundzwanzig Minuten und dreißig Sekunden und den vierundzwanzig Runden dieses Wettlaufs zu hängen.

Vom Startschuß an verfolgte Dellinger eine ganz offensichtliche Strategie.

Er legte ein schnelles Tempo vor. Damit hoffte er wohl, Billy die Kraft für den Endspurt zu nehmen. Billy nahm die Herausforderung an. Die beiden fegten über die Fünfzehnhundert-Meter-Marke in 4:23.7. Diese Zeit lag dicht am Weltrekord. Sie setzten sich schnell von Stella und dem Rest des Feldes ab. Billy lag um ein paar Längen vorn, und es sah so aus, als ob er Dellinger reizen wollte. Dellinger schubste ihn mit grimmigem Gesicht. Der Rest des Feldes lief sein eigenes Tempo. Das Publikum glaubte schon, daß die beiden Verrückten sich bald gegenseitig umbringen würden.
Dellingers Strategie hatte mich ein wenig unruhig gemacht. Billy lief immer dann ein besseres Rennen, wenn er das Tempo bestimmen konnte.
Die Menge tobte. Sie riefen dieser schlanken Gestalt da unten auf der Aschenbahn Beschimpfungen und Flüche zu. Durch das Fernglas konnte ich ihn ganz aus der Nähe sehen – seine Locken wehten im Wind, sein Mund war offen, ich sah das rhythmische Spiel seiner Muskeln in den Schultern und Armen, und auf seinem weißen Trikot stand mit blauen Buchstaben PRESCOTT. Er sah so menschlich und so verwundbar aus. Mein Geliebter war da unten ganz allein, und alle konnten ihn anstarren. In meinem Unterbewußtsein hörte ich spöttische Stimmen flüstern: »Sie sind *verheiratet*. Was sie wohl *treiben?* Meinst du, sie...? Aber natürlich, und außerdem...«
Es war ein heißer Tag, und schon bald kamen Dellinger und Billy ins Schwitzen. Keiner von beiden war an große Hitze gewöhnt. In der vierzehnten Runde hatten sie fast eine ganze Runde Vorsprung vor den anderen Läufern. Als ich mir die Zeiten der einzelnen Runden notierte, merkte ich, daß sich ihr Tempo rapide verlangsamte. Billy lag immer noch in Führung, aber es sah so aus, als ob beiden die Hitze zu schaffen machte. Es war ein schlechtes Zeichen, wenn Billys

Kraft schon so frühzeitig nachließ (später erzählte er mir, daß er einfach Lust hatte, Dellinger laufen zu lassen; deshalb hatte er sein Tempo verlangsamt, um sich zu schonen).

Weit hinten bemerkten die anderen, daß die beiden langsamer wurden, und begannen sie zu jagen. Später erzählte mir Billy, daß er krampfartige Schmerzen in der Lebergegend hatte. Solche Beschwerden sind bei Langstreckenläufern nichts Ungewöhnliches. Billy bekam diese Schmerzen meistens beim 10 000-Meter-Lauf.

Zu Beginn der dreiundzwanzigsten Runde liefen Dellinger und Billy immer noch dicht zusammen. Nur ein paar Meter trennten sie. Aber eine Gruppe von fünf Läufern, mit Mike Stella an der Spitze, verringerte plötzlich den Abstand zwischen sich und den beiden führenden Läufern. Sie lagen etwa fünfzig Meter hinter ihnen, dann vierzig und dann dreißig. Die Anfeuerungsrufe auf den Tribünen wurden lauter, als sich der Abstand immer mehr verringerte.

»Komm schon, Bob!«

»Bleib am Ball, Billy!«

»Los, Mike!«

Dellinger und Billy sahen jetzt sehr erschöpft aus. Ich wünschte mir, daß Billy in Montreal nicht an einem so heißen Tag würde laufen müssen.

Nachdem sie die dreiundzwanzigste Runde zur Hälfte zurückgelegt hatten, holten sie den Läufer, der an letzter Stelle lag, ein. Als sie die Bahn wechselten, um ihn zu überholen, wandte Dellinger einen Trick an, mit dem Billy hätte rechnen müssen. Aber er war in diesem Moment nicht darauf gefaßt. Dellinger legte einen Zahn zu und versuchte, auf der Innenbahn an Billy vorbeizuziehen. Sie stießen gegeneinander, und einen Augenblick sah es so aus, als ob sie sich gegenseitig ein Bein stellen wollten. Billy ging zu Boden.

Die Zuschauer schrien. Es durchfuhr mich wie ein Blitz – ich spürte mit jeder Nervenfaser, wie Billy mit der Hüfte hart auf die Kunstbahn aufschlug. Das erinnerte mich an die Gladiatorenkämpfe im alten Rom. Mein Läufer lag da unten angeschlagen auf Bahn eins, und ich konnte nicht einmal hinuntergehen und ihm helfen.

Während die Zuschauer auf den Tribünen schrien und tobten, lief Dellinger allein weiter. Billy war einen Moment ganz benommen, aber dann rappelte er sich wieder auf und lief los. Er humpelte. Ich schlug einen Augenblick die Hände vor die Augen. Dann nahm ich wieder das Fernglas und schaute hinunter auf die Bahn. Billys Anblick war mitleiderregend. Seine Brille war zu Boden gefallen, und er hatte einen Schuh verloren – Dellinger mußte ihm auf den Fuß getreten sein. Billy war völlig aus dem Rhythmus. Seine Willenskraft war gebrochen wie dünnes Glas. Er lief weiter wie ein Betrunkener. Er glich einem Vogel, der mit einem gebrochenen Flügel am Boden herumflattert.

Um mich herum stöhnten und schrien seine Bewunderer. »Er humpelt!«

»Ich kann gar nicht hinsehen, es ist so furchtbar.«

»Jetzt ist er am Ende.«

Dellingers Fans jubelten und klopften sich gegenseitig auf die Schultern. »Bob hat's geschafft.«

Billy riß sich jetzt zusammen. Aber schon liefen Mike Stella und dann Fred Martinson an ihm vorbei. Billy lief nur mit einem Schuh – mir war klar, daß er die Bahn nur ganz verschwommen sah. Jetzt humpelte er nicht mehr, sondern lief gleichmäßig dahin. Dann überholte ihn auch Wilt Boggs. Nun lag Billy an fünfter Position.

Aber als Billy aus der Kurve herauskam, war er sich anscheinend seiner Situation wieder voll bewußt. Er sammelte sich, und plötzlich raste er los wie ein wildes Tier. Es war einer dieser Momente, wo es mir eiskalt den Rücken hinunterlief,

als ich sah, wie er das Letzte aus seinem Körper herausholte. Als die fünf Läufer in die letzte Runde gingen, hielt es die Zuschauer nicht länger auf ihren Bänken.
Billy holte Boggs ein, und in der Geraden gelang es ihm, ihn zu überholen. Dann rannte er wie ein Verrückter hinter Martinson her. Inzwischen war Dellinger an der Spitze völlig erschöpft und unfähig, seine Führungsposition zu verteidigen. Stella und Martinson fegten in der Kurve an ihm vorbei. Dellinger lag jetzt an dritter Stelle. Billy mußte vor ihm durchs Ziel gehen, wenn er in das Olympiaaufgebot kommen wollte. Auf der Zielgeraden war Billy schon bis auf Schulterhöhe an Dellinger herangekommen. Aber der Sturz hatte ihn zuviel Kraft gekostet, und er schaffte es nicht, an Dellinger vorbeizuziehen. Billy ging als Vierter durchs Ziel.
Das Schreien der Menge verstummte. Stella, Martinson und Dellinger trotteten zurück. Billy stand noch hinter der Ziellinie und krümmte sich. Dann kam er niedergeschlagen zu mir herübergehumpelt. Er blutete an der Wade und am Fuß, wo Dellinger ihn mit seinen Spikes getreten hatte. Er schob ein Bein seiner Shorts hoch, und ein großer Bluterguß an seiner Hüfte kam zum Vorschein.
Er sah krank aus vor Schreck und Hitze, und ich wischte ihm Gesicht und Schultern mit einem nassen Lappen ab. Seine Augen schimmerten feucht, aber er weinte nicht.
»Wenn es gerecht zuginge, müßten sie Dellinger disqualifizieren«, sagte er. »Er hat mich gestoßen.«
Der Ansager Curt Steinem gab das Ergebnis bekannt: »Meine Damen und Herren, Erster in diesem Wettlauf über 10 000 Meter ist Mike Stella in der Zeit von 28:03.9.«
Stella, Martinson und Dellinger standen als Team für den 10 000-Meter-Lauf fest.
Was Steinem dann verkündete, war einfach unglaublich: »Billy Sive wird wegen eines Fouls disqualifiziert.«

Billys Fans brachen in Buhrufe aus.
Billy schaute mich an. »Ich habe ihn nicht berührt«, stieß er hervor. »Er hat mich gestoßen.« Ein Funktionär brachte ihm seinen Schuh und die zerbrochene Brille. Er nahm die Sachen, ohne sie anzusehen.
»Bist du ganz sicher?« fragte ich. Ich war deprimiert. Billy hatte noch einen Trumpf in der Hand, und das war der 5 000-Meter-Lauf, aber wer konnte schon voraussagen, ob er es schaffen würde, vor allem jetzt, wo er verletzt war? Die 10 000 Meter waren nun einmal seine beste Disziplin. Und er hatte seine ganzen Hoffnungen auf sie gesetzt.
Mike Stella kam herübergelaufen und legte seine Hand auf Billys Schulter. »Es tut mir wirklich leid, Mann.«
»Dieser verdammte Sex-Rassist hat mich gestoßen«, sagte Billy.
Meine Niedergeschlagenheit schlug in kalte Wut um.
Am späten Nachmittag besuchten John Sive und ich das Team von ABC-TV. Sie zeigten uns die Videoaufzeichnung von dem Wettlauf in Zeitlupe. Es war ganz eindeutig. Dellinger rempelte Billy an, als er auf die Innenbahn wechselte. Beide taumelten kurz, und dann trat Dellinger Billy auf den Schuh, und Billy stürzte.
Ich war fuchsteufelswild, ging zu den Funktionären und forderte sie auf, sich die Videoaufzeichnung anzuschauen. Sie waren es nicht gewöhnt, daß man ihre Entscheidungen in Frage stellte, und weigerten sich. »Billy ist in Dellinger hineingelaufen«, behaupteten sie.
Der Wettkampftag neigte sich dem Ende zu, und die Aufmerksamkeit der Presse richtete sich nun auf die zunehmende Kontroverse. Sämtliche Reporter, die bei der Veranstaltung dabei waren, sahen sich die Videoaufzeichnung an. Aldo, Stella und eine Menge anderer Sportler sahen es sich auch an. Es war offensichtlich, daß Dellinger Billy foulte.

»Das ist unglaublich«, sagte Stella. »Das ist die größte Schweinerei, die ich im Sport erlebt habe.«
Billy und ich gaben vor der Presse eine Erklärung ab, in der wir forderten, daß die Entscheidung aufgehoben und Dellinger disqualifiziert wurde. Damit wäre Billy automatisch im Olympia-Team. John Sive und ich unterrichteten danach die Funktionäre davon, daß wir eine gerichtliche Verfügung einholen würden, wenn sie nicht vor Beendigung der Veranstaltung handelten.
»Ich versichere Ihnen«, sagte John, »wenn ein Richter diesen Film sieht, wird er...«
Der USOC-Funktionär Frank Appleby reagierte darauf mit der Bemerkung, daß John ein Vater sei, »der sich in alles einmische«.
An diesem Abend aßen Mike Stella und seine Verlobte Sue McIntosh mit uns. Billy tat alles weh, und er war empört, aber Stella gelang es schließlich, ihn aufzumuntern und zum Lachen zu bringen. Stella sah mit seinem Musketier-Schnurrbart, seinen langen schwarzen Haaren, die er im Nacken zu einem Pferdeschwanz zusammengebunden hatte, und mit seinen listigen Augen wirklich verwegen aus. Er war ein knallharter Individualist mit einer rauhen Stimme. Er konnte schroff und sarkastisch, aber auch sehr zuvorkommend sein. Die anderen Sportler hatten gelernt, seine Integrität zu achten, und die AAU fürchtete seine Schlagkraft.
»Ich habe euch doch gesagt, ihr braucht einen Leibwächter«, sagte er.
Ihn an unserer Seite zu haben war ein richtiger Glückstreffer. Auch am nächsten Tag blieben die Funktionäre bei ihrer Entscheidung. Im ganzen Land wurde auf den Sportseiten der Zeitungen und in den Nachrichten von der Entscheidung der AAU und unserer Drohung berichtet. Noch nie zuvor hatte ein Sportler mit gerichtlichen Schritten gedroht, damit

eine Entscheidung bei den Ausscheidungskämpfen rückgängig gemacht wurde. Aldo erzählte uns, daß das USOC seine rechtliche Position durch einen Anwalt überprüfen lasse.
In der Zwischenzeit gingen die Wettkämpfe weiter. Unzählige Sportler kampierten auf den Fußböden der Umkleideräume und lebten von Hamburgern.
Billy taten sein Fuß und die Hüfte sehr weh, aber er hatte keine schlimme Verletzung. Er lief die 5 000 Meter sehr vorsichtig, belegte den dritten Platz und qualifizierte sich damit für das Finale. Niemand versuchte, ihn zu schubsen – möglicherweise machten sich die Burschen Gedanken über die Gerüchte von Gerichtsverhandlungen und Anwälten.
Mir ging es die ganze Zeit über sehr schlecht. Ich wurde hinter den Kulissen allmählich paranoid. Ich mußte an alles denken. Zum Beispiel an den Doping-Test. Nach jedem Wettkampf nahmen die Funktionäre von jedem Sportler eine Urinprobe. Angenommen, sie behaupteten, Spuren von Amphetaminen in Billys Urin entdeckt zu haben? Es wurde schon immer gemunkelt, daß Billy Aufputschmittel nehmen würde, weil er bei einem Wettlauf so geistesabwesend aussah. Einige Läufer nahmen Benzedrin. Billy verachtete sie. (Die Doping-Tests waren teilweise sowieso ineffektiv, weil Doping mit intravenösen Spritzen und neue, vom Koffein abgeleitete Drogen ohnehin keine Rückstände im Urin hinterließen.)
Ich setzte mich in Los Angeles mit einem anerkannten Sportmediziner namens George Hofhaus in Verbindung, der zusätzliche Urinproben von Billy nahm. Das USOC mußte die Nachricht erhalten haben. Während zwei andere Läufer wegen Dopings disqualifiziert wurden, konnte man Billy in dieser Hinsicht nichts anhängen.
Während der gesamten Wettkämpfe war ich Billys Schild, von dem die Pfeile seiner Feinde abprallten. Ich dachte zusammen

mit John über die Gesetzmäßigkeit nach und machte mich bei der Presse ein bißchen unbeliebt, weil ich Billy von ihr weitgehend abschirmte. Doch hinter diesem Schutzschild konnte sich Billy in Ruhe auf den Wettkampf vorbereiten. Er brauchte nur ans Laufen zu denken.

In der Nacht wurde diese Ruhe im Bett fortgesetzt. Wir hatten diese Harmonie von Prescott mit hierhergenommen und wahrten sie sorgfältig. Ich wurde wütend, wenn ich mir seine lädierte Hüfte und seinen verletzten Fuß anschaute. Wie konnte es jemand wagen, ihm weh zu tun?

Stella und seine Freundin waren häufig mit uns zusammen. Ein paar andere Läufer kamen auch ab und zu vorbei. Sie saßen dann in unserem Zimmer auf dem Bett herum und redeten vom Laufen. Mike trainierte mit Billy und wollte damit allen zeigen, daß er sich einen Dreck darum kümmerte, was sie dachten.

»Du bist komplett verrückt«, sagte Dellinger eines Tages zu Mike.

Mike sah ihm fest in die Augen. »Ich bin lieber verrückt, als daß ich auf so eine miese Art wie du in das Team komme.«

Zum ersten Mal spürten wir, daß wir nicht allein dastanden.

Am 12. Juli, dem letzten Tag der Wettkämpfe, fand das Finale im 5 000-Meter-Lauf statt. Die Tribünen waren wieder überfüllt, und kleine Gauner verkauften vor dem Stadion Eintrittskarten zu fünfzig Dollar das Stück. Billys Anhänger sangen:

> »Billy! Billy! Ist unser Mann.
> Fang ihn, Bobby, wenn du kannst.«

Wieder forcierte Dellinger das Tempo. Er wußte, daß Billy von seinen Verletzungen noch behindert wurde, und er rechnete damit, daß Billy das hohe Tempo nicht würde halten

können, weil er noch Schmerzen hatte. Aber er hatte nicht damit gerechnet, daß Billy die Fähigkeit hatte, Schmerz zu verdrängen.
So wurde es wieder ein Kampf zwischen den beiden Frontrunnern. Sie ließen den Rest des Feldes weit hinter sich. Billy blieb hartnäckig in Führung. Dieses Mal machte er keinen Fehler. Er setzte sich von Dellinger ab und gewann mit achtzehn Metern Vorsprung in der Zeit von 13:22.8. Mike Stella kam auf den dritten Platz.
Es hatte den Anschein, als wäre die Hälfte der Zuschauer ganz verrückt vor Freude über Billys Sieg. Viele junge Leute stürmten auf die Bahn. Billy lief grinsend eine Siegrunde, und die jungen Leute hüpften neben ihm auf und ab und klopften ihm auf den Rücken.
Das Team für den 5 000-Meter-Lauf bildeten also Billy, Dellinger und Stella.
Dann verkündete der Ansager: »Und hier noch eine besondere Durchsage. Die Zuständigen der USOC haben beschlossen, die Entscheidung im 10 000-Meter-Lauf rückgängig zu machen. Die Videoaufzeichnungen beweisen, daß Billy Sive von Bob Dellinger gefoult wurde...«
Freudenschreie kamen von den Tribünen. John Sives Gesicht verzog sich zu einem Lächeln. Ich bekam weiche Knie. Man konnte die Stimme des Ansagers kaum noch hören.
»Anstelle von Billy Sive wird Bob Dellinger disqualifiziert. Sive kommt mit Stella und Martinson in das Team für den 10 000-Meter-Lauf...«
Billy war so erschöpft vom Laufen und der ganzen Anspannung dieser Woche, daß er sich zuerst gar nicht richtig freuen konnte. Er setzte sich einfach mit der Trainingsjacke über der Schulter auf eine Bank, ließ den Kopf hängen und weinte.
Der große Gladiatorenkampf war nun vorbei. Die Tribünen und Parkplätze leerten sich zum letzten Mal. Überall lagen

Programmhefte und Pappbecher herum. Die Reporter reisten ab. Viele enttäuschte Sportler fuhren nach Hause. Und wir flogen nach New York zurück.

Wir meinten, einen leichten Wandel im Verhalten der Leute feststellen zu können. Mike Stella sagte vor der Presse ziemlich unverblümt seine Meinung: »Es hat mich ganz krank gemacht, als ich mit ansehen mußte, wie Sive beschimpft und verhöhnt wurde. Was muß ein Sportler eigentlich noch tun, damit man ihn respektiert und in Ruhe läßt? Seit wann geht das Privatleben eines Sportlers irgend jemanden etwas an? Wer sind denn überhaupt diese Leute, die sich zu den höchsten Richtern und Moralhütern des Sports aufspielen? Ich glaube, diese ganze Angelegenheit hat einen sehr gefährlichen Präzedenzfall geschaffen.«
Nachdem Mike der »Leithammel« geworden war, beschäftigten sich viele andere Sportler auch mit diesem Thema. Mehrere engagierte Sportler schlugen beim USOC Krach, weil sie meinten, jetzt sei ein für alle Mal genug mit seinen Repressionen.
Die Sportpresse war uns nun auch eher wohlgesonnen. Es hatte die Reporter berührt, wie Billy benommen, ohne Schuh und blutend beim 10 000-Meter-Lauf weitergelaufen war. Ein Journalist der *Los Angeles Times* schrieb: »Das soll ein Schwuler sein? Ich weiß nicht, was Billy Sive ist. Aber er ist auf jeden Fall ein ganzer Kerl.«
Dennoch waren viele Amerikaner sehr unglücklich darüber, daß die USA in Montreal von einem Homosexuellen vertreten werden würden. Bis zu den Olympischen Spielen würden noch sechs Wochen vergehen, und es konnte noch eine Menge Ärger geben.
Die Mitglieder der neuen Olympiamannschaft sahen wohl diesen Ärger voraus, als sie sich kurz nach den Ausschei-

dungskämpfen zu einer wichtigen Besprechung trafen. Alle schauten auf Billy und dachten über seine Situation nach. Und dann machten sie von dem ihnen von dem USOC garantierten Recht Gebrauch, mit der Mehrheit aller Stimmen (wenn auch nicht einstimmig), den Fahnenträger zu wählen, der bei der Eröffnungsfeier in Montreal das Sternenbanner tragen sollte.
Der neue Fahnenträger hieß Billy Sive.
Die AAU und das USOC waren außer sich und verlangten, daß sie einen anderen wählen sollten.
Aber die Sportler blieben standhaft.

16

»Ich als Fahnenträger«, lachte Billy leise in sich hinein.

Wir lagen in einem billigen Motelzimmer im Bett, ein paar Meilen vom Trainingscamp der Olympiamannschaft in Alamosa in Colorado entfernt. John und Vince teilten sich ein Zimmer im selben Motel. Die Gebirgsluft war kühl, deshalb lümmelten wir uns nicht nackt herum, sondern lagen unter der Bettdecke. Die warmen Strahlen der Nachmittagssonne drangen nicht durch das kleine, schmutzige Fenster hinten im Zimmer. Man sah nur ein Stück vom blauen Himmel und die Wipfel einiger Fichten.

Ich hatte mir geschworen, daß Billy und ich nie in so einem Zimmer miteinander schlafen würden, und doch lagen wir jetzt hier auf dem Bett.

Der altmodische Schwarzweißfernseher war ausgeschaltet. Im Zimmer roch es nach Zigarettenrauch, obwohl ich schon unzählige Male gelüftet hatte. Die dünne Chenille-Tagesdekke hatte auch schon bessere Zeiten gesehen, und die Bettlaken waren schon oft gestopft worden. An der Wand neben dem Badezimmer hing ein Kalender vom Vorjahr mit einem Indianergemälde von Frederick Remington darauf. Unsere Kleider lagen über dem einzigen Stuhl im Zimmer. Mein Koffer stand geöffnet auf dem Boden.

Dies war bereits das dritte Motelzimmer, das ich gemietet hatte. Aus den beiden anderen hatte man mich hinausgeworfen, als man merkte, wer ich war. »Eine Schande, diesen unschuldigen Jungen zu verderben«, sagte die ältere Besitzerin des letzten Motels. »Ich will Ihr schmutziges Geld nicht.«

Der Puritanismus im Westen unterschied sich kaum von dem im Osten, außer daß man uns hier als »Schaftreiber« bezeichnete, was unter Cowboys eine üble Beschimpfung war.
Billy streckte sich wohlig neben mir aus. Ich fuhr mit meiner Hand an seinem Körper entlang. Er war so schlank wie immer, und ich hoffte, daß er nicht dünner wurde, weil er so intensiv trainierte. Er hatte manchmal noch unter krampfartigen Schmerzen in der Lebergegend zu leiden. Die Beschwerden wurden durch den Mangel an Glykogen verursacht, zu dem es am Ende eines langen, schweren Wettlaufs kommt. Aber ansonsten strotzte er vor Energie und Gesundheit. Sein Körper bewegte sich unruhig und voll Vergnügen unter meiner Hand, so stark und glatt wie lebendiger Edelstahl. Billy versuchte mich zu küssen. Ich erinnerte mich, wie verzweifelt ich war, als ich ihm am Prescott-College zum ersten Mal beim Training zuschaute und mir wünschte, wie jetzt mit meiner Hand seine weiche, junge, mit Sommersprossen bedeckte Haut zu berühren, und wie überzeugt ich damals war, daß ich es nie tun würde.
»Wirst du die Flagge dippen?« fragte ich.
Bei allen Olympischen Spielen stellte sich die brennende Frage, ob die US-Flagge wie all die anderen niedergeholt oder ob sie immer auf gleicher Höhe im Wind wehen würde. Bisher war sie noch nie gedippt worden.
Billy schmiegte sich an meine Brust. »Nein«, sagte er, »ich werde die Flagge hochhalten, als Symbol unserer Erektion.«
Ich legte die Hände über meine Augen und lachte. »Überhaupt keine politische Geste? Keine erhobenen Fäuste und kein Herumhampeln auf dem Siegerpodest?«
»Mr. Brown, ich bin eine wandelnde politische Geste. Ich brauche einfach nur dazusein.« Billy setzte sich auf. »Und überhaupt, *du* hast doch gesagt, es sei eine unnötige Provokation, die Flagge zu dippen.«

»Stimmt«, sagte ich.

Billy beugte sich über mich und sah auf meine Uhr, die auf dem Nachttisch lag. Er seufzte. »Es war sehr schön mit dir, Darling, aber ich gehe jetzt besser ins Camp zurück, bevor der alte Saftsack nach mir sucht.«

Der »Saftsack« war der Cheftrainer des Olympia-Teams Gus Lindquist, dessen Status als Trainer in Oregon vorschrieb, daß er in Montreal dabeisein mußte. Lindquist war die ganze Zeit über stocksauer, weil er wieder einen von diesen Burschen in seinem Team hatte, die aus einem Sportheim ein »Sodom und Gomorrha machten«. Außerdem war er ziemlich wütend, weil ich den Stein, den er verworfen hatte, zu einem Grundstein des eindrucksvollen Gebäudes unserer Mannschaft gemacht hatte.

Bei der Olympiade 1972 in München wurde kritisiert, daß die Moral in den Teams der Männer und Frauen ziemlich lax sei. Das USOC versuchte diesmal, rigoros durchzugreifen. Das Trainingscamp war streng nach Geschlechtern getrennt, und in den Schlafsälen herrschte ein militärischer Ton. Die Besuchszeiten waren geregelt, und abends wurde eine Ausgangssperre verhängt. Ehemänner, Ehefrauen, Freundinnen, Freunde und meine Wenigkeit wohnten außerhalb des Camps in Hotels, Motels, Apartments, auf Campingplätzen oder wo sie sonst eine Bleibe fanden. Jeden Tag strömten die Sportler in Scharen aus dem Camp, um ihre Verwandten oder Freunde zu treffen.

Die Sportler waren über diese Behandlung verärgert. Sie widersetzten sich den Anordnungen und machten Lindquist und dem USOC das Leben so schwer wie möglich. Als Lindquist zwei rebellische Sportler aus der Mannschaft ausschloß, weil sie sich nicht an die Ausgangssperre gehalten hatten, überschritten ungefähr dreißig andere Sportler aus reiner Provokation die Ausgangssperre ebenfalls. Da endlich dämmerte es Lindquist und dem USOC, daß sie über kurz oder lang überhaupt keine Mannschaft mehr haben würden, wenn sie weiterhin unbotmäßige Leute kurzerhand suspendierten. Nachdem man sich eine Woche lang herumgezankt und über politische Aktivitäten diskutiert hatte, wurden die beiden Sportler schließlich wieder ins Team aufgenommen.

Billy hielt sich an unsere Regel, »keine unnötigen Provokationen« heraufzubeschwören, und er war folgsamer als die meisten anderen. Trotzdem wurde Lindquist jeden Nachmittag fuchsteufelswild, wenn Billy das Camp verließ, um mich zu besuchen. Aber da es den anderen Sportlern erlaubt war, ihre Partner draußen zu besuchen, und kein Sportler einen Vertrag unterschrieben hatte, in dem sein Sexualleben geregelt wurde, konnte Lindquist nicht viel machen. Er rächte sich, indem er mir den Zutritt zum Camp verweigerte, so daß ich Billy nicht beim Training zuschauen konnte. Das traf mich lediglich auf emotionaler Ebene, weil Billy sich exakt an sein Trainingsprogramm hielt und gute Fortschritte machte, auch ohne daß ich ständig um ihn herum sein mußte. Aber ich konnte ihn sehen, wenn er längere Strecken lief, beispielsweise auf der Straße. John, Vince und ich trafen ihn dann am Start und fuhren mit dem Auto neben ihm her, um ihn zu beschützen.

Lindquist verspottete mich als »Camp-Anhängsel«. Das störte mich nicht – man hatte mich schon mit schlimmeren Beschimpfungen bedacht.

Draußen vor dem Motel hörten wir das knirschende Geräusch von Reifen auf dem Kies, als ob das Auto direkt vor unserem Bett halten würde. Die Hupe ertönte. »Macht Schluß da drinnen, ihr geilen Bastarde«, hörten wir Mike rufen. »Es wird Zeit, ins Kloster zurückzukehren.«

Billy sprang aus dem Bett, lief zum Fenster und zog den ausgeblichenen Vorhang ein wenig zurück. Mike Stella und

Sue McIntosh saßen draußen in Sues Kabriolett. Ihre Haare waren vom Wind zerzaust, und sie grinsten. Sie waren spazierengefahren und hatten sich amüsiert. Sie machten kein Hehl daraus, daß sie in »wilder Ehe« lebten, und niemand wußte, wann oder ob sie überhaupt heiraten wollten.

»Ihr seid früh dran«, sagte Billy. »Trinkt noch ein Bier mit Dad und Vince. Ich komme gleich.«

»Okay«, rief Mike und stellte den Motor ab. Wir hörten, wie sie aus dem Wagen stiegen.

Billy ging ins Badezimmer. Er stellte sich vor das Waschbekken und wusch seine Genitalien gründlich mit Seife. Ich stand auch auf und ging zu ihm ins Bad. Er betrachtete sich im Spiegel. Er bekam einen Bart und sah genauso aus wie der vom vielen Training erschöpfte Junge, der vor anderthalb Jahren auf dem Campus des Prescott-Colleges aufgetaucht war. Ich legte meinen Arm um ihn, drückte ihn ganz fest an mich und spürte sein festes Hinterteil.

»Ich komme mir vor, als hätte ich mich in zwei Personen aufgespalten«, sagte er. »Der eine Billy Sive ist ganz begeistert davon, nach Montreal zu fahren. Aber der andere wünscht sich, wieder am Prescott-College zu sein und Rasen zu mähen.« Er spülte sorgfältig die Seife ab.

»Nur noch ein paar Wochen«, sagte ich und drängte mich zärtlich an ihn.

Er bewegte ein wenig sein Hinterteil. »Oh, du bist so ein attraktiver alter Mann«, stöhnte er. »Wenn wir Mike zu lange warten lassen, dann fährt er ohne mich weg, und ich muß zurück laufen.«

»Er wird nicht ohne dich wegfahren«, sagte ich. »Er ist doch dein Freund.«

»Das stimmt.« Billy trat zur Seite und ließ mich ans Waschbecken.

Wir zogen unsere Sachen an. Nach dieser Stunde fühlten wir

uns sehr entspannt. Wir gingen in das Zimmer von John und Vince hinüber, wo alle mit Bierdosen in der Hand auf dem Bett saßen.
Mike grinste uns an. »Ihr Burschen seid doch fein raus. Ihr müßt nicht jeden Monat fünf Dollar für die Pille ausgeben.«
Sue kicherte und wurde rot.
Vince saß mit gekrümmtem Rücken da. Er trug eine ärmellose Lederweste. In Europa hatte er mehr Geld verdient als hier. Er hatte sich drüben noch ein paar Tätowierungen machen lassen und hatte einige seltsame Erlebnisse in den Schwulenvierteln von London und Amsterdam. Seine Depressionen waren schlimmer geworden, und keiner von uns konnte ihm helfen, nicht einmal Billy. Vince war gleich hier heraus gefahren und mit uns ins Motel gezogen. Er freute sich darüber, daß Billy es geschafft hatte, ins Olympia-Team zu kommen, und erlebte jetzt alles mittelbar.
»Oh«, sagte Mike auf einmal und zog etwas aus seiner Jackentasche. »Ich habe was für dich. Ich habe es am Zeitungsstand in der Stadt gesehen.« Er warf es Billy zu.
Es war eine Ausgabe der *Time* mit Billy und mir auf der Titelseite. Ich war im Hintergrund zu sehen, mit Bürstenschnitt und Pokerface, und Billy lächelte etwas weiter unten im Vordergrund. Der Künstler hatte Billys Locken so sorgfältig gezeichnet wie ein zweiter Botticelli (Steve Goodnight hatte mir viel über Botticelli erzählt). Die Überschrift lautete: DAS SCHWULE PHÄNOMEN.
»Also bringen sie es doch noch«, sagte Billy und blätterte die Zeitung durch, um die Titelgeschichte zu suchen. Auf drei farbigen Bildseiten wurde dem normalen Leser ein Einblick in die Welt der Schwulen verschafft. Man sah, wie sich Schwule auf dem Rasen des Central Park sonnten, wie sie engumschlungen in einer Bar in Manhattan tanzten oder wie ein schwuler Geistlicher in einer Kirche für Schwule den

Gottesdienst abhielt. Es gab auch ein paar Fotos von Billy und mir, die Bruce Cayton gemacht hatte. Sie zeigten uns beide bei unserer Hochzeit, wie wir im Gras sitzen und uns küssen, und wie ich beim Training die Zeiten stoppe und Billy auf der Bahn vorbeirast.

Der Chefredakteur der *Time*, Ben Maddox, und seine Assistentin waren im Juni ans Prescott-College gekommen, um uns zu interviewen. Wir erklärten ihnen, wir wären nur unter der Voraussetzung zur Zusammenarbeit bereit, daß sie uns die schriftliche Zusicherung geben würden, daß Billys Name auf keinen Fall für Werbezwecke verwendet werden würde, weil das seinen Amateurstatus gefährden könnte. Sie waren einverstanden. Sie hatten schon eine Menge Nachforschungen angestellt, und wir waren beeindruckt, welche Mühe sie sich gaben, das Entstehen von Schwulengemeinden zu verstehen.

»Meint ihr, es bringt Unglück, daß ihr auf der Titelseite der *Time* seid?« fragte Mike.

»Buddhisten lehnen jede Art von Aberglauben ab«, sagte Billy. Dann schaute er mich an und grinste. »Und gute Christen sollten das auch tun.«

Die Zeitung wurde herumgereicht. »Lindquist gefällt das bestimmt nicht«, sagte Vince. »Und dem USOC erst recht nicht.«

»Was können sie schon machen«, sagte Billy. »Wir haben doch vor den Ausscheidungskämpfen mit den Leuten von der *Time* gesprochen. Zum Teufel mit dem USOC.«

Die Erklärung, die Billy hatte unterschreiben müssen, enthielt eine Klausel, die besagte, daß kein Sportler ohne Erlaubnis des USOC Geschäfte mit der Presse machen durfte. Billy war über diese Klausel ganz froh gewesen, denn er hatte es allmählich satt, ständig mit den Reportern über seine Homosexualität zu sprechen oder mit ihnen über das Laufen zu

diskutieren. Er wollte nur seine Ruhe haben. Dem USOC war Billys Langmut ein Rätsel, aber die Funktionäre waren erleichtert, daß er für eine Weile nicht im Rampenlicht stand. Sie ließen keine Reporter an ihn heran.
Mike kippte den Rest von seinem Bier hinunter und stand auf. »Tja, Leute, tut mir leid, wenn ich diese Versammlung aufheben muß, aber wir müssen zurück ins Camp. Ich habe Martinson versprochen, gleich nach dem Abendessen noch eine Partie Schach mit ihm zu spielen.«
Wir standen alle auf und gingen hinaus. An der Tür nahm mich Billy noch einmal in den Arm und küßte mich. »Bye«, sagte er. »Bis morgen.«
Mike, Sue und Billy stiegen in das Kabriolett. Ein kurzes Hupen, Winken, das Quietschen der Reifen, und schon brausten sie auf der Landstraße davon.
»Erinnert mich daran, daß ich Sue das nächste Mal sage, sie soll vorsichtig fahren«, meinte John trocken.
Wir gingen zurück in Johns Zimmer.
»Billy und Mike sind gute Freunde, hm?« sagte Vince mißmutig.
»Keine Sorge«, sagte John. »Mike hat nicht deinen Platz eingenommen.«
»Es gibt einige Leute, mit denen er sich gut versteht«, sagte ich. »Er, Mike, Martinson und Sachs werden in Montreal zusammen wohnen. Ich bin so froh, daß er nicht allein ist und von den anderen gemieden wird.«
»Okay«, sagte Vince. »Ich sollte nicht so egoistisch sein. Aber ich bin nun mal so...«
Mike Stella war tatsächlich der einzige heterosexuelle Freund, den Billy hatte. Und außer ein paar neuen Verbündeten unter den Sportlern hatte er noch zu einigen Trainern ein gutes Verhältnis. Ich mußte mich darauf einstellen, daß es in Montreal schwierig werden würde, Billy zu beschützen, da ich

nicht zum Team gehörte. Ich mußte darauf achten, daß er rechtzeitig im Stadion war, um sich vor einem Wettkampf warm zu laufen. Ich wußte genau, daß Lindquist sich in dieser Hinsicht nicht um ihn kümmern würde.

Aber Ed Taplinger von der UCLA, der Trainer der Langstreckenläufer, hatte Billy unter seine Fittiche genommen, und bei Auseinandersetzungen mit Lindquist ergriff er regelmäßig Billys Partei. Taplinger war, ebenso wie Stella, der Ansicht, daß man mit dem ganzen Theater endlich Schluß machen müsse.

Lindquist ließ keine Gelegenheit aus, Billy zu belästigen. Ich hielt diesen Mann zwar für einen der besten Leichathletiktrainer der USA, aber ich hatte den Eindruck, daß er Billy jede Chance für Montreal nehmen wollte. Vielleicht hoffte er, er könnte Billy einen gehörigen Dämpfer verpassen, wenn er Druck auf ihn ausübte. Falls das so gewesen sein sollte, hatte er sich in Billy gründlich getäuscht. Je stärker der Druck von außen war, desto verbissener strengte er sich an.

Lindquists bevorzugter Streitpunkt war Billys Trainingsprogramm. Er wollte nicht glauben, daß Billy im Wettkampf gut abschneiden könnte, wenn er weiterhin nur 100 bis 130 Meilen in der Woche lief. »Du trainierst nicht intensiv genug«, sagte Lindquist zu ihm, und er bestand darauf, daß Billy mehr Meilen in der Woche laufen sollte. Billy hörte sich Lindquists Geschwätz in aller Ruhe an und lief keinen Meter mehr als von mir vorgesehen. Taplinger brachte Lindquist dann vollends zur Raserei, als er ihm erklärte, ich als Billys Trainer wisse ganz genau, was ich tue.

Es amüsierte mich, daß Billy jetzt genau das Trainingsprogramm, gegen das er sich noch vor sechzehn Monaten so erbittert gewehrt hatte, so entschlossen verteidigte. Normalerweise kümmern sich die Trainer der Olympiamannschaft kaum um das Training. In den meisten Fällen geben sie den

Schützlingen der anderen Trainer nur den letzten Schliff. Sie sind sozusagen Babysitter mit Blazer und Trillerpfeife, die bereits ausgereifte Athleten zu den Olympischen Spielen begleiten.

Lindquist hatte auch an Billys Ernährungsweise etwas auszusetzen. Er machte es Billy nicht gerade leicht, die Zutaten zu bekommen, die er für seine Mahlzeiten brauchte. Das bedeutete, daß wir mit Mikes Hilfe immer Nüsse und frische Getreideflocken ins Camp schmuggeln mußten. Glücklicherweise war Tay Parker, der Mannschaftsarzt, auf Billys Seite. Billys Diät faszinierte ihn, und er überwachte Billys Kondition ganz genau.

Auch Tay hatte deswegen mit Lindquist seine Auseinandersetzungen.

»Er mäkelt am Essen herum wie ein verwöhntes Gör«, regte sich Lindquist auf.

»Ich möchte mal ein verwöhntes Gör sehen, das 10 000 Meter in 27:43 läuft«, gab ihm Tay zur Antwort.

Lindquist beschwerte sich dauernd beim USOC, daß es wegen Billy ständig Reibereien zwischen ihm und seinen Mitarbeitern gebe.

Billy kümmerte sich mit Begeisterung um Angelegenheiten, die das Team betrafen. Er wollte sich dafür revanchieren, daß die Mitglieder sich für ihn eingesetzt hatten. Er war maßgeblich daran beteiligt, daß die Läufer, die das Ausgehverbot mißachtet hatten, wieder in die Mannschaft aufgenommen wurden. Als sechs farbige Sprinter wegen irgend etwas auf Lindquist sauer waren, waren Billy und Mike die Vermittler, die die Sache wieder zurechtbogen. Lindquist gefiel das überhaupt nicht. »Dieser Junge ist nicht nur schwul, er ist auch noch ein Unruhestifter.«

Am selben Tag, als die *Time* mit ihrer Titelgeschichte an allen Zeitungsständen zu haben war, rief Frank Appleby, der

Vorsitzende des USOC, Lindquist an. Anschließend brüllte Linquist Billy an, und Billy erzählte uns, was vorgefallen war. Wir riefen Frank an.
»Warum wurden wir nicht informiert?« fragte Frank kühl.
»Das Interview fand vor den Ausscheidungskämpfen statt«, sagte ich, »und deshalb ging es euch nichts an.«
»Habt ihr schon einmal daran gedacht, daß das IOC fragen könnte, ob Billy unsere Erlaubnis hatte?« fragte er weiter.
»Wir haben darum gebeten, Billys Namen nicht für Werbezwecke zu benutzen, und die Journalisten hatten es uns zugesichert«, sagte ich. »Wir haben es schriftlich und können dem USOC jederzeit Kopien unserer Korrespondenz schikken.«
»Ich verstehe einfach nicht«, fuhr Frank in sachlichem Ton fort, »warum ihr beiden so scharf auf Publicity seid.«
»Wir haben die Pressefritzen nicht gerufen«, sagte ich. »Sie sind zu uns gekommen. Und ich kenne einige Amateursportler, die auch schon auf der Titelseite der *Time* waren, und keiner hat danach gefragt, ob sie die Erlaubnis dazu haben... «
Ein paar Tage, nachdem die Geschichte in der *Time* erschienen war, kam der Besitzer des Motels zu uns. »Sind Sie der Bursche aus der Zeitung? Und der Junge, der immer zu Ihnen kommt, ist der andere?«
»Ja«, sagte ich.
»Ich gebe Ihnen eine Stunde Zeit, das Motel zu verlassen. Und lassen Sie sich hier nie wieder blicken.«
Schließlich fanden wir ein Motel in einem nahe gelegenen Skigebiet. Wir durften dort wohnen bleiben, obwohl die Besitzerin inzwischen erfahren hatte, wer wir waren. Sie war tolerant, denn sie hatte im Winter schon allerhand mit Skiläufern erlebt.
Billy und mir gefiel dieses rastlose Leben nicht. Wir mußten

uns jetzt genauso an einen Zeitplan halten wie vor unserer Hochzeit. Eine Stunde hier, eine Stunde da. Er rief mich oft vom Camp aus an, und wir sagten uns zärtliche Dinge am Telefon.

»Mr. Brown«, sagte Billy, »ich wollte nur sichergehen, daß du hier draußen keine Cowboys aufreißt.« – »Oh«, antwortete ich, »ich kann den Geruch von Pferden nicht ertragen.« Wir trösteten uns damit, daß unsere Trennung wenigstens einen Sinn hatte.

Ich verbrachte die Stunden ohne Billy damit, mit John und Vince über die Probleme von Schwulen zu diskutieren, zu laufen, fernzusehen oder ein wenig zu lesen. Wir hatten Billys Schreibmaschine mitgenommen, und manchmal brachte ich sogar meine Gedanken und Beobachtungen zu dem, was ich alles erlebt hatte, zu Papier. Wir bekamen auch oft Besuch von Sportlern. Es verging fast kein Tag, an dem nicht irgend jemand mit einem Bier in der Hand auf dem Bett saß und über seine Verletzungen und Hoffnungen sprach.

Mit Vince zusammen lief ich lange Strecken auf den Bergstraßen. Er wollte bis zum Winter eine Pause einlegen und nur hin und wieder auf der Straße etwas laufen. Außerdem wollte er mit uns nach Montreal fahren. Vince und ich redeten viel, wenn wir so nebeneinander die Straße entlangliefen. In diesen Wochen lernte ich ihn erst richtig kennen. Vince war mir gegenüber immer etwas zurückhaltend gewesen, weil ich ihm gleich zu Anfang einen Korb gegeben hatte, und vielleicht wollte er auch Billy nicht eifersüchtig machen.

Mich beschäftigte immer noch die Frage, ob zwischen Billy und Vince jemals etwas gewesen war, denn ich hatte nichts Näheres über ihre gemeinsamen Jahre am College erfahren. Aber was ging es mich überhaupt an? Ich hatte schreckliche Angst, etwas über Billy zu erfahren, das nicht in das Bild paßte, das ich mir von ihm gemacht hatte.

Billy war ein wenig verstört, weil ich viel Zeit mit Vince verbrachte, aber ich beruhigte ihn.
Doch auch diese unruhige Zeit ging vorüber. Jeden Tag kam Billy zu mir und suchte bei mir die Ruhe, die er für sein Training brauchte. In der Gebirgsluft waren unsere Körper kühl und trocken. Schließlich machte ich noch in meinem Alter die Entdeckung, daß die Liebe mit der Zeit immer schöner wird, wenn man jemanden gern hat.
Billys Körper schien sich vor meinen Augen zu verwandeln. Er sah jetzt kräftiger und reifer aus, und die Venen traten stärker hervor. Wie mit Röntgenaugen konnte ich in seinen Körper sehen und die physiologischen Veränderungen wahrnehmen, die das Training mit sich brachte. In seinem Blut wurden Millionen neuer roter Blutkörperchen gebildet – er und die anderen Läufer würden mit einer extra Ladung Sauerstoff nach Montreal fahren. Er war jetzt beim zweiten Trainingsabschnitt, und durch die zusätzliche Strecke weiteten sich seine Kapillargefäße aus. Jedes Pfund, das er abnahm, verbesserte das Kraft-Gewicht-Verhältnis. Das Vitamin E, das er schluckte, stärkte sein Herz für die letzten Minuten des Wettlaufs, wenn er alles daran setzte, in Führung zu bleiben. Dann verbrauchte seine Lunge die letzten Kubikmillimeter Sauerstoff. Zur Versorgung seines Körpersystems brauchte er viel Blut mit einem weitaus größeren Anteil an Blutplasma als ein Mensch, der keine Kondition hat.
Billy befand sich wieder in einer Steigerungsphase. Er wurde von Tag zu Tag schneller. Die Mannschaft nahm noch an zwei Veranstaltungen teil, um sich im Wettkampf zu erproben. Billy lief zum ersten Mal die 10 000 Meter unter 27:40 und stellte mit 27:38.2 einen neuen Rekord auf. In Europa kam Armas Sepponan nahe an den Weltrekord im 10 000-Meter-Lauf heran. Das hieß, daß er immerhin sechs Sekunden schneller war als Billy. Man war sich einig, daß es über

5 000 und 10 000 Meter ein hartes Duell zwischen Billy und Sepponan geben würde. Der waghalsigste unter den Frontrunnern gegen den stärksten aller Kicker, und alle beide mußten ihr Tempo bis zur letzten Sekunde genau berechnen. Ich fieberte dem Augenblick entgegen, dieses Duell mit eigenen Augen zu sehen.

Aber im Gegensatz zu mir waren einige Amerikaner alles andere als erpicht darauf, dieses Duell zu sehen.

Nachdem Billy in die Olympiamannschaft gekommen und die Story in der *Time* erschienen war, machten die Schwulengegner, die auch die Entscheidung des Obersten Bundesgerichts abgelehnt hatten, wieder viel Geschrei. Geschickt setzten sie die Legislative unter Druck – die Olympische Bewegung der USA wurde weitgehend vom Kongreß finanziert. Sie verlangten, daß Billy aus dem Team ausgeschlossen werden sollte. Eine Gruppe bestand zum größten Teil aus Lehrern und Erziehern, die Angst davor hatten, daß sich die Homosexualität auch an den Schulen breitmachen könnte. Eine andere Gruppe nannte sich MMA (Mütterinitiative für ein moralisches Amerika). Anscheinend waren diese Leute nicht bereit, die Tatsache zu akzeptieren, daß Schwule keine Sexmonster sind, die in der Gegend herumlaufen und jeden verführen, der ihnen in die Quere kommt.

Im Gegenzug ließen Billy und John Sive verlauten, daß sie sofort Klage wegen Diskriminierung erheben würden, falls Billy aus dem Team ausgeschlossen werden würde. Die Funktionäre des USOC fühlten sich im Innersten getroffen und zermarterten sich den Kopf. Lindquist behauptete weiterhin, daß Billy ein Störfaktor im Team sei und daß seine Anwesenheit schädlich für das Training und die Moral wäre. Die »Störung« bestand vor allen Dingen darin, daß eine Gruppe junger rebellischer Mitglieder des Teams nach dem Training mit Billy, Sue und Mike außerhalb des Camps herumlief.

Ich sehe noch Sue in ihrem Kabrio, wie sie die Straße entlanggesaust kommt und mit quietschenden Bremsen in einer Parklücke vor unserem Motel hält. Der Wagen war voller Athleten, die vor Lachen schrien und vom Wind ganz durchgeblasen waren. Sie nahmen das Laufen, Springen, das Hürdenlaufen oder was auch immer, sehr ernst, aber sie wollten auch ihr Leben genießen. Aus dem Autoradio kam Country Music. Noch bevor das Auto anhielt, war Billy herausgesprungen und umarmte mich.
»Wenn du dir dabei eine Muskelzerrung holst«, sagte ich, »dann kriegst du zweihundert Hiebe auf die Fußsohlen.«
Mike stieg aus und schob Sue vor sich her. »Harlan, wir wollen dir was zeigen.« Er schob den Ärmel seines gemusterten Hemds hoch. Auf seiner rechten Schulter hatte er eine ganz neue Tätowierung – einen Steinbock.
Ich schüttelte den Kopf. Mike grinste und schob den Ärmel von Sues Pullover hoch. Sie hatte sich das Sternzeichen der Zwillinge tätowieren lassen.
Ich mußte lachen. Um mich herum prusteten alle los. Billy lehnte am Kotflügel und schüttelte sich vor Lachen. Es machte mich glücklich, ihn so zu sehen. Dies war ein Vorgeschmack seines großen Traums: er selbst zu sein, akzeptiert zu werden und frei zu sein.
»Damit wollten wir euch schwulen Typen nur zeigen, daß ihr die Astrologie nicht allein gepachtet habt«, sagte Mike.
In der Zwischenzeit führte das USOC heftige Debatten mit der Presse über die Medienbestimmung. Man wollte Billy in der Dick-Cavett-Show für ein Neun-Minuten-Gespräch haben. In dieser Show wurden oft umstrittene Leute vorgestellt. Aber das USOC lehnte ab. Die Presse und einige andere Athleten kritisierten die Bestimmung und verlangten ihre Abschaffung. Schließlich fragten die Leute vom Fernsehen an, ob sie Billy für die Show haben könnten, wenn noch ein

paar andere Sportler dabei wären und nicht über Sexualität gesprochen würde. Widerwillig gab das USOC nach.
Billys Augen funkelten. »Es ist einfach fantastisch, in der Dick-Cavett-Show zu sein und nicht über Homosexualität reden zu müssen. Vielleicht machen wir doch Fortschritte.«
Die Leute vom Fernsehen wollten Billy, Mike, die Schwimmerin Jean Turrentine, Jesse Jones und den Hochspringer Stan English in der Show haben. Die fünf flogen nach New York. Ich begleitete Billy und setzte mich während der Show in die Garderobe.
Cavett saß inmitten der fünf Sportler, und man unterhielt sich ganz ungezwungen über Sport, die Jugend, das Leben und über ihre Hoffnungen für die Olympischen Spiele. Die Gags von Cavett und die Witze von Mike und Jones sorgten für Unterhaltung. Billy trug einen hellbraunen Anzug, seine Haare waren ordentlich gekämmt, und er stellte seinen unerschütterlichen Optimismus zur Schau. Auf dem Bildschirm neben mir konnte ich, wie Millionen anderer Fernsehzuschauer auch, sein Gesicht in Farbe bewundern. Immer, wenn er sprach, schwenkte die Kamera auf ihn. Er sah sehr jung aus mit seinem kurzgeschnittenen Bart, und er beantwortete Cavetts Fragen mit der Freundlichkeit und Offenheit, die ich an ihm so gern mochte.
»Was meinen Sie, Billy, wie werden Sie in Montreal abschneiden?« fragte Cavett.
»Tja, ich war nie besser als jetzt«, sagte Billy. »Aber es wird zu einem großen Teil auch von meinen Konkurrenten abhängen. Vor allem von Armas Sepponan. Wenn er mich antreibt und wenn ich die Führung halten kann, dann werde ich bestimmt beachtliche Zeiten laufen. Ich denke, ich werde die 10 000 Meter unter 27:30 laufen, und vielleicht schaffe ich die 5 000 Meter unter 13:05. Ich muß noch herausfinden, wieviel Kraft in mir steckt, also, wer weiß...«

»Welche Taktik werden Sie anwenden?« Cavett hatte sich mit der Materie vertraut gemacht. Er wußte, wie wichtig das war. Billy grinste. »Das kann ich nicht sagen. Aber, wie jeder weiß, laufe ich immer an der Spitze. Es gehört zu meinen Privilegien, daß alle sich den Kopf darüber zerbrechen, ob ich versuchen werde davonzuziehen, oder ob ich ein langsameres Tempo vorgebe.«

Nach der Show hatte ich einen Kloß im Hals. Millionen von Fernsehzuschauern, die begierig ihr Gerät eingeschaltet hatten, um etwas über diesen ganzen Sex-Zirkus zu erfahren, schalteten jetzt enttäuscht ab. Aber immerhin hatten sie Billy inmitten der anderen Sportler gesehen, und er sah dabei so natürlich und harmlos aus, daß vielleicht einige unter den Zuschauern begriffen hatten, daß er kein Monster war.

Nach der Show sagte Cavett zu mir: »Ich hoffe, er kommt nach der Olympiade noch einmal in unsere Sendung und wir können dann Tacheles reden. Er ist ein toller Interviewpartner.«

»Ich bin sicher, daß Billy damit einverstanden ist«, sagte ich. »Es stört ihn nicht, über seine Veranlagung zu sprechen.«

Der August kam. Nun waren es nur noch knapp zwei Wochen bis zur Olympiade. Die Gerüchte, daß man Billy aus dem Team werfen wolle, hielten sich hartnäckig. Eines Abends rief mich Aldo Franconi an.

»Macht euch auf etwas gefaßt«, sagte er.

»Aber sie wissen doch, daß wir Anklage erheben werden«, sagte ich.

»Man hat dem IOC den Schwarzen Peter zugeschoben«, sagte Aldo. »Sie werden alles genau untersuchen.«

Ich wurde ein wenig mutlos. Als internationales Gremium, dem alle an der Olympiade teilnehmenden Länder angehörten, war das Internationale Olympische Komitee nicht an die Entscheidung des Obersten Bundesgerichts gebunden.

»Aber wir haben uns nichts zuschulden kommen lassen«, sagte ich. »Wir sind so vorsichtig gewesen. Ich habe doch an alles gedacht.«
»Okay«, meinte Aldo. »Aber da gibt es vielleicht doch etwas, das ihr vergessen habt. Sein Job am Prescott-College.«
»Sein *Job?* Das ist ja lächerlich. Er hat nicht das geringste mit Sport zu tun. Er unterrichtet Soziologie.«
»Das ist es ja gerade«, sagte Aldo. »Sie werden behaupten, daß er den Laufsport und seinen Job für homosexuelle Propaganda mißbraucht und daraus Kapital geschlagen hat.«
»Das ist der größte Blödsinn, den ich je gehört habe.«
»Paßt auf«, sagte Aldo. »Genau das werden sie ihn fragen.«
Ich kochte innerlich vor Wut und knallte den Hörer auf die Gabel. Das olympische Reglement ließ Sportler aus der Sowjetunion und aus Europa zu Wettkämpfen zu, obwohl bekannt war, daß sie von ihren Regierungen finanzielle Unterstützung erhielten. Armas Sepponan bekam jährlich ein Stipendium von der finnischen Regierung. Und nun wollte man aus lauter sexueller Hysterie Billys bescheidenes Lehrergehalt gegen ihn ausspielen.
Zwei Tage später traf das ein, was Aldo vorausgesehen hatte. Das IOC wollte Genaueres über Billys Job erfahren. Er wurde aufgefordert, vor einem Prüfungskomitee in der Zentrale in Lausanne in der Schweiz zu erscheinen. Billy und noch ein anderer Sportler sollten dort ihre Aussagen machen. Zuerst war Billy furchtbar wütend.
»Ich will verdammt sein, wenn ich vor denen zu Kreuze krieche«, sagte er. »Ich werde eine Pressekonferenz einberufen und das IOC öffentlich anprangern.«
Die meisten Sportler der Olympiamannschaft waren ebenfalls verärgert. Nur die Handvoll Athleten, die Billy tatsächlich nicht leiden konnten, freuten sich. Mike Stella und die anderen sprachen diese Sportler an und redeten ihnen ins

Gewissen. Man sah es allgemein als neue Schikane an – heute war es Billy, und schon morgen konnten es die anderen Sportler sein. Mike sammelte Unterschriften bei den Männern und die Sprinterin Vera Larris bei den Frauen, um gegen diese Vorgehensweise zu protestieren. Ungefähr fünfundsiebzig Prozent der Mitglieder des Teams gaben ihre Unterschrift. Mike und einige andere Sportler erklärten, daß sie nicht an der Olympiade teilnehmen würden, falls das IOC Billy aus dem Team werfen würde.
»Ich habe nicht die Absicht, bei einer Veranstaltung mitzumachen, bei der so etwas möglich ist«, erklärte Mike vor der Presse.
Die Mitglieder des USOC waren über die Reaktion des Teams bestürzt. Das hatten sie nicht erwartet. Sie fürchteten schon, ohne die wichtigsten Medaillenanwärter und mit einer unvollständigen Mannschaft nach Montreal fahren zu müssen.
Aber die Schwulen waren noch viel aufgebrachter. Die Leute aus der Homosexuellenbewegung organisierten in New York eine große Protestdemonstration vor dem Olympiahaus in der Park Avenue. Schließlich meldete sich sogar die kanadische Regierung zu Wort. Homosexualität wurde in Kanada schon seit Jahren nicht mehr strafrechtlich verfolgt, und es wurde offen darüber gesprochen.
Als Billy sich beruhigt hatte, war er bereit, nach Lausanne zu fahren. Also stiegen er, Vince, John, Aldo und ich in ein Flugzeug und flogen in die Schweiz.
Als wir in Lausanne ankamen und vor dem modernen Gebäude aus Beton und Glas, der Zentrale des IOC, standen, waren John und ich entschlossen, nicht an der Sitzung teilzunehmen. Es würde zu bedrohlich aussehen, wenn der Vater, der noch dazu Rechtsanwalt war, und der wütende Liebhaber mit ins Konferenzzimmer marschierten. Mit ein wenig Diploma-

tie konnte noch alles zu unseren Gunsten entschieden werden. Nur Aldo begleitete Billy.
Man führte uns in einen Aufenthaltsraum. Die Sitzung hatte schon begonnen, und im Moment wurde der englische Meilenläufer David Walker befragt. Da erhob sich von einer Couch im Aufenthaltsraum ein Mann, den wir hier nicht erwartet hatten. Es war Armas Sepponan.
Er kam mit seinem leichten, schnellen Gang auf uns zu. Er trug einen viel zu weiten schwarzen Anzug und ein weißes Hemd. Er sah aus wie der Feuerwehrmann aus einem kleinen finnischen Dorf, was er übrigens tatsächlich war. Er schüttelte allen die Hände.
»Ich habe es in der Zeitung gelesen«, sagte er. »Ich bin zutiefst erschüttert«, sagte er, »und ich werde protestieren.«
»Tja«, meinte Billy. »Wenn sie mich nicht laufen lassen wollen, dann kann ich vermutlich nichts machen. Vielleicht werde ich dann Vince auf seiner Professional-Tour begleiten.«
Er schaute Vince an und lächelte.
Wir setzten uns.
»Ich habe ganz egoistische Gründe für meinen Protest«, sagte Armas. »Ich will ganz offen sein. Ich bin jetzt achtundzwanzig, und diese Olympiade ist die zweite, an der ich teilnehme. Ich werde wahrscheinlich keine dritte mitmachen. Wenn Billy beim 5 000- und beim 10 000-Meter-Lauf nicht dabei ist, dann lohnt sich die ganze Anstrengung gar nicht.«
Wir saßen schweigend da. Billy und Armas sahen sich unverwandt an.
»Es gibt keinen anderen, der mich derart fordert wie du«, sagte Armas. »Du verstehst doch?«
Billy nickte. »Und ich glaube, dir geht es genauso, oder?«
»Stimmt«, sagte Billy.
Armas lächelte. »Wir beide laufen nicht wegen der Medaillen.

Uns geht es nicht um den Ruhm. Wir könnten ebensogut woanders laufen, stimmt's?«

»Ich verstehe nicht ganz, was du meinst«, sagte Billy.

Armas behielt sein bescheidenes Lächeln bei. »Diese Herren da drinnen machen Politik. Aber du und ich, wir sind die besseren Politiker. Ich glaube, daß sie dich nach reiflicher Überlegung doch laufen lassen werden.«

»Was willst du tun?«

»Ich mache es nur, wenn du einverstanden bist.«

Billy nickte wieder.

»Also... ich werde mit dir da hinein gehen und sagen, daß ich ebenfalls an der Olympiade nicht teilnehmen darf. Ich bekomme Stipendien von meiner Regierung. Deshalb wird keiner von uns beiden in Montreal laufen. Dann werde ich erklären, daß du und ich woanders hingehen, nach Helsinki, nach New York oder sonstwohin. Und dort werden wir dann unsere eigene Weltmeisterschaft in diesen Disziplinen abhalten. Wir könnten das in der Woche nach der Olympiade machen, wenn wir noch... wie sagt man... in Topform sind. Ich glaube nicht, daß es schwierig sein wird. Wir können einen Veranstalter finden, der solch einen Wettkampf organisiert. Wir laden die besten Läufer dazu ein. Verstehst du? Es tut mir leid, aber mein Englisch ist nicht besonders...«

Wir waren verblüfft.

Billy lachte leise vor sich hin, so wie er es immer tat, wenn ihm eine neue Idee gefiel. »Sicher«, sagte er. »Aber, mein Gott, du bringst ein großes Opfer.«

Armas schüttelte den Kopf. »Ich bin schon großzügig, aber nicht zu großzügig. Ich glaube, daß ich keine Chance vergebe. Diese Männer werden es nicht zulassen, daß wir unsere eigene kleine Meisterschaft abhalten. Und wenn sie es doch tun...«, er streckte mit einer typisch europäischen Geste seine Hände aus, »dann verlieren sie das Gesicht, oder?«

Nun waren alle von der Idee fasziniert. John grinste. Vince lehnte sich zurück und lachte laut los. Aldo brach in ein meckerndes Gelächter aus und schlug sich auf die Knie.
»Es ist ein Risiko«, sagte ich.
»Ich liebe das Risiko«, sagte Armas. »In Montreal riskieren Billy und ich auch einiges.«
Billys Augen funkelten boshaft. »Okay. Wir machen es genauso, wie du gesagt hast.«
»In dem Ausschuß sitzt auch ein Delegierter aus meinem Land«, sagte Armas. »Das Olympische Komitee Finnlands wird mich vielleicht nicht unterstützen. Aber man respektiert mich. Man kann mich nicht zwingen, zu laufen. Also... laß uns hineingehen.«
Wir beobachteten Aldo, Armas und Billy, wie sie zum Sitzungssaal hinübergingen.
John hatte einen Lachkrampf und schüttelte den Kopf.
»Armas hätte Anwalt werden sollen statt Feuerwehrmann«, sagte er.
Später berichteten mir Billy und Aldo, wie die Diskussion mit dem Ausschuß verlaufen war.
Bis auf einen waren alle Mitglieder des Komitees anwesend. Sie waren etwas überrascht, als Billy zusammen mit Sepponan in den Sitzungssaal kam. Natürlich wußte niemand, weshalb Sepponan hier war, und die Anwesenden waren offensichtlich beunruhigt. Sepponan setzte sich neben den finnischen IOC-Delegierten und sagte kein Wort.
Billy blieb mit den Händen in den Hosentaschen stehen. Er hatte den hellbraunen Anzug an, den er bereits in der Dick-Cavett-Show getragen hatte. Er hatte sich völlig unter Kontrolle. Er war freundlich, antwortete präzise, und seine Stimme klang sanft.
»Was meinen Amateurstatus betrifft, kann ich Sie, glaube ich, beruhigen«, sagte Billy.

Er hielt einen Moment inne und schaute sich die Herren der Reihe nach an. »Ich war schon ›gay‹, bevor ich mit dem Laufen anfing. Wissen diejenigen unter Ihnen, die keine Amerikaner sind, was das Wort ›gay‹ bedeutet? Es ist unser Ausdruck für ›homosexuell‹.«
Ein paar nickten mit dem Kopf, und andere murmelten etwas vor sich hin.
»Okay«, fuhr Billy fort. »Ich wurde gebeten, am Prescott-College ein Studienprogramm für Schwule zu entwickeln, weil ich selbst schwul bin und weil ich im Hauptfach Politik studiere. Ich wurde nicht darum gebeten, weil ich ein Läufer bin. Es gab noch zwei andere schwule Athleten am Prescott-College. Vince Matti war einer von ihnen, und auch er wurde eingestellt, um bei der Ausarbeitung des Programms mitzuhelfen. Er hatte als Hauptfach Soziologie. Jacques LaFont, der dritte im Bunde, wurde *nicht* gebeten, uns zu helfen. Er war Biologe und hatte sich auf Vögel spezialisiert. Also...«
Er machte eine Pause, damit die Mitglieder des IOC das eben Gehörte noch einmal überdenken konnten.
»Das Studienprogramm für Schwule ist kein Sportprogramm. Es kommen zwar auch Sportler in unseren Beratungsdienst, aber die meisten Studenten sind keine Sportler. Ich habe offiziell nichts mit dem Sportprogramm am College zu tun. Natürlich werde ich für meine Lehrtätigkeit am College bezahlt. Schließlich werden alle Lehrkräfte bezahlt. Aber ich werde dafür bezahlt, daß ich unterrichte, und nicht dafür, daß ich laufe. Ich bin sicher, meine Herren, daß Sie nicht von mir erwarten, daß ich umsonst unterrichte, nachdem mein Vater etwa 40 000 Dollar in meine Ausbildung investiert hat, damit ich eines Tages auf eigenen Füßen stehen kann.«
Die Mitglieder des Komitees saßen schweigend da. Aldo erzählte mir später, daß alle Billy anstarrten, als er vor ihnen

sein sexuelles Bekenntnis ablegte und so selbstverständlich über Homosexualität sprach, wie andere über das Wetter.
»Mein Gehalt als Lehrer am Prescott-College beträgt 10 000 Dollar im Jahr«, sagte Billy. Er hatte eine ganze Menge Kopien und übergab sie einem der Komiteemitglieder, damit dieser sie herumreichen konnte. »Ich habe hier alle Ausgaben, die ich in einem Jahr seit meiner Tätigkeit als Lehrer am College hatte, aufgelistet. Sie können sich selbst ein Bild machen. Ich will damit sagen, daß mir, wenn man die Steuern, die Lebenshaltungskosten und sämtliche Ausgaben, die man als Amateursportler hat, wie zum Beispiel Reisekosten, bis auf das letzte Paar Schuhe und die 3.50 für die AAU-Karte zusammenrechnet, unterm Strich etwa 535 Dollar bleiben.«
Er machte wieder eine Pause, und es war immer noch ganz still im Saal. »Sie, meine Herren, haben mich beschuldigt, ich würde auf unmoralische Weise aus meinem Sport Profit schlagen. Jetzt möchte ich gerne wissen, welchen Profit Sie meinen?«
Die Mitglieder des Komitees sahen sich die Kopien genau an. Nur das leise Rascheln von Papier war zu hören.
»Im Gegensatz zu vielen anderen Sportlern in meinem Land habe ich nie Schmiergelder genommen oder mich von Sportartikelherstellern umsonst neu einkleiden lassen, weil ich genau wußte, daß man mir das alles ankreiden könnte. Die Zahlen auf diesen Blättern entsprechen meiner tatsächlichen finanziellen Situation, ob Sie es nun glauben oder nicht.«
Billy sah für einen Moment zu Boden, als ob er nachdenken wollte, und dann hob er wieder den Kopf. Aldo meinte später, alle hätten bewegungslos dagesessen, weil seine klaren blauen Augen sie gefangennahmen.
»Zu Ihrer Behauptung, ich hätte den Sport für homosexuelle Interessen eingesetzt, möchte ich hinzufügen, daß ich nur

deshalb im Rampenlicht stehe, weil Leute wie Sie mich gegen meinen Willen in die Öffentlichkeit gezerrt haben.«

»Mr. Sive...«, sagte der Vorsitzende.

»Ich bin noch nicht fertig.« Billys Stimme war schneidend wie ein Peitschenhieb. »Lassen Sie mich erst zu Ende sprechen, und dann können Sie soviel reden, wie Sie wollen. Erinnern wir uns doch mal, wie alles anfing, als ich noch im Team der Universität von Oregon war. Ich habe mich niemals produziert oder bin herumgerannt und habe gerufen ›Schaut alle mal her, ich bin schwul‹. Gus Lindquist hat es herausgekriegt und hat mich aus dem Team geworfen, und ich habe geschwiegen. Dann hat es sich herumgesprochen, und hinter meinem Rücken wurde getuschelt, ›Hey, der Junge ist schwul‹, und ich habe weiter geschwiegen. Schließlich fragte mich ein Reporter ›Hör mal, Billy, bist du wirklich schwul?‹, und ich sagte ja, weil mir jemand eine Frage gestellt hatte und ich Fragen grundsätzlich wahrheitsgemäß beantworte.«

Seine Worte trafen sie zutiefst. Billys Stimme zitterte jetzt ein wenig.

»Dann ging das Spektakel erst richtig los, obwohl ich kein einziges Mal sagte, daß ich schwul bin. Man spuckte mir ins Gesicht und schlug mich auf den Rücken, und dauernd kamen Reporter und wollten Interviews von mir. Als mein Partner und ich beschlossen, unsere Beziehung formell zu machen, haben wir das der Presse nicht mitgeteilt. Es waren andere, die den Wirbel machten. Die ganze Zeit über war ich in der Defensive und sagte so wenig wie möglich. Es waren immer andere, die hysterisch wurden. Ich will nur laufen und in Ruhe gelassen werden, und ich wäre froh, wenn das Wort ›schwul‹ nie ausgesprochen worden wäre. Aber solange Leute wie Sie so viel Wirbel um die sexuelle Veranlagung eines Menschen machen, wird das Thema nicht vom Tisch kommen. Und wenn Sie glauben, man könne das Laufen für

schwule Propaganda einsetzen, dann verstehen Sie nicht viel vom Sport. Es kostet viel Kraft, sich für die Interessen der Schwulen einzusetzen. Und der Laufsport, so wie ich ihn betreibe, kostet auch sehr viel Energie. Es ist unmöglich, beides zugleich zu tun, ohne dabei wahnsinnig zu werden.«
Er hielt einen Moment inne und atmete tief durch. Dann zuckte er mit den Schultern und sagte mit leiser Stimme: »Wenn Sie mich nicht in der Olympiamannschaft haben wollen, dann müssen Sie mich schon selbst hinauswerfen. Die Verantwortung tragen Sie, nicht ich.«
Er kehrte ihnen den Rücken zu und setzte sich neben Aldo Franconi.
»Meine Herren...« Armas stand auf und wollte etwas sagen. Der Vorsitzende des Komitees, Feit Ostler aus Deutschland, schnitt ihm das Wort ab: »Mr. Sepponan, das ist nicht Ihre Angelegenheit.«
»Es ist sehr wohl meine Angelegenheit«, sagte Armas. »Und ich verlange, daß Sie mich anhören. Wenn Sie mir nicht zuhören wollen, dann können Sie morgen in der Zeitung lesen, was ich zu sagen habe.« Er sagte das mit ruhiger Stimme, aber man konnte den drohenden Unterton heraushören.
Die Mitglieder des Komitees hörten ihm zu. Armas sagte ihnen ganz offen seine Meinung. Die Männer vom IOC waren offensichtlich indigniert. Am Ende seiner Rede fügte Armas hinzu: »Billy und ich erwarten Ihre Entscheidung. Wir hoffen, daß Sie uns nicht zwingen werden... wie sagt man doch... solch dramatische Schritte zu unternehmen.«
Armas und Billy verließen gemeinsam den Raum.
Wir aßen noch mit Sepponan zu Abend, und dann flog er zurück nach Helsinki. »Ich glaube, wir sehen uns in Montreal wieder«, sagte er mit einem kleinen skandinavischen Lächeln.

Zwei Tage später teilte uns die Prüfungskommission des IOC mit, daß man mit Billys Erklärung zu seinem Job am College zufrieden sei und daß er nach Montreal fahren könne.
Wir waren alle ein bißchen geschafft, außer Billy. Er war in Höchstform und voller Tatendrang. Er konnte es kaum erwarten, nach Montreal zu kommen, und er wollte der ganzen Welt zeigen, was für ein Kerl er war.

17

Siebzigtausend Menschen waren in dem riesigen Stadion versammelt. Überall flatterten Fahnen im Wind, eine Musikkapelle spielte, und in den Reihen der Zuschauer herrschte eine gespannte Atmosphäre. Am Himmel zogen vereinzelt Wolken auf – ab und zu brach die Sonne durch die Wolken und verschwand dann wieder. Es war sehr windig, und die Fahnen flatterten heftig an den Masten.

Heute war die Eröffnungsfeier der Olympischen Spiele.

Unsere Gruppe saß unten dicht an der Aschenbahn, gegenüber der Zielgeraden. John Sive, Delphine, Vince, Steve und der Engel, Betsy Heden, die Prescotts, viele Leute aus der Homosexuellenbewegung und mehrere bekannte schwule Persönlichkeiten waren gekommen. Der einzige, der fehlte, war Jacques. Er war ganz in seine Forschungen vertieft, aber er hatte Billy ein Telegramm geschickt und ihm viel Glück gewünscht.

Alle waren begeistert von der Farbenpracht, außer mir. Ich war schließlich schon einmal bei einer Olympiade gewesen. Aber ich mußte zugeben, daß die Kanadier eine erstklassige Show abzogen.

Der britischen Vorliebe für prunkvolle Feste wurde dort unten auf der Aschenbahn Ausdruck verliehen: Mounties in scharlachroten Uniformen, schottische Regimenter in Kilts, die Garde des Parlaments von Ottawa mit ihren Bärenfellmützen. Dann marschierten die Minderheiten Kanadas vorbei: Indianer und Eskimos, Frankokanadier, Deutsche, Ukrainer, alle in historischen Trachten.

Ich war etwas abwesend, erschöpft von den anstrengenden letzten Wochen, und ich spürte ein banges Hochgefühl in mir aufsteigen. Mir war ganz schwindlig von dem Lärm der Musikkapelle und der Dudelsäcke.
Nur ein einziger von den Vorbeimarschierenden bedeutete mir etwas, und bald würde er kommen.
Die Mannschaften marschierten, angeführt von ihrem Fahnenträger, ins Stadion und stellten sich auf der Bahn auf. Ich war bisher immer gegen die Olympiade gewesen, weil sie in meinen Augen ein Vehikel sinnloser nationaler und politischer Interessen war. Aber als nun das amerikanische Team ins Stadion marschierte und ich einen ersten, flüchtigen Blick auf das Sternenbanner warf, das über den Köpfen der Athleten im Wind flatterte, da lief mir doch ein Schauer über den Rücken.
Ich packte John fest am Arm. »Da sind sie«, sagte ich.
Feierlich schritten die Sportler des US-Teams ins Stadion – das Team, das wegen Billy beinahe auseinandergebrochen wäre. Sie marschierten in zwei Abteilungen – 226 Männer und 83 Frauen. Die Männer hatten rote Blazer und weiße Hosen an und trugen blaue Krawatten. Auch die Frauen hatten rote Blazer und weiße Röcke an, aber sie hatten um den Hals blaue Seidenschals geschlungen, die im Wind flatterten.
Vor ihnen ging Billy allein mit der Fahne. Er sah stolz, anmutig, ja fast militärisch aus, wie er die schwere Fahne etwas gegen den Wind geneigt hielt. Seine Brille glitzerte in der Sonne, und seine Locken waren zerzaust. Er lächelte glücklich.
Als er langsam zur Mitte der roten Kunstbahn schritt, fingen die Menschen, die gegenüber auf der Tribüne saßen, an zu jubeln und zu applaudieren. Der Applaus begleitete ihn wie eine sanfte Woge.

Kaum ein Athlet hatte jemals vor einer Olympiade so viel öffentliche Aufregung verursacht wie Billy. Man war beeindruckt, wie verbissen Billy um die Teilnahme an der Olympiade gekämpft hatte, und schließlich war in manchen Fällen die feindselige Haltung ihm gegenüber in Wohlwollen umgeschlagen; immerhin wünschte ihm jetzt mancher frühere Gegner Glück bei den Wettkämpfen. Anscheinend dachten jetzt die meisten Leute im Stadion: »Okay, wenn er schon mal hier ist, dann können wir auch nett zu dem ›Tier‹ sein und uns anschauen, wie er läuft.«
Er stand jetzt direkt gegenüber von uns. Er wußte, daß wir irgendwo da oben auf der Tribüne saßen, und er wagte es, eine Hand von der Fahnenstange zu nehmen und uns kurz zuzuwinken. Ich legte einen Arm um John und den anderen um Vince und drückte die beiden ganz fest an mich. Ich hatte einen Kloß im Hals. John liefen Tränen übers Gesicht. Vince nickte ein wenig mit dem Kopf und lächelte traurig über sein eigenes Pech.
»Seht ihn euch an«, sagte ich. »Er würde einen verdammt hübschen Marineleutnant abgeben.«
Delphine seufzte. »Er ist so *jung*«, sagte er immer wieder.
Steve hatte seinen Arm um den Engel gelegt. Anscheinend erkannte er seinen netten Bekannten wieder, denn er lächelte ein wenig. Seine blonde Mähne fiel über die Knie einer fülligen Dame mittleren Alters, die hinter ihm saß. Betsy rutschte auf ihrem Sitz hin und her und umklammerte Vinces Arm. Die Prescotts, die in der Reihe vor uns saßen, drehten sich um und lächelten uns an. Joe schlug mir freudig aufs Knie, und Marian drückte meine Hand.
»Wir haben es geschafft«, sagte Joe. »Das wird mir erst jetzt richtig bewußt.«
Den meisten Beifall bekam Billy von den Schwulen, die ringsherum auf den Tribünen des Stadions saßen. Hunderte

waren aus den Staaten hierhergekommen. Manche hatten ihr letztes Geld für die Eintrittskarten zusammengekratzt und übernachteten in den Parkanlagen der Stadt. Die Wohlhabenderen unter ihnen waren im Hotel Cartier abgestiegen, wo auch John und Steve wohnten. Aus ganz Kanada und sogar aus Europa waren sie angereist. Zwei Reihen vor uns saßen ein paar gutaussehende junge schwule Kanadier in verwaschenen Jeans. Sie riefen Billys Namen und umarmten sich gegenseitig.

Die amerikanische Mannschaft war jetzt an uns vorübermarschiert. Wir konnten nur noch Billys Lockenpracht inmitten der vielen anderen Köpfe erkennen, und wir sahen, wie die Fahne im Wind flatterte. Sie näherten sich der Ehrentribüne, und nun kam der spannendste Augenblick. Würde sich die Flagge senken oder nicht? Die anderen Flaggen senkten sich, eine nach der anderen, als die Mannschaften an Kanadas Premierminister vorbeimarschierten.

Das war eine althergebrachte Art der Ehrenbezeugung gegenüber den Leuten auf der Ehrentribüne.

Ich beugte mich nach vorn zu John und Vince. »Er wird die Flagge nicht senken«, sagte ich und erzählte ihnen den Witz, den Billy über die Flagge als Symbol der Erektion der Schwulen gemacht hatte. John und Vince brachen in schallendes Gelächter aus.

Billy marschierte mit stolz erhobener Fahne an der Ehrentribüne vorbei. Wieder einmal war der nationalen Arroganz und dem Ehrgefühl der Amerikaner ein Zeichen gesetzt worden. Und dieses Mal sogar von einem jungen Mann, den Amerika wegen seiner Veranlagung verachtet hatte. Ich mußte selbst darüber lachen. Aber der Kloß im Hals blieb, und er sollte auch nicht verschwinden.

Die Spannung im Stadion war packende Wirklichkeit, und sie war schon an diesem ersten Nachmittag zu spüren. Jeder, der einmal bei den Olympischen Spielen dabeigewesen ist, wird sie als eine üble Gerüchteküche und als Spiele der Gewalt in Erinnerung behalten. Die Gerüchte kamen und gingen wie die Sonne zwischen den Wolken am Eröffnungstag.

Die Schatten von München und Mexiko marschierten bei dieser Eröffnungsparade mit und trugen ihre schwarzen Fahnen vor sich her. So viele extremistische Gruppen hatten gedroht, die Spiele von Montreal platzen zu lassen, daß jeder irgendwie damit rechnete, daß es hier irgendwann ein Massaker geben würde. Natürlich hofften alle, daß nicht gerade dann Kugeln durch die Luft flogen, wenn sie einem Wettkampf zuschauten. Ein trauriger Beweis dafür, wie sehr wir uns alle an Gewalttaten gewöhnt hatten.

Es gingen Gerüchte um, daß frankokanadische Separatisten die Olympiade platzen lassen wollten. Andere behaupteten, die kanadischen Indianer und Eskimos planten einen Anschlag, um gegen die Rassendiskriminierung zu protestieren. Angeblich hatten auch schwarze Demonstranten etwas vor. Man vermutete überdies, daß sich radikale Juden für das Massaker in München rächen wollten. Man hatte auch telefonisch mit Anschlägen gedroht, falls Billy Sive an den Wettkämpfen teilnehmen dürfte.

Die kanadische Regierung hatte daraufhin veranlaßt, daß das Olympiagelände von einem riesigen Truppenaufgebot hermetisch abgeriegelt wurde.

Als wir am ersten Tag zum Stadion kamen, waren wir erstaunt über die umfangreichen Sicherheitsvorkehrungen. Jeder Besucher wurde mit einem Metallsuchgerät überprüft, wie sie es auf allen Flughäfen gibt. Wenn das Gerät piepste, wurde man durchsucht. Das olympische Dorf, in dem die 1 700 Athleten ihre Freizeit verbrachten, wurde so scharf bewacht, daß die Sportler ihre Freundinnen und Ehefrauen nicht hineinschmuggeln konnten, wie sie es in München getan hatten. Die Sportler durften zwar das Dorf verlassen und in die Stadt gehen, aber sie wurden darauf hingewiesen, daß sie es auf eigene Gefahr taten.

Die Drohungen gegen Billy hatten uns alle aus der Fassung gebracht. Aber die kanadische Regierung versicherte uns, daß sie alle erdenklichen Vorsichtsmaßnahmen getroffen hätte. Man behandelte Billy sehr zuvorkommend. Zweifellos wollten sich Sportfunktionäre und Politiker damit bei der eigenen schwulen Bevölkerung Pluspunkte holen.

Billy bewohnte zusammen mit Mike, Martinson und Sachs ein Apartment im zweiten Stock des US-Wohnheims im olympischen Dorf. Das Apartment wurde rund um die Uhr bewacht, selbst dann, wenn die Jungs nicht da waren. Außerdem hatten die Kanadier zwei bewaffnete Leibwächter zur Verfügung gestellt, die Billy und mich überallhin begleiteten. Von den Leibwächtern konnten wir erwarten, daß sie ihre Aufgabe ernst nahmen, denn sie waren selbst schwul.

Hin und wieder quälten mich Alpträume, in denen Billy von einer Bombe zerfetzt wurde, aber ich versuchte danach, mich wieder zu entspannen. Ich sagte mir, daß ich allmählich wirklich verrückt würde.

Die Anwesenheit der bewaffneten Truppen hatte die Atmosphäre der Spiele empfindlich getrübt. Ich konnte das im Stadion regelrecht spüren. Die Menschen versuchten verzweifelt, sich gut zu amüsieren, aber überall erzählten sie sich, wie unangenehm sie die Leibesvisitationen fanden.

»Was soll eigentlich die ganze Olympiade, wenn man sich nicht frei und unbekümmert bewegen kann«, hatte mich Mike Stella am Abend zuvor gefragt.

Alle – Zuschauer, Presseleute und Sportler – suchten nach einer Möglichkeit, in dieser eisigen Atmosphäre zum Aus-

gleich etwas Menschliches und Positives zu finden. Und ihre Wahl fiel auf Billy.
Er war mit seinem Lächeln, seiner Lockenpracht, seiner Brille, seiner braunen Wildlederjacke und mit seinen Spikes über der Schulter ins olympische Dorf gekommen und hatten jeden mit einem freundlichen »Hallo« begrüßt. Innerhalb von vierundzwanzig Stunden hatte er mit seinem entwaffnenden Charme die meisten Sportler für sich gewonnen. Sie waren ja auch alle noch jung – zwischen sechzehn und fünfunddreißig. Viele von ihnen waren selbst Nonkonformisten und zeigten Verständnis für das, was Billy tat und getan hatte.
Sie unterhielten sich mit ihm und stellten dabei fest, daß dieser verrufene, junge, bärtige schwule Typ ein Mensch war wie sie. Sie merkten, daß er anstatt über Homosexualität lieber über Sport, Schach, Yoga, Rockmusik, Politik, über das Wetter, das Leben oder über andere Dinge sprach. Plötzlich hatte er nicht nur einen kleinen Kreis treuer Freunde um sich, sondern es waren Hunderte von Freunden beiderlei Geschlechts dazugekommen.
Die Journalisten hatten jetzt genug von den Gerüchten über bevorstehende Anschläge, und Billy entwickelte sich zu ihrem Lieblingsthema. Die Herzlichkeit, mit der die Sportler und die Leute von der Presse Billy behandelten, übertrug sich auf die Zuschauer. Bald war er der beliebteste und bekannteste Sportler der Olympiade.
Für mich war das alles wie ein Wunder. Nach all der Gemeinheit und Niedertracht, die wir erlebt hatten, sah es nun so aus, als ob sich die Herzen der Menschen plötzlich öffnen würden.
Billy gefiel es im olympischen Dorf. Er lebte jetzt so, wie er es sich immer gewünscht hatte. Er hatte die Wut mit Gewaltlosigkeit und Mitgefühl bezwungen. Er lag in Führung und

konnte ungehindert laufen. Man akzeptierte ihn so, wie er war. Man schätzte ihn sogar, weil er öffentlich für eine menschliche Veranlagung eintrat, die man lange Zeit als krankhaft oder pervers verteufelt hatte. Es war paradox, daß ausgerechnet Billy die zentrale Figur der Olympischen Spiele werden sollte, nachdem man zuvor mit allen Mitteln versucht hatte, seine Teilnahme an der Olympiade zu verhindern.

Er war überall auf dem Olympiagelände anzutreffen. Er spielte Schach mit Armas Sepponan, kaufte Schallplatten im Plattengeschäft des Olympiadorfes oder probierte in den Schuhgeschäften neue Laufschuhe an (aber er nahm keine Geschenke an). Manchmal schlenderte er Hand in Hand mit den schwarzen afrikanischen Läufern über das Olympiagelände. (Es ist eine afrikanische Sitte, sich an den Händen zu fassen.) Wenn er auf der Bahn trainierte, riefen ihm seine Sportkameraden, die an der Seitenlinie standen, zum Spaß zu: »Los Biiiilliiii!« Ab und zu verkroch er sich auch im Wohnheim und führte mit irgendwelchen Leuten ernste Gespräche. Er verbrachte viel freie Zeit in der Diskothek und tanzte so ausgelassen, daß sich Gus Lindquist deswegen beschwerte. Die Sportlerinnen aus den Commonwealthländern und aus Europa waren ganz verrückt nach ihm und stritten sich darum, mit ihm tanzen zu dürfen. Es ist unglaublich, was für eine Anziehungskraft so ein schwuler Macho auf Frauen hat, obwohl er doch für sie unerreichbar ist.

Die britische Meilenläuferin Rita Hedley erklärte vor der Presse, daß sie unsterblich in Billy verliebt sei. »Er ist der attraktivste Mann, der mir je begegnet ist«, sagte sie, »aber ich kann ihm leider nur beim Tanzen nahe sein.«

Billy war sehr nett und zuvorkommend zu Rita und tanzte nach Herzenslust mit ihr. Eines Abends, als ich das olympische Dorf besuchen durfte, sah ich ihn.

Die Diskothek war proppenvoll, und die meisten anderen

Tänzer waren beiseite getreten und beobachteten Rita und Billy, wie sie einen Boogie aufs Parkett legten. Rita trug ein wadenlanges rotes Strickkleid, das ihre geschmeidigen Bewegungen hervorragend zur Geltung brachte. Billy hatte verwaschene Jeans und ein altes T-Shirt mit der Aufschrift KEEP ON TRUCKIN' an und trug leichtsinnigerweise keine Schuhe. Die beiden schnippten mit den Fingern, wiegten sich in den Hüften, wackelten mit dem Po und zuckten mit den Schultern. Es sah sehr sexy aus, aber es wirkte auch irgendwie heiter und lässig. Obwohl sich Rita beim Tanzen vor Billy produzierte, war eine tiefe Kluft zwischen ihnen, und Ritas Bemühungen hatten keinen Erfolg, denn Billys Gedanken waren bei mir.

Vince und ich beobachteten, wie die jungen Sportler, die im Kreis um die beiden herumstanden, anfingen mit den Füßen zu trampeln, in die Hände zu klatschen und zu pfeifen, und ihrer Begeisterung Luft machten. Einige imitierten Billys Tanzstil.

Vince schüttelte den Kopf. »Jetzt tanzen sie alle den Boogie. Glaubst du, sie wissen, was das für ein Tanz ist?«

»Er hat mit dieser Masche angefangen«, sagte ich.

Wir amüsierten uns köstlich.

Billy sah uns und winkte hoheitsvoll zu uns herüber. Die anderen brüllten vor Lachen.

»Mach schon, Billy!« rief Vince. »Beweg dich!«

»Bist du nicht eifersüchtig, Harlan?« fragte mich ein Hammerwerfer aus Kanada.

»Eifersüchtig?« sagte ich. »Warum denn?«

Als die Musik verstummte, kamen Billy und Rita zu uns herüber. Rita machte vor mir eine komische Verbeugung, als ob sie damit sagen wollte: »Hier hast du deinen Billy unversehrt zurück.«

Vince war auch ganz versessen auf die Teilnahme an den Olympischen Spielen, aber er erlebte sie als Ausgeschlossener natürlich ganz anders als Billy.
Die Presse und die Schwulen von Montreal wußten, daß Vince hier war. Er wurde eine Art Anti-Held, dem man übel mitgespielt hatte. Er verfolgte die Wettkämpfe und Billys Leistungen mit lebhaftem Interesse, aber auch mit Wehmut. Er trainierte jetzt nicht mehr viel, sondern lief jeden Tag nur zum Spaß ein paar Meilen um das Olympiagelände.
Wenn ich abends mit Billy telefonierte, stürzte sich Vince in das Nachtleben von Montreal. Er setzte sich eine schwarze Ledermütze mit einer goldenen Kette auf und bändelte anscheinend mit jedem Schwulen an, der ihm über den Weg lief. Am meisten beunruhigte mich, daß er anfing zu trinken. Ich ging sehr diplomatisch vor und machte ihn vorsichtig darauf aufmerksam, wie schädlich Alkohol für die Blutgefäße eines Sportlers ist.
»Oh«, sagte er ganz unbekümmert, »ich bin nur im Moment ein bißchen deprimiert und muß Dampf ablassen. Ich trinke nicht viel. Wenn wir wieder zu Hause sind, höre ich damit auf und fange wieder an zu trainieren.«
Da er vorher niemals Alkohol getrunken hatte, konnte er nicht Maß halten. Er kam immer erst in den frühen Morgenstunden sternhagelbetrunken in die Presseunterkunft gekrochen. Dann schlief er zu den unmöglichsten Tageszeiten, nahm Aufputschmittel, um wach zu bleiben, und aß kaum etwas. Es war erstaunlich, wie elend und verlebt er schon nach wenigen Tagen aussah.
Auch Billy versuchte, vernünftig mit ihm zu reden, aber Vince wies ihn schroff ab und meinte nur: »Laß mich doch in Ruhe.«

Billy und ich sahen uns während der Olympiade nur selten. Ich wollte, daß er zu seiner eigenen Sicherheit in dem von Armee, Polizei und Leibwächtern abgeriegelten olympischen Dorf blieb. Das Wohnheim der US-Athleten wurde so scharf bewacht, daß es für mich unmöglich gewesen wäre, mich in Billys Zimmer zu schleichen und mit ihm zu schlafen. Und ich wollte mich auch nicht zum Narren machen, indem ich wie ein liebeskranker Romeo auf seinen Balkon kletterte.
Deshalb mußten wir eine ganze Woche lang auf Sex verzichten. Allein die Gewißheit, daß wir beide in Montreal waren, machte die Situation für uns erträglich.
Da ich für die Funktionäre des USOC eine unliebsame Person war, hatte man mich als Co-Trainer für die Olympiamannschaft abgelehnt und als Grund angegeben, daß man schon mehrere andere Trainer zur Verfügung habe. Um dennoch in Montreal dabeisein zu können, hatte ich mir bei der *Sports Illustrated* einen Job als Reporter besorgt. Ich sollte einen Exklusivbericht über die Olympischen Spiele schreiben. Ich gehörte also offiziell zur Presse. Vince begleitete mich als mein Assistent. Wir bewohnten zusammen ein Apartment in einem der Gebäude, die für Journalisten reserviert waren.
Mit meinem Presseausweis konnte ich jederzeit ins olympische Dorf, um Sportler zu interviewen und natürlich auch um Billy zu sehen. Die Sicherheitskräfte ließen mich ohne weiteres hinein, weil sie nicht glaubten, daß ich eine Bombe hineinschmuggeln würde.
Jedesmal wenn ich ins olympische Dorf kam, wartete Billy schon am Haupteingang auf mich. Kaum hatten mich die Beamten durchgelassen, da fiel er mir um den Hals. Billy blieb die ganze Zeit bei Vince und mir, wenn wir andere Sportler interviewten. Wenn wir mit unserer Arbeit fertig waren, schlenderten wir durch die Anlagen oder setzten uns

in eines der Straßencafés und tranken Milch oder Mineralwasser. Wir hielten Händchen oder umarmten uns. Anscheinend hatten sich alle bereits an diesen Anblick gewöhnt.
Wenn wir nicht zusammensein konnten, dann griffen wir zum Telefon. Wir lagen ein paar Kilometer voneinander entfernt auf unseren Betten und sprachen davon, wie sehr wir uns nacheinander sehnten.
»So kann es nicht die ganze Zeit weitergehen«, sagte Billy. »Ich bin sonst zu verkrampft. Vielleicht kann ich mal eine Nacht mit dir verbringen. Wir könnten in Dads Hotelzimmer gehen.«
Oder wir sprachen über seine Erlebnisse.
»Es ist einfach toll«, sagte er zu mir. »Alle hier sind jung. Und es gibt hier ganz unglaubliche Typen. Das macht die Spiele aus, finde ich. Hier treffen sich junge Leute aus aller Welt. Die Erwachsenen mit ihren politischen Interessen und ihren Regeln... das ist nicht der Sinn der Olympiade. Und es ist herrlich, daß ich zur Abwechslung mal wie ein menschliches Wesen behandelt werde. Ich platze hier noch vor Lebensfreude.«
»Gibt es im Camp eigentlich noch andere Schwule?« wollte ich wissen.
»Du wirst es nicht glauben. Es sind ein paar da, aber nicht viele.«
Und er erzählte mir, daß bereits mehrere Leute, darunter zwei Frauen, zu ihm gekommen seien und ihm von ihren Sorgen erzählt hätten. Er hatte einige Zeit mit ihnen verbracht und versucht, ihnen zu helfen, ihre Gefühle besser zu verstehen. »Wenn sie gegangen waren, habe ich jedesmal geheult«, sagte er. »Wenn ich nur wüßte, wie ich ihnen helfen kann.«
»Hat dich mal jemand angemacht?« sagte ich.
»Ja«, sagte Billy. »Gestern kam der Zehnkämpfer, du weißt schon, und wollte angeblich mit mir sprechen. Aber ich

kriegte schnell raus, daß er gar keinen Rat suchte. Er wollte mich haben. Ich sagte ihm, er solle verschwinden.«

Aber trotz der Aufregung und Ablenkung vergaß Billy keinen Augenblick, weshalb er eigentlich hier war.

Einige Athleten feierten viel zu viele Partys, gingen spät zu Bett und aßen ungesundes Zeug. Billy hingegen ging jeden Abend pünktlich ins Bett. Er trainierte gewissenhaft und hielt sich streng an seine Diät, um vor dem Wettkampf viel Glykogen in seine Muskeln zu packen. Taplinger, der Trainer der Langstreckenläufer, paßte gut auf ihn auf, damit er später beim Wettkampf sicher durchs Ziel ging.

Bei jedem Lächeln und bei jeder Bewegung seines Körpers beim Tanzen in der Diskothek hatte Billy die rote Kunstbahn dieses riesigen Stadions vor Augen.

Als am ersten Sonntag der Olympiade der 10 000-Meter-Lauf stattfand, nahm ich mit gemischten Gefühlen auf der Zuschauertribüne Platz. Wir hatten getan, was wir konnten. Alles, was Billy jetzt noch tun mußte, war laufen.

Was soll ich zu seinem Sieg im 10 000-Meter-Lauf sagen? Ich muß immer an den 5 000-Meter-Lauf denken, der eine Woche später stattfand und von dem ich ausführlich berichten will.

Über 10 000 Meter lief Billy ein taktisch perfektes Rennen. Es war von Anfang an sein Rennen. Er übernahm das Kommando, legte ein gefährliches Tempo vor und lief den anderen davon. Armas Sepponan war gezwungen, früher als gewohnt sein Tempo zu beschleunigen, um mit Billy Schritt zu halten. In den letzten zwei Runden verlangsamte Billy sein Tempo und ließ Armas näher herankommen. Aber Armas freute sich zu früh, denn Billy hatte noch genügend Kraft, um vorn zu bleiben.

Auf der Zielgeraden lag Billy mit zwei Längen in Führung,

und die siebzigtausend Zuschauer gerieten völlig aus dem Häuschen. Beide Läufer schwankten ein bißchen. Billy war ganz blaß vor Schmerzen. Er hatte wieder Krämpfe in der Lebergegend.

Als er durchs Ziel ging, riß er vor Freude beide Arme hoch. Sepponan lief eine halbe Sekunde später über die Ziellinie.

Ich war noch so benommen, daß ich erst gar nicht begriff, was geschehen war.

Die Zeiten erschienen auf der großen Anzeigetafel, aber ich wußte sie schon, weil ich mitgestoppt hatte. Zum ersten Mal in der Geschichte der Leichtathletik wurde die Zeit von 27:30 unterschritten, und zwar von beiden Läufern!

BILLY SIVE, USA 27:28.9. ARMAS SEPPONAN, FINNLAND 27:29.4. JOHN FELTS, AUSTRALIEN 27:35.6...

Vince hatte sich während des Wettlaufs die Kehle aus dem Hals geschrien, aber weder John noch ich hatten einen Ton von uns gegeben. Nun weinten Vince und John vor Freude. Sie umarmten mich, und ich war so sprachlos vor lauter Glück, daß ich sie ganz automatisch auch umarmte. Betsy küßte mich auf die Wange, und ich gab ihr auch ein Küßchen.

Wie immer, wenn der Favorit gewinnt, sprangen die Zuschauer von ihren Sitzen und applaudierten.

Unten auf der Bahn geriet Billy vor Freude ganz aus dem Häuschen. Sein Gesicht glühte, und er lief mit großen Schritten zur Ziellinie zurück und warf Kußhändchen ins Publikum. Er hatte anscheinend seine Schmerzen völlig vergessen.

Mike Stella war als Sechster durchs Ziel gegangen, in einer respektablen Zeit von 28:01.2, und nun fielen sich die beiden um den Hals. Dann umarmten sich Billy und Armas. Die beiden torkelten Arm in Arm, verschwitzt und zerzaust, wie Betrunkene auf der Bahn herum.

Dann lief Billy seine Ehrenrunde. Er zog Armas mit sich und forderte die anderen, völlig erschöpften Läufer auf, sich ihnen anzuschließen. Bald joggten die meisten mit ihm um die Bahn. Billy, Mike und Armas hielten sich an den Händen. Der Beifall nahm kein Ende. Es lief mir immer wieder eiskalt den Rücken hinunter, als ich hörte, wie sie ihm den Tribut zollten, der ihm gebührte. Er hatte ihre Herzlichkeit und ihre Unterstützung damit belohnt, daß er ihnen zeigte, wozu ein Mann wirklich fähig war.

»Los, kommt mit«, sagte ich zu Vince und John.

Wir kletterten hinunter bis zur Schranke an der Seitenlinie, wo die Angehörigen der Sportler warten mußten, bis sie von der Bahn kamen.

Billy hatte eben seine Ehrenrunde beendet. Er sah uns und kam herübergelaufen. Sein Gesicht war tränenüberströmt. Im nächsten Moment lag er in meinen Armen, und ich roch seine feuchten Haare, seine nassen Kleider und seinen verschwitzten Körper. Er hielt mich so fest, daß es mir weh tat. Alle starrten uns an, aber das war uns jetzt völlig egal. Er zitterte am ganzen Körper und heulte vor Glück.

Ich fuhr ihm mit der Hand durch sein feuchtes Haar und sagte: »Hey, Mr. Sive, du warst ziemlich gut da unten.«

Dann umarmte Billy seinen Vater und Vince. Er wischte sich mit dem Zipfel seines Trikothemdes die Tränen aus den Augen, zog seinen Trainingsanzug an und fing von neuem an zu weinen. Er umarmte Taplinger und Tay Parker.

Sogar Gus Lindquist taute auf und sagte etwas widerwillig: »Du bist gut gelaufen, Billy.«

Eine Stunde später stand Billy geduscht und gekämmt im schicken blauen Trainingsanzug des US-Teams auf dem Siegerpodest. Die Goldmedaille funkelte auf seiner Brust. Er zog Armas und John Felts zu sich aufs oberste Treppchen. Als die amerikanische Flagge gehißt und die Nationalhymne gespielt wurde, standen die drei aufrecht und regungslos da. Billy wechselte ab und zu von einem Fuß auf den anderen,

weil er Blasen bekommen hatte. Er hatte sich jetzt unter Kontrolle. Er sah glücklich und ein wenig erschöpft aus.
Er hatte sich einmal im Leben richtig frei gefühlt. Ich beneidete ihn um dieses Gefühl. Ich hätte gern ein bißchen geweint, aber man hatte mir beigebracht, daß Männer niemals weinen. So tief mein Glück und mein Stolz auch waren, meine Augen blieben trocken.

Wenig später brachte die ABC ein Live-Interview mit Billy, Armas und mir, das den Zuschauern daheim Freude machen und sie informieren sollte. Wir drei saßen mit dem Reporter Frank Hayes an einem Tisch. Er hielt uns das Mikrofon vor die Nase. Es war eine dieser herrlich banalen Erörterungen nach einem Wettkampf. Das Thema Homosexualität kam dabei nicht zur Sprache.
Hayes fragte Armas: Glauben Sie, daß Sie in diesem Rennen Fehler gemacht haben?
Armas schüttelte den Kopf: Nein. Es war ein flottes Rennen. Ich bin im richtigen Moment vorgestürmt, aber Billy war diesmal der Stärkere. Das ist alles.
Hayes: Sind Sie enttäuscht, Armas?
Armas schüttelte wieder den Kopf und lächelte dabei wie eine Elfe: 1972 habe ich in dieser Disziplin die Goldmedaille gewonnen. Nun hat sie Billy bekommen. Das ist fair. Wissen Sie, Medaillen sind mir gleichgültig. Ich laufe immer nur gegen die Uhr. Ich hatte mir vorgenommen, in diesem Rennen unter 27:30 zu laufen. Ich habe jetzt eine neue persönliche Bestleistung aufgestellt, und das genügt mir. Wenn Billy nicht an dem Wettlauf teilgenommen hätte, dann wäre ich vielleicht nicht so gut gelaufen. Vielleicht bin ich ein anderes Mal der Stärkere.
Hayes grinste: Glauben Sie, daß das vielleicht schon am nächsten Sonntag beim 5 000-Meter-Lauf der Fall sein könnte?

Billy und Armas warfen sich einen verwegenen Blick zu und grinsten.
Armas: Billy weiß, daß die 5 000 Meter meine Spezialität sind.
Billy wandte sich zu Armas: Du willst mich wohl einschüchtern, was?
Wir lachten.
Hayes: Tja, wollen wir hoffen, daß wir uns auf einen weiteren hervorragenden Wettkampf zwischen Ihnen beiden freuen können.
Billy: Wir sind wirklich ein ideales Gespann. Wir stacheln uns immer gegenseitig an. Wer weiß, wie weit wir die Zeiten über 5 000 und 10 000 Meter noch verbessern können.
Hayes: Glauben Sie nicht, daß Sie Ihre Höchstform schon erreicht haben?
Billy: Nein. Und ich glaube, Armas denkt das auch.
Hayes: Wie fühlen Sie sich als Weltrekordinhaber, Billy?
Billy sagte mit der Schlichtheit einer Jungfrau nur: Gut.
Hayes: Spüren Sie schon etwas von dem Druck, dem man als Weltrekordhalter ausgesetzt ist?
Billy: Oh ja, schon. Der Wettkampf ist erst seit ein paar Stunden vorbei, und schon denke ich wieder an die 5 000 Meter am nächsten Sonntag. Aber ich setze mich selbst eigentlich nicht unter Druck.
Hayes: Was haben Sie beide nach der Olympiade für Pläne?
Armas: Ich werde an Wettkämpfen in Europa teilnehmen. Ich kann wahrscheinlich noch zwei oder drei Wochen länger in Topform bleiben, und vielleicht gelingt es mir, Billys Rekord zu brechen. (Er grinste Billy an.) Und dann fahre ich nach Hause und bin wieder Feuerwehrmann.
Billy: Dieser Kerl versucht doch schon die ganze Zeit, mich einzuschüchtern.
Wir mußten wieder alle lachen.

Billy: Ich werde zurück nach New York gehen und am Prescott-College unterrichten. (Er sah mich an.) Wir beide gehen dorthin. Wir müssen unseren Lebensunterhalt verdienen. Zunächst werde ich mir eine längere Erholungspause gönnen. Dann kommt eine gemütliche Geländelauf-Saison, bei der ich viel Spaß haben werde, und dann wird's wieder ernst.
Hayes: Was ist mit Ihnen, Harlan? Sie waren zu Ihrer Zeit auch ein aussichtsreicher Kandidat für die Olympiade. Fühlen Sie sich indirekt von diesem Erfolg betroffen?
Ich: Tja, wenn mich jemand vor die Wahl gestellt hätte, entweder selbst 1956 oder 1960 eine Medaille zu gewinnen, oder Billy heute gewinnen zu helfen, dann wäre die Entscheidung ganz klar ausgefallen. Diese Medaille bedeutet mir viel mehr.
Billy: Viele Leute wissen gar nicht, wie sehr mir Harlans Training geholfen hat. Als ich ans Prescott-College kam, habe ich fast alles falsch gemacht. Wenn Harlan mich nicht umgekrempelt und mir nicht beigebracht hätte, wie man effektiv trainiert, dann läge meine Zeit immer noch bei 28 Minuten. Vielleicht wäre ich aber auch ganz weg vom Fenster, wegen der vielen Verletzungen...
Hayes: Was heißt umgekrempelt?
Billy lachte: Ich bin sehr stur.
Hayes: Armas, was ist mit Ihnen? Fühlen Sie sich, was die 5 000 Meter betrifft, unter Druck gesetzt?
Armas: Von meinen Landsleuten, ja.
Er wollte damit andeuten, daß die heterosexuellen finnischen Leichtathletikfans glaubten, die nationale Männlichkeit stehe auf dem Spiel. Aber dann vergaß er seine Anspielung und fügte diplomatisch hinzu: Sehen Sie, meine Landsleute glauben, die 10 000 und 5 000 Meter gehörten den Finnen, und unser Land ist sehr klein, deshalb...

Wir lachten. Ich fühlte mich bei dem Gedanken über alles erhaben, daß sich die Leute zu Hause an ihren Fernsehern das mit anhören mußten.
Billy sagte mit schleppender Stimme: Du meinst, ich sei ein amerikanischer Kolonialimperialist, der sich auf finnischem Territorium breitmacht...
Und jetzt lachten wir alle laut los.

An diesem Abend verließ Billy zusammen mit seinen Leibwächtern für etwa drei Stunden das olympische Dorf. Sie gingen zu einer Feier ins Hotel Cartier in Montreal. Billys stolzer Vater hatte ungefähr fünfunddreißig Leute zum Abendessen eingeladen.
Nach dem Abendessen gab Steve Goodnight im »Petite Fleur«, der großen Hotelbar, eine Party. Zufällig war diese Bar eines der bekanntesten Schwulenlokale in Montreal. Die anderen Lokale blieben an diesem Abend wohl leer, denn anscheinend hatten sich alle Schwulen der Stadt hier versammelt. Champagner, Wein, Whisky und Bier flossen in Strömen. Es hatten sich auch einige heterosexuelle Leute vom Sport und ein paar bekannte Persönlichkeiten unter die Schwulen gemischt, aber die vielen stolzen Gesichter der Homosexuellen machten sie ein wenig unsicher. Nur den Prescotts, Mike und Sue machte das nichts aus. Doch gegen später wurden die Prescotts müde und fuhren in ihr Hotel zurück.
Billy sah jetzt ein wenig erschöpft aus, aber er wurde immer noch gefeiert, verehrt, angemacht, betätschelt, geküßt und umarmt. Schließlich konnte er es nicht länger ertragen und setzte sich mit Schwung auf den großen Flügel, um nicht länger in der Menschenmenge eingeklemmt zu sein. Er lächelte mühsam, beantwortete Fragen und nippte an seinem Mineralwasser. Er trug einen legeren, beigen Seidenanzug,

den ihm sein Vater vor ein paar Jahren gekauft hatte. Und er sah darin mindestens ebenso gut aus wie F. Scott Fitzgerald. Wenn ich ihn mir so ansah, dann mußte ich daran denken, daß ich in dieser Situation rasen könnte vor Eifersucht, wenn ich nicht genau wüßte, daß Billy wie eine keusche Jungfrau alle Annäherungsversuche abwehrte.
Steve setzte sich auf einen Barhocker und hielt fünfzehn Minuten lang eine unglaublich kuriose Rede voller geiler Wortspielereien, in der Billy mit keinem Wort erwähnt wurde. Er war so betrunken, daß er sich kaum auf dem Stuhl halten konnte. Alle brüllten vor Lachen. Der strenge Geruch von Amylnitrit breitete sich immer mehr aus. Vince war auch wieder betrunken und wanderte mit einem ziemlich verkommen aussehenden, etwa achtzehn Jahre alten Frankokanadier Arm in Arm im Lokal herum. Er hatte dabei seine Ledermütze verwegen ins Gesicht gezogen und trug eine schwarze, ärmellose Lederweste. Man konnte seine nackte Brust und seine Tätowierungen sehen. Die Musicbox spielte ununterbrochen.
Die Anwesenden bettelten, Billy solle auf den Tresen steigen und Boogie tanzen.
Er wollte nicht. »Ich hab' meinen Boogie schon auf der Aschenbahn getanzt«, sagte er.
Während ich mir einen Weg durch das Gedränge bahnte, um Billy ein frisches Glas Mineralwasser zu bringen, fing irgend jemand an, meinen Hosenschlitz aufzumachen. Ich wehrte den Angriff mit der freien Hand ab und machte meinen Hosenschlitz wieder zu. Der Löwe steht im Tierkreis nicht umsonst nahe bei der Jungfrau.
Billy machte ein etwas finsteres Gesicht. »Laß uns ins Dorf zurückgehen, Harlan. Ich habe von all dem hier genug, und ich kippe gleich aus den Latschen.«
Wir versuchten, Vince irgendwo zu entdecken, aber er war

mit seinem neuen Freund verschwunden. Also nahmen wir ein Taxi und fuhren allein ins olympische Dorf zurück.

Vince kam erst am späten Vormittag niedergedrückt und völlig erledigt zurück. Anscheinend mußte erst einmal das ganze Gift wieder aus seinem Körper, und deshalb blieb er die nächsten paar Tage bei uns.
»Ich weiß gar nicht, was in mich gefahren ist«, sagte er. »Gestern abend habe ich mich unmöglich benommen. Ich verstehe mich selbst nicht mehr.«
Billy machte sich große Sorgen um ihn. Wenigstens war Vince jetzt wieder ansprechbar. Wir fühlten uns fast wieder so wie in alten Zeiten. Jeden Tag saßen wir drei auf der Zuschauertribüne und verfolgten die Wettkämpfe, die uns interessierten. Billy und Vince feuerten ihre Freunde aus dem Team an.
Rita Hedley scheiterte im Semifinale im 1 500-Meter-Lauf der Frauen, und Billy meinte: »Hoffentlich nicht deshalb, weil ich sie beim Tanzen so herumgescheucht habe.«
In den Staaten wurde überall von Billys Sieg gesprochen. Er wurde mit Glückwunschtelegrammen überhäuft. Darunter war auch eines von Jacques, das er in einer Kleinstadt in Michigan aufgegeben hatte, in deren Umgebung er arbeitete. Er schrieb: *Gut, daß es das Fernsehen gibt. Es war fantastisch. Am liebsten würde ich auch wieder laufen. Viel Glück beim 5 000-Meter-Lauf. In Liebe, Jacques.*
Im Laufe der Zeit bemerkte ich an Billy eine Veränderung. Seine Euphorie ließ allmählich nach, und er wurde es leid (wie ich auch), eine Berühmtheit zu sein. Fremde Menschen beanspruchten seine Zeit und seine Energie. Er hatte kein Privatleben mehr, und das Gefühl, täglich von hundert Millionen Fernsehzuschauern über Satellit angestarrt zu werden, war erdrückend.
»Wird das von nun an immer so weitergehen?« fragte er mich.

»Ich hoffe nicht«, antwortete ich.
»Du weißt«, sagte er, »wie sehr ich diesem Wettkampf am Sonntag entgegenfiebere, aber ich sehne mich auch schrecklich nach zu Hause.«
Während der Olympischen Spiele erhielt er zwei lukrative Filmangebote. Eines kam von MGM, die einen Spielfilm über einen Sportler mit ihm drehen wollten, und das andere kam von Luigi Servi, einem Filmboß aus Europa, der einen Film über Schwule mit ihm machen wollte. Das Angebot von MGM lehnte er sofort ab – als Amateur konnte er sich das nicht leisten. Zwei Verleger boten ihm an, seine Memoiren herauszubringen. Er zögerte seine Entscheidung hinaus und bat um Bedenkzeit. Die Internationale Leichtathletikvereinigung bot Billy und Armas 100 000 Dollar, wenn sie mit auf die Profi-Tour gingen. Beide lehnten kategorisch ab.
In den Vorläufen zum 5 000-Meter-Lauf qualifizierten sich Billy und Armas spielend für das Finale. Auch Bob Dellinger qualifizierte sich, aber Mike Stella schaffte es nicht.
Überall sprach man nur noch von dem Finale über 5 000 Meter am kommenden Sonntag. Sogar der 1 500-Meter-Lauf hatte seinen Reiz für die Zuschauer verloren.
Die unglaublichsten Wetten wurden abgeschlossen. Steve Goodnight hatte leichtsinnigerweise mit einem reichen, konservativen Leichtathletikfan aus den USA 10 000 Dollar gewettet, daß Billy den 10 000-Meter-Lauf gewinnen würde. »Gut, daß Billy gewonnen hat«, sagte er. »Ich hatte damals nämlich keine 10 000 Dollar.« Jetzt erneuerten sie ihre Wette – 5 000 Dollar für 5 000 Meter.

Als ich Billy am Samstag sah, war er merkwürdig still und verkrampft.
»Ich komme heute abend zu dir, und wir verbringen die

Nacht zusammen«, sagte er. »Ich brauche dich einfach. Ich habe letzte Nacht kaum geschlafen. Noch so eine Nacht, und Armas wird mich morgen von der Bahn pusten. Das wird mir alles zuviel.«

Am frühen Abend räumte John sein Hotelzimmer, und ich wartete dort auf Billy. Vince und die Leibwächter brachten Billy zum Hotel, und nachdem wir das Zimmer nach Bomben durchsucht hatten, postierten sich die Leibwächter draußen auf dem Korridor.

Wir schlossen die Tür ab und waren zum ersten Mal seit mehr als einer Woche wieder allein.

Billy war seltsam ruhig und verschlossen. Er zog seine braune Wildlederjacke aus, ging im Zimmer umher und blieb vor dem großen Fenster stehen, um hinauszuschauen. Es wurde schon dunkel. Der Himmel war rosarot, und die Lichter und Smogwolken von Montreal erstreckten sich bis zum Horizont.

Ich beobachtete ihn und wartete darauf, daß er sich auszog. Er hatte sich ein bißchen herausgeputzt. Er trug ein hellblaues Seidenhemd mit offenem Kragen und eine graue Strickhose mit Aufschlägen, die seine langen Beine und seinen schmalen Hintern wunderbar zur Geltung brachte.

Mir fiel auf, wie reif er in den einundzwanzig Monaten, die wir uns nun kannten, geworden war. Liebe, Anstrengung und hartes Training hatten die letzten kindlichen Spuren verwischt. Die jugendlichen Züge waren aus seinem Gesicht verschwunden. Er wirkte jetzt bestimmt und ausdrucksvoll. Er war jetzt vierundzwanzig, genauer gesagt, er würde es am 9. September werden. Er war jetzt ein richtiger Mann und mir ebenbürtig.

Als er so im Zimmer umherging, konnte ich den Blick nicht von ihm lassen. Ich liebte seine ruhige Art, seine Strenge und seine Ernsthaftigkeit.

»Weiber«, sagte er. »Die ganze Woche sind sie um mich herumgeschlichen.«
Ich lächelte. »Hat dich das gestört?«
»Es hat mich daran erinnert, was ich wirklich mag.«
Wir standen am Fenster und sahen hinaus in das Lichtermeer. Er holte die Goldmedaille aus seiner Jackentasche und legte sie in meine Hand. »Sie gehört dir«, sagte er. »Behalt sie.«
Ich legte sie auf den Nachttisch.
»Ich versuche, nicht an morgen zu denken«, sagte er. »Ich muß es schaffen – noch einmal –, aber ich weiß nicht, ob ich es kann. Als ich beim 10 000-Meter-Lauf aus der letzten Kurve kam, war ich völlig fertig. Ich spürte überhaupt nichts mehr. Zum Glück war Armas genauso erledigt.«
»Du bist im Vorteil«, sagte ich. »Er wird immer daran denken, daß du ihn einmal geschlagen hast, und er wird fürchten, daß du es diesmal wieder schaffst.«
Wir sprachen eine Weile über das Rennen, und nach und nach gelang es mir, seine Sorgen zu zerstreuen. Wir waren uns einig, daß er dieses Mal nicht wieder so ein mörderisches Tempo vorlegen sollte. Er sollte das Rennen langsamer angehen, aber schnell genug laufen, um Armas fest in den Griff zu bekommen. Nach 3 000 Metern sollte er dann sein Tempo beschleunigen, um Armas über die letzte halbe Meile im Finish auszuschalten.
Schließlich küßte er mich auf den Mund, ohne ein Wort zu sagen. Dann ging er vom Fenster weg und knöpfte langsam sein Hemd auf. Er streifte es ab und warf es über einen Stuhl. Im matten Schein der Lampe sah er aus wie eine lebende Puppe aus einer Unterrichtsstunde über Anatomie.
»Du bist in einer trüben Stimmung«, sagte ich und band meine Krawatte ab.
»Ich spüre eine richtige Last auf mir.« Er lächelte und hatte dabei diesen verführerischen Ausdruck in seinen Augen.

»Wenn ich diese Last nicht loswerde, dann werde ich mir morgen vorkommen, als hätte ich fünf Pfund Blei in meinen Shorts.«
Er streifte seine Hose und seinen weißen Baumwollslip ab. Dann zog er mit einem Ruck die Bettdecke vom Bett und legte sich auf das Laken. Um ihn ein bißchen zu ärgern, ließ ich mir beim Ausziehen sehr viel Zeit. Er hatte sich auf einen Ellbogen gestützt, zupfte ungeduldig am Bettlaken und ließ seine freie Hand an seiner Seite auf und ab gleiten.
»Mach schon«, sagte er. Seine Augen sahen aus wie zwei blaugraue Flammen reinen Sauerstoffs.
»Ich komme ja schon«, sagte ich und versuchte, nicht zu lachen.
Er streichelte sich weiter, rollte seinen Kopf hin und her und sein Körper zuckte und krümmte sich ein wenig auf dem Laken.
Ich stand jetzt nackt am Fußende des Bettes, hob einen Fuß von ihm hoch und betrachtete seine Fußsohle. »Wie geht es deinen Blasen? Hm, sie sehen recht gut aus. Parker sorgt gut für dich.«
Er lachte verzweifelt und zog seinen Fuß weg. Er rollte sich auf den Bauch und räkelte sich auf dem Bettlaken. Dann drehte er sich wieder auf den Rücken, und sein ganzer Körper vibrierte vor Verlangen und Lebendigkeit. Hier zeigte sich seine überschäumende Energie, die vielleicht noch zwei Wochen anhalten würde, bevor sie nachließ, wie prickelnder Champagner, der schal wird. Ich stand da, bewunderte ihn und ließ mich von ihm bewundern, alberte ein bißchen herum, um ihn noch mehr zu reizen.
»Anscheinend hat man deine Geburtsurkunde verwechselt«, sagte ich. »Du benimmst dich wie ein Skorpion.«
»Astrologie ist doch Unsinn«, sagte er.
Ich legte mich neben ihn, und wir umarmten uns mit einem

Seufzer der Erleichterung. Wir wälzten uns auf dem Bett herum, und unsere Beine schlangen sich ineinander. Wir liebten uns mit schamloser Zärtlichkeit, so wie wir es schon tausendmal getan hatten. Und ich verspürte immer noch dieses heftige Verlangen wie beim ersten Mal, damals vor achtzehn Jahren mit dem Jungen in der roten Lederjacke. Wir hielten uns fest umschlungen, knieten uns auf das Bett und ließen uns wieder fallen. Wir flüsterten uns unsere geheimen Wünsche ins Ohr, aber sonst sprachen wir kein Wort. Es war ein unbeschreiblich erregendes Gefühl, wenn sein Mund oder seine Hände mich berührten. Ich zitterte am ganzen Körper, wenn seine Haare meine Schenkel streiften. Nach einer Weile schimmerten unsere Körper vor Schweiß. Wir sahen uns die ganze Zeit an. Billys Gesicht glühte, und er sah sehr ernst aus. Wir trieben es so lange, bis es weh tat, und ließen unseren Gefühlen völlig freien Lauf. Wir hatten jede Kontrolle über uns verloren. Ich erinnere mich noch genau daran, wie sein heißer Körper auf meinem Rücken lag, höre sein leises Stöhnen und die tierischen Laute, die er ausstieß, als er zum Höhepunkt kam, und ich spüre noch die Last seines Körpers auf mir, wie er die Lippen an meinen Hals preßt und mich mit seinen Haaren zudeckt.
Schließlich atmete er erleichtert auf. »Das war es wert, daß ich eine ganze Woche darauf gewartet habe und einen Weltrekord dafür gelaufen bin.«
Wir gingen zusammen unter die Dusche, alberten ein bißchen herum und lachten. Dann schlüpften wir in unsere Bademäntel, und ich rief bei der Rezeption an, damit man uns das Abendessen heraufbrachte. Billy war ganz ausgehungert und stürzte sich auf Kartoffeln und andere Kohlehydrate, um noch ein wenig Glykogen zu tanken. Er war jetzt vollkommen entspannt. Wir redeten, als ob wir zu Hause wären. Wir sprachen über unsere Pläne für das Studienprogramm für

Schwule, darüber, wie wir unsere Privatsphäre schützen könnten, und über alle möglichen Dinge, die wir in Zukunft machen wollten.

»Steve möchte, daß wir noch vor Ende der Saison nach Fire Island hinüberkommen«, sagte ich. »Du hast es noch nie im Herbst erlebt. Es ist wunderschön.«

»Da gehe ich jede Wette ein«, sagte Billy, und seine Augen funkelten. »Gibt es da eigentlich im Herbst auch so heftige Stürme?«

Er zog seinen Bademantel aus und streifte sich die Kette mit der Goldmedaille über den Kopf. Sie glänzte auf seiner nackten Brust schön und obszön zugleich. Dann stolzierte er mit der verführerischen Art eines Machos im Zimmer herum.

»Ich wußte gar nicht, daß du so pervers bist«, sagte ich.

»Ich auch nicht.« Er lachte und nahm die Kette wieder ab.

Wir gingen wieder ins Bett und liebten uns noch einmal. Danach lagen wir nebeneinander unter der Bettdecke und unterhielten uns. Billy hatte sich völlig entspannt, und sein Blick war sanft und ein wenig verschleiert. Wir sprachen davon, wie es in den nächsten Jahren mit dem Laufen weitergehen sollte.

»Ich möchte wieder am Marathonlauf teilnehmen«, sagte Billy. »Beim Golden-Gate-Marathon damals mit Vince habe ich 2:22 für die Strecke gebraucht. Und in meiner jetzigen Form könnte ich es in 2:12 schaffen.«

Ich spürte ein gewisses Unbehagen. Es gab nur selten Gelegenheiten, bei denen Billy seine gemeinsamen Jahre mit Vince erwähnte. Wie immer, so überlegte ich auch diesmal, ob die beiden wohl ein Liebespaar gewesen waren. Aber dann fragte ich mich, welchen Unterschied das machen würde – außer, daß Vince immer noch in Billys Nähe war und ihn mir vielleicht eines Tages wegnehmen könnte. Billys

Freundschaft mit Vince hatte bisher alle seine Liebschaften überdauert, einschließlich seiner Beziehung zu mir.

Was den Marathonlauf betraf, stimmte ich ihm zu. Man kann beim Laufen grundsätzlich davon ausgehen, daß ein hervorragender 10 000-Meter-Läufer oft auch ein ausgezeichneter Marathonläufer ist, weil die Art des Trainings bei beiden Disziplinen fast dieselbe ist.

Ich neckte ihn ein bißchen. »Du willst ja nur deshalb beim Marathon mitlaufen, weil du da mehr Meilen rennen kannst.«

Er lachte mich freundlich an. »Du hättest Vince und mich mal sehen sollen. Wir waren vielleicht ein paar Spinner. Vince war vorher nie mehr als fünfzehn Meilen gelaufen. Und meine weiteste Strecke war damals etwa zwanzig Meilen. Aber wir waren sehr selbstbewußt. Wir brauchten für eine Meile fünf Minuten, und wir hatten viel Spaß dabei. Am Anfang lagen wir auf dem zweiten Platz. Aber nach ungefähr sechzehn Meilen bekam Vince Schmerzen in den Knien. Ich glaube, seither hat er immer wieder diese Beschwerden in den Knien. Jedenfalls konnte er nicht länger mit mir Schritt halten und sagte, ich solle allein weiterlaufen. Das tat ich dann auch. Ich war mir ganz sicher, daß das Ganze eine Kleinigkeit sei. Ich wollte die gesamte Strecke in der Zeit von 2:16 zurücklegen. Dann wurde Gerry Moore, der bisher in Führung lag, ein bißchen langsamer, und ich lief an ihm vorbei. Ich sah mich schon als Sieger. Aber nach ungefähr zweiundzwanzig Meilen ging mir die Puste aus.«

Wir lagen uns in den Armen und lachten.

»Es war, als ob mir einer ständig mit dem Hammer auf den Kopf schlagen würde«, sagte Billy. »Ich wurde langsamer, und Moore und ein paar andere Burschen überholten mich. Ich ging schließlich als Vierter durchs Ziel, in der Zeit von 2:22.35. Mir ging es nach diesem Wettkampf so schlecht, daß ich nichts essen konnte. Dann lief der arme Vince über die

Ziellinie. Ich glaube, seine Zeit lag bei 2:50. Das war sein erster und letzter Marathonlauf. Er meinte, die Marathonstrecke sei einfach zu lang für ihn.«

»Okay«, sagte ich. »Du bist ein braver Junge gewesen, und deshalb darfst du ein oder zwei Marathonläufe mitmachen. Dann werden wir ja sehen, wie du dich dabei machst.«

»Vielleicht kannst du auch mitlaufen, sozusagen inoffiziell. Das würde mir gefallen.«

»Ich könnte nicht mit dir Schritt halten. Ich bräuchte für die Strecke vielleicht 2:45.«

Er wurde langsam müde und starrte vor sich hin. »Wir müssen auch an 1980 denken. Wir könnten uns auf die 10 000 Meter und den Marathonlauf konzentrieren.«

»Bis dahin bist du wahrscheinlich ein vielbeschäftigter Vater«, sagte ich.

»Ja«, meinte Billy. »Gleich, wenn wir wieder zu Hause sind, müssen wir uns nach einer geeigneten Frau umsehen.«

Ich massierte ihn, denn das liebte er sehr.

»Armer Vince«, sagte er leise und hatte dabei die Augen geschlossen. »Es wäre gut, wenn er wieder jemanden finden würde. Er ist so allein.«

Plötzlich war er eingeschlafen und atmete langsam und flach wie ein Kind. Es war 22.15 Uhr. Ich knipste leise die Nachttischlampe aus und legte mich vorsichtig neben ihn, damit er nicht aufwachte. Ich fühlte mich entspannt und schlief gleich ein.

Wie oft hätte ich ihn in dieser Nacht noch umarmt und geküßt, wenn ich gewußt hätte, daß dieser Fremde bereits in der Stadt war und sich auf dem Schwarzmarkt eine Eintrittskarte für den morgigen 5 000-Meter-Lauf gekauft hatte? Dieser Fremde sollte mir Billy für immer wegnehmen.

18

Das Finale im 5000-Meter-Lauf sollte in wenigen Minuten beginnen.
Wenn erst diese dreizehn Minuten, die der Wettlauf aller Voraussicht nach dauern würde, um waren, und noch ein weiterer Tag vergangen war, dann konnten wir alle endlich wieder nach Hause reisen.
Die zwölf Läufer, die sich für das Finale qualifiziert hatten, liefen jetzt gemächlich die Bahn auf und ab, um sich bis zum Start aufzuwärmen und zu lockern. Auf dem Innenfeld der Bahn war das Finale im Hochsprung in vollem Gange. Der Marathonlauf fand außerhalb des Stadions statt und führte über eine Distanz von 26,2 Meilen quer durch Montreal, bis er dann hier im Stadion enden würde. Gleich nach dem 5 000-Meter-Lauf ging es mit dem 1 500-Meter-Lauf weiter – bei diesem Wettlauf hätte eigentlich Vince dabeisein sollen.
Man konnte unten auf der Bahn das Raunen im Publikum hören. Niemand beachtete die Hochspringer. Alle schauten auf die beiden schlanken Läufer, die sich dort unten warm liefen: Billy und Armas Sepponan. Ich wußte, daß auch die Fernsehkameras auf sie gerichtet waren. Millionen von Zuschauern in aller Welt konnten über Satellit den Wettlauf zu Hause auf ihren Bildschirmen verfolgen. Man konnte wohl sagen, daß in diesem Moment die gesamte zivilisierte Welt auf Billy schaute.
Er kümmerte sich nicht darum, sondern konzentrierte sich ganz auf das Rennen. Er lief die Gerade entlang, dann machte er kehrt und kam zurück. An seinem Trikot hatte man die

Nummer 928 angebracht. Dellinger kam ihm entgegengelaufen, aber sie nahmen keine Notiz voneinander.
Vince schaute mich an. »In diesem Augenblick denkt er nicht einmal an dich, Harlan.« Er lächelte ein wenig.
»Das will ich hoffen«, sagte ich.
Das Gemurmel im Stadion wurde lauter. Die Funktionäre gaben den Läufern das Zeichen, sich an die Startlinie zu begeben. Alle standen locker nebeneinander, hatten die Hände in die Hüfte gestützt und schauten sich im Stadion um. Dann nahmen sie ihre Startposition ein und setzten einen Fuß an den Startblock.
Die Zuschauer schrien so laut, daß wir den Startschuß kaum hörten.
Ich saß da und ließ Billy nicht aus den Augen. Diesmal war ich etwas entspannter. Wenn ich zurückblickte, dann waren die letzten Monate doch sehr anstrengend gewesen. Aber die Mühe hatte sich gelohnt. Wenn Billy dieses Rennen verlor, dann hatte er immerhin die Goldmedaille im 10 000-Meter-Lauf gewonnen. Silber oder Bronze war ihm bei diesem Wettkampf so gut wie sicher. Alles in allem auf jeden Fall ein hervorragendes Ergebnis. Er hätte sein Ziel trotzdem erreicht.
Wie bei allen Wettkämpfen war er auch diesmal wieder bereit, den gehetzten Hasen zu spielen, und setzte sich gleich an die Spitze. Sein Tempo war weltrekordverdächtig. Er lief aber diesmal dem Feld nicht davon, sondern wollte die anderen Läufer durch dieses schnelle Tempo anstacheln. Sie blieben ihm auf den Fersen. Sepponan lag an vorletzter Stelle. Noch blieb das Feld dicht zusammen. Die ersten 3 000 Meter zog Billy die anderen Läufer mit und lief dabei im Durchschnitt eine Runde in 62 Sekunden.
Nach 3 000 Metern beschleunigte er sein Tempo plötzlich und hängte die anderen Läufer ab. Hinter ihm verteilte sich

nun das Feld. Die nächste Runde lief er in 58.1. Beharrlich hatte sich Dellinger an die zweite Position vorgeschoben, und Sepponan war nun gezwungen, nach vorne zu preschen.
»Jetzt geht's los«, sagte Vince. »Die Show fängt an.«
In der nächsten Runde steigerte sich Billy noch einmal und schaffte sie in 57.3. Die Läufer hatten jetzt bereits mehr als die Hälfte der Strecke hinter sich, und das Geschrei auf der Tribüne wurde immer lauter. Das Publikum war so auf den Wettkampf konzentriert, daß auch nicht einen Moment Langeweile aufkam, was bei Langstreckenläufen ja sonst häufig der Fall ist.
Billys Selbstvertrauen irritierte die anderen Läufer ein wenig. Das Feld verteilte sich immer mehr, und Sepponan schob sich auf der Außenbahn nach vorn. Billy hatte einen Vorsprung von fünfundzwanzig Metern. Dellinger kämpfte verbissen, denn er wollte Armas nicht vorbeilassen. Doch dann mußte er sich geschlagen geben, und Armas preschte an ihm vorbei nach vorn.
Die Zuschauer sprangen auf, und das Gebrüll wurde zu einem olympischen Aufschrei – jenem gemeinsamen Schrei aus dem Munde von Tausenden, den man nur bei einer Olympiade hören kann, schrill und ohrenbetäubend wie das Heulen eines Hurrikans.
Die Läufer gingen in die vorletzte Runde. Jetzt war es nur noch das Rennen von Armas und Billy, denn der Rest des Feldes war weit zurückgefallen. Armas preschte unaufhaltsam nach vorn, und der Abstand zwischen ihm und Billy wurde zusehends kleiner. Vince umklammerte meinen Arm so fest, daß es mir hätte weh tun müssen, aber in diesem Moment spürte ich keinen Schmerz.
Durch mein Fernglas beobachtete ich Billys blasse Gestalt, die mit weit ausholenden Schritten über die Bahn sauste. Sein verschwitztes Gesicht wirkte so ruhig, als ob er einen

Waldweg entlanglaufen würde. Mike feuerte Billy mit heiserer Stimme an und war halb von seinem Sitz aufgesprungen. Auf der anderen Seite von mir saß Betsy und kreischte wie wild.
Die Läufer kamen die Gerade heruntergelaufen und gingen in die letzte Runde. Die Glocke ertönte. Sie fegten mit ihren langen Beinen über die Bahn. Armas lag jetzt etwa zehn Meter hinter Billy. Billy hatte ein schnelles Tempo vorgelegt und dadurch Armas gezwungen, schon frühzeitig seine Reserven einzusetzen. Ich fing an zu überlegen. Es war durchaus möglich, daß wir uns verspekuliert hatten und daß es besser gewesen wäre, wenn Billy gleich davongezogen wäre. Möglicherweise würde er sich jetzt in dieser letzten Runde so verausgaben, daß er kurz vor dem Ziel schlappmachte und Armas vorbeilassen mußte.
Billy schaute sich kurz um und sah, daß Armas ihm dicht auf den Fersen war. Und dann legte Billy noch einen Zahn zu. Die Leute um uns herum gerieten völlig aus dem Häuschen. Vince und Mike waren ganz still geworden und starrten hinunter auf die Bahn.
»Diese letzte Runde wird sie umbringen«, sagte Vince. »Sie *sprinten.*«
»Ja«, sagte ich wie benommen. »Es sieht so aus, als würden sie diese Runde unter fünfzig Sekunden laufen. Die Zeit für die letzte Meile wird wahrscheinlich unter vier Minuten liegen.«
Es hatte bisher nicht viele Rennen gegeben, bei denen sich die Läufer in der letzten Runde noch so gesteigert hatten. Annähernd vergleichbare Leistungen hatte ich nur von Juha Vaatainen beim 10 000-Meter-Lauf 1971 in Helsinki, und von Marty Liquori und Jim Ryun bei den Martin-Luther-King-Spielen gesehen.
Die beiden liefen nun in die erste Kurve der letzten Runde.

Der Wettbewerb im Hochsprung war unterbrochen worden, weil sich die Athleten nicht konzentrieren konnten. Einen Moment lang sah ich durch mein Fernglas nur die Rücken der beiden. Ihre Trikots waren völlig durchgeschwitzt. Armas' Haare klebten naß an seinem Kopf, und Billys feuchte Lokken wippten beim Laufen auf und ab.
Als sie aus der Kurve herausgelaufen kamen, konnte ich sie im Profil sehen. Beide waren völlig erschöpft, aber sie bissen die Zähne zusammen. Armas' Gesicht hatte sich zu einer Grimasse verzogen, aber Billy zeigte keine Regung. Doch seine Augen, sein geöffneter Mund und das leichte, rhythmische Zucken seines Kopfes verrieten mir, daß er Schmerzen hatte.
Sie stürmten in die Gegengerade, und Armas lag nur noch fünf Meter hinter Billy.
Gelegentlich hatte sich in mir alles gesträubt, wenn ich Billy beim Laufen zusah. Es hatte mir regelrecht angst gemacht. Nun spürte ich wieder dieses Prickeln, als ich die beiden da unten auf der Bahn sah. Die Leistungen ihrer Körper erschienen mir wie elementare Naturgewalten, wie ein Sturm auf hoher See, ein Vulkanausbruch oder ein Erdbeben.
In jedem ihrer Schritte lag Geschichte und Leben. Angefangen von durch Jahrhunderte hindurch weitergegebener Erbmasse bis hin zu dem kleinsten roten Blutkörperchen. Was Billy betraf, kannte ich die Faktoren genauer: der Streit wegen seines Trainings, die hügeligen Wege auf dem Gelände des Prescott-Colleges, der Kuß im Kino, meine Bemühungen, ihm Aufregungen zu ersparen, bis hin zu unserem zärtlichen Beisammensein und der Massage gestern abend. Je mehr Wirbel um ihn gemacht wurde, desto hartnäckiger wurde er. Und das kam hier alles zusammen.
Als Billy jetzt mit großen Schritten die Gegengerade entlangraste, mußte ich daran denken, wie ich ihn an dem ersten Morgen auf der Aschenbahn des Prescott-Colleges laufen sah.

Damals legte er die Viertelmeile in sechzig Sekunden zurück. Ich hörte ihn noch sagen: »Ich muß immer an die Olympiade denken.« Und ich antwortete: »Da hast du dir viel vorgenommen.«
Als sie in die letzte Kurve gingen, stand ich regungslos da, und mir lief es eiskalt den Rücken hinunter. Beide liefen hervorragend und waren stärker als eine ganze Armee. Niemand in diesem Stadion zweifelte daran, daß dies einer der größten Wettläufe war und daß der aufgestellte Rekord lange Zeit nicht gebrochen werden würde.
Als sie aus der letzten Kurve herausgelaufen kamen, war Armas bereits auf Schulterhöhe an Billy herangekommen. Sie sahen beide sehr mitgenommen aus und schnappten nach Luft. Ihnen war schwindelig, und sie zehrten von den letzten Reserven an Glykogen. Sie rannten wie Tiere.
Armas blieb für etwa zehn Schritte auf Schulterhöhe mit Billy. Und dann, mittendrin, baute er ab. Billy hatte ihn bezwungen. Ich weiß nicht, woher er die Kraft nahm. War es aus Verzweiflung über seine Homosexualität, oder halfen ihm vielleicht nur die Vitamin-E-Pillen? Jedenfalls hatte er den eisernen Finnen geschlagen.
Obwohl Billy gleichfalls völlig erschöpft war, behielt er die Kontrolle über sich und sauste davon. Er war schon ein oder zwei Meter voraus, als Armas' Kräfte erlahmten.
Ich spürte, wie sich meine Muskeln vor Erleichterung entspannten. Vince packte mich am Arm und schüttelte mich vor lauter Freude.
Die beiden Läufer befanden sich mitten auf der Zielgeraden, und der Abstand zwischen ihnen betrug immer noch etwa zwei Meter, als es geschah.
Später konnte ich es auf dem Videoband in Zeitlupe sehen. Billy schien ein wenig zu zögern, und sein Kopf neigte sich etwas nach links. Dann sackten ihm die Beine weg, als ob ihm

jemand den Strom abgestellt hätte. Er wollte noch vorwärtsstürmen, aber im selben Moment stürzte er auf die Bahn.
Als er auf der roten Kunstbahn aufschlug, ging ein Ruck durch seinen Körper. Er glitt auf die linke Seite und schob sein rechtes Bein nach vorn, als ob er einen letzten Schritt machen wollte. Er hatte seinen Kopf an der niedrigen Bordkante auf der Innenseite der Bahn angestoßen.
Auf dem Videoband konnte man sehen, wie Armas ganz benommen zu Billy hinuntersah, als er an ihm vorbeilief. »Ich dachte, das sei ein glücklicher Zufall«, sagte Armas später. Dann faßte er sich wieder und lief weiter. Er verlangsamte sein Tempo drastisch, weil er keine Angst mehr haben mußte, daß ihn jetzt noch jemand einholte. Als er durchs Ziel ging, taumelte er.
Billy lag ausgestreckt neben der Bordkante auf Bahn eins. Er bewegte sich nicht. Die anderen Läufer wichen ihm aus, schauten ihn an und liefen weiter.
Ich war so entsetzt, daß ich überhaupt nicht an die verlorene Medaille dachte. Was war geschehen? Ich hatte die verrücktesten Erklärungen parat. Wahrscheinlich hatte er zumindest eine böse Muskelzerrung. Er könnte sich auch eine Gehirnerschütterung zugezogen haben, als er mit dem Kopf gegen die Bordkante stieß. Vielleicht hatte er einen furchtbaren Krampf im Bein oder sogar einen Herzanfall.
Hinter der Ziellinie lag Armas auf Händen und Knien und wirkte eher wie ein erschöpfter Zehnkämpfer. Mehrere Funktionäre liefen zu Billy hin. Auch der Mannschaftsarzt des US-Teams und der Langstreckentrainer Taplinger eilten herbei. Das Stimmengewirr im Stadion wurde lauter. Viele Leute klatschten Beifall für Armas' Sieg, aber ebenso viele waren aufgestanden und schauten zu Billy hinunter.
Er rührte sich nicht.
Ich drängte mich blindlings durch die Menschen hindurch

und lief hinunter auf die Bahn. Vince und Mike waren dicht hinter mir.
Mehrere Funktionäre versuchten, uns aufzuhalten. Ich stieß einen zur Seite, und Vince versetzte einem einen Kinnhaken. Drei von ihnen schnappten sich Mike und hielten ihn fest. Vince und ich rannten die Bahn entlang.
Es standen schon viele Leute um Billy herum. Tay Parker kniete neben seinem Kopf und bedeutete ihnen, daß sie zurücktreten sollten. »Macht Platz«, sagte er. »Geht weg.«
Billy lag auf der linken Seite, sein linker Arm war vorgestreckt, und an seinem Finger schimmerte der goldene Ring. Er lag mit dem Gesicht nach unten, und seine Haare fielen darüber. Er war mit solcher Wucht gestürzt, daß er seine Brille verloren hatte. Sie lag zerbrochen vor ihm auf dem Boden. Schweißperlen tropften von seinen Gliedmaßen auf die Erde. Es war unfaßbar, daß dieser Körper, der sich noch vor wenigen Sekunden so schnell bewegt hatte, nun regungslos dalag.
»Er hat sich vielleicht den Kopf an der Bordkante hier angeschlagen«, sagte Tay Parker.
Dann sahen wir, wie unter seinem Haar Blut hervorsickerte. Es war das dunkle Blut eines Läufers, dem es an Sauerstoff mangelt. Ich versuchte mir einzureden, daß ich das alles nur träumte.
»Herrgott«, sagte Parker. »Er kann sich doch bei dem Sturz unmöglich so schwer verletzt haben.«
Die Funktionäre standen mit schreckgeweiteten Augen um Billy herum. Parker forderte sie nochmals auf zurückzutreten. Vince kniete neben Billys Füßen.
Vorsichtig drehte Parker Billy auf den Rücken. Und dann sahen wir, was seine Haare bisher verborgen hatten. Die ganze linke Schläfe und ein Teil seiner Stirn waren weggeris-

sen. An ihrer Stelle tat sich ein weißer und rosafarbener, blutiger Krater auf. Teile von Knochen, Blut und Gehirn waren an seinem Gesicht heruntergelaufen und klebten in seinen Haaren. Parker hatte Knochensplitter und Haare an seinen Händen.

Ich sagte mir wieder und wieder, daß alles nur ein furchtbarer Traum sei.

Parker war ganz benommen und schüttelte den Kopf. Er betastete die andere Seite von Billys Kopf.

»Das ist doch nicht möglich«, sagte er. »Es ist eine Schußwunde.«

»Eine Schußwunde?« wiederholte ich.

»Ich war Arzt in Vietnam und habe so was oft gesehen«, sagte Parker. »Sehen Sie, hier ist die Kugel reingegangen.« Er zeigte uns das kleine, dunkelrote Einschußloch zwischen Billys Haaren.

Billys Kopf lag auf Parkers Knien, und ich kniete mich neben ihn und hielt seine warme, leblose Hand fest. Allmählich begriff ich, daß diese Hand meine Hand nie mehr drücken würde.

Ich schaute den Leuten, die um uns herumstanden, stumm ins Gesicht. Sie standen wie angewurzelt da und sagten kein Wort. Gus Lindquist kam gerade und drängelte sich durch die Menge. Sein erster Blick fiel auf Billys blutüberströmten Kopf. Unsere Blicke trafen sich. Ich glaube, in diesem Moment fing Lindquist an zu begreifen, an welcher Tragödie er da beteiligt war.

Ich blieb stumm, aber Vince verlieh meinem unbeschreiblichen Schmerz Ausdruck.

Er beugte sich über Billys Füße und gab Laute von sich wie ein Tier, das in einer Presse zu Tode gedrückt wird. Er umklammerte seine Schuhe und schluchzte, als ob er erstikken würde.

Langsam ließ ich Billys Hand los. Ich hob seine zerbrochene Brille auf und umklammerte sie so fest, daß das Glas zerbrach. Dort, wo er vorher gelegen hatte, waren auf dem Boden noch Spuren von seinem Schweiß, aber die dunklen Flecken trockneten bereits. Ich betrachtete seine Augen. Sie waren halb geöffnet, und sein Blick war starr und leer. Über das linke Auge floß Blut.

Einige Läufer kamen zurück, um nachzusehen, was los war. Armas hatte sich ein wenig erholt und war mit den anderen mitgegangen. Er kniete sich neben mir auf den Boden, sah Billy an, murmelte etwas auf finnisch und legte eine Hand über die Augen. Seine Schultern bebten. Ein Läufer half ihm auf und führte ihn weg.

Jemand legte den Arm um meine Schulter. Ich sah verblüfft hoch und blickte in Mike Stellas Gesicht. Er war totenblaß, und Tränen liefen ihm über die Wangen. Tay Parker hatte immer noch Billys Kopf auf seinen Knien und weinte. Immer mehr Leute kamen von dem Innenfeld der Bahn herüber. Ein Fotograf bahnte sich einen Weg durch die Menge und schoß ein Foto, und gleich darauf noch eines.

Eigenartigerweise hatten alle Tränen in den Augen, nur ich nicht. Ich umklammerte das zerbrochene Glas so fest, daß ich mir damit in die Hand schnitt.

Plötzlich ertönte aus dem Lautsprecher die Stimme des Ansagers.

»Meine Damen und Herren, Billy Sive ist schwer verletzt... die Information, die uns von dort unten erreicht hat, ist etwas verwirrend... eine Berichtigung, wir müssen zu unserem Bedauern mitteilen...« Dem Ansager versagte für einen Moment die Stimme. »Wir bedauern... Billy Sive ist tot...«

Eine Welle des Entsetzens ging durch das riesige Stadion. »... tot... Anscheinend wurde er von der Tribüne aus erschossen...«

Bei dem Gedanken, daß mitten unter ihnen ein Todesschütze saß, gerieten einige Leute in Panik und fingen an zu schreien.
»... meine Damen und Herren, es besteht kein Grund zur Panik... die Polizei hat den Schützen festgenommen, als... er versuchte, das Stadion zu verlassen...«
Die Stimme aus dem Lautsprecher dröhnte mir in den Ohren.
»Billy Sive ist tot...« Der Ansager machte eine Pause und versuchte, seine Stimme unter Kontrolle zu bringen.
Die Hochspringer und Funktionäre vergaßen ihren Wettkampf und kamen herübergelaufen.
Jemand machte meine Hand auf, nahm das zerbrochene Glas heraus und wischte die Handfläche mit einem Taschentuch ab. Ich half Tay, Billy wegzutragen. Sein Körper war so warm und schlaff, und sein zerschmetterter Kopf fiel gegen meine Brust. Man hatte ihn auf der Bahn umgebracht. Ausgerechnet auf der Bahn. Dabei hatten wir geglaubt, daß er hier am sichersten wäre.
»... tot... schockierend... tragisch... bleiben Sie ruhig... die Sportler sind...«
Im Sanitätsraum holte Tay mit einer Pinzette die Glassplitter aus meiner Hand und nähte die Wunden mit ein paar Stichen zu. Billy lag zugedeckt auf einer Tragbahre. Jemand stach Vince eine Spritze mit einem Sedativum in die Schulter, damit er sich beruhigte.
Meine Augen blieben trocken, und ich blickte nur starr vor mich hin.
Auf der großen Anzeigetafel standen noch die Zeiten.

ARMAS SEPPONAN FINNLAND 13:04.5
FRANCOIS GEFFROY FRANKREICH 13:10.1
JOHN FELTS AUSTRALIEN 13:10.9
VITALIY KOSTENKO UDSSR 13:11.4
BOB DELLINGER USA 13:11.6

Wenig später wurde ich mir der bitteren Ironie der Situtation bewußt. Nur der Tod konnte meinen Frontrunner dazu bringen, einen Weltrekord abzugeben, jenen Weltrekord, den er nun an Armas verloren hatte.
Etwas später erkannte ich auch die geschichtlichen Zusammenhänge. In München und Mexiko City hatte man unschuldige Menschen heimlich, hinter den Kulissen, umgebracht. Aber hier hatte man das unschuldige Opfer vor aller Augen auf dem Höhepunkt seiner Karriere ermordet.

19

Als die kanadische Polizei an den darauffolgenden Tagen Billys Mörder verhörte, kam nach und nach Licht in das Dunkel.

Er erzählte, daß ihn unsere Existenz immer mehr beunruhigt habe und daß er Billy wegen seiner eigenen versteckten, unterdrückten Homosexualität zugleich gefürchtet, geliebt und gehaßt habe. Er war besessen von der Idee, Billy auf der Aschenbahn zu töten, und er glaubte, daß es keinen geeigneteren Ort dafür gäbe als das Stadion von Montreal.

Die Polizei fand heraus, daß Richard Mech schon Wochen vor den Spielen nach Kanada gereist war. Er gab sich als Handwerker aus, schmuggelte seine Waffe ins Stadion und versteckte sie, weil er ahnte, daß wegen der vielen Gerüchte und Drohungen strenge Sicherheitsvorkehrungen getroffen werden würden. Er konnte aber seinen Plan während des 10 000-Meter-Laufs nicht ausführen, und deshalb mußte er bis zum darauffolgenden Sonntag warten. Er stand neben einem der Tribünenausgänge und hatte sein Gewehr unter dem Mantel versteckt. Er zog es schnell heraus, als Billy und Armas aus der letzten Kurve herausgelaufen kamen. Keiner nahm Notiz von ihm, weil alle vor Begeisterung kreischten und schrien. Er wartete noch mit dem Schuß, weil er nicht aus Versehen Armas treffen wollte. Er feuerte erst, als sich Billy von Armas löste und auf das Ziel zuspurtete.

Mech war wie ich Soldat und Scharfschütze gewesen. Er war genau wie ich ein gottesfürchtiger Mann. Aber in seiner Angst sah er sich selbst als Gottes leidenschaftlichen Ra-

cheengel, der ausgesandt worden war, um mit Feuer und Schwefel Billy von dieser Erde zu vertilgen. Ich verstand ihn, obwohl er krank war.
Gerade das war das Entsetzliche. Trotz meiner Trauer begriff ich, was in Mechs Kopf vorgegangen war. Er und ich waren vom gleichen Schlag.

Die kanadische Regierung stellte uns ein Sonderflugzeug zur Verfügung, mit dem wir Billys Leichnam nach New York überführten.
Wir waren noch alle zusammen. John war auf der Tribüne zusammengebrochen, als er sah, was passierte, aber er konnte ohne fremde Hilfe das Flugzeug auf dem Kennedy-Airport verlassen. Er war kreidebleich und nicht ansprechbar. Sogar der Engel hatte anscheinend begriffen, daß sein netter Bekannter umgebracht worden war, und weinte sich an Steves Schulter aus.
Ich selbst nahm zwar meine Umgebung wahr, aber ich zeigte keinerlei Reaktion. Ich kam mir vor wie eine Kamera, die ganz mechanisch Bilder auf einen fühllosen Film aufnimmt. Ich erinnere mich, daß ich in New York irgendwo in einem großen Raum mit vielen Reportern vor einem Mikrophon saß. Ich erklärte, daß ich, wenn ich könnte, jeden, der Billy belästigt hatte, angefangen von den Leuten, die ihm haßerfüllte Briefe schrieben, bis hin zu den Funktionären, die ihn nicht mehr laufen lassen wollten, wegen Mordes vor Gericht bringen wollte. Aber ich fügte hinzu, daß es in diesem Land leider nicht genügend Gerichte und Anwälte gebe, um diesen Fall zu bearbeiten.
Die Schuldgefühle der Gesellschaft waren nutzlos. Wir hatten uns alle so an Gewalt gewöhnt, daß Händeringen angesichts der Gewalt zu einem bloßen gesellschaftlichen Ritual geworden war. In den Leitartikeln der Zeitungen machten sich die

Journalisten Gedanken, wie solche Vorkommnisse verhindert werden könnten. Ich las einige dieser Artikel. So unglaublich es klingt, aber es gab tatsächlich Leute, die der Meinung waren, Billy habe den Tod verdient.

Die Schwulen hatten indessen Gebäude in New York und Washington besetzt und verlangten vom Kongreß eine Untersuchung wegen der permanenten Unterdrückung, der Schwule ausgesetzt waren. Außerdem forderten sie für Richard Mech die Todesstrafe. Tausende von schockierten, meist jugendlichen Heterosexuellen kamen in Scharen zu diesen Demonstrationen. Auch ich ließ mich bei einer dieser Veranstaltungen sehen, trat wie ein Roboter vor die Menge und sprach ein paar Worte zu den versammelten Männern und Frauen. Ich war überwältigt von ihrer Trauer und Sympathie und wußte nicht, wie ich mich verhalten sollte.

Die Sportler, die inzwischen wieder in ihre Heimat zurückgekehrt waren, erklärten, daß sie an der nächsten Olympiade nicht teilnehmen würden, falls man für ihre Sicherheit nicht garantieren könne. Nach Billys Tod hatten sie ihre Koffer gepackt und waren abgereist. Der 5 000-Meter-Lauf war der letzte Wettkampf bei den Spielen in Montreal gewesen. Armas Sepponan und die beiden anderen Läufer, die als Zweite und Dritte durchs Ziel gegangen waren, wollten ihre Medaillen nicht annehmen. Das Siegerpodest blieb leer. Die Hymne wurde nicht gespielt. Die Schlußzeremonie wurde zu einer gigantischen Gedenkfeier für Billy, und die Festivitäten wurden gestrichen. Die Zuschauertribünen im Stadion von Montreal waren voller Menschen, und alle weinten, als das olympische Feuer erlosch. Nur ich weinte nicht.

Es schien, als habe Billys Tod der olympischen Bewegung das Rückgrat gebrochen.

Das einzige, woran ich denken konnte, war Billys Körper, der in dem prunkvollen schwarzen Sarg lag, den man in aller Eile besorgt hatte.

Wir mußten noch Vorbereitungen für die Beerdigung treffen.
»Das mußt du entscheiden«, sagte John.
»Es soll eine schöne große Beerdigung werden«, sagte ich, »damit die Schwulen um ihn trauern können. Und dann lassen wir ihn einäschern.«
Die Beerdigung in der Kirche der Geliebten Jünger in der Vierzehnten Straße war größer und schöner, als ich es erwartet hatte. Es war ein heißer, schwüler Tag, und die Schwulen mit Federboas waren einer Ohnmacht nahe oder verschmachteten beinahe in ihrer Lederkleidung. Die Straßen um die Kirche herum waren voller Menschen. Wie bei anderen gesellschaftlichen Ereignissen, die Schwule betrafen, waren auch diesmal unzählige Heterosexuelle, Persönlichkeiten des öffentlichen Lebens und Schaulustige gekommen. Die Polizei hatte alle Hände voll zu tun, die Ordnung zu wahren. Separatistische Schwule versuchten, einige Heterosexuelle zusammenzuschlagen und fortzujagen. Sie waren der Ansicht: »Das ist unsere Beerdigung.« Schließlich mußte ich hinausgehen und mit ihnen reden. Ich bat sie in Billys Namen um Gewaltlosigkeit und daß sie jeden, der es wollte, hier teilnehmen lassen sollten.
In der Kirche war es sehr warm, aber sie war voller Menschen. Überall sah man ernste Gesichter. Es roch penetrant nach Schweiß, Leder und Blumen – nur der Geruch von Amylnitrit fehlte.
Ich saß mit den anderen in der ersten Bank und starrte auf den Sarg.
Er war für einen und einen halben Tag aufgebahrt gewesen, und Tausende von Menschen, meist Schwule und junge Leute, waren an seinem Sarg vorbeigegangen. Billy hatte zur jungen Generation gehört, und jemand hatte ihn in aller Öffentlichkeit kaltblütig erschossen, wie vor ihm bereits Kennedy und Martin Luther King. Sie schauten ihn an,

weinten, legten Blumen am Sarg nieder und sprachen miteinander darüber, wie rücksichtslos die amerikanische Gesellschaft gegenüber individuellen menschlichen Empfindungen war, wenn sie nicht der allgemein gültigen Moral entsprachen.

Billy lag in seinem braunen Samtanzug im Sarg. Die Augen hinter seiner Brille waren geschlossen. Die Goldmedaille lag auf dem rüschenbesetzten Hemd auf seiner Brust. Die linke Hand lag über der rechten, und er trug seinen goldenen Ehering. Der Leichenbestatter in Montreal hatte ihm das Blut aus den Haaren gewaschen, ihn sorgfältig gekämmt und seinen Kopf wieder einigermaßen hergerichtet. Aber er sah nicht aus, als ob er schlafen würde.

Der Todesengel hatte ihn verführt und beschmutzt. Der Tod, dieser Strichjunge, dieser letzte Liebhaber.

Delphine hatte einen großen Strauß weißer Lilien auf den Sarg gelegt. Er hatte versucht, Hyazinthen aufzutreiben, aber zu seinem Erstaunen mußte er feststellen, daß die Hyazinthen im September nicht blühen. Deshalb hatte er von seinem gesparten Geld Lilien gekauft. Ihr Duft erfüllte die ganze Kirche.

Das kleine Studentenorchester des Prescott-Colleges spielte einige traurige Lieder aus der Renaissancezeit. Jacques war auch gekommen und spielte auf seiner Flöte. Ab und zu mußte er sein Spiel unterbrechen, weil ihm die Tränen kamen.

Pfarrer Moore stand auf der Kanzel. Es war ganz still in der Kirche, als er anfing zu sprechen.

»Harlan Brown hat mich gebeten, keine Lobesrede zu halten«, sagte er. »Und er hat recht. Billys Lobesrede steht in Tausenden von Herzen geschrieben. Alles, was wir noch hinzufügen könnten, wäre überflüssig. Statt dessen hat mich Harlan gebeten, einige Stellen aus der Bibel und aus den

Lehren Buddhas vorzulesen, die er und Billy bei ihrer Hochzeit vorgetragen haben.«
Wir saßen da, und der Schweiß lief uns am Körper herunter. In der Kirche herrschte Totenstille. Nur gelegentlich hörte man ein unterdrücktes Schluchzen. Mit seiner sanften, tiefen Stimme las der schwule Geistliche folgende unsterbliche Worte:
»›Lasset uns leben ohne Haß unter denen, welche hassen...‹«
»›Lege mich wie ein Siegel auf dein Herz, wie ein Siegel auf deinen Arm. Denn Liebe ist stark wie der Tod...‹«
Sicher werde ich jetzt gleich anfangen zu weinen, dachte ich. Oh Gott, hilf mir, daß ich weinen kann. Ich will nicht einmal getröstet werden.
Aber meine Augen blieben trocken und brannten. Mit aller Kraft wehrte sich mein Körper gegen Billys Tod. Doch in meinen Gedanken war sein Tod so gegenwärtig, daß ich mich nicht einmal an ihn erinnern konnte. Während der Geistliche diese Textstellen vorlas, versuchte ich mich daran zu erinnern, wie Billy ausgesehen hatte, als er in diesem braunen Samtanzug im Gras saß und die Frühlingssonne auf sein Haar schien. Aber das Bild war verschwunden.
Der schwule Pfarrer fuhr fort: »... und ich möchte diesen kurzen Gottesdienst mit A. E. Housemans Gedicht ›To an Athlete Dying Young‹ schließen. Ich hoffe, es ist passend.«
Während er es vorlas, versuchte ich mich zu erinnern, wie Billy ausgesehen hatte, als er auf der Bahn im Stadion von Montreal lief, was – so schien es jedenfalls – erst wenige Stunden her war. Aber auch dieses Bild war aus meiner Erinnerung verschwunden.
Als Pfarrer Moore geendet hatte, beugte sich Vince, der neben mir saß, nach vorne und brach in Tränen aus. John saß aufrecht und ruhig da, und Tränen liefen ihm übers Gesicht. Ein Schluchzen erfüllte die Kirche.

Sogar Pfarrer Moore weinte. Er schaute auf den Sarg und sagte mit erstickter Stimme: »Auf Wiedersehen, Billy. Möge deine Seele die Freuden des Paradieses schauen. Auf Wiedersehen.«

Nach dem Gottesdienst brachten wir den Sarg zu einem Bestattungsunternehmen in Manhattan. Der Leiter des Beerdigungsinstituts war selbst schwul und hatte uns seine Dienste kostenlos angeboten. Wir schauten zu, wie der Sarg im Krematorium verschwand.
Ein paar von uns blieben noch da und warteten. Wie mit Röntgenaugen konnte ich durch die dicken Mauern des Krematoriums hindurchsehen. Ich hörte das Prasseln des Feuers und spürte die Hitze. Der brennende Sarg sprang auf, und das Feuer vernichtete diesen vollendeten Körper. Sein Mund verzog sich, die Locken fingen Feuer, der Samt schwelte, das Gehirn in seiner zerschmetterten Stirn fing an zu sieden. Geschmolzenes Glas tropfte von seinen Augen, und geschmolzenes Gold ergoß sich über seine Brust.
Er würde nicht brennen wie andere. Sein Leib enthielt kein Fett, er bestand nur aus Knochen und Muskeleiweiß, die verkohlten. In seinem Blut war noch das Laktat von jener letzten großen Anstrengung.
Einige Stunden später gab mir der Bestattungsunternehmer einen schweren Zinnbehälter, auf dem Billys Name und das Datum stand. Diese Urne enthielt seine Asche.
Am nächsten Tag fuhr ich allein ans Prescott-College zurück. Ich hatte alle gebeten, mich die nächsten achtundvierzig Stunden allein zu lassen, und sie erfüllten mir diesen Wunsch. Ich fand das Haus genauso vor, wie wir es verlassen hatten. Der Irish Setter lief mir entgegen – ein Hausmeister des Colleges hatte sich während unserer Abwesenheit um ihn gekümmert. Er sprang an mir hoch und bellte. Billys Fahrrad

stand auf der Veranda. Auf der Blumenrabatte blühten ein paar Lilien, Astern und Phlox. Die Tomatenpflanzen hinter dem Haus hatten ein wenig gelitten, denn sie hatten kein Wasser bekommen, aber einige reife Tomaten hingen daran.
Ich bewegte mich wie ein Roboter, stellte den Sprenger auf und drehte das Wasser an.
Im Hausflur lag ein Paar von Billys alten Turnschuhen, die er täglich getragen hatte. Seine Schreibmaschine stand auf dem Tisch neben dem Fenster, und seine Aktenmappe war voll mit Plänen für das Studienprogramm für Schwule. Auf dem Regal in der Küche lagen Nüsse und Getreideflocken, und im Kühlschrank fingen ein paar Kartoffeln an zu keimen. Im Wandschrank hingen Gürtel von ihm und seine alten Jeans. Die Decke auf dem Bett aus Nußbaumholz war staubbedeckt. Ich schloß die Tür ab und saß für den Rest des Tages allein in dem Haus herum, aß nichts und bewegte mich kaum. Der Behälter mit Billys Asche stand auf dem Nachttisch. Ich konnte mir nur noch schwer vorstellen, daß Billy jemals existiert hatte. Doch da drüben stand seine Asche, seine Sachen waren hier im Haus, in einer Klinik war ein Dutzend Spermaproben von ihm eingefroren, er hatte einen olympischen Weltrekord aufgestellt, die Schlagzeilen ruhten in den Zeitungsarchiven, und in den Köpfen der Menschen lebte die Erinnerung an ihn fort.
Draußen wurde es dunkel. Ich hatte die Vermittlung auf dem Campus gebeten, keine Anrufe für mich durchzustellen, und die Stille im Haus wurde durch kein Geräusch gestört. Ich legte mich im Dunkeln angezogen aufs Bett. Ich hörte von draußen das sanfte Rauschen der Bäume im Wind. Die Stunden vergingen, und ich bemerkte mit einem Mal, wie Wasser vom Dachvorsprung tropfte. Es hatte angefangen zu regnen. Es war ein leichter, warmer Herbstregen. Der Behälter stand neben mir auf dem Nachttisch.

Ich war so erschöpft, daß ich einschlief. Plötzlich wachte ich von einem Geräusch auf.
Ich stützte mich auf die Ellbogen und lauschte. Da war es wieder. Aus der Küche vernahm ich ein Klappern wie von einer Teetasse.
Ich fing an zu zittern, und mir brach kalter Schweiß aus. In diesem Moment war ich nahe daran, den Verstand zu verlieren. Ich sprang schnell aus dem Bett und ging ins Wohnzimmer. Das Geräusch kam wieder, und mich schauderte vor freudiger Erregung. Auf wackligen Beinen ging ich hinüber in die Küche. Wen oder was erwartete ich dort zu finden?
Ein dunkler Schatten bewegte sich in der Küche und kam auf mich zu.
Es war der Hund. Er hatte die Schnauze in seinen Freßnapf gesteckt, und die Hundemarke aus Metall war dagegengeschlagen. Er war hungrig und traurig. Winselnd kam er zu mir und drückte seine Schnauze gegen meine Hand.
Ich sank auf einen Küchenstuhl, blieb dort eine Weile sitzen, und endlich hörte ich auf zu zittern. Ich knipste das Licht an, machte eine Dose mit Hundefutter auf und gab dem Hund zu fressen.
Draußen wurde es langsam hell, aber es war später als sonst, weil die Tage wieder kürzer wurden. Hatte ich erwartet, das freudige Gezwitscher der Vögel zu hören? Es war Herbst, und nur noch vereinzelt sang einmal ein Vogel.
Ich stand auf und zog meine Schuhe an. Es war erst kurz nach fünf. Ich nahm den Behälter unter den Arm, sperrte den Hund im Haus ein und ging ohne Regenmantel hinaus.
Zuerst lief ich hinüber zu der alten Aschenbahn und verstreute dort einige Hände voll von Billys Asche, damit sie an den Spikes meiner jungen Studenten haften blieb. Ich hatte keine Angst, seine Asche anzufassen. Ich fühlte dabei überhaupt nichts.

Ich spürte den kühlen Nebel auf meinem Gesicht und lief die drei Meilen zum Wald. Niemand hatte diesen Weg mehr benutzt, seit Billy und ich im Juli das letzte Mal dort gelaufen waren. Aber der Regen hatte die Abdrücke unserer Spikes schon längst weggewaschen.

Ich bog in den Seitenweg ein und lief weiter. Um den kletternden Giftsumach machte ich einen Bogen und blieb mit meiner Hose an Brombeersträuchern hängen. Schließlich lief ich durch die Lorbeerbüsche den Abhang hinunter. Die Samenhülsen hingen an dem Lorbeer wie kleine grüne Trauben. Die Lichtung war jetzt ganz mit Farn bewachsen, der sich gelb färbte und seine Wedel hängen ließ. Das Laub der mächtigen Buchen hatte schon eine bräunliche Farbe. Der kleine Wasserfall über dem mit Moos bewachsenen Felsvorsprung tröpfelte nur noch spärlich.

Hier streute ich den Rest von Billys Asche aus. Ich grub ein Loch in die lehmige Erde und legte den Behälter hinein. Dann wusch ich mir unter dem tröpfelnden Wasserfall die Asche und den Dreck von den Händen.

Die Buddhisten würden sagen, daß er in den Kreis des Lebens zurückgekehrt sei.

Zwei Wochen später fing das neue Semester an, und ich widmete mich wieder dem Training.

Joe Prescott hatte mir vorgeschlagen, ein Semester zu pausieren. Meine Assistenten würden meinen Job solange übernehmen, damit ich irgendwo hinfahren und mich erholen könnte. Aber ich glaubte nicht, daß mir das helfen würde.

Eine Woche, nachdem sich der Campus wieder mit Studenten gefüllt hatte, hielt ich wie üblich einen Vortrag und zeigte Farbdias, um die jungen Leute für den Collegesport zu begeistern. Diesmal war mein Vortrag nicht so packend wie sonst – ich machte keinen einzigen Witz –, sondern ich hielt

mich sehr zurück. Aber dennoch schrieben sich auf Anhieb 115 Jungen und Mädchen ein.
Außerdem kamen noch ein paar sehr gute Läufer von anderen Colleges und Universitäten zu uns. Zum ersten Mal hatten wir aufgrund der Anzahl ein ganz hervorragendes Team, und nicht nur ein paar Superstars wie Billy und Vince. Die Augen der Jungs sprühten vor Ehrgeiz, und sie waren voller Anteilnahme wegen Billys Tod. Einige wollten mit mir sogar schon über die Olympiade 1980 sprechen.
Auch zwei schwule Läufer kamen zu mir, Marathonläufer von der UCLA. Ich sollte sie beschützen. Wer sonst? Billy wäre ganz umsonst gestorben, wenn ich sie aus persönlicher Trauer fortgeschickt hätte.
»Aber ihr werdet von mir nur auf eigenes Risiko trainiert«, erklärte ich ihnen. »Hoffentlich ist euch das klar.«
Jeden Tag stand ich in der warmen Herbstsonne draußen an der Aschenbahn, hatte die Stoppuhr in der Hand, sah die Läufer vorbeiflitzen und hörte, wie die Asche unter ihren Spikes knirschte. Zum ersten Mal in meinem Leben sah ich in diesen Läufern nicht den sexuellen Mythos. Sie waren nichts weiter als bewegliche Objekte, bei denen mich nur die Sauerstoffkapazität ihrer Lungen und die Umsetzung von Glykogen interessierte.
Ich versuchte, mich daran zu erinnern, wie Billy auf dieser Bahn gelaufen war, wie er sich neben der Zuschauertribüne mit dem Handtuch abtrocknete und wie seine Schultern und Schenkel in der Wintersonne glänzten. Aber die Erinnerung war ausgelöscht. Wenn ich auf die Aschenbahn schaute, dann sah ich immer nur seinen Körper und seine zerbrochene Brille dort auf der Innenbahn liegen.
Ich sah ihn im Umkleideraum auf der Bank liegen, ein Bein war zur Seite gefallen, und sein Schuh berührte den Zementboden. Blut tropfte langsam von seinem Kopf auf den Boden.

Eigentlich hätte mich auf dem Campus alles an ihn erinnern müssen, aber statt dessen hatte ich immer nur seinen Tod vor Augen. Er hatte sich in meinem Kopf festgesetzt wie ein Farbdia in einem defekten Projektor. Ich sah ihn im Wohnzimmer am Tisch sitzen, sein Körper war vornübergebeugt, sein Kopf lag auf der Schreibmaschine und Blut floß über das Papier. Oder ich sah ihn draußen im Garten tot im hohen Gras neben dem Beet mit Astern liegen.

Ebenso ging es mir in New York, wenn John und ich manchmal dort geschäftlich zu tun hatten. Wenn wir am Central Park vorbeigingen, konnte ich durch die Bäume hindurch das Karussell sehen – Billy saß zusammengesunken auf dem vergoldeten Pferd, sein Kopf war gegen die Stange gelehnt, und das Blut lief daran herunter, während sich das Karussell langsam drehte und die Melodie »After the Ball Is Over« spielte. Wir gingen an den Kinos vorbei, wo Schwulenpornos gezeigt wurden, und ich sah Billy mit zurückgefallenem Kopf und offenem Hemd auf dem Sitz liegen. Von der Leinwand fiel das Licht genau auf sein blutüberströmtes Gesicht.

Zum ersten Mal in meinem Leben verfluchte ich meine Selbstbeherrschung – diese Selbstbeherrschung hatte mir fünf Monate lang seine Liebe vorenthalten. Ich betete zu Gott: »Du hast mir zu sehr geholfen, Gott. Du hast mich zu stark gemacht. Nimm mir ein bißchen von dieser Stärke. Mach, daß ich weinen kann, daß ich trauern kann, daß ich ein bißchen tobe und schreie und daß ich mit dem Kopf gegen die Wand schlage.«

Ich lief jeden Tag zehn Meilen, bereitete das Geländelaufteam für die bevorstehenden Veranstaltungen vor und vertrieb leichenfleddernde Reporter.

Jetzt, wo Vince und Billy nicht mehr hier waren, kümmerte sich niemand mehr so richtig um das Studienprogramm für

Schwule. Joe holte einen jungen Mann namens Jan Van Deusen aus New York ans College, der die Sache in die Hand nehmen sollte. Er, der Psychotherapeut und mehrere Studenten zogen am gleichen Strang. Es war nicht leicht, weil Billys Mitgefühl und seine Persönlichkeit das Herzstück des ganzen Programms gewesen waren. Aber Van Deusen stimmte mit mir und Joe darin überein, daß solch ein Programm an sich schon einen großen Wert hatte, unabhängig von den Personen, die daran beteiligt waren. Bald arbeitete die Telefonzentrale wieder und nahm gelegentlich Anrufe von verzweifelten Studenten von anderen Colleges oder Universitäten, oder auch von unglücklichen Sportlern entgegen.

Diesen Herbst sah ich Vince nur selten. Nach Billys Tod war er anscheinend völlig durchgedreht. Irgendwie beneidete ich ihn darum, daß er so anhaltend trauern konnte.

Er erklärte, daß er nie wieder laufen wollte. Er sagte die Profi-Tour ab und hängte seine Spikes an den Nagel. Er zog nach New York und kam bald mit engagierten Schwulen in Kontakt. Seine enge Freundschaft mit Billy, sein eigener Status, seine große Trauer und sein physischer Eindruck brachten ihn sofort in die vorderste Reihe der radikalen Führer der Homosexuellenbewegung. Bald stellte er sich mit dem Charisma eines Revolutionärs zur Schau.

Wenn Vince ans Prescott-College kam, um mich zu besuchen, oder wenn ich zu ihm nach New York fuhr, dann sprach er immer soviel von Billy, daß ich froh war, wenn er wieder ging. Er war der einzige in meinem Bekanntenkreis, der nicht bemerkt hatte, daß ich es nicht einmal ertragen konnte, wenn Billys Name erwähnt wurde.

Während die Geländelauf-Saison in vollem Gang war, mußte ich mich um die »Fuchsjagd« kümmern, wie das Billy in Montreal genannt hatte.

Ich fragte mich, ob ich mich vielleicht endlich wieder wie ein Mensch fühlen würde, wenn ich sein Kind um mich hätte. Mich darum zu kümmern war sehr schmerzlich für mich, und ich hätte vielleicht noch gewartet, wenn mich der Arzt nicht darauf aufmerksam gemacht hätte, daß das eingefrorene Sperma nur etwa zweieinhalb Jahre zeugungsfähig blieb. Aber wenn wir bald eine geeignete Frau finden würden, dann könnten wir mit diesen Spermaproben vielleicht zwei Kinder bekommen.

Ende Oktober kam Betsy Heden eines Nachmittags zu mir in mein Büro im Sportgebäude, um mit mir zu sprechen. Sie trug einen langen, grünen Regenmantel, hatte ihre Collegemappe unter dem Arm, und ihre Haare waren feucht.

Sie setzte sich in den Eichensessel neben meinem Schreibtisch, und wir sprachen über das Laufen. Sie hatte Probleme mit dem Trainingsplan, den ich ihr aufgestellt hatte.

»Das schlimme an mir ist, daß ich nicht viel Kampfgeist habe«, sagte sie. »Tief drinnen fühle ich, daß ich das alles nur tue, damit es mir gutgeht und damit ich eine hübsche Figur behalte. Mir fehlt die richtige Motivation.«

»Motivation ist wichtig«, sagte ich.

»Billy war motiviert«, sagte sie.

Ich blickte auf meinen Schreibtisch. Nach einer Weile sagte sie leise: »Tut mir leid, Harlan.«

»Du kannst nichts dafür«, sagte ich. »Ich habe mich immer noch nicht damit abgefunden.«

Sie schaute auf die Collegemappe auf ihrem Schoß. Sie war sehr schlank und beherrscht. Billys Tod hatte sie genauso hart getroffen wie seine anderen Freunde, und sie war ruhiger geworden. Sie hatte sich in ihre Bücher vergraben und war nicht mehr zu den Teamabenden gekommen.

»Harlan«, sagte sie, »verzeih mir bitte, aber ich muß unbedingt über etwas mit dir sprechen.«

Eine Klasse lief draußen auf dem Korridor vorbei, und ich stand auf und hängte das Schild mit der Aufschrift KONFERENZ an die Tür.

»Ich hörte, du suchst eine Frau, um... um...«

»Wer hat dir das erzählt?« fuhr ich sie an. Ich hatte große Angst, daß unser Plan herumerzählt wurde.

»Ich habe es von Vince erfahren. Aber keine Angst, er hat es sonst niemandem erzählt, und ich werde es auch nicht weitersagen.«

»Vince redet immer zuviel«, sagte ich verbittert.

»Sei nicht böse auf ihn. Er wollte nur helfen. Aber egal, ich wollte nur sagen, daß ...« Sie spielte mit dem Griff ihrer Mappe. »... Billy war der beste Freund, den ich je hatte. Er war der einzige Mann, von dem ich mich nicht bedroht fühlte. Bevor ich ihn kennenlernte, haßte ich alle Männer. Sie erschienen mir immer so egoistisch und überheblich. Billy zeigte mir, daß Männer auch liebenswürdig sein und daß sie sehr gute Freunde sein können.«

Ich saß aufrecht und unbeweglich da und starrte auf den Stapel von Papier auf meinem Schreibtisch, die Stundenpläne, die Einladungen zu Veranstaltungen und die Sportmagazine.

»Jedenfalls«, sagte Betsy, »habe ich nachgedacht. Ich habe schon immer ein Baby gewollt. Aber ich konnte es nicht ertragen, nur deshalb mit irgend so einem Typen zu bumsen. Aber...« Sie wurde ein wenig rot. »Wenn du an künstliche Befruchtung denkst... Ich glaube, wenn es einen Kerl gibt, von dem ich ein Kind haben möchte, dann ist das Billy. Verstehst du, was ich meine? Weil er ein Freund war. Ich würde das für ihn tun.«

Ich hielt beide Hände vor mein Gesicht. In diesem Augenblick merkte ich, daß ich doch noch fähig war, Schmerz zu empfinden.

Sie saß auf dem Stuhl, auf dem Billy an dem Tag gesessen

hatte, als wir uns das erste Mal sahen. Ich versuchte, mich zu erinnern, wie er ausgesehen hatte in seiner schäbigen Mao-Jacke, wie er mich mit seinen klaren Augen angesehen und gesagt hatte: »Wir sind schwul.« Aber nicht einmal daran konnte ich mich noch erinnern. In diesem Moment waren auch die Bilder von seinem Tod aus meiner Vorstellung verschwunden. Er hatte niemals existiert. Er war nur eine Gestalt meiner Phantasie, eines von jenen feenhaften Wesen aus den Schwulenfilmen, in denen die Liebenden ewig jung, lüstern und schön sind und in denen es keinen Tod gibt.

»Oh Harlan«, sagte sie. »Es tut mir so leid, daß ich dich zum Weinen gebracht habe«, und sie legte ihren Kopf auf einen Stapel Papiere auf meinem Schreibtisch und schluchzte.

»Ich weine nicht«, sagte ich.

Aber sie schluchzte weiter. Ich saß unbeweglich hinter dem Schreibtisch – weinende Frauen zu trösten war noch nie meine Spezialität gewesen. Schließlich beruhigte sie sich wieder, setzte sich auf und suchte in ihrer mexikanischen Hängetasche nach einem Taschentuch. Ich zog mein Taschentuch aus der Hosentasche und gab es ihr.

»Es ist leider kein sauberes«, entschuldigte ich mich.

»Das macht nichts«, sagte sie, schneuzte sich und wischte sich die Tränen aus den Augen.

Ich zitterte ein bißchen.

»Tja«, meinte sie, »ich weiß ja nicht, wie die Frau aussehen soll, die du suchst. Vielleicht entspreche ich nicht deinen Vorstellungen. Käme ich in Betracht?«

Ich schaute sie an. Aus irgendeinem Grund hatten wir nie an eine Lesbierin gedacht, und ich war mir nicht sicher. Andererseits kannten wir Betsy viel besser als eine fremde Frau, über die wir erst Informationen einholen müßten. Und Billy hatte sie gemocht. Das machte alles viel persönlicher und irgendwie auch schicklicher.

»Okay, kommen wir zum Geschäft«, sagte ich und erklärte, was von ihr verlangt würde.

»Sieh mal«, sagte sie, »es ist okay, daß du die Krankenhauskosten übernimmst, aber ich will nicht noch extra bezahlt werden. Aber das Problem ist, daß ich ein Baby für mich allein haben möchte.«

»Wer sagt denn, daß wir nur ein Baby bekommen können?« sagte ich. »Es gibt ein Dutzend Spermaproben von ihm. Wenn du mir ein Baby überläßt, dann kannst du das andere haben.«

Sie nickte. »Das klingt fair.«

»Und wir müssen dich zuerst von einem Arzt untersuchen lassen«, sagte ich. »Ich will keine Frau, die irgendwelche Erbkrankheiten hat. Und wir müssen sichergehen, daß es funktioniert. Wir dürfen kein Sperma verschwenden. Das verstehst du doch, oder?«

»Ich hasse Ärzte.«

»Es ist ein schwuler Arzt«, sagte ich. »Ich glaube, er ist in Ordnung.«

»Natürlich werde ich mit meinem Baby nicht zum Nordpol gehen. Ich werde möglicherweise hier in der Gegend bleiben. Wir werden uns öfter sehen, und die Kinder können zusammen spielen. Vielleicht werden wir sogar Nachbarn. Ich glaube, du wärst traurig, wenn ich mit einem von Billys Kindern irgendwo anders hinziehen würde, stimmt's?«

Der Arzt stellte fest, daß Betsy eine gesunde junge Frau ohne irgendwelche erblichen Belastungen war. Er führte einige Tests durch, ermittelte den genauen Zeitpunkt ihres nächsten Eisprungs und setzte den Termin für die Befruchtung fest. An einem Tag im November saßen wir dann im Behandlungszimmer des Arztes. Ich hatte darum gebeten dabeizusein, weil jede Zelle meines Körpers danach verlangte, und nach einigem Hin und Her war Betsy einverstanden.

Sie lag schamhaft auf dem Tisch, hatte die Knie angezogen, und ihre nackten Füße standen an den Tischkanten. Sie hatte sich geweigert, ihre Füße in die Metallsteigbügel zu stellen. Ihre Wangen glühten.

»Jetzt sieh mich nicht so an, Harlan«, sagte sie.

»Warum, zum Teufel, sollte ich dich wohl anschauen«, sagte ich.

Der Arzt ging sehr behutsam mit ihr um, aber sie zuckte dennoch zusammen, als er das Spekulum einführte. Dann stülpte er einen kleinen Becher, der den kostbaren, aufgetauten Samen enthielt, über den Gebärmutterhals.

»Nun müssen Sie zwanzig Minuten ganz still liegen bleiben«, sagte der Arzt.

Wir waren jetzt allein im Zimmer, und die Tür war geschlossen. Draußen auf dem Korridor eilten die Schwestern hin und her. Es roch nach Krankenhaus. Betsy starrte an die Decke, ihre Beine lagen ausgestreckt auf dem Tisch und waren mit einem weißen Tuch bedeckt.

Plötzlich lächelte sie.

»Was ist?« fragte ich.

»Oh, ich habe gerade daran gedacht, daß hier drin der Abkömmling eines Frontrunners entsteht.«

Ich mußte ebenfalls lächeln. »Woher weißt du denn, daß es kein Kicker wird?«

Ich nahm ihre schmale Hand und tätschelte sie.

»Du bist eine der wenigen Frauen, die ich näher gekannt habe«, sagte ich. »Und das will was heißen.«

In diesem Monat passierte nichts, und wir waren beide sehr besorgt. Ich notierte mir die Tage auf einem alten Trainingsplan. Ich glaube, ich war aufgeregter als Betsy.

Aber Anfang Januar sagte Betsy auf einmal mit sehr selbstbewußter Miene: »Meine Regel ist ausgeblieben.«

Im Laufe ihres letzten Studienjahres wurde ihr Bauch immer dicker. »Bist du etwa eine Hetero geworden, Betsy?« fragten ihre Kommilitonen ungläubig. Sie lächelte geheimnisvoll. Nur sie, ich, Vince und John Sive wußten, daß sie Billys Kind unter dem Herzen trug.

Betsy beschäftigte sich intensiv mit ihrer Schwangerschaft. Sie achtete sehr auf ihre Gesundheit, trainierte nicht übermäßig, machte bis zum sechsten Monat Jogging und sprach mit jedem, der es hören wollte, über natürliche Geburt.

Das Baby kam am 2. September 1977, drei Wochen zu früh, im Lenox-Hill-Krankenhaus in New York zur Welt. Ich wollte eigentlich bei der Geburt dabeisein, aber den Umständen nach war das kaum möglich. Und wahrscheinlich war es ganz gut so, denn Betsy hatte ein enges Becken, und die Geburt war nicht einfach.

John und ich marschierten im Wartesaal auf und ab und standen Ängste aus. Wenn ich Raucher gewesen wäre, dann hätte ich bestimmt ein paar Aschenbecher mit Kippen gefüllt. Endlich kam der Arzt herein und lächelte uns an. »Es ist ein Junge. Er ist sehr klein. Er wiegt nur fünf Pfund und zweihundert Gramm. Aber Mutter und Kind sind wohlauf.«

»Billy war auch ganz winzig, als er auf die Welt kam«, sagte John.

Als wir später in ihr Zimmer kamen, lag Betsy in einem pinkfarbenen Spitzennegligé in ihren Kissen. Sie sah erschöpft aus, wie ein Läufer nach einem schweren Wettkampf. Sie war sehr blaß. Ihr Negligé war offen, und sie stillte das Baby zum ersten Mal. Sie hatte uns eingeschärft, wie wichtig das war.

Sie wurde rot, als sie uns sah, aber dann lächelte sie ein bißchen müde und bedeckte ihre Brust nicht. Ihr Blick war fast ein wenig provozierend. Wir setzten uns neben das Bett und schauten sie an.

»Ich bin ein wenig enttäuscht«, sagte Betsy. »Ich wollte eigentlich ein Mädchen. Aber es macht nichts. Er ist ein süßes Baby.«

Als sie mit Stillen fertig war, legte sie mir das Baby in den Arm und schlug das Wickeltuch ein wenig zurück, damit wir ihn anschauen konnten. Er war ein stilles kleines Ding, so winzig und zart, daß ich Angst hatte, ihn anzufassen, um ihn nicht zu zerbrechen. Er hatte den zarten Knochenbau und die helle Haut seiner Eltern. Aber er stieß seine dünnen Beinchen schon mit erstaunlicher Kraft gegen meine Brust. Er hatte ein paar hellbraune Haare auf dem Kopf und blinzelte mich mit blauen Augen an.

Der Schmerz überwältigte mich, und ich mußte an den Mann denken, der dieses kleine Wesen gezeugt hatte.

Dieser Schmerz schien niemals enden zu wollen. Ein paar Tage konnte ich es aushalten und schaffte es, kühl und sachlich oder auch vergnügt zu sein und mich für die Sorgen anderer zu interessieren. Aber ganz plötzlich gab dann der Boden unter meinen Füßen nach, und ich stürzte 10 000 Meter tief in die Finsternis meines Schmerzes. Wenn wir in New York am »Continental Baths«, am Bedford-Kino oder an dem Restaurant vorbei kamen, wo wir immer gegessen hatten, dann traf es mich wie ein Schlag. Wenn ich auf dem Campus durch den Wald lief und zu der Stelle kam, wo sich der Weg gabelte, dann war das wie ein Schock.

Als Betsy einmal zu ihrer regelmäßigen Untersuchung mußte und ich solange im Wartezimmer des Arztes saß, blätterte ich in ein paar alten Zeitschriften, weil ich etwas zu lesen suchte. Dabei entdeckte ich die Ausgabe der *Time* vom letzten Jahr mit unserem Foto auf der Titelseite. Billy hatte also wirklich existiert – das war sein Gesicht. Eine Art von Fatalismus trieb mich dazu, die Zeitung durchzublättern und die Titelgeschichte mit den zwei farbigen Fotoseiten zu suchen. Da saßen wir Seite an Seite auf dem Gras, hatten die Arme umeinander geschlungen und küßten uns. Ein anderes Bild zeigte uns beim Training. Ich stand mit der Stoppuhr in der Hand an der Bahn und rief Billy seine Zwischenzeit zu, als er an mir vorbeilief. Der Fotograf hatte seinen weit ausholenden Schritt wunderbar eingefangen.

John und ich hatten Steve und den Engel im Frühjahr auf Fire Island besucht, und wir waren alle barfuß den Strand entlang gelaufen. Es war ein trüber, windiger Tag, und man hörte unweit das Rauschen der Brandung. Unsere Gruppe war kleiner geworden – Vince, Jacques und Delphine fehlten. Nur wir vier waren noch übrig.

Wir liefen den Strand hinauf, bis um uns herum nur noch die einsamen Dünen waren. Das Gras wehte im Wind. Wir kamen an die Stelle, wo Billy und ich miteinander geschlafen hatten. Aber ich konnte mich nur noch daran erinnern, wie ihn die weiße Gischt überspülte und sein Körper auf dem Sand liegen blieb. Sein Haar war voller Sand und Seetang, und er bewegte sich nicht. Als die Gischt wieder heraufkam, bewegte sie seine schlaffen Beine ein wenig.

War es möglich, daß wir uns nur einundzwanzig Monate gekannt hatten? Wir waren uns am 8. Dezember 1974 das erste Mal begegnet, und am 9. September 1976 war er erschossen worden. Es kam mir so vor, als hätte es in meinem Leben mehrere leidvolle Abschnitte gegeben, bevor ich ihn traf, und diese einundzwanzig Monate voller Liebe waren sicherlich die schönsten in meinem Leben. Ich würde nie wieder jemanden so lieben.

Ich wiegte sein Kind in den Armen. Er hatte einmal gesagt, er würde wiedergeboren werden. Aber das war Illusion, vielleicht die einzige, die er sich je gemacht hatte. Wir würden uns nie wiedersehen. Es gab keine Ehe im Himmel, nicht einmal für Schwule.

Zwei Wochen später hatte sich Betsy erholt, und wir brachten das Baby in die Kirche der Geliebten Jünger. Pfarrer Moore taufte es auf den Namen John William. Es waren nur ein paar Leute da, und Steve Goodnight hänselte mich ein wenig, weil ich so spießig war und mein Baby taufen ließ.
Doch ich konnte noch immer nicht weinen.

20

An Thanksgiving kamen John Sive und Vince Matti ans Prescott-College, um ihre Ferien bei uns zu verbringen. Es schneite heftig, und das Wetter war stürmisch. Als ich Johns Auto die Auffahrt heraufkommen sah, lief ich hinaus. Vince stieg im Schneegestöber aus, und die ersten Flocken blieben in seinem Haar hängen. Er sah wilder und unrasierter aus als sonst. Ich hatte erwartet, daß er zugenommen hätte, weil er nicht mehr lief, aber er war genauso schlank wie eh und je. Das kam von dem unruhigen Leben, das er jetzt führte. Er schaute mich ein bißchen zurückhaltend an, aber dann drückte er meinen Arm.

»Schön, dich zu sehen, Harlan«, sagte er.

»Ja«, sagte ich. »Wir haben lange nichts mehr voneinander gehört.«

Betsy wartete an der Tür. Sie trug einen roten Hosenanzug. Vince küßte sie auf die Wange und lächelte. »Wie geht es meiner Lieblingsamazone?«

Im Haus setzten wir uns neben den Kamin, und Vince schaute sich um. »Es ist schon eine Weile her, seit ich das letzte Mal hier war«, sagte er. »Es hat sich einiges verändert.« Etwas von dem alten neckischen Ton lag in seiner Stimme. »Du hast neu tapezieren lassen, Harlan. Was ist in dich gefahren?«

»Das war Betsy«, sagte ich. »Es macht ihr Spaß, im Haus herumzubasteln. Ich habe jetzt ein bißchen Geld, und deshalb kann sie tun, was sie will.«

»Als wir herfuhren, habe ich den Anbau bemerkt«, sagte Vince.

»Ja«, sagte ich. »Wir brauchten noch ein paar Zimmer. Eines für Betsy, und eines für das Baby. Was darf ich euch zu trinken anbieten?«
»Als erstes möchte ich Billys Kind sehen«, sagte Vince.
Es tat mir weh, wenn ich nur seinen Namen hörte.
»Gesagt, getan«, meinte Betsy.
Sie holte das Baby aus dem Kinderzimmer. Der kleine John war inzwischen drei Monate alt und steckte in einem hellblauen Strampelanzug. Betsy kniete sich auf den alten afghanischen Läufer neben Vinces Stuhl und legte ihm das Baby in den Schoß. Vince nahm ihn behutsam hoch, so daß John sich mit seinen zarten Beinchen auf Vinces Schenkel abstützen konnte.
»Er ist gewachsen«, sagte Vince. »Keine Frage, das ist ganz Billy. Das braune Haar und die Augen. Oh Gott, die Augen einer Jungfrau. Habt ihr das so geplant?«
Alle lachten, außer mir. Ihr Lachen klang etwas nervös, weil sie wußten, wie weh mir das tun mußte.
»Nein«, sagte Betsy. »Es ist einfach passiert. Das erste Mal, als sie versuchten, mich zu inseminieren, sollte er eine Jungfrau werden, aber es hat nicht geklappt. Einen Monat später hat es funktioniert, und das Baby hätte eigentlich eine Waage werden müssen. Aber dann kam er drei Wochen zu früh auf die Welt, und deshalb ist er jetzt doch Jungfrau.« Sie betrachtete das Baby und tätschelte seine Windel.
Ich merkte, daß dies ein schmerzliches Thanksgiving werden würde. Vince wollte unbedingt über Billy reden, und er würde damit alle Wunden wieder aufreißen.
Nun schaukelte John das Baby in seinen Armen, und seine Augen leuchteten. Er war ganz eindeutig ein schrulliger Großvater.
Er hatte sich etwas gewünscht, das ihn den Sex vergessen ließ, und er hatte es bekommen. Billys Tod hatte ihn in einen

zornigen, keuschen, zielbewußten alten Mann verwandelt. Er war nach New York gezogen und hatte mit drei anderen schwulen Anwälten eine Kanzlei eröffnet. Barton, Cohen, Manolson & Sive übernahmen nur Fälle, bei denen es um die Diskriminierung von schwulen Männern und lesbischen Frauen ging, und John erzählte mir, daß sich die Klagen häuften, so wie damals, nachdem die Frauenbewegung groß geworden war. John schien besessen von der Idee zu sein, im Alleingang die Durchführung der Entscheidung des Obersten Bundesgerichts im amerikanischen Alltag zu erzwingen. Ein unverkennbares Zeichen seines Engagements war, daß er sich nicht mehr die Haare färbte – sie waren jetzt graumeliert.

Wenn ich an diesem Abend John ansah, dann mußte ich sofort an Billy denken.

»Tja, was kann ich euch denn zu trinken anbieten?« fragte ich noch einmal und stand auf.

»Scotch mit Eis«, sagte Vince. Er zündete sich eine Zigarette an, sog gierig daran und machte einen tiefen Lungenzug.

Ich brachte die Getränke, und für mich einen Vitaminsaft. Betsy war gerade mit Kartoffelschälen fertig, band ihre Schürze ab und setzte sich mit einem Glas Weißwein zu uns. Wir redeten über alles mögliche, und unweigerlich fiel dabei immer wieder Billys Name.

Als Delphines Name erwähnt wurde, wurden wir alle einen Moment lang ganz still. Schließlich sagte Vince leise: »Schlaftabletten… wie eine richtige Frau.«

John seufzte schwer. »Armer Delphine. Ich wußte nie, ob er nur eine Show abzog, oder ob er eine Psychose hatte. Ich hätte nicht mit ihm zusammenleben können.«

»Er hat sich nicht deswegen umgebracht«, sagte Vince. »Er hat es wegen Billy getan. Er war verrückt nach ihm.«

Meine Hand umklammerte die Flasche mit Vitaminsaft.

Nach einer Weile sagte Vince: »Ist Steve noch in Kalifornien?«
»Ja«, sagte ich, »sonst hätte ich ihn heute abend auch eingeladen.«
Vince lachte ein wenig. »Ich kann noch immer nicht glauben, daß sie die *Vergewaltigung* verfilmen wollen. Wenn sie mir vor zwei Jahren *dieses* Skript gezeigt hätten, dann hätte ich ja gesagt.«
»Du hättest eine verdammt gute Jungfrau abgegeben«, sagte ich und gab mir dabei alle Mühe, den neckischen Ton von früher zu treffen.
»Billy hätte diese Rolle auch spielen können«, meinte Vince. Ich war nahe daran, die Flasche mit meinen Händen zu zerbrechen.
John versuchte mir zu helfen. »Wie du weißt, hat Steve den Engel immer noch nicht beschlafen, aber er wohnt noch bei ihm.«
»Ach ja?« sagte Vince. Er wollte das Thema Billy noch nicht fallenlassen.
»Der Junge spricht nicht«, fuhr John fort, »aber immerhin läßt er sich jetzt von Steve küssen, und er darf seine Hand halten. Steve gibt ihm jetzt Beruhigungsmittel, und er hofft, daß er ihn bald ganz davon losbringt. Der Engel ist gewachsen und ist direkt unanständig hübsch.«
»Billy war unanständig hübsch«, sagte Vince. Er war wieder ein wenig niedergeschlagen.
Das Baby strampelte in Betsys Schoß und entwickelte dabei eine erstaunliche Kraft. »Der Junge wird mal ein Sprinter«, sagte Vince. »Meinst du, du kannst einen Sprinter trainieren, Harlan?«
Ich nahm das Baby hoch und spielte auf meinem Knie mit ihm Hoppe Hoppe Reiter, bis es lächelte und gluckste. »Tja, ich hätte nichts dagegen, wenn er ein Sportler wird«, sagte ich.

»Aber am meisten wünsche ich ihm, daß er frei ist. Daß er frei entscheiden kann, wie er leben möchte, und daß er alles tun kann, was ihm gefällt.«
Vince starrte traurig ins Feuer. Er hatte einen Fuß auf das Kamingitter aus Messing gestellt, und der Qualm seiner Zigarette stieg fahl in das rosige Licht. »Hast du mal wieder etwas von Jacques gehört?« fragte er.
»Wußtest du, daß er verheiratet ist?« sagte ich.
»Nein.« Vince sah mich mit schmerzerfülltem Blick an und starrte dann wieder ins Feuer.
»Er unterrichtet Biologie in Illinois. Er hat ein Stipendium für ein Forschungsprojekt über Raubvögel bekommen. Er hat eine seiner Studentinnen geheiratet, ein Mädchen namens Eileen Meriwether. Sie hilft ihm bei seiner Arbeit. Sie ist anscheinend ein ganz hübsches Mädchen. Jetzt erwartet sie ihr erstes Kind.«
»Dann ist er wohl endlich glücklich«, sagte Vince mit einem Anflug von Bitterkeit.
»Er ist anscheinend sehr ruhig geworden. Er läuft auch wieder.«
Vince schien mit einem Mal sehr bedrückt. »Tja, ich glaube, das war vorauszusehen. Auf der Bahn?«
»Nein. Langstreckenlauf auf der Straße. Ich glaube, es gefällt ihm, wenn er sich zwangloser bewegen kann. Er macht das sehr gut. Er hat gerade eine neue persönliche Bestzeit im Marathon aufgestellt, immerhin 2:27. Ich trainiere ihn noch. Das Wichtigste dabei ist, daß es ihm wieder Spaß macht. Er hat sogar Eileen dazu gebracht, ein bißchen zu laufen.«
»Belästigt man ihn?« Trotz seines Kummers spielte Vince immer noch den Beschützer.
»Nein. Kaum. Weißt du, bei den Straßenrennen geht es viel liberaler zu. Aber sogar auf der Bahn... ich glaube, da hat sich einiges geändert. Alle fühlen sich irgendwie schuldig...«

Es war unmöglich, miteinander zu reden, ohne Billys Namen zu erwähnen. Ein merkwürdiges Gefühl stieg in mir hoch und schnürte mir fast die Kehle zu. »Übrigens haben wir jetzt vier neue schwule Läufer in unserem Team. Ein paar von den alten Funktionären murren zwar, aber die meisten lassen sie in Ruhe.«

Es herrschte eine traurige, schwermütige Stimmung.

John versuchte, uns abzulenken. »Harlan ist wirklich zu bescheiden. Er hat dir gar nicht erzählt, daß *er* auch wieder läuft.«

Vince grinste traurig. »Du meinst, du nimmst an *Wettkämpfen* teil?«

Ich lachte ein wenig verlegen. Ich spielte mit dem Baby, tat so, als ob ich böse wäre, und knurrte, und das gefiel ihm. »Es gibt jetzt eine neue Regelung bei der AAU, die besagt, daß Profis wie ich sich mit Amateuren bei Wettkämpfen in den Hauptdisziplinen messen können. Immerhin siehst du hier einen über vierzigjährigen Sportler vor dir.«

Vince warf mit einem traurigen Lachen seinen Kopf zurück.

»Lach nicht«, sagte ich. »Ich schaffe eine Meile in 4:05. Auf dem College habe ich es nur in 4:04 geschafft. Es ist wirklich erstaunlich, wie schnell wir alten Knacker noch sind.«

Vince beugte sich plötzlich nach vorn und legte seine Hände vors Gesicht. Aber dann nahm er sie wieder herunter und starrte ins Feuer.

»Es war alles meine Schuld«, sagte er.

»Was meinst du?« fragte ich.

»Ich war damals in Oregon ein verdammter Idiot. Wenn ich Jacques im Umkleideraum nicht den Gürtel aus der Hose gezogen hätte, dann wären wir drei vielleicht nicht zusammengeblieben, Billy wäre noch am Leben, und du könntest hier in Ruhe arbeiten.«

Ich stand auf. »Vince, würdest du bitte aufhören, solches Zeug zu reden!«

»Ich habe Billy umgebracht«, sagte er. »Oh Gott, hätte ich doch diese Kugel mit meinen bloßen Händen aufgehalten, dann könntet ihr beiden noch zusammensein.«
Ich war selbst völlig durcheinander. »Viele Leute sind schuld. Aber können wir es überhaupt Schuld nennen? Ich bin schuld. Aber ist es tatsächlich Schuld? Hätte ich mich an meinen Grundsatz gehalten, nie mit einem Sportler ins Bett zu gehen, dann könnte Billy vielleicht auch noch leben. Aber damals schien die Entscheidung ganz einfach. Ich hatte die Wahl, ob ich den Rest meines Lebens verbringen wollte, ohne jemals einen einzigen Menschen wirklich geliebt zu haben. Ist das Schuld?«
Ich stand da und starrte ins Feuer. Ein großes rußgeschwärztes Holzscheit lag auf den glühenden Kohlen, und darum herum loderten die Flammen. Plötzlich sah es für mich aus wie ein menschlicher Körper – Billys Körper im Krematorium. Ich wandte mich ab.
Vince stand auf und kam zu mir. Er griff wortlos nach meinem Arm. Schließlich sagte er: »Es tut mir leid. Ich werde jetzt den Mund halten.«
Betsy stand in der Küchentür und wischte sich die nassen Hände an der Schürze ab. Sie machte große, traurige Augen. Sie hatte alles mit angehört. John hielt das Baby im Arm und schaute zu Boden. Klein-Johns warmes, weiches Köpfchen ruhte an Johns Krawatte.
Gnädigerweise wurde dieses bedrückende Schweigen vom Läuten der Türglocke unterbrochen. Joe und Marian standen draußen und waren über und über mit Schnee bedeckt. »Puh«, meinte Joe, »schon fünfzehn Zentimeter.«
Ich sah es ihren Gesichtern an, daß sie wußten, worüber wir uns gerade unterhalten hatten.
Aber es gelang uns, doch noch einen gemütlichen Abend zusammen zu verbringen. Betsy brachte das Baby ins Bett,

und dann servierten wir das Essen. Betsy zündete die Kerzen an. Ich sprach das Tischgebet, und dann setzten wir uns. John tranchierte den Truthahn mit gekonnter Grazie. Wir beluden unsere Teller mit Kartoffelbrei, Preiselbeersoße, Spargel und Grünzeug. Das muß ausgesehen haben wie in einem Kitschbild von Norman Rockwell. Es war eben ein Familienfest, und ich war wieder allein.

An diesem Abend wurde es sehr spät, und wir unterhielten uns leise, damit das Baby nicht aufwachte. Gegen ein Uhr erhoben sich Marian, Joe und John. John sollte die Nacht in ihrem Haus verbringen. Ich hatte Vince gesagt, er könnte bei uns übernachten; deshalb nahm ich nicht an, daß er mit den anderen gehen würde, obwohl er mich traurig gemacht hatte.

Betsy gähnte. »Ich gehe ins Bett«, sagte sie. »Ihr beide könnt noch so lange reden, wie ihr wollt.« Sie küßte Vince auf die Wange und ging in ihr Schlafzimmer.

Vince trank noch einen Whisky. Er stand schon mächtig unter Strom. Ich warf noch ein Holzscheit ins Feuer und setzte mich in den anderen Ohrensessel.

»Ihr habt getrennte Schlafzimmer, he?« sagte er.

»Du glaubst doch nicht im Ernst, daß wir zusammen schlafen«, sagte ich ein wenig gekränkt.

»Entschuldigung«, sagte er. »Ich bin mal wieder ins Fettnäpfchen getreten. Ich verstehe nur nicht, warum ihr beide zusammenlebt.«

»Das war keine leichte Entscheidung. Billy und ich...« Es war unmöglich, seinen Namen nicht zu erwähnen. »... wir... haben diese Sache mit der künstlichen Befruchtung geplant, ohne dabei an die menschliche Seite zu denken. Wir waren damals ziemlich naiv. Nachdem das Baby da war, hat Betsy es so liebgewonnen, und außerdem ist sie eine so gute Mutter, daß ich fürchtete, John könnte seelischen Schaden erleiden, wenn ich ihm seine Mutter nehmen würde. Und ich lebte

allein – wie sollte ich mich tagsüber um das Baby kümmern? Ich wollte nicht, daß es von Babysittern großgezogen wird.«
»Was du gebraucht hättest, wäre eine Frances«, sagte Vince und grinste dabei betrunken.
»Du solltest wissen, daß ich nichts für Transvestiten übrig habe«, sagte ich wieder ein bißchen gereizt. »Und Betsy und ich kamen gut miteinander aus. Deshalb beschlossen wir, daß es für das Baby das beste wäre, wenn sie zu mir zöge.«
Vince lachte heiser. »In ganz New York wird man sich wundern. Harlan Brown ist heterosexuell geworden, Mann...«
»Hör zu, ich würde sie nie anfassen. Und sie würde mich wahrscheinlich erschießen, wenn ich es versuchen würde. Hier geht es so harmlos zu wie in einem Kloster. Das macht mir auch Sorgen. John und Frances hatten eine intensive sexuelle Beziehung, und das hat Billy möglicherweise schon als Baby gespürt. Ich überlege dauernd... ich könnte nie wieder jemanden so lieben, wie ich Billy geliebt habe, aber ich sollte jemanden um mich haben, den ich irgendwie gern hätte...«
»Schläfst du immer allein?«
»Oh, wenn ich Lust kriege, dann fahre ich in die Stadt und suche mir jemand, so wie ich es früher immer getan habe.«
»Und was macht Betsy, wenn sie Lust bekommt?«
»Tja, ich weiß nicht. Im Moment hat sie anscheinend kein großes Interesse an Sex. Aber das wird sich mit der Zeit ändern, und vielleicht bringt sie dann auch eine Freundin ins Haus.«
»Das wird etwas ganz Neues sein«, meinte Vince. »Eine ganz neue Art von Familie.«
»Es ist komisch«, sagte ich, »wie ich jetzt wieder zum Ausgangspunkt zurückkehre. Betsy hat mir vieles beigebracht über die Art und Weise, wie Frauen sich sorgen und geben.

Ihr Angebot, ein Kind für mich zu bekommen, hat mir einfach die Sprache verschlagen. Aber ihre Art, zu lieben und zu geben, und unsere, das sind zwei verschiedene Welten. Ihre beginnt da, wo unsere aufhört.«

Vince beugte sich nach vorn, die Hände zwischen den Knien gefaltet, und starrte auf das brennende Holzscheit im Kamin. »Nach Billys Tod merkte ich auf einmal, daß ich nicht mehr bisexuell war. Ich weiß nicht, ob es der Haß war, den ich gegen alles empfand, was mit der Welt der Heterosexuellen zu tun hatte. Vielleicht hatte ich auch einfach das Verlangen, mich mehr mit Billy zu identifizieren. Jedenfalls kann ich nicht mehr mit Frauen. Ich gehöre jetzt zu den drei Prozent des harten Kerns.«

»Weißt du«, sagte ich, »du mußt verstehen, daß es mir sehr schwer fällt, über all das zu sprechen.«

Vince schüttelte den Kopf und schloß die Augen. »Wir beide sollten aber über Billy reden. Wir müssen darüber reden.«

Ich stand auf und wollte hinausgehen, aber Vince hielt mich am Arm fest. »Du hast dich immer gefragt, ob ich mit ihm geschlafen habe, stimmt's?«

Ich stand stumm und verbittert da. Schließlich sagte ich: »Vince, bitte!« Mein heiseres Flüstern durchbrach die Stille.

Vince packte mich fester am Arm. Er sah mir direkt in die Augen. »Ich habe ihn auch geliebt. Ich habe euch beide geliebt. Tief drinnen hatte ich immer dieses Gefühl für dich, und ich fragte mich, ob ihr euch eines Tages trennen würdet. Und ich habe immer gewußt, daß auch du mehr für mich empfunden hast, denn du warst nicht unschuldig wie Billy.«

Ich schloß die Augen.

»Es ist wirklich besser, wenn wir endlich darüber reden«, sagte Vince. »Ich muß dir von Billy und mir erzählen. Ich weiß, daß er dir nie viel erzählt hat, weil er Angst hatte, du könntest eifersüchtig sein.«

Ich lehnte mich in dem Ohrensessel zurück. Ich war wie betäubt und zitterte ein wenig. Vince setzte sich auf den Läufer vor dem Kamin. Er hatte ein Bein angezogen und umklammerte mit den Händen seine Knie. Seine pechschwarzen Haare fielen ihm auf die Schultern, und in seinen glänzenden Augen spielte das Kaminfeuer.

Schließlich sagte er: »Als ich Billy 1970 begegnete, war ich sehr allein. Ich kämpfte gegen dieses furchtbare Gefühl in meinem Innern an, und ich dachte, ich sei der einzige Schwule auf der Aschenbahn. Und dann traf ich dieses herrliche Wesen bei einer Highschool-Veranstaltung, er besiegte mich im Wettkampf, nach dem Rennen redeten wir noch, und ich wußte plötzlich, daß er schwul war. Ich habe es einfach gespürt.

Ich lud ihn zum Essen ein, damit ich mit ihm allein sein konnte. Und im Auto ließ ich dann ganz einfach mein Amylnitrit auf den Boden fallen. Wenn er nicht schwul war, dann würde er nicht wissen, was das ist. Er hob es auf, gab es mir zurück, und dabei verriet ihn sein Lächeln.

Zuerst konnte ich es nicht glauben. Und ich dachte mir, Mann, wenn wir ein Paar würden, dann könnten wir beide gemeinsam an Wettkämpfen teilnehmen, und das wäre ein ungeheurer Spaß auf Kosten des Sports. Wir aßen gemeinsam zu Abend und redeten noch die ganze Nacht. Ich war erstaunt, jemandem zu begegnen, der die Dinge, die mich innerlich aufwühlten, ganz gelassen hinnahm. Deshalb schmeichelte ich ihm, und ich sagte, Billy, ich mag dich wirklich, du bist ein Traum, wie wär's mit uns beiden? Und Billy sagte, tja, Vince, ich mag dich auch, aber ich habe schon einen Freund, und ich meine es ernst mit ihm. Und ich sagte, er braucht es ja nicht zu wissen, wir sind uns das schuldig, und überhaupt, wir sind doch Sportkameraden, und noch eine Menge anderen Scheiß …«

Plötzlich drehte Vince seinen Kopf zu mir und sah mich an. »Und weißt du, was er zu mir gesagt hat?« Er stützte seinen Kopf auf seinem Knie auf und sagte halb lachend und halb weinend: »Er sagte zu mir, *ich gehe nur mit jemandem ins Bett, den ich liebe.*«

Im Haus war es still. Man hörte nur das Prasseln des Feuers und wie schwere Schneeflocken sacht auf die Fenster niederschwebten. Ich spürte etwas in mir zerbrechen. Zuerst mußte ich laut lachen. Ich sah Vince, den großen feuerspeienden Skorpion, wie er gegen Billys jungfräuliche Standhaftigkeit anrannte, und das fand ich ungeheuer lustig. Vince hatte Billys Art, Dinge auszudrücken, richtig verstanden.

Und plötzlich sah ich Billy vor mir, wahrhaftig und lebendig. Vince schaute wieder ins Feuer. »Durch Billy lernte ich – du kennst mich, Harlan –, zumindest was mich anging, daß Liebhaber Dutzendware sind. Ein Freund wie Billy war mehr wert als hundert Liebhaber. Hauptsache, ich war nicht mehr allein. Nach dieser Veranstaltung besuchte ich Billy und seinen Vater in San Francisco. Und eines Abends drehten wir völlig durch, gingen in einen Tätowiersalon und ließen uns unsere Sternzeichen in die Haut ritzen. Wir beschlossen, unserem Schicksal tapfer ins Auge zu blicken...«

Ich hielt meine Hände vors Gesicht. Ich brachte erstickte, tierähnliche Laute hervor. Sollte das etwa Weinen sein? Ja, mir liefen tatsächlich heiße Tränen aus den Augen.

Vince kniete sich hin, legte seinen Arm um mich und hielt mich fest. Meine Finger krallten sich in seine Jacke, und ich weinte an seiner Schulter. Er küßte und streichelte meinen Kopf und drückte mich an seine Brust. Mein Körper wurde derart von Krämpfen geschüttelt, daß ich meinte, die Muskeln würden von den Knochen abreißen. Wenn das beim Weinen immer so war, dann war ich dankbar, daß mir solche Weinkrämpfe all die Jahre hindurch erspart geblieben waren.

Nach einer Weile spürte ich, daß Vince anfing zu zittern, und ich bemerkte, daß auch er weinte. Vince weinte still – ich konnte nichts hören. Aber ich spürte sein Gesicht, und es war so naß wie meines.

Als wir uns wieder beruhigt hatten, erzählte mir Vince alles über Billy, angefangen von seinem letzten Jahr auf der Highschool bis zu dem Tag, an dem wir uns begegneten. Ich hatte mich immer davor gefürchtet, Genaueres über Billys letzten Lebensabschnitt zu erfahren, aber nun tat sich alles vor mir auf. Ich sah ihn in tausend Anekdoten vor mir, und Vince erzählte mir nichts, was nicht in das Bild, das ich mir von ihm gemacht hatte, paßte. Allmählich verschwand das Bild von Billys Tod auf der Bahn im Stadion von Montreal aus meiner Vorstellung, und ich sah ihn wieder vor mir, wie er mit weit ausholenden Schritten über die Aschenbahn lief und wie seine Haare in der Sonne glänzten.

Draußen dämmerte es schon, und durch die Fenster kam das erste Licht. Zuerst ein mattes Grau, und dann ein zartes rotes Licht. Es hatte aufgehört zu schneien. Die Landschaft lag unter einer weißen Schneedecke, die Äste der Bäume bogen sich unter der Last, und die Zweige der Büsche hingen tief herunter. Ich kochte Kaffee für Vince, damit er wieder nüchtern wurde, und für mich machte ich Tee. Betsy kam in die Küche, um dem Baby seine erste Mahlzeit zu geben, und sagte: »Seid ihr denn immer noch auf?« Wir setzten uns alle an den Küchentisch. Die Tassen klirrten auf den Untertassen, und das Baby saugte hungrig an Betsys Brust.

»Harlan, wo hast du seine Asche verstreut«, fragte Vince.

»Hier im Wald.«

»Wenn du nichts dagegen hast, würde ich gerne dort hingehen.«

Wir zogen warme Sachen und Überschuhe an und gingen hinaus.

Wir liefen auf dem Hauptweg entlang. Die Bäume und Sträucher waren schneebedeckt. Darunter warteten die Knospen auf den nächsten Frühling. Der Farn hatte schon seine neuen Triebe, die unter dem Schnee auf wärmere Tage warteten. Die Sonne schien so stark, daß wir blinzeln mußten – wir hätten Sonnenbrillen aufsetzen sollen. Auf dem Weg kreuzten wir die Spur eines Hasen, der aus seinem warmen Winterquartier unter dem Schnee hervorgekommen war und nun irgendwo herumhoppelte. Die Vögel rührten sich auch – wir hörten das leise Zwitschern der Meisen und Finken, die nach Futter suchten.
Ich spürte eine tiefe Ruhe und eine süße Erlösung in mir. Ich erinnerte mich nun ohne Schmerz daran, wie wir diesen Weg entlanggelaufen waren, wie er über den Boden geschwebt war und dabei kaum einen Fußabdruck auf dem Boden hinterlassen hatte, und wie er über seine Schulter zurückgesehen und gesagt hatte: »Sieben Minuten.«
Als wir in den Seitenweg einbogen, mußten wir uns einen Weg durch die schneebedeckten Brombeersträucher bahnen und zogen uns dabei Fäden aus den Hosen. Das Dickicht schien dichter geworden zu sein, als wolle es einen davon abhalten, diesen Weg zu wählen.
Schließlich standen wir auf der Anhöhe und schauten hinab. Die kleine Lichtung war jungfräulich weiß. Darum herum bog sich der Lorbeer unter der Schneelast. Der Lorbeer hatte seine Samenkörner fallen lassen, und die Samenkapseln waren verdorrt. Wir konnten den Abhang nicht hinuntergehen, ohne den Schnee von diesen prächtigen Büschen abzustreifen und überall unsere Spuren zu hinterlassen. Deshalb gab ich Vince ein Zeichen, daß wir nicht weitergehen sollten. Sogar von hier aus konnten wir hören, wie der kleine Wasserfall von dem Felsvorsprung in den Teich plätscherte.
Wir standen schweigend da und schauten den Abhang hinun-

ter. Ich lehnte mich an einen Baum, und Vince lief unruhig hin und her und rauchte eine Zigarette. Hin und wieder sahen wir uns direkt in die Augen. Dieser Blick bestätigte, daß sich zwischen uns eine sexuelle Beziehung entwickelte, und außerdem verriet er die tiefe Zuneigung, die wir schon immer füreinander empfunden hatten.

In diesem Blick lebte Billy weiter.

Epilog

Ich stehe unten auf der Bahn im Scheinwerferlicht, ich höre den Lärm der Menge und spüre, daß alle Augen auf mich gerichtet sind.

Es ist der 11. Februar 1978. Im Madison Square Garden findet das Finale im 1 500-Meter-Lauf der AAU-Seniorenmeisterschaft statt. Noch einmal mußte ich einfach auf die Bahn – noch einmal wollte ich fühlen, was Billy gefühlt hatte, um sein Andenken mit meinem eigenen Schweiß und meinem eigenen Schmerz zu ehren.

Elf Läufer wärmen sich auf der Bahn auf, und alle tragen schon Shorts und Trikots. Wir sind alle über vierzig, alles drahtige, reife Männer, die teilweise schon Glatzen und graue Haare haben. Aber im Gegensatz zu unseren Gesichtern sehen unsere glänzenden Körper merkwürdig jung aus. Wir gehören zweifellos zu den bestaussehenden älteren Herren der ganzen Welt. Wir haben den Jungbrunnen gefunden. Wenn ich jogge, dann fühle ich mich jung. Ich sehe sogar ein bißchen zottig aus mit den paar grauen Strähnen in meinem ziemlich langen Haar und mit dem neuen Bart.

In diesen letzten Minuten vor dem Rennen konzentrieren wir uns alle noch einmal und versuchen, uns gegenseitig einzuschüchtern. Jeder tut so, als sei er kühl und selbstsicher, obwohl er insgeheim vor Aufregung Magenschmerzen hat. Ich stecke voll nervöser Energie, aber ich bin nicht aufgeregt. Und das ist nur deshalb so, weil ich weiß, daß ich die anderen verunsichere. Sie haben mehr Angst davor, von mir besiegt zu werden, als umgekehrt.

Die Veranstalter haben so viele Karten verkauft, daß der Madison Square Garden bis zum letzten Platz besetzt ist. Ich weiß, daß ich der Kassenschlager des Abends bin, der Köder eines vornehmen Römischen Zirkus. Zwanzigtausend Menschen wollen zusehen, wie zehn heterosexuelle Christen mittleren Alters versuchen, einen schwulen Löwen mittleren Alters zu besiegen.

»Mach sie fertig, Harlan!«

»Los, Gary, zeig es diesem schwulen Bastard!«

Obwohl ich mich auf das Rennen konzentriere, höre ich die Stimmen.

Ich denke noch immer über meine Taktik nach. Ich habe Bahn eins gezogen, eine schlechte Ausgangsbasis. Alles wird vom Tempo abhängen. Wenn sie das Rennen langsam angehen und ich nicht eingeklemmt werde, dann könnte ich versuchen davonzuziehen. Aber ich habe das Gefühl, daß sie ein schnelles Tempo vorlegen werden. Es wird einen harten Kampf und einen neuen amerikanischen Rekord geben.

Ich spüre eine gewisse Feindseligkeit mir gegenüber, sowohl von den Zuschauern als auch von ein paar Läufern. Aber ich spüre auch eine Menge Sympathie. Ich habe vor den anderen einen großen Vorteil: New York ist meine Heimatstadt, und die Schwulen sind in die Arena gestürmt, um mir seelischen Rückhalt zu geben. Mein gesamtes Team sitzt auf der Tribüne, und Studenten und Lehrer vom Prescott-College sind mit Bussen hierhergefahren. John Sive ist da mit Steve Goodnight und dem Engel. Jacques und seine Frau sind hier. Betsy ist hier mit dem Baby; sie sitzt neben John. Und Vince ist da.

Ich mache einen Moment Pause, um meinen Schuh zuzubinden.

Der einundvierzigjährige Mike Branch, einer von den Läufern, die sehr nett sind, läuft an mir vorbei und gibt mir einen Klaps auf meine Tätowierung.

»Dem alten Löwen ist ja endlich eine Mähne gewachsen«, sagt er.
»Ja«, sage ich und gebe ihm auch einen Klaps. »Mit der Zeit.«
Ich habe mich den ganzen Winter über auf diesen Wettkampf vorbereitet. Wegen meiner Verpflichtungen als Trainer und Lehrer konnte ich nur an ein paar Veranstaltungen teilnehmen; deshalb war ich gezwungen, mich beim Training mehr zu fordern. Ich weiß jetzt erheblich mehr über richtiges Training als damals auf dem College. Und ich habe eine Menge von Billy gelernt. Er hat mir ebenso viel beigebracht wie ich ihm. Zu meiner Freude konnte ich die Hoffnung wieder aufleben lassen, die durch bestimmte Umstände in meiner Jugend zerstört worden war. Es zahlte sich jetzt aus, daß ich immer auf meinen Körper achtgegeben hatte.
Außerdem habe ich jetzt Frieden gefunden, und niemand wird mir diesen Frieden wieder wegnehmen. Die Ursache ist Billy, sein lebendiges Andenken tief in meinem Innern. Ihm hat Yoga geholfen, und er hilft mir.
Ich sehe ihn immer vor mir, wie er mit dieser Mühelosigkeit und dieser völligen Furchtlosigkeit vor Schmerzen lief. Bei jedem Rennen rufe ich mir dieses Bild ins Gedächtnis, und es funktioniert. Um ihn jetzt zu töten, müßten sie mich töten.
Als wir zur Startlinie gehen, nehme ich undeutlich die lauter werdenden Beifallsrufe und Buhrufe wahr.
Wir knien an der Startlinie. Meine tätowierte Schulter streift den Arm des Läufers auf Bahn zwei. Der alte Löwe erfüllt sein Schicksal. In diesen Tagen habe ich ständig das Gefühl, daß sich der Kreis schließt. Gott hat mir geholfen. Für jeden bitteren Kelch, den er mir zu trinken gab, hat er mir später einen süßeren gegeben.
Der Startschuß fällt, und wir lösen uns von der Startlinie.

Als wir die Gerade hinunterlaufen, drängen alle auf die Innenbahn. Wie ich befürchtet habe, bin ich jetzt richtig eingekeilt. Sie werden mich so lange in der Zange halten, wie sie können. Und es ist ein rasantes Tempo. Anscheinend spüren die anderen, daß dies eine Hatz über 55 Meter ist.
Wenn ich jetzt Billy wäre, dann würde ich in dieser eingeklemmten Lage verrückt werden. Aber ich bin ein Kicker, und ich laufe gern im Feld, bis der Moment kommt, wo ich vorstürme. Ich habe keine Angst vor ihren Ellbogen und Spikes, und ich weiß mich zu wehren.
In dieser Lage und bei dem wahnsinnigen Tempo überdenke ich noch einmal meine Taktik. Ich beschließe, alles auf eine Karte zu setzen. Wenn ich verliere, dann ist das kein öffentlicher Verlust an Männlichkeit, weil meine Gegner sicher sind, daß ich sowieso keine habe, und meine Freunde lieben mich ohnehin.
Ich entscheide mich dafür, in diesem Käfig aus Leibern zu bleiben, die anderen das Tempo bestimmen und mich mitreißen zu lassen. Wenn ich versuche, mich aus dieser Lage zu befreien, gleich ob ich zurückbleibe oder durchbreche, könnte ich kostbare Zeit verlieren und/oder jemanden foulen. Ich weiß genau, daß sie dieses Tempo nicht durchhalten können, und nach dreiviertel der Strecke werden sie erschöpft sein und langsamer werden. Das Feld wird sich auseinanderziehen, und ich kann aus meinem Käfig ganz leicht heraus.
So laufen wir die erste Viertelmeile, als wäre es das Kentucky Derby, und ich liege an vierter Stelle und bin völlig zugemauert. Ich konzentriere mich, damit ich niemanden anrempele oder sich meine Spikes mit denen eines anderen Läufers verhaken. Aber ich bleibe den Frontrunnern auf den Fersen, und das merken sie. Ich treibe sie an, damit sie sich verausgaben und ich später freie Bahn habe.
In der Kurve lehnt sich der Mann neben mir an mich, und ich

kann es kaum verhindern, meinen Fuß von der Bahn zu nehmen und aus dem Schritt zu kommen. Es ist ein spannender Moment, aber ich kann ihn abschütteln. Wir passieren die 440-Meter-Marke in 61.2 Sekunden. Das ist nicht schlecht für einen Haufen von Invaliden. Es ist sehr laut im Madison Square Garden – ich merke, daß sich alle auf mich konzentrieren. Diese Menschenmasse da oben auf der Tribüne brüllt für mich.

Nach der Hälfte des Rennens laufe ich leicht, mit zusammengebissenen Zähnen. Ich habe mich genauso unter Kontrolle wie Billy, eine grimmige Freude treibt mich an, diese süße, zornige Ruhe. Ich bin fünf Pfund leichter als früher, wiege ungefähr 150 Pfund und fühle mich herrlich leicht.

Ein Mann ist auf die Außenbahn gegangen, und ich falle auf den fünften Platz zurück, aber noch immer liegt das Feld an der Spitze dicht zusammen. Ich bin nicht beunruhigt. Irgendwann wird dieses Tempo das Feld auseinanderreißen. Wir schubsen uns gegenseitig und stoßen mit den Schultern aneinander. Irgend jemand stößt mich mit dem Ellbogen, und ich wehre ihn ab. Sicherlich wird jemand disqualifiziert, vielleicht sogar ich. Oh ja. Schlimme Dinge sind mir schon passiert.

Unsere Zwischenzeit liegt bei 2:02. Dieses Tempo ist Wahnsinn. Wir haben alle den Verstand verloren. Einer der vier Läufer vor mir wird schon langsamer. Er läßt mich und den Mann neben mir vorbei, und ich liege wieder an vierter Position. Hinter mir laufen noch zwei großartige Kicker. Ich weiß, daß ihnen das Tempo auch zu schaffen macht, denn ich spüre es nun selbst. Irgendwann in der nächsten Minute werden wir drei nach vorn stürmen. Es fragt sich nur, wer am längsten durchhält.

Erschöpfung macht sich bei allen bemerkbar. Die dritte Viertelmeile laufen wir ein wenig langsamer. Alle laufen nun

ein wenig mühsam. Wir zahlen den Preis für das Tempo. Meine Glieder sind ein bißchen schwer, aber ich rede mir ein, daß ich leicht und mühelos weiterlaufen kann.
Als wir an die Dreiviertelmeilen-Marke kommen, wird der Mann neben mir langsamer und bleibt zurück. Meine rechte Seite ist nun frei. Sofort schieße ich nach vorn. Ich bin gefährlich. Als die letzte Viertelmeile vor uns liegt, macht sich der alte Löwe zum Sprint bereit.
Das Feld hat sich jetzt verteilt. Die beiden anderen Kicker stürmen ebenfalls an die Spitze. Aber ich liege noch vor ihnen. Trotz der Anstrengung und des letzten Adrenalinstoßes spüre ich die Begeisterung der Menge. Sie feuern jeden an, den anderen zu schlagen. Aber ich höre nur die Rufe: »Zeig's ihnen, Harlan!« – »Bleib dran, Harlan!«
Ich bin jetzt ein Tier, Billy das Tier. Ich hole alles aus mir heraus, so wie es mir Billy beigebracht hat. Ich überhole zuerst den Mann, der an dritter Stelle liegt, und dann den, der im Augenblick Zweiter ist.
Dann presche ich an dem ersten Läufer vorbei und liege an der Spitze. Ich bin frei.
Es sind noch etwa hundert Meter zurückzulegen. Wir sprinten. Ich merke, wie die anderen Kicker versuchen, mich einzuholen. Ich habe mich genügend in der Gewalt, daß ich mich nicht umdrehe, aber ich spüre, daß sie mir dicht auf den Fersen sind. Mir geht allmählich die Puste aus. Alles tut mir weh. Meine Schultern sind schwer wie Blei. Mein Körper und meine Seele schmerzen. Ich hole alles aus mir heraus, so wie Billy Sive in den letzten entscheidenden Sekunden beim 5 000-Meter-Lauf in Montreal. Es ist ein schöner Moment, um zu sterben, wenn man auf dem Höhepunkt seiner Karriere angelangt ist.
Ein Kicker ist völlig erschöpft und bleibt zurück. Der andere ist auf Schulterhöhe an mich herangekommen. Wir laufen aus

der letzten Kurve heraus. Das Publikum tobt. Unten auf der Geraden kann man schon das Ziel erkennen. Ich bin geschafft. Ich bin völlig am Ende. Aber der andere Kicker ist auch erledigt. Er bleibt mit mir auf Schulterhöhe und kann nicht an mir vorbei. Ich bin tot, aber lebendig. Niemand wird mich schlagen.
Obwohl ich mich kaum noch auf den Beinen halten kann, schaffe ich es, die Zielgerade hinunterzurasen. Meine Beine holen immer noch weit aus, aber ich habe das Gefühl, daß sie jeden Moment unter mir zusammenbrechen. Ich höre das Geschrei der Menge, und mir wird schwindelig. Ich bin erschöpft und krank. Ich sehe alles nur noch verschwommen. Wir beide stürzen auf das Ziel zu und tauchen in es hinein, als wäre es Wasser.
Mit letzter Kraft – ich weiß nicht, woher ich sie nehme – lehne ich mich nach vorne und reiße die Arme hoch. Ich zerreiße das Zielband mit meiner Brust.
Es dauert etwa eine Minute, bis ich mich einigermaßen erholt habe. Die Zeit für die letzte Viertelmeile betrug 59.3 Sekunden. Die Gesamtzeit beträgt 4:03, und damit liegt sie über dem Rekord von 4:02.5.
Ich laufe im Kreis herum und mache Witze, und endlich fühle ich mich wieder wie ein Mensch. Meine Studenten hüpfen auf und ab. Ein paar Schwule und einige von meinem Team sind auf die Bahn gesprungen. Ein Fremder umarmt mich, und seine teure Wildlederjacke bekommt Flecken von meinem Schweiß. Ich frage mich, ob man mich disqualifizieren wird. Aber, oh Wunder, man disqualifiziert einen von den anderen Läufern.
Ein paar Jungs von meinem Team tanzen um mich herum, und ich laufe eine Ehrenrunde und winke dem Publikum mit beiden Händen zu. Vielleicht war es nur Einbildung, aber mir kommt es so vor, als würden alle applaudieren. Ich habe einen

Kloß im Hals. Das alles kommt so viele Jahre zu spät, aber es tut dennoch gut.
Schließlich ziehe ich meinen Trainingsanzug an und gehe, von Menschen umringt, von der Bahn. Jacques klopft mir fröhlich auf den Rücken. Vince bahnt sich einen Weg durch die Menge und umarmt mich. Er und Jacques sehen sich an und lächeln.
Ich habe immer noch diesen Kloß im Hals.
Ein Sportreporter von der CBS hält mir ein Mikrofon hin. Die Kameras sind auf mich gerichtet. »Wie fühlt man sich, wenn man in Ihrem Alter so dicht an einen amerikanischen Rekord herankommt, Harlan?«
»Gut«, sage ich. »Ich muß mich bei den anderen bedanken. Sie haben ihn mir fast in den Schoß gelegt, weil sie früh ein schnelles Tempo vorgelegt haben. Vielleicht werde ich den Rekord beim nächsten Mal brechen.«
»Glauben Sie, daß es eines Tages jemand schaffen wird, bei einer Seniorenmeisterschaft unter vier Minuten zu laufen?«
»Ich glaube schon. Ich weiß zwar nicht, wer es sein wird, aber irgend jemand wird es schaffen. Mittlerweile laufen die Jungen ja schon unter 3:50, deshalb...«
»Glauben Sie, daß Sie unter vier Minuten laufen können?«
»Wer weiß? Ich kann jedenfalls nur so viele Wettkämpfe mitmachen und soviel trainieren, wie es mir meine Zeit erlaubt, denn schließlich habe ich auch noch Verpflichtungen gegenüber meinem Team. Man wird sehen. Sagen wir so, ich habe eine ganze Menge an Motivation, und ich habe vor, so lange zu laufen, wie es meine Beine zulassen.«
Als das Interview vorbei ist, kommt Betsy mit dem Baby und legt es mir in den Arm. Es strampelt gegen meine Brust. Der Junge ist jetzt fünf Monate alt, aber er hat schon eine erstaunliche Kraft. Er hat seine kleinen Fäuste geballt und bestaunt mit jenen klugen, gleichmütigen Augen der Jungfrau die

Sportler, das grelle Licht und die verrauchte Arena. Er ist unerschrocken und macht ein würdevolles Gesicht.
Wenn ich ihn mir so ansehe, dann glaube ich, daß er schon jetzt genau weiß, worum es geht. Er weiß, daß er alles geben muß, um an der Spitze zu bleiben und ungehindert laufen zu können.

Knaur

NATHAN ALDYNE ROMAN

Ein trauriges Silvester für Billy Golacinsky, einen kleinen Stricher in Boston – kein Geld, keine Wohnung, kein Freier.
Am nächsten Morgen liegt Billys Leiche im Vorgarten eines prominenten Politikers, der sich als »Schwulenfresser« einen Namen gemacht hat.
Eine Spur karmesinroter Lippenstift auf Billys Taschentuch – mehr Spuren gibt es nicht bei diesem Mord. Aber Polizeileutnant William Searcy sieht seine Chance: Er wird es dieser arroganten Schwulengemeinde schon zeigen…
Daniel Valentine ist der attraktivste Barmann von ganz Boston. Er hat Billy in der Mordnacht noch gesehen – und sein Angebot abgelehnt.
Zusammen mit seiner Seelenfreundin Clarisse Lovelace gerät er immer tiefer in den Strudel der Ereignisse.
TB 1368.